中国科普作家协会资助项目

王晋康文集
第17卷

终极爆炸

王晋康 著

科学普及出版社
·北京·

图书在版编目（CIP）数据

终极爆炸/王晋康著．－－北京：科学普及出版社，2023.2

（王晋康文集；17）

ISBN 978-7-110-10466-8

Ⅰ.①终⋯ Ⅱ.①王⋯ Ⅲ.①幻想小说－小说集－中国－当代 Ⅳ.①I247.7

中国版本图书馆 CIP 数据核字（2022）第 121286 号

策划编辑	王卫英
责任编辑	王卫英
封面题字	张克锋
装帧设计	中文天地
责任校对	焦　宁　张晓莉　邓雪梅　吕传新
责任印制	徐　飞

出　　版	科学普及出版社
发　　行	中国科学技术出版社有限公司发行部
地　　址	北京市海淀区中关村南大街 16 号
邮　　编	100081
发行电话	010-62173865
传　　真	010-62173081
网　　址	http://www.cspbooks.com.cn

开　　本	710mm×1000mm　1/16
字　　数	7460 千字
印　　张	470.25
插　　页	1
版　　次	2023 年 2 月第 1 版
印　　次	2023 年 2 月第 1 次印刷
印　　刷	北京中科印刷有限公司
书　　号	ISBN 978-7-110-10466-8 / I・641
定　　价	2888.00 元

（凡购买本社图书，如有缺页、倒页、脱页者，本社发行部负责调换）

目　录

月球进行曲之前奏	/ 001
终极爆炸	/ 016
侏儒英雄	/ 075
步云履	/ 104
科学狂人之死	/ 138
三色世界	/ 150
天河相会	/ 194
斯芬克斯之谜	/ 218
天图	/ 261

月球进行曲之前奏

施天荣扫视了一下屋里的五个人，对董事会秘书安妮说："这边的人到齐了，把全息视频接通吧。"

他是昊月公司的董事长兼总经理。昊月公司是一个跨国公司，注册地在基里巴斯，但股东来自全世界各个国家。七个董事中，除施天荣外，还有中国人陈大星、沙特人阿米兹、美国人罗伯特、印度人拉赫贾南、德国人施罗德、以色列人莫法兹。公司从事在月球开采及销售氦3业务，也是全球经营此项业务的唯一公司。今天是应施总的要求召开的临时董事会。安妮打开全息视频的开关，立时一个穿工装的人闪现在会议桌旁——当然这只是罗伯特的全息影像，他本人还在月球呢，罗伯特董事又兼月球基地的总管。

施总向他伸出手，说："人到齐了，开始吧。"

因为信号传递的时滞过了两三秒钟后罗伯特才伸手同施总相握，点头说："开始吧。"

施总说："今天是一次很重要的会议，议题已经提前一星期发给各位了。说正题之前，首先得回顾一下昊月公司的历程。21世纪初的10年，各大国竞相开始登月工程，主要目的之一，就是为了月球上丰富的氦3资源。天下逐鹿，唯捷足者先得之，谁也没想到最后的胜利者竟是我们这家私人企业。这有力证明了私有企业的优越性，以及国有企业的僵化，不管它是在中国还是美国，哈哈。"各个董事也都笑了，只有美国人罗伯特的笑容因时滞晚了几秒钟。"出身草莽的中国企业家一向注重'捞第一桶金'，我们正是这样做的，这十年来可是捞了个钵满罐溢。这主要得益于三点：一、月球从法律上说还是无主地，不用向谁交资源税；二、公司注册地基里巴斯是个低所得税国家；三、一吨氦3的开采及运输成本为三亿两千万元人民币，也就是大约8000万美元，而目前市场价为 100 亿元人民币，利润为 3000%。我们占尽了天时、地利、人和，想不发财都不行。但是——"他扫视了大家一眼，面色变得凝重，"我们的好日子就要到头了。也难怪，我们赚钱赚得太疯狂，任谁都会眼红。目前，联合国已经通过了'世界反垄断公约'，将迫使那些尚无反垄断法的国家，如基里巴斯，尽快通过本国的反垄断法。按我的估计，最多一两年之后，昊月公司将被迫拆解、分立。"

其他董事都知道这些情况，静静地听着。

"想到这么好的公司，我们 20 年呕心沥血的结晶，就要被分解，实在心有不甘哪。"施总笑着说，然后复归严肃，"但我不愿公司被分立还有更深刻的原因。其实，科学的发展必将导致技术的垄断，这是无法更改的趋势。这是因为，新技术开发的费用越来越高，比如当电脑芯片的线刻宽度缩小到 0.05 微米即超紫外光加工时，研发费用将达上万亿美元，是任何一个国家都无力承担的，它自然要导致技术独裁。氦 3 开采也是一样，且不说它所需要的巨量资金，只说产能，我们一个公司的 200 吨产能足以应付全球的能源需要，哪里用得着再成立一个公司？过去，垄断常被看成万恶不赦，因为垄断若和人类的贪婪本性联手，就将大大阻碍社会的进步。这是对的，也已经被过去的历史所证实。但人们忘了，人类也是在进步的，开明的、有社会责任心的企业家们已经不再把利润作为唯一的追求目标，比如比尔·盖茨就把所有财产回报社会了。所以，只要企业家能高度自律，垄断完全无害甚至有益，因为它避免了无序竞争或恶意竞争，消除了人类社会的内耗。所以，我想努力促成这件事：在保证企业家高度自律的前提下，把反垄断法扔到历史的垃圾堆里。"

这个意见他私下已经同大家交流过，几个董事虽然同意，但认为这个想法太超前了。不过看来施天荣已经决心推行它。施总接着说：

"当然，我还达不到盖茨的境界，让我捐献全部财产而把儿子弄成个穷光蛋，我还下不了狠心。我估计各位也大都如此——可能罗伯特除外。但我们至少应做到，把本来应交的资源税全部回报给社会，这样能有效减少社会对我们的敌意。这也就是我今天要说的意见。"

下面是各个董事发言。由于已经有了充分的会前沟通，所以董事会很快就以下两点达成一致：

一、昊月公司必须建立高度的自律，包括主动大幅降价和投身大规模的公益事业。

二、借助舆论，尽量抵制对公司的拆解——即使办不到，也要把这一天尽量推后。

下面施总说："很好，关于这两点董事会已经通过了，至于公司要做的第一个公益项目和近期应抓的舆论宣传，陈大星董事有一个很好的提议，让他说吧。"

陈大星走到屏幕前说："这个想法是我在中文网站上浏览时偶然见到的。那是个青少年网站，网上经常提到一些娱乐消遣的主意。有一个主意牵涉到我公司，而且有很多尖刻的话，所以我仔细看了两遍，看后发现，其实我们可以借用它的构想。现在请看有关内容的摘录。"

黑板上投影出以下内容：

……

乖乖龙的冬：我忽然有个想法，到月球上举办一次青少年夏令营！蓝色"地光"下的月面漫步，低重力跳高跳远比赛，操作太空挖掘机挖洛格里特——知道不？这是月壤的正规叫法——一定爽呆了！

华西丽莎：好主意！吻你！我头一个报名。

小天狼星：你们傻啊。去月球旅行一次的费用是一亿美元，谁掏得起？也许你们谁谁是亿万富翁的公子？

乖乖龙的冬：你才傻！你说的那个费用是20年前的老皇历了，现如今昊月公司的货运飞船运费低多了，大约每吨重的运费是一亿元人民币。咱们要是坐货运飞船去——当然条件简陋一点啦，我估计每人的花费不会超过1000万元人民币。

小天狼星：1000万还算小数目？那是我老爹100多年的工资。

红莲花：是我老爹老娘加起来 180 年的工资！乖大侠站着说话不腰疼！

乖乖龙的冬：你俩这种土鳖，我真懒得开导你们！谁让你们掏钱啦？让昊月公司掏！他们从不交资源税，利润率 3000%，钱多得没处花。让他们出这点血是便宜他们。要是一毛不拔，哼，咱们合伙儿收拾它！

华西丽莎：好主意！咱们联合起来逼昊月公司出血，否则骂他们个七荤八素。

小天狼星：能这么着倒也不错，那我也算一个！

……

陈董事关闭了投影仪："就看到这儿吧。这是三天前的事，如今那个网站上还在鼓噪这个月球夏令营呢。说不定他们真能鼓噪成气候，那时我们就被动了。我和施总商量，干脆借力打力，举办一个免费的月球夏令营，参加人员为 50 人左右，花费嘛也就是让嫦娥一号货运飞船空跑一趟的费用，再加上货运飞船改客运的改装费。我和工程部门合计过了，50 亿肯定能包圆儿。这样下来，也就是每个营员 1000 万，那个乖乖龙的冬的估算相当准确。"

即使对昊月公司这样的公司来说，50 亿人民币也不是小数目。其他几个董事沉吟着，没有立即回答。陈大星解释道：

"施总还有一个很好的想法：我们可以先规定一个条件，即月球夏令营的参加者必须是有志于太空开发的青少年。换句话说，这次夏令营可以看作昊月公司的黄埔一期，这 50 个青少年将是昊月公司未来的中坚，50 亿元可以当作我们预投的实习费。这么一来，虽说是公益项目，但我们花的钱还是会有收获的。这是一箭双雕的好事。"

月球基地的罗伯特最先把他的意见送过来："董事会既然已经决定把未交的资源税全部回报社会，50 亿元就不算什么了。我同意陈董的建议，这件事如能操作成功，一定能吸引全球的眼球，对公司也是个很好的宣传。"

德国人施罗德和身边的沙特人阿米兹低声商议片刻，说："我对陈董的提议也大体同意，但请认真考虑安全问题。虽说我们的货运飞行已经相当安全，故障率不超过1%，但毕竟还有危险。一旦失事，50个人的赔偿将是一个天文数字。"

施总替陈董回答："这点我也考虑到了。因为这是公益活动，万一飞船失事，公司不承担额外的赔偿责任，只负责丧葬费。我打算在组建夏令营时就要先签好有关的法律文书。"施罗德轻轻摇头，觉得董事长的想法有点一厢情愿的味道。施天荣知道他的想法，笑道："当然，这样的规定有一个前提，那就是我要和他们乘坐同一班次的飞船，享受同样的待遇——如果我意外死亡，同样不要求公司的赔偿。这样一来，营员们应该能同意吧。还有一点，由货运飞船改客运，条件一定相当简陋，我和营员们同甘共苦，就不会有人提意见了。"

大家觉得这个安排还是可行的，施总既然身体力行，与营员们共担风险——其实他乘坐"嫦娥一号"去月球已经是家常便饭了，估计那些热血青年都会做出"不要赔偿"的承诺。而且董事们也从施总的打算中看到他决意推行此事的决心，于是很快就形成了董事会决议。

安妮把决议稿打印出来，各位董事签了字。施总对秘书说：

"立即在网上发布吧。你安排个时间，我要在网上接受采访。"

昊月公司董事会的决议第二天在网上公布。公司对月球夏令营的营员只有两个要求：

一、12周岁以上，18周岁以下，身体健康；

二、立志从事太空开发。

其他不做任何限制，实施完全的网络民主，由网民自己报名，自己组织评选。这个决议立即在网上引爆了原子弹，一时间好评如潮。这是很难得的，网评的苛刻众所周知，网民们在真实生活中可能都是谦谦君子，一旦到网上就原形毕露了，个个尖酸刻薄，狂得没边，天王老子第一我第零，越是名人越容易挨砖头，所以凡是名人都怕网上舆论。但这次网上却几乎是一边倒的赞扬！几个最先撺掇此事的孩子没想到昊月公司这么快就有了反应，而且一出手就是 50 亿的大手笔！且不说这事能否最终实现，单说自个儿"受重视"的感觉，也让他们沾沾自喜，所以也就投桃报李，毫不吝啬对昊月公司的赞扬。

这天施天荣回到家，儿子施吴小龙主动迎上来，嬉笑着说：

"老爹这回干得不错！不愧是世界首富的气魄！如今在网上你的崇拜者可不少啊，老实说，连我都有点崇拜你了。"

这正是施天荣想要的社会效果，不过他没想到还有附加的家庭效果。常言道"丈八烛台照远不照近"，世界首富在自己儿子眼中可从来不是伟人。施天荣在朋友中自嘲，说他在公司中是一把手，在家里是三把手，要受妻子和儿子的双重领导。这会儿他笑道：

"能得到我儿子的夸奖，真是太难得了，太难得了！"

"这说明我对你没有偏见嘛，只要你真有优点，我还是能及时给予表扬的。"

"是吗？那我太感谢你了。你也打算报名吗？"

"当然！这种热闹事能少得了我吗？"

施天荣略略沉吟，从心底说，他不想让儿子报名。昊月公司这次出血 50 亿举办夏令营，最重要的目的是抵制拆解公司的压力，如果媒体抓住儿子做文章，说他利用职权让儿子坐顺风车，那就难免干扰大方向。不过他考虑片刻，决定不干涉儿子的自由。反正儿子要参加网络评选，几亿网民中选中 50 个，轮到他的机会太小了。施天荣决不会利用自己的影响帮儿子入选，既然如此，乐得随其自然。于是他衷心地说：

"好的，祝你能入选！"

儿子自信地说："我绝对会入选的，你就等好消息吧。"

七天后，施天荣在网络上接受了视频和语音采访，这和电视采访的形式不同，采访中他始终位于屏幕上，而提问题的网民的头像则随时切换。他为这次访谈做了充分的准备，回答起来思路清晰，侃侃而谈，举重若轻。

施：大家已经知道的我就不多讲了。昊月公司成立15年来，的确从来没交过资源税。但并不是我们偷税，而是无处可交。从国际法上讲，月球属于无主地，其实应该由我们这些月球常住民成立一个月球共和国，自己给自己交税。但今天我不打算扯什么法律，不想和社会玩太极推手。我愿代表昊月公司宣布，本公司所有应交而未交的资源税全部回报地球社会，用于公益事业。这次的月球免费夏令营只是第一步。

西风瘦马：欢迎昊月公司的决定，全世界的青少年都会感谢你们。但你们选营员的条件太苛刻啦，长大后不从事太空开发的人就不能报名参加？不公平！

施：很遗憾，这个条件不能放宽，务必请你理解。私人公司的金钱也是社会的财富，同样应精打细算充分利用。如果办夏令营的同时又能培训太空开发的技术管理人员，等于为这50个孩子的人生提前准备了一架天梯，于社会、于个人都有好处，何乐而不为呢？

Nasser：施先生说把未交的资源税回报社会，我看远远不够。上一任世界首富比尔·盖茨在去世前已经把所有财富回报社会，请问施先生，作为今天的世界首富，你能做到吗？

施：有可能做到，但我还没有最终决定。我是想以此为筹码为所有创业者争取平等。你希望成功者捐出财富，可失败的创业者有人关心吗？太空开发初期风险极大，不光是经济上的风险，还包括生命上的风险。我们的第一次货运飞船发射时，竟然找不到保险公司来担保！如果当时我失败了，我本人倒是一死百了，儿子将变成一个衣食无着的孤儿。所以，我希望社会能做到以下的公平：凡创业者如果能事先承诺以所赚得的利润全部回报社会，那么，他如果破产或死亡，其家属有权得到较高的社会救助，比如，得到其损失投资额的三分之一或更多。我希望这成为21世纪新的行为规范，创业者与社会形成良性互动。

千年虫：很佩服你的直率，也佩服你的超前设想。问一个问题，这次月球夏令营除了跳高跳远比赛等，能否来一次月球漫游？我很想逛逛冷海、澄海、酒海和宁静海。

施：恐怕这一次不行。在月球漫步需要50件舱外太空衣，这又是五亿投资。目前，月球基地上多使用低廉的舱内太空衣，因为舱外太空衣太贵了，每件1000万人民币。我想，你不会忍心让我因本年度财务亏损而引咎辞职吧？再说，月面漫游还有一个安全问题，月球上的流星可没有大气层保护。

乖乖龙的冬：我们当然不希望施总辞职啦，还等着你来推动第二届月球夏令营呢。不过安全问题不用太多虑，凡是敢上月亮的人已经把生死置之度外了。真要被流星击中，就请在月球上进行太空葬，更不要赔偿。

施：要不要赔偿我们都得追求绝对安全。很遗憾，月面漫步只能等下一次了。如果大家没有别的意见，这事就算定了，请网民们自己组织报名和选举，一个月后把名单报到昊月公司来。

自网上访谈之后，施总有七天没有回家。他一向是这样，凡公司的重大举措他是要一抓到底的。夏令营项目已经开始实施，有很多工作要做，包括货运飞船的改造、安全问题的检查、营员活动与正常生产的衔接等。这天他回家，妻子吴雪茵笑着问：

"远方的客人回来啦？这次打算在这个旅馆里住几天？"

施天荣笑她："瞧，你怎么变成一个怨妇啦？这可不像往日的吴女士。"

"哼，你忙，儿子也忙，一放学就待在网上，在家就像不在家。如今屋里只有我一个人茕茕孑立，形影相吊了。"

妻子身体不好，45岁就退休了。如今她的生活重心全在两个男人身上，尤其是儿子。她总想把儿子保护在羽翼下，但17岁的儿子已经不需要这些了，这让当妈的很有失落感。饭桌上施天荣问儿子在忙什么，儿子说：

"那还用问？网上评选呗。网民们先推举了几个联络员，我是其中之一。"

施天荣有点意外——没想到儿子能被推为联络员，沉吟着没说话。还是那个原因，他不想让儿子在此事上参与太深。小龙非常敏感，立即问：

"有什么问题？是不是您说过的'瓜田李下'？"

"没错。商场如战场，脑筋不复杂不行。昊月公司举办这次夏令营，确实是心地坦荡，没有暗箱操作。但你如果参与太深，难免遭人怀疑。咱们又何必落这个话柄哩？"

小龙立即反驳："既然心中无鬼，为啥要担心别人怀疑？我又没打您的旗号，一直是使用网名参选。难道一定要加一条：施天荣的儿子没有参选资格？这是另一种形式的不公平，是对名人子弟的歧视。"

施天荣摇摇头，没有同儿子争论下去。当然，儿子说得都在理，但世上的事并不都是按常理出牌的。好在儿子是匿名，就由他去吧。

有关月球夏令营的一切都在顺利地进行着。货运飞船已经加装了可拆式简易座椅，工程师们精打细算，使改造费用低于原来的预算。罗伯特负责夏令营活动的安全工作，他在精心筹划之后对施总立了军令状，说可以保证万无一失。那边，网上的评选进行得如火如荼，全世界有两亿青少年参与报名，各媒体竞相报道，对昊月公司的社会责任感大加赞扬。公司宣传部门喜气洋洋地说：多少亿的宣传费都达不到这样的效果啊！鉴于公司设的"夏令营网站"点击率极高，不少企业想在上边做广告，下边人不敢做主——这是公益网站，他们怕把广告扯到一块儿，造成不良影响，于是来请示施总。施天荣略略考虑，干脆地说：

"做！不过，所收广告费不用交昊月公司，直接捐给国际红十字会和红新月会就行。"

几天后，施总到月球基地去了一趟，亲自检查基地上的准备工作。月球总部设在月球南极，因为这儿差不多常年有光照，便于使用太阳能。不过，他去的那天恰逢这儿的夜晚，蓝色的地球把水一样的明亮蓝光洒在月球的荒漠上，是那种如梦似幻的光华，漂亮极了。基地外，几十台太空挖掘机在进行露天采挖，操作手在密封驾驶舱里向施总招手致意。挖掘机非常安静——即使有噪音，在没有空气的月球也不能传递。坚硬的月壤被挖起来，送往基地的提炼厂，在那儿，太阳风46亿年来吹洒在月壤中的氦3将被提取，送往地球，成为干净高效的能源。施天荣对陪他视察的罗伯特说：

"这样的蓝色月光真是百看不厌啊，相信对那 50 个营员来说，这次月球之行将成为他们终生的宝贵回忆。"

罗伯特笑着说："我记得你的生日是 1969 年 7 月 20 日吧，很巧，正是阿波罗登月的那一天，你的一生注定要和月球为伴。"

施总感慨地说："57 年的变化太快了，尤其是对中国人来说。半个世纪前我还是山里的穷孩子，只知道吴刚嫦娥的神话。现在呢，孩子们都能在月球举办夏令营了！噢，对了，听说你准备学比尔·盖茨，不给孩子留遗产，去世前要把所有财产全部回报社会？"

"嗯，我打算这么做，内人和孩子都无异议。"

施总由衷地说："我很佩服你，我觉得美国的富人是真正的开明，什么时候全世界的富人都像盖茨和你就好了。老实说我还做不到，并不是守财，而是不忍心剥夺儿子的幸福。"

罗伯特笑着说："也许你儿子比你更开明呢。"

"但愿吧。"

太空车内的电话响了，说地球上的总部安妮秘书来电话，有急事向施总汇报。电话转过来，安妮急急地说：

"施总，网上评选出的 50 个营员名单已经出来了，你猜第一名是谁？是乖乖龙的冬，那个最先提出月球夏令营建议的网民！"

"这很正常啊，他是发起者，当然容易被选上了。"

"但施总知道乖乖龙的冬是谁吗？我们已经同入选的各人通了电话，了解了他们的真实身份，他是你的儿子小龙！"

施天荣愣了。他一直不愿让儿子在这件事上参与太深，但他绝对想不到，原来儿子既是始作俑者，又成了第一名营员！难怪这个"乖乖龙的冬"对公司的情况如此了解。他心中隐隐作痛——父子之间太隔膜了，儿子这么多活动，当父亲的竟然一概不知，连儿子常用的网名也不知道。而且——第一个在网上批评昊月公司不交资源税、要公司"出血"否则就要合伙儿收拾昊月公司的家伙，竟然是自己的儿子！

这些且不说它，现在他最担心的是：这个消息如果捅出去，肯定有人怀疑父子俩是在演双簧，公司精心策划的这个宣传，效果肯定大打折扣。他问安妮：

"乖乖龙的冬的真实身份泄露出去了吗？"

"没有，目前只有我知道。"

"你做得好，请继续保密，我尽快赶回去处理。"

他苦笑着挂了电话，罗伯特一直同情地看着他，劝道：

"没什么大不了的，小龙既然是按正当的程序被选上的，就让他参加吧。"

施天荣直摇头："不行，你们西方人的脑筋太简单了。你想想，当儿子的带头拆老爹的台，逼老爹的公司出血，外人怎么能相信？他们肯定认为是父子串通，小骂大帮忙。不行，我得让他赶紧退出，匿名退出去。"

罗伯特警告说："这不一定是好办法，纸里包不住火。"

施天荣叹口气："反正不能让他参加，我得考虑一个万全之策。"

飞船返回时，等发射窗口耽误了几天，等到他与儿子见上面时，小龙已经严阵以待。父亲说：

"原来是你提的建议啊，是你第一个批评昊月公司不交资源税，要逼着我们出血。"

他说得很平静，但难免带一点酸味。小龙嬉皮笑脸地说："是啊，我这是'大义灭亲'。"

"哼，原来施天荣的儿子也有仇富心理？当年我若是失败，你小子正在捡垃圾哩。"

"捡垃圾也饿不死我。不过毕竟您成功了，对富人要求严一点并不为过。"

"这些不说了，但你一定要退出夏令营。编个理由，仍用那个网名退出。虽然在这件事上咱们没有任何暗箱操作，但瓜田李下，不得不防。你别忘了，美国的登月行动还曾被怀疑为造假呢，怀疑论者竟然为此鼓噪了50年。你要去月球等以后再说，我给你提供旅费。"

他估计儿子肯定会反抗的，但出乎意料，儿子的眼睛转了两圈，非常干脆地答应了，弄得施天荣准备了一肚子的理由没了着力处。儿子答应后就平静地离开了，回到自己的书房。施天荣心中一块石头落地，于是驾车去公司。但途中他已经感觉隐隐不安，依多年的商战经验，凡事若太顺利，常常暗藏玄机。这一回问题会出在哪儿？施天荣一向以思维敏捷著称，但——如今网络上事件进行的速度实在太快了。还没等他思考成熟，安妮秘书已打来电话，让他赶紧上网看看，说小龙已经把 10 分钟前两人的谈话捅到网上，网上已经乱成一锅粥了！他赶紧停下车，用手机上网。原来儿子对这次谈话早有预谋，把谈话秘密录下，在网上做了直播。直播中施吴小龙坦然承认了自己的身份，但他保证他做的所有的事包括那个建议父亲并不知情。他说，"如今父亲大人逼我匿名退出，但我不会屈服于施总的权威。君子坦荡荡，心中没鬼，我不怕别人的怀疑。现在我把所有实情全部公开，究竟我该怎么办，听大家的公断。"

砖头很快就拍过来：

  欲盖弥彰！一定是你们父子合谋！
  鬼才信你的坦荡荡！

但正面的意见远远超过反方：

  相信乖乖龙的冬！
  君子坦荡荡，小人长戚戚！

然后把矛头对准他的父亲：

  姓施的什么玩意儿，竟敢篡改两亿网民的选举结果？他以为自己是谁，秦始皇？成吉思汗？希特勒？
  施天荣是假道学假正经外加伪君子！

网上的进程就像是添了时间加速剂，被选上的另外49人私下进行了串联，仅仅两个小时后，施总回到办公室时，一份49人联合声明已经登在网上：

相信乖乖龙的冬的清白；
施天荣董事长看似高姿态的决定，其实是对网民意志的亵渎；
49人与乖乖龙的冬同进退，如果昊月公司仍坚持让乖乖龙的冬退出夏令营，我们也将退出。

施天荣还不大习惯网上的尖刻，让这些正面的和反面的砖头拍得面红耳赤。不过心中也很欣慰，儿子这么一闹，歪打正着，反而给出一个满意的结果。细想想自己的做法确实不妥，假如儿子真的匿名退出，事后又被捕出来，那才是屎不臭挑起来臭，到那时有一千张嘴也说不清了。正在这时，他看到了儿子的帖子：

"施总老爹大人阁下，这会儿您是不是在网上？您还让我匿名退出吗？哈哈，匿名也来不及啦！"

施天荣只回了三个字：

"臭小子！"

三天后，被选上的50名幸运者在昊月公司总部集合。施天荣在公司门口亲自迎接，夫人吴雪茵也来了。由于这件事最先是在中文网站上折腾起来的，所以50人中中国人比较多，竟占到21名。施天荣曾觉得这个比例太大了，很想"高姿态"地平衡一下，但想想此前的教训，这句话一直没敢提起。事后证明他不提是对的，因为没有任何人对"中国人比例过高"提出异议。网民们只关心评选是否公正，不关心什么"比例""平衡"之类的因素。其他29名营员来自各个国家，黑白棕黄各色俱全，50个营员把施总围在中间，人人眼中跳荡着对太空之旅的向往。

施吴小龙作为营员的代表，向爸爸郑重地呈交了50人签名的承诺书，内容是：

所有参加人承诺，成年后将从事太空开发事业。

如果活动期间发生意外，各参加人都不要求任何赔偿。在不造成太空污染的前提下，请就地实行简易太空葬。我们愿永远守在寒冷的外太空，默默守护着过往的旅人。

他们还非常周到地在 50 人中做了专业分配，有人搞太空采矿，有人攻太空运输，有的研究太空营养学，有的研究太空生物学，等等。这里面有一个学文的，即网名为"华西丽莎"的那位小丫头，以雄辩的理由挤进这堆理工学生中。她说：凡认为太空开发不需要文学的人，都是无可救药的技术至上主义者。月球基地需要飞船船长和挖掘机工程师，同样需要太空诗人！她说她来自唐朝著名边塞诗人岑参的故乡南阳，岑参的许多著名诗句，如"北风卷地白草折，胡天八月即飞雪""一川碎石大如斗，随风满地石乱走"等，虽一千多年后读来，仍使人血脉偾张。而她愿步岑参之后尘，为人类留下壮丽的新边塞诗歌。

施天荣被她的激情所打动，痛快地裁定，太空诗人这一职业符合公司先前定的条件。

儿子做事总是出人意料，在送交这份承诺书后，他随即又宣读了一份个人声明：放弃对父母财产的继承权，大学毕业之后他就自立，拒绝父母的抚养。

这个声明太突然了，施天荣和妻子都颇为怅然。从骨子里说，他俩是很传统的中国人，家业都是为儿孙挣的，其实他们自己的日常生活一直比较简朴。现在儿子突然来这么一手，让他们的父爱母爱没了着力处。当妈的尤其心疼，如果儿子大学毕业就自立，他的日子至少在若干年内会相当艰苦。她劝道：

"今天只谈月球夏令营的事，放弃遗产的事日后再说吧。"

儿子不答应："不必了，我今天宣布的决定不会再更改了。妈您放心，总不能让我不如比尔·盖茨的儿女们吧？"

施天荣也想开了,笑道:"那我和你妈总不能比不上比尔·盖茨夫妇吧?行,我答应你。我也宣布,我们夫妻俩的财产将在去世前全部回馈给社会。我将很快成立一个慈善基金会,负责这些善款的使用。希望我们退休后,这个基金会由你接班。"他转向大伙,"好啦,到这儿为止,可以说是结束了月球进行曲的前奏,下面要进入主旋律了。请大家到公司培训中心,开始太空之旅的正式培训!"

终极爆炸

一

对一个人的了解，也许两年的相处比不上一次长谈。在去特拉维夫的飞机上，以及在特拉维夫的伯塞尔饭店里，一向冷漠寡言的司马完与史林有过一次长谈。这次谈话在史林心中树起了对司马老师深深的敬畏。他有点后悔不该向国家安全部密告自己的老师——说告密其实是过分的自责，不大恰当。史林并没有主动告密，而是在国安部向他了解司马完的近情时，没有隐瞒自己对他的怀疑。不过他的陈述不带任何个人成见和私利，完全出于对国家民族的忠诚，对此他并没有任何良心负担。

但在此次长谈后，他想，也许自己对司马老师的怀疑是完全错误的。至少说，如果是在这次长谈之后国安部的官员才来找他，他说话肯定会谨慎一些。他已经洞悉了司马老师的内心世界，这么一位完全醉心于"宇宙闪闪发光的核心机制"的科学家，绝不可能成为敌国的间谍。说句笑话吧，他没这个闲心，赔不起这个时间。

当然，国安部对司马完的怀疑也有非常过硬的理由啊。单是他们向史林透露的只言片语也够可怕了。史林想来想去，无法得出确定的结论。

史林来到北方研究所后就分到司马完手下，研究以"核同质异能素"为能源的灵巧型电磁脉冲炸弹，至今已经两年半了。像铪178，它们的能量密度可达每克一百万千焦，虽略逊于铀235核弹，但其能量释放完全是以电磁脉冲形式，所以更适合做电磁脉冲武器。当年他以优异成绩从北大物理系毕业，可没想到会舍弃科学之神而为战神效劳。史林一心想做个超一流的理论物理学家，这个志愿从少年时代就深植于心，成了他毕生的信仰。初中一年级时

终极爆炸

他看过一本科普著作《可怕的对称》，作者是美国理论物理学家阿维·热。阿维·热也许算不上一流的科学大师，但绝对是一流的传教者。他以生花妙笔传布了对科学之神的虔诚信仰。这种信仰和宗教信仰不同，不是建立在无知和盲从上，而建基于科学本身内在的美、内在的震撼力。你一旦皈依了科学教，就再也没有什么诱惑能使你改变信仰。

阿维·热在书中说，宇宙是一位最高明的设计师设计的，基于简单和统一的规则，基于美和对称性。宇宙的运行规则更像规则简约的围棋，而不像规则复杂的橄榄球。他说，物理学家就像是完全不知道规则的观棋者，经过了长时期的观察、思考、摸索、失败，已经敢小小的吹一点牛了，已经敢说：他们大致猜到了上帝设计宇宙的规则。

阿维·热说，当代物理学已经非常接近最终的胜利，即破解宇宙的终极定律，或终极公式。那个非常简单的宇宙公式中只包含七个分项——比如一个分项 R/G 代表万有引力，另一个分项 F^2/g^2 代表电磁作用、强作用和弱作用——完全可以写在一张餐巾纸上。但这还不行，还要再合并，再简化。相信最终得到的宇宙终极公式一定极为简约优美，类似于爱因斯坦的 $E=mc^2$。

这本书强烈地拨动了一个少年的心弦。他很想由自己来踢出这制胜的一脚。科学家可以造势，但更应该顺势。爱因斯坦后半生一直致力于宇宙统一场论，可惜一事无成。物理学家泡利——一个说风凉话的大师曾讥讽说："上帝要分开，人类还是不要把它们合起来吧。"不过，笑到最后的还是爱因斯坦。他对宇宙终极定律的直觉完全正确，绝对睿智，今天已经成了科学界的共识。他错就错在过于超前，一人孤军奋战，相关的研究跟不上他的思路——比如那时还不知道强力和弱力，所以才失败了。

不过，按阿维·热的观点，现在已经大致到瓜熟蒂落的时候了。那么，如果能由一个中国人来完成宇宙终极理论，倒也不错，算得上有始有终。宇宙诞生的理论，马虎一点，可以说是由一位中国人在两千年前最先提出的。那个人是老子，他在《老子》四十二章中说："道生一，一生二，二生三，三生万物。"翻译成现代语言就是说：宇宙万物是按某种确定的规律生成的，并且是单源的。他还写道："万物生于有，有生于无。"这正是今天宇宙学家的观点——宇宙从"无"中爆炸出来。真是匪夷所思啊，一个两千年前的老人，那时科学几乎还没有启蒙，他怎么能有这样的奇思妙想？

史林的志向是狂了一点，但也不算太离谱，常言说得好，不想当元帅的士兵不是一个好兵。可惜他生不逢时——战争。史林毕业时，第三次世界大战，或者如后代历史学家命名的"第 2.5 次世界大战"，已经越来越临近了。战雨欲来，腥风满楼，书斋内也能听到战车的辚辚声和战靴的嘎吱声。国家正在为战争而全力冲刺，所有的基础研究自然被暂时束之高阁。史林没能去科学院，而是被招聘到这家一流的武器研究所。

对此他倒没有什么怨言。在他醉心于宇宙终极理论时，他的精神无疑是属于全人类的。但这个精神得有一个物质的载体，而这个肉体生活在尘世之中，隶属于某个特定的国家和民族。既然如此，他也会诚心诚意地履行一个公民的义务。

他向国家安全部如实陈述自己对司马老师的怀疑，也正是基于这种义务，而不是缘于他的本性。

司马完是一位造诣极深的高能物理学家，专攻能破坏信息系统的电磁脉冲炸弹，在此领域中，他是中国乃至世界的一流高手。中国已经为这场无法避免的战争做了一些准备，鉴于美国在军事上的绝对优势，和中国非常薄弱的军工基础，中国的对策是大力发展不对称战力，比如信息战战力。在这些特定领域中，中国已经赶上甚至超过美国了。而在这个领域中执牛耳的司马完自然是一个国宝级的人物。

司马完今年 50 岁，小个子，比较瘦，外貌毫不惊人，不说他"相貌猥琐"已经是为贤者讳了。他冷漠寡言，比较严厉，没怎么见他笑过。他的助手们向他汇报工作进度时一般都要提心吊胆。助手们私下说，他和妻子卓君慧似乎是天下最不般配的夫妻。卓君慧个子比丈夫高一些，非常漂亮——甚至用这个词来形容她都是贬低，应该说她非常高雅、雍容、大家风范。今年 45 岁，但保养得很好，只像三十几岁的人。身材苗条，一双玉腿亭亭玉立。性格慈和明朗，与她交往有如沐春风的感觉。

其实说司马夫妻不般配只是表观的印象，实则非常般配。在研究所里，他们被同事们私下戏称为"三百五夫妻"。不要误解这个绰号和"二百五"有什么瓜葛，那是指两人的IQ之和接近三百五。按美国心理学家大卫·韦克斯勒的《韦氏成人智力量表》，人的平均智商是100，最低者40，极高者可达160。史林自小极为聪慧，成年后做过一次测定，得了160的高分，为此颇为自矜。但司马夫妇两个都达到或超过170！170！这可是五百年才得一见的超级天才呀。其中卓君慧的IQ值甚至比丈夫还要略高。单凭这一点，也够研究所的年轻人五体投地了。

史林并不完全信服韦氏测定法，但那是对低值IQ而言。也就是说，偶尔测为低IQ值的人并不一定是弱智，甚至被确判为弱智的人也可能是白痴天才。从这方面讲智商之说不能绝对相信。但另一方面，被测定为170智商的人则绝对是天才！这是绝不会误判的。史林测试时经历过那番折腾，对此深有体会。

卓君慧是位一流的脑科学家。现代脑科学大致说来有两个分支，一个分支偏重于哲理性，研究神经元如何形成智慧，如何出现自我，或者探讨人类作为观察者能否最终洞悉自身的秘密，等等。不少科学家认为：人类决不能完全认识自身，从理论上说也不行，因为"自指"就会产生悖逆和不决。另一个分支是实用性的，研究如何开发深度智力，加强左右脑联系，增强记忆力，研究老年痴呆症的防治等。两个分支的距离不亚于牛郎星与织女星的迢迢难度，但她在两个分支中都游刃有余，她甚至在脑外科手术中也是一把好刀。

也许是有意弥补丈夫对同事的冷漠，卓君慧经常到丈夫的研究所来玩，或者邀请年轻的单身汉们到家里打牙祭，与大伙儿相处甚洽。史林非常敬重师母，几乎把她看成圣母和完人。所以，在和国安部官员的那次谈话后，尽管他没有任何良心负担，但仍然不大敢看师母的眼睛。

他们有一个19岁的儿子，那小子是他父母的"不肖子"，一个狂热的新嬉皮士。头发染得红红绿绿，酷爱时装的须边、喇叭裤腿和灰调的饰品，信仰自我主义、爱与和平。他也很聪明，虽然从不用功，还是轻松地考进了北大数学系，所以他与史林是相差五届的同学。这小子在大学里仍不怎么学习，只要考试能过60分，决不愿在课堂多待一分钟。司马夫妇对他比较头疼，这算是这个美满家庭中唯一不如人意的地方吧。

中航的C989起飞了，这是20年前正式投入运营的超大型客机，双层，标准载客555人。现在飞机在平流层飞行，飞得非常平稳。透过飞机下很远的云层，能看到连绵的群山，还有在山岭中蜿蜒的长城。他们这次一行三人，司马夫妇和史林。司马完和史林是去以色列两个武器研究所做例行工作访问，这些年来他们和以色列同行保持着融洽的关系，在某种程度上超越了政治。在美国造就的全球技术封锁格局中，司马完他们经常能从以色列同行嘴中有意或无意听到一些极为有用的只言片语。所以，他们一直小心地维护着这个非正式的交往渠道。卓师母则是去特拉维夫的魏茨曼研究所，那儿是世界上脑科学的重镇，有一台运算速度为每秒万亿亿次的超大型计算机，专门用于模拟140亿人脑神经原的缔合方式。据说爱因斯坦的大脑现在已经"回归故里"——他的犹太人族籍而不是他的瑞士国籍，在这个研究所受到精心的研究。卓师母常来这里访问，史林来以色列的三次都是和卓师母同行。

史林走前，国家安全部的洪先生又约见了他。这次会见没什么实质内容，洪先生只是再三告诫他不要露出什么破绽，仍要像过去一样与司马相处：

"司马先生是国宝级的人物，对待他一定要慎重再慎重。当然，"洪先生转了口气，"也应该时刻竖起耳朵，注意他的行动。如果能洗脱他的嫌疑，无论对他个人或者对国家都是幸事。"

洪先生希望在此行中，史林能以适当的借口，始终把司马"罩在视野里"，但前提是绝不能引起司马的怀疑。史林答应尽量做到。

漂亮的空中小姐已经讲完了乘机安全事项，开始推着小车分发饮料。乘客们或者听音乐，或者趴在窗户上观看云缝中的美景。司马夫妇坐在头等舱，史林在经济舱，不能时刻把司马完罩在视野中。他有点担心——也许就在那道帷幕之后，司马完正和某个神秘人物进行接头？他正在想办法，卓师母从头等舱出来了，来到史林的座位前，轻声说：

终极爆炸

"你这会儿没有事吧。老马想请你过去,谈一点工作之外的话题。你去吧,咱俩换换座位。"老马是她对丈夫的称呼。

史林当然非常乐意地去了。C989的头等舱很豪华,可调座椅可以调成睡床,靠背上放着澳大利亚羊毛毯。旁边有小小办公桌、电视小屏幕、私人电话和手提电脑,茶几上摆着新鲜水果。司马完用目光示意史林在卓君慧的座位坐下,递过一枚莲雾,又唤空姐为他斟上一杯热咖啡。史林吃着水果,忖度着司马老师今天会谈什么"工作之外的话题"? 司马完开门见山地问:

"听说你有志于理论物理,宇宙学研究?"

"对。我搞武器研究是角色反串,暂时的。战事结束后我肯定会回本行。"

司马完有点突兀地问:"你是否相信有宇宙终极定律?"

史林谨慎地说:"我想,在地球所在的'这个'宇宙中,如果它在时间和空间上是有限的——这已经是大多数理论物理学家的共识——那么,关于它的理论也就应该有终极。"

司马完点点头,说:"还应该加一个条件:如果宇宙确实是他——上帝——基于简单、质朴和优美的原则建造的。"

史林热烈地说:"对这一点我绝对相信! 当然没有人格化的上帝,但我相信两点:一、宇宙只有一个单一的起源;二、它的自我建构一定天然地遵循一个最简单的规则。有这两点,就能保证你说的那种质朴和优美。"

司马完赞赏地点点头,沉默了一会儿。史林也沉默着,不知道司马完还会谈什么。司马完忽然问:

"你的IQ值是160?"

史林不想炫耀自己,有点难为情地说:"对,我做过一次韦氏测定,160。不过,我不大相信它,至少是不大看重它。"

司马完皱着眉头问:"不相信什么? 是IQ测定的准确性,还是不相信人的智力有差异?"

"我指的前者。智商测定标准不会是普适的,一个智商为60的弱智者也可能是个音乐天才。至于人与人之间的智力差异,那是绝对存在的,谁说没有差异反倒不可思议。"

"IQ 的准确与否是小事情，不必管它。关键是——是否承认天才。我就承认自己是天才，在理论物理领域的天才。承认天才并不是为了炫耀，而是认识到自己的责任。老天既然生下爱因斯坦，他就有责任发现相对论，否则他就是失职，是对人类犯了渎职罪。"

史林听得一愣。从来没有听过对爱因斯坦如此"严厉"的评判，或者说是如此深刻的赞美，他觉得很新鲜。从这番话中他感受到司马完思维的锋利，也多少听出一些偏激。他想天才大都这样吧。司马完说：

"我知道你也是个天才。我观察你两年多了。"他说得很平静，不是赞赏，而是就事论事，就像说"我知道你的体重是 160 斤"一样。"也知道你一直没放弃对终极理论的研究，业余时间一直在搞。你想由一个中国人来揭开上帝档案柜上的最后一张封条。我没说错吧？"

史林感动地默默点头。他没想到司马老师在悄悄观察他。对他而言，探索宇宙终极理论已经成了此生的终极目的，这种忠诚溶化在他的血液中，今生不会改变。所以，司马老师的话让他觉得亲切，有一种天涯知己的感觉——不过他马上提醒自己：不要忘了国家安全部的嘱咐，对司马老师还得时刻睁着"第三只眼睛"。

飞机在乌鲁木齐停留片刻，上下旅客，接着又起飞了。两人只顾谈话，茶几上的咖啡已经凉了，司马完向他指指杯子，史林端起杯子呷着。周围的头等舱旅客个个衣冠楚楚，像是一些企业总裁之类的角色。他们对两人的谈话丝毫不注意，可能是出于绅士的礼貌，或者是听不懂。这很自然，两人的谈话本来就是远离尘世的，不会有多少人感兴趣。但史林已经感受到司马老师的思想深度，聚精会神地听下去。司马说：

"其实我也一直致力于此，比你早了 20 年吧。你不妨说说近来的思考、进展或者疑难，也许我能对你有所帮助。"

他说得很平淡，但透出不事声张的自信。史林考虑片刻，说：

"我想，要解决终极理论，还得走阿维·热所说的对称性的路子。德国女数学家艾米·诺特尔以极敏锐的灵感，指出大自然中守恒量必然与某种对称相关。比如她指出：如果物理定律不随时间变化，能量就守恒；如果作用量不随空间平移而变化，动量就守恒；如果不随空间旋转而变化，角动量就守恒。司马老师，这些守恒定律我在初中就学过了，但从来没想到它们的对称本质！诺特尔的洞察力是人类智慧的一个极好例子，简直有如神示。它给我极深刻的印象，让我敬畏和动情。我对她崇拜得五体投地。"

史林说得很动情。司马完没有插话，只是面无表情地点点头。史林说：

"爱因斯坦非常深刻地理解这一点——上帝对宇宙的设计必定由对称性支配。他能完成相对论，就是因为他善于从浩繁杂乱的实验事实中抽取对称性。比如，在那么多有关引力的事实中，他只抽取了最关键的一个守恒量，就是所有物体，不管轻重，不管它是什么元素，都以同样的速度下落。这就导致他发现了一种对称：均匀引力场与某个数值的加速运动完全等效。爱因斯坦称，这对他来说是一次'非常幸福的思考'，从那之后广义相对论就呼之欲出了。"他忽然觉得有点不好意思，在老师面前说这些无疑是班门弄斧，"这些历史你一定很清楚。我对它们进行回溯，只是想说明，我对终极理论的研究一直是走这条对称性的路子。"

司马完微微点头："我想你的路子不错。有进展吗？"

"还没有。引力还是没法进行重整，不能与其他三种力合并到一个公式中。"

司马完沉默了一会儿，说："对称性的路子肯定不会错，但你是否可以换一个角度？当年爱因斯坦没能完成统一场论，是因为那时弱力和强力还没有被发现。那么，今天物理学界在终极理论上举步维艰，是不是因为仍有未知力隐藏于时空深处？我相信物质层级不会到夸克和胶子这儿就戛然而止。应该有更深的层级。当然，随着粒子的尺度愈益接近普朗克长度 1.6×10^{-33} 厘米，粒子实体或物质层级会愈益模糊，虚浮，互相粘连，研究它们会越来越难，最终干脆不可知。不过，我们并不需要完全了解。门捷列夫也不是在了解所有元素后才建立周期律的。他只用推断出元素性质跟重量有关，并呈周期性变化就行了。这是个比较复杂的周期，取决于最外电子层可容纳的电子数。但只要发现这个'定律之核'，周期律就成功了。"

这番见解让史林受到震动。他说："老师你说得很对，我也相信你所抽提的脉络。不过我一直没能发现有关宇宙力的那个'核'。那个核！只要抓住这个核，终极理论就在地平线上露头了。"

他期盼地看着司马完。直觉告诉他，也许司马老师手里就握着这把钥匙。不过他同时又认为这是不可能的，如果司马已经做出突破，绝对不会藏在心里而不去发表，更不会在这样的闲聊中轻易披露。要知道这是多少人梦寐以求的成功！对这样的成功来说，诺贝尔奖是太轻太轻的奖赏。不会的，司马老师不会握有这把钥匙。不过，他无法排除这种奇怪的感觉——对于宇宙终极真理，司马老师完全是成竹在胸。

司马完看着舷窗外的天空，平淡地说："以往的终极研究都是瞄着把宇宙几种力统一，实际上，力的本质是信使粒子的交换，像光子的交换形成电磁力，引力子的交换形成引力，介子的交换形成弱力等。所以，力的本质就是物质，换一个说法而已。而物质呢，不过是空间由于能量富集所造成的畸变。这么说吧，力、物质、能量这些都是中间量，可以撇开。宇宙的生命史从本质上说只是两个相逆的过程：空间从大褶皱转换为小褶皱，冒出无数小泡泡，又自发地有序组合；然后，又被自发地抹平。其中，空间形成褶皱是负熵过程——这点不难理解，按质能公式，任何粒子的生成都是能量的富集化；空间被抹平则是熵增。你看，这又是艾米·诺特尔式的一个对应：宇宙运行相对于时间的对称性，对应于空间畸变度的守恒。"他把目光从窗外收回来，看看史林，"你试试吧。沿着这个思路——抛开一切中间量，直接考虑空间的褶皱与抹平——也许能比较容易得出宇宙的终极公式。"

他朝史林点点头，表示谈话结束了，随后便瞑目靠在座椅上。他已经看见了史林的激动甚至可以说是狂热。史林感觉到了"幸福的思想"，就像爱因斯坦坐电梯时因胃部下沉而感受到引力与加速度的等效；像麦克斯韦仅用数学方法就推导出电磁波恰恰等于光速；像狄拉克在狄拉克方程的多余解中预言了反粒子……所有那一刻的顿悟对科学家来说都是最幸福的，而这次的幸福更是幸福之最，它是真理的终极，是对真理探索的最完美的一次俯冲。

史林的目光在燃烧，血液沸腾了。眼前是奇特优美的宇宙图景，是宇宙的生死图像：

终极爆炸

一个极度畸变的空间,光线被锁闭在内部,无法向外逃逸;连时间也被锁死,永久地停滞在零点零分零秒。然后,它因偶然的量子涨落爆炸了,时间由此开始。空间暴涨,单一的畸变在暴涨中被迅速抹平,但同时转变为无数的微观畸变。空间中撕裂出一个个"小泡泡",它们就是最初层面的粒子。泡泡以自组织的方式排列组合,形成夸克和胶子,再粘结成轻子、重子、原子、分子、星云、星体、星系。星体在核反应中抛出废料,形成行星。某些行星上的"太初汤"再进行自组织,生成有机物、有机物团聚体、第一个DNA、简单生物,等等,这个负熵过程的高级产物之一就是人,是人的智慧和意识……

但同时,随着氢原子聚合,随着恒星向太空倾倒光和热,一只看不见的手又在轻轻抹去物质的褶皱,回归平滑空间。这个熵增过程是在多个层级上进行的;不过,局部的抹平又会导致整体的空间畸变,于是黑洞又形成了。空间的畸变和抹平最终构成了宇宙史。

史林完全相信,只要抽出这个艾米·诺特尔对称,宇宙终极公式也就不远了。它一定非常简约质朴,像爱因斯坦的质能公式一样优美。激动中,他竟然有些气喘吁吁。这会儿他完全把国安部洪先生的交代抛到脑后了。他虔诚地看着司马老师,等他往下说,但司马完似乎已经把话说完了。过一会儿,史林不得不轻声唤道:

"老师?"

司马完睁开眼看看他。

"老师,你的见解极有启发性。我想,你离成功只有一步之遥了,为什么还没得出最终结果?"

司马完淡然说:"也许是我的才智不够。这也是个悖论吧——要想破解这个最简约的宇宙公式,可能需要超出我这种小天才的超级天才。"

史林有些失望,也有些带点自私的兴奋——如果司马老师并没有完成,那自己还有戏。他沉默一会儿,说:"可惜,这样的公式即使被破译,恐怕也很难检验。物理学家和玄学家的区别,是物理学家有实验室,而且所做的实验必须有可重复性。但唯独物理学中的宇宙学例外:宇宙学家倒是有一个天然的大实验室——宇宙，但没人能看到实验的终点，更无法把宇宙的时间拨到零点，反复运行以验证它的可重复性。"

司马完立即说："谁说不能验证？只要是真理，就应该得到验证，也必然能验证。"他不屑地说，"我知道有类似的论调，说宇宙学是唯一不能验证的科学，等等。不要信它！总有办法验证的。当然可能不是直接验证，但肯定会有很具说服力的间接验证。"

史林渴望地看着他。依他的感觉，司马老师不但对终极定律成竹在胸，而且对如何验证也早有定论。他真希望老师能把这个"包袱"彻底抖出来。非常不巧，飞机马上要降落了，空姐走出来，让乘客回到自己的座位，系上安全带。卓君慧从经济舱回来，她看出来，这次谈话对史林的触动显然很大。他恋恋不舍地离开头等舱，一直陷在沉思中。

地中海的海面在舷窗外闪过，特拉维夫机场的灯光向他们迎来，飞机降落了。他们出了机场，随即坐出租车来到伯塞尔饭店。饭店依海而建，窗户中嵌着地中海的风光，非常美丽。位置又比较适中，离他们要去的三个研究所都不远。史林陪老师和师母来的前两次，也是在这个饭店下榻的。

在前两次同行中，史林对司马老师产生过怀疑，因为老师在特拉维夫的行为多少透着古怪。史林的怀疑不大清晰，只是那么想想而已。不过，国家安全部官员的那次到来，把这些怀疑明朗化了，也强化了。所以，即使史林因这次长谈而对司马老师相当敬畏，也不能完全抵消他内心的怀疑。从住进伯塞尔饭店后，他仍然时刻"竖着耳朵"观察老师的动静。

半个月前的一天，北方研究所吕所长让秘书把史林唤到所长办公室。吕所长的军衔是中将，在国内外军工界是一个大人物。屋里还坐着一个人，穿便衣，但分明有军人气质，四方脸不怒而威，打眼一看就是有相当级别的大人物。那人迎上来和史林握手，请他在沙发落座。吕所长介绍，"这是国家安全部的领导，姓洪，想找你问一些情况，你要全力配合。"吕所长说完就走了，临走小心地带上门。

史林心中免不了忐忑，因为看吕所长的态度，今天的谈话一定相当重要。

洪先生首先和颜悦色地扯了几句家常，问史林哪个学校毕业，来所里有几年，一直跟谁当助手，等等。史林知道这些话只是引子，既然国安部找到自己，自己的情况他一定事先调查清楚了。然后洪先生慢慢把谈话引到司马完身上。史林谨慎地回答说：他来这儿时间不长，对司马老师非常敬佩，老师专业造诣极深，工作也非常敬业。不过他们没有多少工作之外的接触，只是应卓师母之邀去赴过两次家宴。

洪先生不停点头，他说："这位司马老师可是国宝啊，是国家安全部重点保护名单上挂名的。我们的保护是百倍小心，不容出任何差错。所以想找你来了解一下，看他有没有什么心理上的问题，身体上的问题，等等。你不要有什么顾虑，尽可直言不讳。"

虽然他的话很委婉，史林不会听不出话中之音。他断定，洪先生既然来找他了解司马完，肯定有什么重要原因吧。他踌躇片刻，决定对国安部实话实说：

"我没发现什么问题，只有一点，不知道算不算异常。他在以色列工作访问时，总有两三天不见踪影。我陪他去过两次特拉维夫，都是这样。据他说是陪妻子去魏茨曼研究所，那是个综合性的研究所，以脑科学研究为强项。所以，卓师母去那里是正常的，但司马老师去干什么，我就不清楚了。我原来以为，也许这牵涉到什么秘密工作，是我这样级别的人不该了解的，所以我一直没有打探过。"

洪先生听得很认真："还有什么情况吗？"

"没有了。"他想想又补充道，"我们去特拉维夫的工作访问一般不会超过一星期，所以，单单为了陪妻子而耽误两三天时间，这不符合司马老师的为人。"

洪先生赞赏地点点头，这才说出来这儿的用意："谢谢你小史。我来之前对你做过深入了解，吕所长说你是一个完全可以信赖的年轻人。今天我找你来，有一个重担要交给你。"史林听出了问题的严重性，屏息以听。"我们对司马先生非常信任，非常器重，他对国家的贡献是有目共睹的。但不久前一次例行体检中，发现他脑中有异物。"

史林极为震惊！瞪大眼睛看着洪先生。对方点点头，肯定地说："没错，确定有异物，是在头部正上方，穿透头盖骨，向下延伸到胼胝体。异物的材质看来是某种芯片，或其他电子元件，我们还没机会确认。"

史林张口结舌。说震惊是太轻了，他可以说是惊骇欲绝。有异物！在一个国宝级的武器科学家脑中！在战争阴云越来越浓的特殊时刻！他觉得，洪先生宣布的事实，就像是阴河里的水，漫地而来，让他不寒而栗。他说：

"你是说他被……"

"对，我们担心他被别人控制，被敌人控制，在他本人并不知情的情况下。所以……"洪先生摇摇头，没把这句话说完。

史林下意识地轻轻摇头。这事太不可思议，他实在不愿相信。他想劝洪先生再去认真复核，不要把事情搞错。当然，他知道这个想法太幼稚。对一个国宝级的人物，来人又是国安部的重要官员，至少是副局长级别吧，肯定不会贸然行事。但……脑中有异物！受人控制！这个事实实在太诡异。洪先生问：

"你是否知道，司马先生在魏茨曼研究所接触的是什么人？"

"不清楚，他从不在我面前谈论那边的事，卓师母也不谈。"

"那么，司马先生的行为有否异常？比如偶然地动作僵硬，表情怔忡，无名烦躁，等等。如果他真受到外来力量的控制，应该会表现出一些异常。"

史林认真回忆一会儿，摇摇头："没有，从来没发现过。"

"那好吧，今天就谈到这儿，以后请你注意观察，但不要紧张，不要在他面前露出什么迹象。现在，既然知道司马脑中有异物，那么一切都已在控制之中了，不会出大娄子。"

他说得轻描淡写，但史林清楚，这些安慰恐怕言不由衷。他突然问：

"你说是在对他例行体检时发现的，那么上一次的体检是什么时候？"

洪先生看看史林，心想这年轻人确实思维敏捷，糊弄不住。他叹口气："是去年二月十日。你说得对，这个异物可能是去年二月十日以后就植入了，而我们到今年二月才发现。如果是那样，他就有近一年的时间处于我们的控制之外。如果真的……能泄露的军事机密也该泄露完了。"他摇摇头，"不管怎样，我们要尽快查个水落石出，这也是为他本人负责。"

到达特拉维夫后，他们照例访问了以色列军事技术公司（IMI），第二天又访问了迪莫纳核研究所。访问中明显看到战争阴云的影响，以色列同行们虽然还是谈笑自若，但能看出他们内心深处的疏远和提防。毕竟以色列一直是美国的忠实盟国，在即将来临的战争中，以色列不一定会直接参战，但至少是倾向于"自家大哥"的。

史林这几天精神高度紧张。过去的工作访问有司马老师做靠山，这次，那个靠山已经不可信了，他只能自己努力，尽量在最后一次访问中得到一些有用资料——还要时刻防着自己的同伴，观察他有无异常。不过，他没有发现司马完有任何可疑之处。

卓师母这两天一直陪着他们。她的美貌高雅、雍容大度是有效的润滑剂，让双方人员已经生涩的交往变得融洽一些。那些研究杀人武器的男人都愿意和她交谈。但史林却心情复杂。在和国安部洪先生的那次谈话中，有一点洪先生避而不提，史林当时也没想到。但随后马上就想到了，那就是：卓师母是否知道丈夫脑袋中的异物？作为夫妻，终日耳鬓厮磨、同床共枕，她应该能发现丈夫脑袋上的异常吧。如果知道——她在其中扮演什么角色？是同谋还是包庇犯？如果不知道——她与之同床共枕的男人竟然是个受他人控制的"机器人"，而她却一无所知！

史林对师母很尊敬，无论是哪种情况，史林觉得都比较恐怖，为她感到心痛。

第三天正好是犹太逾越节，司马夫妇的一位老朋友，IMI一位高层主管胡沃德·卡斯皮邀三人去他的私人农场玩。卡斯皮20年前曾任以色列军工司司长，因牵涉到对华军售而在美国的压力下被撤职，是一个公认的亲华派。在这样一个相对微妙的时刻，这种邀请显然不是纯粹的私谊。四人乘着卡斯皮的大奔出城。他的私人农场相当远，已经接近加沙了。快中午时到达农场，卡斯皮夫人已经准备好饭菜，笑着说：

"欢迎来到我的农场。能在逾越节招待尊贵的客人，我非常高兴。"

餐桌上堆着烤羊肉、苦菜和未发酵的面包，这是逾越节的传统食品，是为了纪念当年犹太民族逃离埃及。午饭中大家有意识地"不谈国事"，高高兴兴地闲聊着。卡斯皮说：

"今天可以说我是替曾爷爷招待中国客人。1937年他逃到上海，一直住到1945年二战结束。那几年生活是他终生难忘的。"

卡斯皮回忆说：二战中犹太难民成了世界的弃儿，被所有文明国家拒绝，只有加拿大、澳大利亚、印度、南非、新西兰和中国接纳了一些，其中上海接纳了2.5万人，占所有被接纳难民的一半。日本占领上海后，在1943年把所有犹太难民集中起来，在弄堂口焊上铁栅栏，禁止犹太人出入，甚至完全断绝食品供应。在这一年中，被囚禁的难民完全靠上海市民的"空投"才活了下来。市民们把大饼等食物包好，从邻近的房屋上向弄堂内扔。这些行为完全是自发的，是出于对"可怜人"的怜悯。卡斯皮说：

"我觉得，越是这种自发的下层社会的行为，越是能表现一个民族的品德。那时中国百姓同样是在日本的铁蹄下，日子也很难哪。以色列人永远忘不了在苦难中帮助过他们的人，我和妻子也忘不了。"

他轮番看着三个客人的眼睛，用目光传达着话语之外的东西，那就是："你们看到了我对中国人的感情，那么也该重视一会儿我要说的话。"卓君慧笑着说："说句套话吧，这是应该的，不用感谢。我想如果是中国难民逃到特拉维夫，你们也一样会帮助的，对吧。"

卡斯皮笑道："听曾爷爷说，那时一些中国民众不知道犹太习俗，还有往隔离区内扔猪肉包子的。当然，在那种极端艰难的情况下，吃一点违反犹太教教规的食物，耶和华也会原谅。"

餐桌上的人都笑起来，卓君慧说："这倒让我想起我国周总理的一件逸事。有一次他宴请一个犹太客人，那时中国外交还没经验，不知道犹太人的禁忌，竟然端上一盘烤乳猪！客人为难地说：'我对本族的禁忌倒是从不拘泥，但一个完整的烤乳猪也太公然了吧！'周总理一时愣了，马上说：'那么，请吃烤鸭！'满桌大笑，那位客人也放下心理包袱，香甜地吃起'烤鸭'来。30年后，他还在一篇文章中回忆起周总理的幽默和急智。"

众人又是一阵笑声。

饭后卡斯皮带客人们参观了他的农场，看了无土蔬菜，精确计量的滴灌系统，改良基因的山羊，等等。随后他领客人回到客厅，他夫人斟上咖啡后就退出去。客人们知道，真正的谈话就要开始了。卡斯皮脸色凝重地说：

"恐怕咱们之间的交往不得不中断了。原因你们都知道，战争，美国的压力。关于战争的正义性我不想多说，各国政治家都有非常雄辩的诠释，但我想倒不如用一个浅显的比喻。这是一场资源之战，就像一群海豹争夺唯一的可以换气的冰窟窿。先来的海豹要求维持旧有秩序，后来的说，'你们占了这么久，轮也轮到我们了！'谁对？可能后来者的要求多一些正义，但考虑到换气口对先来者同样生死攸关，他们的强占也是可以原谅的。尤其是，如果换气口太小而海豹个数太多，即使达成完全公平的分配办法也不能保证所有海豹的最基本需求，那就只有靠战争来解决了。你们如果最终走进战争，那是为了自己民族的生存，我敬重你们，至少是理解你们。"

司马完说："谢谢。战争确非我们所愿，甚至当一个武器科学家也违反我的本性。我总忘不了美国一个科学家班布里奇的话，他在参与完成了第一颗原子弹的成功爆炸后，痛心疾首地对奥本海默说：'现在，我们都是狗娘养的了！'"他摇摇头，"可是，总得有人干这种狗娘养的事。"

卡斯皮用力点头，重复道："我能够理解，非常理解，甚至在道义上对你们的同情更多一些。但战争一旦爆发，以色列势必站在另一方。你们知道，多年的政治同盟，以色列人对美国的感恩心理，等等。而且，即使没有这些因素，"他盯着司马完，加重语气说，"我们也不能把宝押在注定失败的一方。"

这句话非常刺耳，史林有倒噎一口气的感觉。看看司马完夫妇，他们神色不动。司马完平静地说："看来你已经预判了战争的输赢。"

卡斯皮的话毫不留情："我知道这些话很不中听，但我还是要说，作为朋友我不得不说，也许这才是替我曾爷爷报恩。这些年中国国力大增，按GDP来说已经是世界第一大经济体。但你们的军事力量大大滞后。当然，你们也大力发展了不对称战法，在某些领域，比如你主持的电磁脉冲武器就不亚于美国。但这改变不了整体的劣势。我曾接触过一些中国军方人士,他们说,中国 14 亿民众和 960 万平方千米的国土,是足以让任何侵略者灭顶的泥塘。我绝对相信这一点,但问题是美国军方也绝对相信这一点!经历了多次局部战争后,他们有足够的精明,不会陷入这个泥潭的。所以,我估计,这次战争不会以占领土地和消灭有生力量为主,而是远程绞杀战和点穴战,重点破坏你们的石油运输、电力、通讯、交通等,直到中国经济被慢慢扼死。这不是第三次世界大战,是第 2.5 次世界大战。"

这是史林第一次听到这个名词,后来它成了历史学家公认的名称,虽然并不是卡斯皮所说的理由。

司马夫妇沉默着,不作任何表态,但听得很用心。卡斯皮继续说:"坦率地讲,你们大力发展的不对称战法恐怕难以奏效。关键是即使在这些领域你们也并不占绝对优势,因而改变不了你们的整体劣势。按我估计,战争中真正能实现的,反倒是对方的不对称战法,即:在信息战、地面战、岸基海战等你们有均势或优势的领域,对方按兵不动;对方将只使用远洋打击力量、空中力量和天基打击力量等你们处于绝对劣势的领域,实行远程绞杀和精确点穴。你们对这种战法将毫无办法。"他讥讽地说,"我想起 30 年前,南斯拉夫战争还未开始时,苏联流传的一句辛酸的俏皮话:'万恶的美帝国主义必胜,英雄的南斯拉夫人民必败。'马上就要开始的战争很可能就是这句话的翻版。没办法,现在是武器至上的时代。"

司马完平静地听着,点点头:"你的分析很精辟。"

"一定要避免这场战争!请务必把我的话传达到贵国的高层。我算不上虔诚的和平主义者,以色列国是从血与火中建立起来的,我们不会迂腐到反对一切战争,但至少要避免必败的战争。说句我不该说的话吧,即使这场战争实在不可避免,也要尽量推迟,推迟 10 年、20 年,那才符合你们的利益。"

"谢谢你的诤言。我会传达的。"

卡斯皮摇摇头:"你刚才说了班布里奇的自责,我也想起俄罗斯和美国两人枪族的鼻祖,卡拉什尼科夫和斯通纳。两人 70 多岁时在美国第一次会面,见面时说:'我们都是罪人,上帝的两群子孙拿着我俩发明的武器互相残杀。'"

司马完叹息着，重复道："狗娘养的职业。武器科学家就像是令人憎厌的行刑手，偏偏是社会不可缺少的。不过，现在不少国家已经进步了，废除了死刑，也不需要行刑手了。但愿有一天不再需要武器科学家。咱们等着那一天吧。"

私人访问结束后，卡斯皮把他们送回特拉维夫。三个中国人很清楚，卡斯皮实际上是受以色列政府的授意，对他们宣布了非正式的断交。当然，他们是为了自己的国家利益，而且做得很有人情味，很义气。对他们没有什么可指责的。

回到伯塞尔饭店后，史林心情相当抑郁。他太年轻，虽然对双方的军力一向都有基本的了解，但难免受偏见所蒙蔽。现在，卡斯皮为他们指出了一座阴森森的冰山，它横亘在必走的航线上，正缓慢地、不可阻挡地向这边逼近。它是真实的威胁，不是海市蜃楼，没有办法躲开它。

史林也注意地观察着司马夫妇的反应。不知道他们内心如何，至少表面上相当平静。也许他们对卡斯皮的谈话内容并不意外，他们早就认识到形势的危险？晚上洗浴后史林到司马夫妇住的套房，卓君慧新浴过后正在内室梳妆，对外边大声说："是小史吗？你先和老马聊，我马上就出去。"司马完向他点点头，仍自顾翻阅犹太教的《塔木德》法典。法典是英文版的，以色列饭店中经常放有犹太教的典籍，以供客人们翻阅或带走。但司马完的翻阅显得心不在焉，史林想，他原来并非心静如水啊。他坐下来，不服气地说：

"司马老师，今天卡斯皮说的未免太武断。"

司马完淡淡地说："一家之言罢了。不过，他的分析确实很有见地。"

"那我们怎么办？"

"尽人事听天命吧。"

这个表态未免过于消极。史林心里不太舒服，沉默着。这会儿卓师母走出来说："明天咱们到魏茨曼研究所去，这恐怕是战前最后一次了。小史，明天你也去。"

史林觉得非常意外，因为过去两次陪司马夫妇来以色列，他们从不提让史林去那个研究所，甚至在闲谈中也从不提它。史林一直有一个感觉，那就是司马夫妇总是小心地捂着那边的一切。今天的态度变化未免太突然。他看看司马完，后者点头认可。卓君慧对丈夫说："你也去洗浴吧，洗完早点休息，要连着绞两三天脑汁呢。"

司马完嗯了一声，起身去卫生间。史林有点纳闷：她所说的"绞两三天脑汁"是什么意思？按说，在魏茨曼研究所应该是卓师母去绞脑汁吧，那是她的本职工作。卓师母坐到沙发上，和史林聊了一会儿。电话响了，她去接了电话，听见她声音柔柔地说了很久，最后说：

"去吧，我和你爸都尊重你的决定。"

等她放下电话过来，史林发现她神情有些黯然。

"儿子的电话。"她说，"军队在大学征兵，他办了休学，参军了。他说，中国之大，已经放不下一个安静的书桌。他的很多同学都参军了。"

史林在老师家里见过这位晚五届的同学，印象不是太佳。他没想到，这个表面上玩世不恭的小伙子原来是性情中人，是一个热血青年。他钦佩地说："师母，他是好样的。如果我这会儿在大学，也会报名参军。"

卓师母叹口气："我和他爸爸都支持他的决定。当然，担心是免不了的，他年纪太小。"

"他到什么部队？"

"南方一个长波雷达站。在那儿他的专业多少有点用处。"

司马完在浴室里喊妻子，让她把行李箱中的电动刮胡刀拿过去。史林觉得自己留这儿不合适，立即起身告辞。临走那个念头又冒出来：终日与丈夫耳鬓厮磨的卓师母是否知道他脑中的异物。她不可能毫无觉察吧。史林想，国安部委派的工作真是难为自己了，现在，面对一向敬重的司马老师和春风般温暖的师母，还有他们满腔热血、投笔从戎的儿子，他真不愿意再扮演监视者的角色。

第二天，他们借用卡斯皮先生的大奔，由卓师母开着去魏茨曼研究所。路上史林有一个明显的感觉：睡过一觉之后，司马夫妇已经把卡斯皮那番沉重的谈话，以及对战争前景的担心完全抛在脑后，现在他们一心想的是去魏茨曼研究所之后的工作，有一种临战前的紧张和期盼，一种隐约的兴奋。行路时，夫妇两人一直在进行简短的交谈，如："肯定是战前最后一次冲刺了。"或者："我估计这次会有突破。"他们的谈话不再回避史林，似乎史林突然也成了"圈内人"。史林没有多问，只是默默地听着，默默地揣摩着。

研究所在海边，是一幢不大的灰色四层小楼。门口没有设警卫，汽车长驱直入地开进去，停在长有棕榈树的院内。小楼内部的建筑和装修相当高档，过往的工作人员都热情地和司马夫妇打招呼，看来他们在这儿很熟络。三人来到一间地下室内，屋子比较封闭，里面有七张椅子，类似于牙科病人坐的那种可调节的手术椅。南墙上一个相当大的电脑屏幕。屋里已经有五个人，司马完夫妇同他们依次握手，同时向史林介绍他们的身份，其中有一些史林已经早闻其名。那位黄面孔、衣冠楚楚的男人叫松本清智，是日本东京大学物理系的主任；那位俄国人叫格拉祖诺夫，长得虎背熊腰，胡须茂密，是"俄国熊"这个绰号的最好标本。他是俄国实验地球物理研究所的研究员。那个肥胖的中年男人是东道主，以色列人西尔曼。这位是印度人吉斯特那莫提，瘦骨嶙峋，衣着粗劣，令人想起印度电影中的弄蛇艺人。年纪最大的高个子是美国人肯尼思·贝利茨，满头白发，粉红色的手背上长满了老人斑。卓君慧说，他是这个"160小组"的组长。

160小组？史林疑问地看看她。卓笑着解释，这个研究小组完全是民间性质，一直没有正式名称，在他们的圈内常戏称为160小组，后来就这么固定下来了。起这个名字是因为，小组成员的IQ一般都不低于160，都是世界上最杰出的理论物理学家。"不一定是最著名，但一定是最杰出的，比如那位印度人，是一个无正式职业的贱民，完全靠自学成才，在物理学界内外都没有名望，但他的实力不在任何人之下。"卓君慧补充说。

这句介绍让史林掂量出了这个小组的分量。他很困惑，不知道这几个人的集合与"脑科学"有什么关联。卓师母还介绍了第六位：电脑屏幕上一个不断变幻着的面孔。她说这是电脑亚伯拉罕，算是160小组的第八个成员吧。

几个人都微笑看着第一次与会的史林。司马完向大家介绍说，这是一个很有天分的年轻人，专业是理论物理，智商160，是一个不错的候补人选。

"我因个人原因即将退出 160 小组，所以很冒昧地向大家引荐他，彼此先接触一下。当然，是否接纳他还要等正式的投票。"他转向吃惊的史林，"小史，请原谅我事先没有征求你的意见。反正是非正式的见面，究竟参加与否你有完全的自由。不过我想你肯定会参加的，因为，"他难得地微微一笑，"这是向宇宙终极堡垒进攻的敢死队。"

宇宙终极堡垒！史林确实吃惊，没有想到司马老师会这么突然地把他推到这个陌生的组织内。他内心已经升腾起强烈的欲望。这些人中凡是他已闻其名的，都是一流的宇宙学家或量子物理学家。各人主攻方向不同，但没关系，正如阿维·热所说，在向宇宙终极定律的进攻中，科学的各个分支已经快会师了。

鉴于自己多年的追求，和深种心中的情结，他当然十分乐意参加，甚至可以说，这是司马完老师对他的莫大恩惠。当然，想到国安部洪先生的话，他心中也免不了有疑虑。也许司马完突然给他的恩惠是别有用心？司马完随后的话使他的疑虑加重了，司马完说：

"依照 160 小组的惯例，你需要首先起誓：决不向外界透露有关 160 小组的任何情况。无论最终是否决定参加，你都要首先宣誓。"

大家对新来者点点头，表示是有这样的程序。史林迟疑地说："只要这儿的秘密不危害我的国家。"

贝利茨摇摇头："160 小组中没有国家的概念。我们的工作是以整个人类为基点的。"

史林犹豫着。人类——这当然是个崇高的字眼，但他知道人类利益和国家利益并非完全一致。很显然，人类内部有过多次战争，包括将要发生的战争，上帝的子孙们一直在互相残杀。在这样的情形下，怎能去侈谈什么单一的人类？司马完看看他，冷静地说：

"你可以不起誓，这样你就必须马上离开，因而也不会知道 160 小组的内情；你也可以起誓，这样你将了解 160 小组的内情但不得向外人披露。对于国家安全部来说，这两种情况的最终结果是完全等效的。你选择吧。"

他似不经意地点出了国家安全部的名字，史林不由得转过目光看着他。

司马完面无表情，卓师母安详地微笑着。史林想，看来他们已经知道了国家安全部与自己的那次谈话。史林飞快地盘算一下，果断地做出了选择。他做出抉择的理由实际是很简单的：如果 160 小组中真有什么见不得人的秘密，他们不会把宝押在一个新人的誓言上吧。他郑重地说：

"我以生命起誓：决不向任何人透露有关 160 小组的内情。"

屋里的人都满意地点头。贝利茨说："好的，现在进入阵地吧。这可能是战前最后一次冲刺，希望这次能得到确定的结论。"

格拉祖诺夫笑着说："没关系，这次一定能撬开上帝的嘴巴。"

"开始吧。"

以下的进程让史林目瞪口呆。格拉祖诺夫先坐到可调座椅上，卓君慧过去，熟练地揭开他的一片头骨，里边弹出两个插孔，她拉过座椅旁的两根带插头的电缆，分别与两个插孔相连。计算机屏幕上，在亚伯拉罕的模拟人脸旁边，立时闪出格拉祖诺夫的面孔，不，不是一个，是两个。两个面孔与"原件"相比有些人为的变形，而且变形全都左右对称，比如一个人左耳大而另一个右耳大，这大概是用来区分格拉祖诺夫的左右分身吧。它们在屏幕上对着大家做鬼脸。卓君慧依次为六个人做好同样的连接，更准确地说是联机，12 个面孔依次闪现在屏幕上。

虽然很震惊，但史林在那一刻就猜到了真相。这是一种集体智力。六个大脑的胼胝体被断开，每人的左右脑独立，变成 12 个相对独立的思维场，再分别与计算机连机，建成一个大一统的思维场。胼胝体是人脑左右大脑的连接，有大约两亿条通路。早期治疗癫痫时曾有过割断胼胝体的治疗方法，可以防止一侧大脑的病变影响到另一侧。在二三十年前有人提出设想，说人脑的胼胝体实际是很好的对外通道，可以实现人脑之间或人脑与电脑的联机，并戏言它是"上帝造人时预留的电脑接口"。

非常可喜的是：这种联机的结果并不是加法，大致说来，n 个人脑的联机，其联合智力大约是单个人脑的 10 的 n 次方的数量级。所以，这是一种非常诱人的技术。但因为它牵涉到太多伦理方面的问题，没有了下文。没想到在160小组中已经不声不响地实行起来。现在，六个人脑的联机，其综合智力大致相当于10^6个人脑——也就是说，相当于一百万个一流的理论物理学家！在这么一个强大的思维机器前，还有什么问题不能解决呢。

他苦笑着想，这就是国家安全部所怀疑的"脑中异物"啊。他们在大脑中插入异物，原来并不是为了当间谍，而完全是为了非功利的思维。他佩服这六个人的勇敢，因为，不管怎么说，这有点"自我摧残"的、"非人"的味道。

这会儿是司马完在进行联机，他不动声色地说："我的神经插头在上次体检时被外人发现了。我推测，国安部一定找你了解过我的情况。关于这一点你回国后尽可以向他们汇报，不算你违誓。"

原来他和卓师母心里早就明镜似的，非常清楚自己对他们的监视。一时间，史林有被剥光衣服的感觉。不过，这会儿他已经把什么"监视"抛到脑后了。那是世俗中的事情，而现在他已经到了天国，面前是六个主管宇宙运行机制的天界政治局常委，正在研究宇宙的最终设计。这也正是他毕生的追求，现在哪里还有闲心去管尘世中的琐事！

眼前的情况让他震撼不已。他发觉，凡是断开胼胝体、进行联机的人，面部表情和行为方式立即变了，简单地说就是变成两个人了，左右眼、左右手、左右腿之间的动作不再协调，各行其是，给人以非常怪异的感觉。尤其是脸部表情最为怪异，常常是左眼圆睁而右眼闭着，左嘴角抽动而右嘴角安静，这甚至不是怪异，而是恐怖。但奇怪的是，所有人的脸上又笼罩着安详、恬静和幸福，那是释迦牟尼在菩提树下静悟得道时的表情。

六人已经进入禅定状态，屏幕上的十三个面孔——包括电脑亚伯拉罕的——消失了，代之以奇形怪状的曲线和信息流，令人目不暇视。现在屋里只剩下史林和卓君慧。卓师母帮六个人联完机，这才有时间对他解释。她说，这样的人脑联机，或者说集体智慧，是由贝利茨先生最先提议，由她帮助搞成的，唯一的目的，就是为了探求宇宙终极定律。正如司马完曾说的：为了探求那个最简约的宇宙终极公式，需要超出人类天才的超级智慧。她说：

"你先在这儿坐一会儿，我也要进去了，是例行的巡视。"她有点得意地说,"我可以说是这个智力网络的版主,负责它的健康运行。你耐心等一会儿,我很快就会回来。小史,等我回来我有话要跟你说。"

她坐到第七张手术椅上,散开长发,把两手举到头顶,熟练地做好与计算机的联机,然后闭上眼睛。她的面部表情也被割裂,变得和其他六位男人一样怪异。史林看着她自我联机,感情上再度受到强烈的冲击。原来,卓师母不仅知道丈夫的"异物",她自己也是如此!很奇怪,史林可以接受六个男人的现实,却不愿相信卓师母也是这样。这位慈和明朗、春风沐人的女性,不应该和"脑中异物"扯到一块儿。

其实史林对这种异物并无敌意,如果160小组同意,他会很乐意地照样办理,只要能参与到对宇宙终极定律的冲刺中。所以,他对师母的怜惜就显得违反逻辑。

屋里很静,只有计算机运行时轻轻的嗡嗡声。六个男人都处于非常亢奋的作战状态,面部变幻着怪异的表情,大部分时间他们闭着眼,有时他们也会突然睁开眼,一般只睁一只,但此时他们的目光中是无物的,对焦在无限远处。他们面颊肌肉抖动着,嘴角也常轻轻抽动,左手或右手神经质地敲击着手术椅的不锈钢扶手。大屏幕上翻滚着繁杂怪异的信息流,一刻也不停息,其变化毫无规则,非常强劲。六道思维的光流频繁向终极堡垒冲击,从繁复难解的大千世界中理出清晰的脉络,这些脉络逐渐合并,并成一条,指向宇宙大爆炸的奇点。然后,汹涌拍击的思维波涛涌动于整个宇宙。

史林贪婪地盯着屏幕,盯着他们。他此时无缘体会对宇宙深层机理的顿悟,无缘体会爱因斯坦所称的"幸福思想"。不过,透过六个人的表情,他已经充分感受到这个思维场的张力。而他暂时只能作壁上观,他简直急不可耐了。

只有卓师母的面容相对平和,基本上闭着眼,表情一直很恬静,显不出那种怪异的割裂。这当然和她的工作性质有关,她并不是和其他人一样冲锋陷阵,而是充当在战线之后巡回服务的卫生兵。屋中的安静长久地保持着,和宇宙一样漫无尽头。一直到吃中午饭时,卓师母才睁开眼睛,伸手去取自己头顶的插头,史林忙过去,帮她完成。

取下插头后她仍躺在椅子上，一动也不动。她的表情现在完全恢复"正常"了，不再左右割裂了，但她似乎沉浸在深重的忧虑中，眉头紧蹙，默默地望着屋顶。史林清楚地感受到她的忧虑，但不知道原因。他想，是否是这个智力网络有什么问题？或者他们的集体思维没有效果？

卓师母起来了，从柜子中取出早就备好的食物，是装在软包装袋中的糊状物，类似于早期太空食品，后来的太空食品也讲究色香味，基本不再使用这种糊状物，她让史林帮他分发给各人。六个男人都机械地接过食品，挤到嘴中，在做这些动作时，明显没有中断他们的思维。六人都吃完了，卓师母把食品袋收回，从微波炉中取出两份快餐，递给史林一份。两人吃饭时，史林有数不清的问题想问卓师母，但一时不知道该问哪个；另外，他也不知道卓师母会不会向他透露核心秘密，毕竟他还没有被160小组接纳。他问：

"师母，他们的探索已经到了哪个阶段？如果可以对我透露的话。"

卓师母平静地甚至有点漫不经心地说："宇宙公式已经破解了，去年就成功了。"史林瞪大眼睛，震骇地望着师母，"非常简约非常优美的公式。你如果看到它，一定会喊道：噢，它原来是这样，它本来就应该是这样！"她看看史林，"不过，在你正式加入之前，很抱歉我不能透露详情。它对160小组之外是严格保密的，极严格的保密。"

这个消息太惊人了，史林难以相信。当然，卓师母是不会骗他的。他想不通的是，既然已经取得这样惊人的成功，搁上他，睡梦中都会笑醒的，卓师母今天的忧思又因何而来？小组又为什么不公布？沉思很久，他委婉地说：

"我上次对司马老师说过，宇宙学研究的最大难点是对于它的验证。这个终极公式一定难以验证吧。不过我认为，再难也必须通过某种验证，超越于逻辑思维之外的验证。"

卓师母轻松地说："谁说难以验证？恰恰相反，非常容易，已经验证过了。"

"真——的？"

"当然。你想，在没有确凿的验证之前，160小组会贸然喝庆功酒吗？"她说，"虽然我不能向你披露这个公式，但讲讲对它的验证倒不妨。这会儿没事，我大略讲讲吧。"

史林已经急不可耐了，忘记了吃饭："请讲吧，师母，快讲吧。"

卓师母对他的猴急笑了："别急，你边吃边听。这要先说说爱因斯坦的质能公式，不少教科书上说，质能公式的发现打开了利用核能的大门，其实这纯属误解，是一个沿袭已久的误解。"

史林接过话头："对，你说得很对。质能公式是从分析物体的运动推导出来的，只涉及物体的质量（动量），完全不涉及核能或放射性。核能其实和化学能一样，都是某种特定物质的特定性质，只有少量元素才能通过分裂或聚变释放能量，大部分物质不行。比如铁原子就是最稳定的，可以说它是宇宙核熔炉进行到最终结果时的废料，它的原子核内就绝对没有能量可以释放。总归一句话：**具**有能释放的核能，并不是物质的普适性质。但根据质能公式，任何物质，包括铁，岩石，水，惰性气体，甚至我们的肉体，都应该具有极大的能量。"他又补充一句，"核能在释放时确实伴随着质能转换，比如铀裂变时大约有千分之一的质量湮灭，但那只能看作是质能公式的一个特例，不能代表公式本身。其实，所有化学反应中同样有质量的损失，只是为数极微。"

"对，是这样的。质能公式只是指出质量与能量的等效性，但并不涉及'如何释放能量'。那么你是否知道，有哪种办法可以释放普通物质中所内蕴的、符合质能公式的能量？可以称它为物质的终极能量。"她补充道，"正反物质的湮灭不算，因为咱们的宇宙中并没有反物质，要想取得反物质首先要耗费更多的能量。"

史林好笑地摇摇头："哪有这种方法啊，没有，绝对没有，连最基本的技术设想也没有。如果有了它，世界早变样啦。噢，对了，我想起来了，某个理论物理学家倒是提出过一个设想：假设地球旁边有一个黑洞，我们把重物投进黑洞，使用某种机械方法控制其匀速下落，从理论上说这可以做到，那么这个物体的势能就能转变为能利用的能量，其理论值正好符合质能公式的计算。"他笑着补充，"当然，这只是一个思维游戏，不可能转变为实用技术。"

"是否实用并不重要,关键看这个设想从理论上是否正确。我想它是正确的。这个设想中有两个重要特点,你能指出来吗?"

史林略略思索片刻,说:"我试试吧。我想一个特点是:这种能量释放和物质的种类无关,只和质量有关,所以它对所有物质都是普适的。对垃圾也适用,填到黑洞的垃圾将全部转换为终极能量,那位物理学家开玩笑说,这是世界上最彻底最经济的垃圾处理方式。"

"还有什么特点?"她提示道,"想想老马曾说过的:抹平空间褶皱。"

史林的反应非常敏捷,立即说:"第二个特点是:它是借助于宇宙最极端的畸变空间实现的,物质放出了终极能量,然后被黑洞抹平自身的'褶皱',消失在黑洞中。"

卓师母赞许地点头:"不错,你的思维很敏锐,善于抓关键,你老师没看错你。"

史林心潮澎湃。他在阅读到这个设想时,只是把它当成智力游戏,一点也没有引起重视。但此刻在卓师母的提示下,他意识到:这个简单的思想实验也许正好显示了终极能量的本质。被投入黑洞的物质完成了它在宇宙中的最终轮回,被剃去所有毛发即抹去所有信息,不管它是什么元素,不管它是什么状态——固态、液态、气态、离子态,甚至是单独的夸克——都将放出终极能量,被黑洞一视同仁地抹平褶皱,化为乌有。但这和卓师母所说的"对宇宙终极公式的验证"有什么关系?卓师母似乎知道他的思想活动,随即说:

"160小组发现的宇宙终极公式,恰恰揭示了空间'褶皱'与'抹平'的关系。利用这个公式,就有办法让物质'抹平褶皱',放出它的终极能量。所有的物质都可以。而且技术方法相当简单,比冷聚变简单多了。我们一般称它为终极技术。"

她说得很平淡,但史林再次被惊呆了。他激动地看着卓师母,生怕她是在开玩笑。他忽然脱口而出:

"这么说,冰窟窿可以扩大了,甚至可以无限地扩大!卓师母,那你们为什么还要保密?"

终极爆炸

他说的话没头没脑，但卓君慧完全理解。他是在借用卡斯皮的比喻：即将开始的资源之战就像一群海豹在争夺冰面上的换气口。是啊，现在冰窟窿可以无限扩大了，因为对资源的争夺首先集中在能源上，如果物质的终极能量能轻易释放，那么，人类能源问题可以说得到了彻底解决，以后，只用把社会运行中产生的垃圾、核废料等这么转换一下就行了。哪里还用得着打仗呢。

史林非常亢奋，情动于色。卓君慧心疼地看看这个大男孩：他还是年轻啊，一腔热血，但未免太理想化。她摇摇头：

"不行，终极公式绝不能对外宣布。这是小组全体成员的决定。"

史林的亢奋被泼了冷水，不满地追问："为什么？到底为什么？"

他真的很困惑。在他心目中，这几个人简直是天界的政治局常委，是超脱于世俗利益的。他们保守这个秘密绝对不会是出于自私的目的。那到底是为什么呢。

卓师母叹口气："我会告诉你的，我这就告诉你。不知道你是否知道文明发展的一个潜规则，虽然它并没有什么内在的必然性，但它一直是很管用的。那就是：当技术之威力发展到某种程度时，它的掌握者必然会具有相应程度的成熟。形象地说，就是上帝不允许小孩得到危险玩具。这么说吧，二战时核爆炸技术没有落到希特勒和日本天皇手里，看似出于偶然，实则有其必然性，更不用说它绝不会落在成吉思汗手里。大自然能有这条潜规则实在是人类的幸运，否则就太危险了。但160小组的出现打破了这种潜规则。由于智力联网，小组所达到的科技水平远远超越时代，至少超越五个世纪。反过来也就是说，今天的人类还不具备与终极技术相应的成熟度。"她强调着，"不，绝不能让他们得到这个危险的玩具。"

史林悟到这个结论的分量，但并不完全信服。他不好意思反驳，沉默着。卓君慧看看他："你不大信服这条潜规则，是不是？我们并不愿意隐瞒终极技术，不过很可惜，它还有一个……怎么说呢，相当怪异的、善恶难辨的特点，它使我刚才说的危险性大大增加了。"

"什么特点？"

"量子力学揭示，一个观察者会造成观察对象量子态的塌缩，也就是说，精神可以影响实在。这个观点有点神神鬼鬼的味道，爱因斯坦就坚决反对，但一百多年的科学发展完全证实了它。而且，这种精神作用并不是永远局限在量子世界中——那样给人的感觉还安全些——通过某种技巧，精神作用甚至可以影响到宏观世界，比如著名的薛定谔猫悖谬。这些观点你当然了解。"

"是的，我很了解，我一点都不怀疑。"

"问题是这种精神作用中的一个特例：当观察者的观察对象就是他本身时，这种'自指'会产生一种自激反应。把它应用到终极技术上，会得出这样一个结果：如果一个人想引爆自身会特别容易，可以借助于装在上衣口袋中的某种器具去实现。而普通物质终极能量的释放相对要复杂一些。"她看着史林，说，"你当然能想象得到，这意味着什么。"

史林当然能想象得到，不由得打了一个寒战。这就意味着，一旦终极技术被散播到公众中去，那对恐怖分子太有利了。他们今后甚至不用腰缠炸药，只用在上衣口袋中装上某种小器具，就可以自由自在地去他想去的地方，然后微笑着引爆自身。而且……这是怎样威力的人体炸弹啊。按质能公式，一个体重60公斤的人具有大约 5×10^{18} 焦耳能量，按每克TNT能量密度为5000焦耳算，相当于 10^9 吨TNT，也就是说十亿吨！而美国扔在广岛的原子弹才1.3万吨！十亿吨TNT的爆炸差不多能把半个以色列从地图上抹去了。如果更多的恐怖分子联手，甚至让日本列岛沉到海里也不是没有可能。

太可怕了，确实太可怕了。现在，史林完全理解了160小组对终极公式严格保密的苦心。卓君慧说：

"迄今为止，世界上只有七个人了解这件事。你是第八个。"

史林沉重地点头，他已经感到了沉甸甸的责任。他也会死死地守住这个秘密，不向任何人透露——甚至包括祖国的国家安全部。随后他想到，卓师母今天主动向他透露这些秘密，恐怕是有所考虑的，也许是受160小组的授意吧。这些秘密不会向一个"外人"轻易泄露，那么，160小组可能已经决定接纳自己。

对此史林没什么可犹豫的，虽然"脑中植入异物"难免引起一些恐惧的

终极爆炸

联想，有可能毁了他作为普通人的生活，也不一定，司马夫妇照旧生活得很好，但为了他从少年时代就深植心中的情结，为了满足自己的探索欲，他愿意做出这样的牺牲。

卓师母又要进去巡回检查了，史林帮她插好神经插头。等她沉入那个思维场后，史林一个人坐在旁边发呆。卓师母指出的终极武器的前景太可怕，与之相比，今天的核弹简直是儿童玩具了。因为人类所珍视、所保护、所信赖的一切：建筑、文物、书籍、野花、绿草、白云、空气、清水，甚至你的亲人、你的自身，都会变成超级炸弹。也许一连串的终极爆炸能引起地球的爆炸，半径6000千米的物质球在一瞬间能被抹平，变成强光和高热，人类的诺亚方舟从此化为没有褶皱的空间，不留下任何痕迹——也有痕迹，地球的爆炸肯定会毁了太阳系。

话又说回来，如果终极能量完全用于高尚的目的，那时人类文明的前景该是何等光明！这是最干净最高效的能源，它的使用不会在系统内引起熵增，人类社会不但一劳永逸地解决了能源问题，连带着把最头疼的环境污染也解决了。

但谁能保证人类中没有一个恶人？没有一个谈笑间在学生教室里引爆自身的恐怖分子？一万年后也不敢保证。由于人性之恶，技术之"善"与"恶"交织在一起，永远分拆不开。于是，160小组的成员们只有眼睁睁地看着已经到手的伟大发现而不能用，甚至还要处心积虑地把它掩盖起来。

他沮丧地想，看来人之善恶比宇宙终极定律更为复杂难解。也许这就是160小组的下一个终极目标吧——致力于人类灵魂的净化。

他出神了很长时间，也许两三个小时，没有注意到卓师母已经从思维场退出了。她仍像上次退出后那样，不语不动，躺在手术椅上，望着天花板沉思。不知道她保持这个姿势已经多长时间了，史林能清楚地感受到她的忧郁。这种忧郁很深重，但究竟是为了什么？史林不敢问，也不敢打扰她，在她脑后站了很久，才轻轻咳嗽一声。卓师母从忧思中醒过来，说：

"该吃晚饭了，你替我把食品分给大家吧。"

六个人的"智力攻坚"整整进行了两天。这两天中，卓师母曾四次进入思维场。那里一切正常，后来她就不再进去了。但她也不大和史林交谈，一直沉思着，眉间锁着愁云。晚上她和史林没去睡觉，倚在椅子上断断续续眯了几次。那六个人则显然没有片刻休息，一直处于极为亢奋的搏杀状态中。第二天晚上七点，卓师母最后一次"进入"，半个小时后返回，对史林简短地说：

"快要结束了，他们已经太疲累。这次不大顺利，看来仍然得不出结论。"

史林试探地问："他们在思考什么问题？既然终极公式已经得出来了。"

"终极公式可不代表终极问题。现在他们的进攻目标，其实是探究爱因斯坦曾说过的一句话：'我真正感兴趣的是，上帝能否用别的方法来建造世界。'换言之，如果我们这个宇宙灭亡后还会有'下一个'宇宙，或者在我们这个宇宙'之外'还有另外的宇宙——只是象征性的说法，实际宇宙灭亡后连时间空间都不存在——我们的公式在那儿是否还管用。"

她微笑道，"你一直强调对真理的验证，但这一个问题能否验证，还真的很难说。因为，对它的研究很难跳出纯粹的逻辑推理。要知道，依靠160小组的超级智力，提出几种能够自洽的假说并不难，难的是设计出验证办法。"她补充道，"而且必须要在'这个宇宙'之内对'宇宙之外'的事情做出验证。这个问题甚至比破解终极公式更难一些。他们正在做的就是这件事。"

"你说他们这次的进攻没有成功？"

"嗯。"

史林笑了："这对我其实是个好事，总不能把鞑子杀完了，得给我留一个吧。"

卓师母会心地笑了，但没有往下说，因为贝利茨先生已经举手示意要结束了。卓师母过去，动作轻柔地为他们拔下神经插头，再互相对接，把那块头骨按平。六个人依次从椅子上站起来。他们表情割裂的面容都恢复了正常，但都显得非常疲惫，入骨的疲惫，看来，连续两天的绞脑汁把他们累惨了。他们略定定神，贝利茨笑着说：

"别急，等下一次吧。上帝150亿年才完成的东西，咱们想撬开它，不能太性急。"

这边茶几上卓君慧已经摆好了食物,这次不是瓶装流食,而是三明治、袋装五香牛肉、袋装羊肉——印度人不吃牛肉、火鸡肉、饮料等,六个饿坏的人立即围上去,大吃大嚼起来。卓君慧安慰道:

"你们都别急,常言说慢火才能炖出美味的肉。越难,成功才越有味——对了,下次再聚会时我带上中国食品,显显我的厨艺,也预祝你们的成功。"

松本清智说:"别忘了带上中国的茅台。"

外国人说"茅台"这两个字,声调都很怪,带点咬牙切齿的味道。卓君慧笑了,逗他:"不行,这是在以色列,我要遵守犹太佬的禁酒规矩。"

西尔曼说:"犹太教规决不禁止美味的中国茅台,尽管带来吧。"

尽管今天的探索失败了,但他们丝毫不沮丧,餐桌上反倒有腾腾搏动着的欢快。探索本身就是幸福,也许其过程比结果更幸福,史林非常理解这一点,他真想立即加入这个小组中去——当然,与渴望伴随的还有对终极武器的恐惧,同卓师母谈话后,这样的恐惧已经如附骨之疽,摆脱不掉了。司马看看他,对妻子说:

"你对小史介绍了吧。"

"嗯,该介绍的我都说了。"

贝利茨温和地说:"史先生,你考虑一下,如果愿意加入160小组,就提出一个正式申请,我们将在下次聚会时表决。"

"谢谢,我马上会提出申请。"

贝利茨没有问司马完为什么要退出160小组,他对此有点困惑。凡是加入160小组的人,都把这种无损耗的智力合作、这种对终极真理的孜孜探索,当成了人生第一需要,当成了人生快乐的极致。所以,不是由于非常重大的原因,没有人会愿意退出小组。当然他没有问,其他人也都没有问,这属于个人的隐私,个人的自由。

七个人中间,只有卓君慧知道丈夫这个决定的深层原因。并不是丈夫告诉她的,司马完甚至对自己的妻子也守口如瓶。但卓君慧早就发现了丈夫的心事,半年前就发现了。在刚才的巡回检查中,当七个人的思维形成无边界的共同体时，卓君慧曾悄悄叩问了丈夫的潜意识，她的叩问非常小心，正致力于智力搏杀的司马完一点儿也没有觉察到。她甚至还悄悄叩问了其他几个人的潜意识，他们同样没发现。当六道思维大潮汇聚到一起，汹涌拍击宇宙终极堡垒的围墙时，他们不会注意到大潮下面是否有一道细细的潜流。

这种思维潜入在160小组中并没有明令禁止，但从公共道德的默认域来说，可以肯定是违规的。但她还是做了，她要去验证一些重要的东西，非常重要，足以让她有勇气违背平时的做人道德。现在她已经完成了验证，验证的结果使她忧愁。

夜里九点，八个人互相握别，也没忘了同电脑亚伯拉罕告别。他们依次同电脑中的那个面孔碰了碰额头，亚伯拉罕对每人说：

"再见，希望下一次早日相聚。"

二

他们预定的聚会被无限期地推迟了。

战争。

在随后的半年中，世界上的主要国家进行了最后的排列组合，分成两个阵营。一个阵营是"老海豹"，包括美国、日本、英国、澳大利亚等；另一个阵营是"新海豹"，包括中国、印度、韩国、巴西等。不用说，这种分组取决于各国在旧的世界资源分配体系中所占的地位。当然也有例外，比如俄罗斯，按说她应该属于"新海豹"阵营，但她本身就是一个资源超级大国，可以算得上既得利益者，再加上种种因素，最终她站到了原不属于她的位置。

2028年5月28日，后人所称的第2.5次世界大战终于打响了第一枪。战争的进程一如那位以色列军事专家卡斯皮的预期，是典型的远洋绞杀战和点穴战。老海豹们宣布了对新海豹阵营绝对的石油禁运，所有通往这些国家的油船都被拦截，中国郑和号50万吨油轮没能回国，被"暂时"扣押在伊拉克的巴士拉港。中俄石油管道和中哈石油管道"因技术原因"无限期关闭。中国西气东输管道，及伊朗—巴基斯坦—印度石油管道被空中投掷的动能武器炸毁，而且从此没能有效修复，因为这种天基打击是不可抵御的。中国和美国开始了对敌方卫星的绞杀战，一夜之间双方都损失了二分之一的卫星，然后又突然同时中止，原因不明。各国的陆基和海基核力量都张紧了弦，却一直引而不发。直到战争结束，谁都不敢首先启用。所以，最危险的核力量反倒毫发无伤。

最激烈的战事发生在对各重要海峡的争夺上，这是些没有悬念的战斗，因为美、日、英的远洋海空力量及天基力量都处于绝对优势。然后战火蔓延到新海豹国家的海港、铁路枢纽、通讯光缆会聚点等，但多是电磁脉冲轰炸或精确轰炸，以破坏交通、电力、通讯为目的，人员伤亡并不大。人们讥讽地说，看来社会确实进步了，连战争也变得文明啦。

这种慢性扼杀战术的效果逐渐显现。司马完夫妇就越来越感受到"透不过气"的感觉。北京城里，那曾经川流不息、似乎永不会中断的车流几乎消失了，普通人的汽车全部趴在车库里，因为有限的石油被集中起来，确保军队的需要。铁路交通处于半瘫痪状态。电信通讯经常中断，社会不得不回过头来依靠邮政通信。北京的夜晚因为空防和经常断电变得漆黑一团。社会越来越难以正常运行了。

失败就像是黑夜中的冰山，缓慢地、无可逆转地向新海豹阵营逼来，伴随着砭入骨髓的寒意。

战争开始两星期前，史林到日本探亲，他一个叔爷定居在日本，随后两国断交，史林没有回国。其实两国断交后都遣返了滞留在自己国家的对方公民，但据说是史林自己坚决拒绝回国，他的叔爷便为他办了暂居证。

此前，史林从以色列返回后，向国家安全部的洪先生汇报了在特拉维夫的见闻，主要是说明了司马完还有他妻子脑中的异物是怎么回事，但对终极公式和终极能量的情况则完全保密，信守了他对160小组的承诺。他对洪先生说：

"我可以保证，他俩装上这个插头是为了科学探索，而不是其他的卑劣目的，也不存在受别人控制的情况。"

洪先生没想到一桩大案最终是这么一个结果，一下子轻松了。从他内心讲，他实在不愿意看到这个重量级的武器专家成为敌国间谍。同时他也非常不理解：一个人会仅仅为了强化智力而摧残自身，把自己变成"半机器人"。听完汇报后他摇摇头，没有多加评论，只是对史林表示了感谢。随后他和吕所长通了电话，气怒地说：

"太轻率了。司马完这种做法至少是太轻率了。要知道，他的脑袋不光是他个人的，还是国家的。"

吕所长叹道："是的，他的轻率做法让我非常为难。以后我该怎样对待他？我敢不敢信任一个大脑里装着神经外插头的人？尽管他不会是间谍——你知道，我对这一点一直不相信，从一开始就不信——但有了这么一个大脑外插头，就存在着向外泄密的可能，尽管泄密并非他本人的意愿。"

洪先生也只有摇头："我也不知道该怎么办。"他忍不住低声骂一句，"妈的，科学太可怕了，咱们的保密规则甚至赶不上技术的发展。"

这么着，战争开始后司马完反倒非常清闲。北方研究所彬彬有礼地把他束之高阁，不再让他参与具体的研究工作。对此他非常坦然地接受了，丝毫不加解释。他研制的电磁脉冲弹在战争中也没派上太大的用场。对日本倒是用上了，在几个城市、海港进行了饱和电磁轰炸，对信息系统造成了很大破坏。但对远隔重洋的美英澳则有力使不上，毕竟中国的远程投掷能力有限。

司马完和妻子赋闲在家，散步，打太极，盼着儿子那儿寄来的军邮。儿子来过几封信，信中情绪很不好，一再说这场战争打得太窝囊，与其这样熬下去，不如驾一只装满炸药的小船去撞美国军舰，毕竟在几十年前，在南也门的亚丁港就有人这么成功地实施过。卓君慧很担心儿子的情绪，回了一封很长的信，尽量劝慰他，但她知道这些空洞的安慰不会起多大效力。

这是战争开始一年半后的事。儿子没能见到妈妈的信。几乎在发走这封信的同时，家里接到了军队送来的阵亡通知书。仍是一次天基力量的精确打击，美国的武装卫星向儿子所在的长波雷达站投掷了一枚钨棒，以每秒六千米的极高速度打击地面，其威力相当于一枚小型核弹。雷达站被完全抹去了，里面的人尸骨无存，甚至连一件遗物都找不到。

终极爆炸

办完儿子的丧事后，司马完开始实施自己的计划。并不仅仅是因为儿子的死，不是的，这个计划他早就筹划好了，自从确认中国在这场准备不足的战争中必然失败后，甚至早在卡斯皮那次谈话半年之前，他就开始了秘密筹划。但儿子的牺牲无疑也是一次轻轻的推动，在道义上为他解去了最后的束缚。他办妥了去中立国瑞士的护照，借口是一次工作访问，然后准备从那儿到美国，寻找一个合适的地点，把自己 56 公斤质量的身体变为一个绚丽的巨火球。

妻子因爱子的死悲痛欲绝，终日以泪洗面。他在出发前一直尽量抽时间安慰妻子。在这样的时刻，语言的力量太苍白了，他只是默默地陪着她，搂着她的腰，看着她的眼睛，或者轻柔地摸着她的手背。其实他的悲痛并不比妻子稍轻。妻子睡熟后，他睡不着，一个人来到阳台，躺到摇椅上，望着深邃的夜空，思念着儿子，心疼着妻子，也梳理着自己的一生。他常说自己当一个武器科学家纯属角色反串，他的一生只是为了探索宇宙终极真理，享受思维的快乐。160 小组的伙伴的探索完全是非功利的，是属于全人类的。他也曾真诚地发誓，不会把终极能量用于战争。但他终究是尘世中人，当他的思维翱翔于宇宙深处时，思维的载体还得站在一个被称作中国的黄土地上。这儿有流淌五千年的血脉之河，文化之河，这儿的人都是黄皮肤，眼角有蒙古褶皱，有相同的基因谱系。他必须为这儿、为这些人尽一份力量，做一些事情，虽然他要做的事可能有悖于一个终极科学家的道德观，有悖于他的本性。

他在无尽的思考中逐渐淬硬自己的决心。他并非没有迟疑和反复，不过他最终确认只能这样做。

他一直没把自己的决定告诉妻子，但妻子也许早已洞察到了。娶了这么一位高智商的妻子也有这点不便——他一般无法在妻子面前隐藏自己的内心活动。不过，这些天来，儿子之死对她的打击太大，妻子一直心神恍惚，似乎没有觉察到他的离愁，甚至没为他准备出门的衣物。

再过三天他就要走了，永远不会回来，永远告别尘世，也永远告别妻子。不知道在另一个世界里，他能否和儿子见面？这天晚上，妻子似乎从丧子之痛中走出来了，几天来第一次下厨，做了一顿丰盛的美味的晚饭——她的厨艺一向比保姆强。饭桌上还摆上丈夫爱喝的五粮液，她没怎么劝酒，只是默不作声地把两个杯子斟满，两人一干而尽，然后再斟，再干，直到一瓶酒见底。这么样的喝法不大正常，司马完知道妻子是在为他送别了，或者说是与他诀别了。

晚饭后，保姆出去了，两人对面坐在沙发上。司马完发现妻子并无半点醉意，眼神像秋水一样清明。妻子冷静地、开门见山地说：

"老马，后天你就要走了，去做那件事了。"

"对。我要走了。"

"你打算在哪儿引爆自身？"

司马完不由得看看妻子。妻子沉默着，不加解释，等着他的回答。他也不再隐瞒，直言道："还没定，到美国后我会选一个合适的地方。我之意在于威慑，不愿造成过多的人员伤亡。"

妻子叹息道："即使这样，恐怕死者也是数万之众了。"

司马完沉重地点头："可能吧。君慧，你了解我，我真的不愿这样做。这两天我总想着一个问题：如果300年前疯马———一位著名的印第安人首领手中有原子弹，不知道他会不会对白人使用。如果使用，他的良心会终生不安宁；如果不使用，他的几百万印第安同胞就会死于白人的火枪或压榨，而且印第安民族会一蹶不起，永远甭想重新成为那个大陆的主人。"

妻子不客气地说："我想疯马肯定会使用的，但我们不是疯马，我们比他多了300年的成熟，不，作为160小组的成员，应该是多了800年的成熟。咱们都知道那个技术与心智成熟度的潜规则。"

司马完早就料到妻子不会同意他的决定，但妻子的反对改变不了他的决心。他没有反驳，静静地坐着。

妻子叹息一声："我没打算劝你。你已决定的事，别人没法改变。其实我早知道你在筹划，大约半年前就开始了吧，而且是在卡斯皮那次谈话后最后定型。你决定赴死后开始推荐史林接你的空缺。我对这些很清楚，因为，"她对丈夫第一次坦白，"在以色列那次智力联网中，我曾悄悄叩问了你的潜意识。"

司马完惊讶地看看妻子，认真回忆了一下，没能回忆到那次联网时妻子对他的思维侵入。他素来佩服妻子的智商，这会儿更佩服了。虽然那时他尽量做得不动声色，但还是没能瞒过明察秋毫的妻子，反倒是自己被蒙在鼓里。卓君慧接着说：

"那次我还同时叩问了其他五个人。他们大都会恪守160小组制定的道德红线，即：在任何情况下，决不把终极能量用于战争。"

司马完诚心诚意地说："我敬重他们，也羡慕他们——如果我也能坚持那样的决定就太幸福了。他们的心地比我纯净。"

卓君慧仍顺着自己的思路往下说："除了一个人。我是说，有可能背离这条红线的，除你之外还有一个人。当然他现在不会这样干，但一旦你用终极能量改变了战争的均势，他也会背离自己的本意，仿效你的做法。我想，不用说名字，你大概能猜出他是谁吧。"

司马完迟疑一会儿，不大肯定地说："松本清智？"

"对，是他。你——想想吧。"

卓君慧没有深谈，但司马完当然明白她的意思。一个可怕的前景。敌我双方都握着这种撒旦的力量，战争最终会变成终极能量的对决，双方将同归于尽，没有胜利者——如果不说地球毁灭的话。

不过，在这一瞬间，司马完马上想到了史林。从以色列回来后，妻子曾经同那个年轻人有过一次秘密谈话，然后史林就去了日本，而且在战争爆发后拒绝回国。司马完对此一直有怀疑，他了解那个青年，他和儿子一样，血是热的，在战争来临时拒绝回国不符合他的为人。这么说，他是妻子事先安排好的棋子？他看着妻子的眼睛，轻声问：

"但你已经事先做了必要的安排？"

妻子点点头："对，史林。昨天我已经通知他开始行动。咱们等一等，等到那边的结果再说吧。"

此时史林正待在日本千叶县一家拉面馆里。战争爆发后他拒绝回国，求他的叔爷为他办了暂居证，但此后他坚决拒绝了叔爷的挽留，离开叔爷在东京的住家，到千叶县"和爱屋"拉面馆找到了工作，并住在这里。其实离开北京前他已经提前做了准备，用1000元的学费，花费一天时间，在一家兰州拉面馆中学会了拉面技艺。他那高达160的智商可不是虚的，在体力活上也表现得游刃有余。到"和爱屋"半个月后，他的功夫已经炉火纯青，可以把手中的面拉得比头发还细，是这里挂头牌的拉面师了。

千叶县在日本的东面，离东京不远。这儿受战争影响不大，拉面馆生意相当红火，每天晚上到11点后才能休息。忙完一天，累得两条胳膊抬不起来，但他在睡觉前总要抽点时间看看专业书。战争终归要结束，而自己也终归会卸掉戏装——他目前就像票友在舞台上扮演角色，回归自我。他不能让自己的脑子在这段时间锈死，至少要让它保持怠速运转吧。

他所看的专业书就包括松本清智的一些著作，日文原版，如《宇宙暗能量的计算》《杨-米尔斯理论中的非规范对称》《物质前夸克层级的自发破缺》《奇点内的高熵和有序》等。这些著作写得极为出色，浅中见深，举重若轻，逻辑非常清晰，给人的感觉是数学博士到小学讲加减法。如果是过去，阅读之后史林只会空泛地称赞一番，但现在他知道这些著作之所以出色的内在原因——松本清智已经知道了宇宙终极定律，虽然著作中只字未提，但以已经破解的终极定律来统摄这些前期的理论探讨，那就像登山者到达山顶后再回头看走过的路，当然是条分缕析清清楚楚了。

史林很敬重松本清智教授，所以对自己将不得不做的事，心中十分歉疚。从以色列回来后，卓师母和他有过一次深谈。那时他才知道，自他们到达以色列之后的一切举动，包括让史林走进160小组的圈子内，包括卓师母主动向他透露有关终极武器的情报，实际上都属于一次周密的策划——不，更准确地说，是两个交织在一起的计划。司马老师是第一个计划的策划者，他决心背离160小组的道德红线，用终极武器来改变战争的结局，于是推荐史林来接替自己死后留下的空缺；卓师母敏锐地发现了丈夫的秘密计划，不动声色地做了补救，并巧妙地利用那次大脑联网查清了各人的潜意识。

从以色列回国后的那次深谈中，她对史林坚决地说："决不能让终极能量用于战争！一定要避免这一点，对于准备背离那条道德红线的人，无论是谁，是我丈夫还是松本清智，都不得不采取断然措施！"

史林开始并不同意她的做法，作为一个血气方刚的年轻人，从感情上说，他更多的是站在司马老师这一边。但卓师母用一个深刻的比喻把他说服了。卓师母说：

"假如一群 20 世纪的文明人在海岛上发现一个野蛮人部落，他们还盛行部族仇杀，甚至吃掉俘虏。这当然是很丑恶的行为，文明人会怜悯他们，劝阻他们，但并不会仇视，因为他们的社会心智还没进化到必要的高度。如果一时劝阻不住，文明人会寄希望于时间，期待他们的心智逐渐开化。不过，如果因为痛恨他们的丑恶而大开杀戒，用原子弹或艾滋病毒把他们灭族，那这样的文明人就比野蛮人更丑恶了！

"相对于 160 小组的成员来说，21 世纪的人类也处于蒙昧阶段。想想吧，他们仍然那么迷恋危险的武器玩具，热衷于用战争来解决人类内部的争端。但这是现实，没办法，无法让他们在一夕之间来个道德跃升，也只能寄希望于时间。可是，如果我们也头脑发热，甚至把'500 年后的技术'用于今天的战争，帮助一部分人去屠杀另一部分人，那我们就比他们更丑恶了！"

史林被她的哲人情怀完全征服了，心悦诚服地执行师母给他布置的任务。他在日本住下来，老老实实地做他的拉面师傅，每星期按时到警察厅报告自己的行踪——这是日本警方对敌国侨民的要求，其余时间就窝在和爱屋拉面馆里。日本社会中本来就有浓厚的军国主义思想，战争更强化了它。拉面馆里几乎每天都能听到刺耳的言论，甚至有狂热的右翼分子知道这位拉面师傅是中国人，常常来向他挑衅。但史林对这些挑衅安之若素。

转眼一年半过去了。

这天，他正在操作间拉面，服务员惠子小姐过来喊他，说一位客人要见见中国拉面师傅。顺着惠子的手指，他看到一个相貌普通的中年人，坐在角落里，安静地吃着饭馆里的酱油拉面。日本拉面分几种，其中酱油拉面是东京风味。史林走过去，那人抬起头，微笑着问：

"你是史林君？从中国来的？"

"对。"

"听说你曾是物理学硕士？"

"对。"

"你认识卓君慧女士吗？"

"认识，她是我的师母。先生你是……"

那人改用汉语说："卓女士托我捎来一样东西。"他把一个很小的纸包递过来，里面硬硬的是一把钥匙。然后他唤服务员结账，走了。

当天晚上，史林向拉面馆老板递了辞呈，说他的叔爷让他立即回东京，家里有要事。老板舍不得这个干活卖力技术又好的拉面师，诚心诚意地做了挽留，留不住，便为他结清了工资。

第二天上午，史林已经到了东京大学物理系办公室。在此之前，他先到东京车站，用那位信使交给他的钥匙，打开车站寄存处第 23 号寄存箱，从里面取出一个皮包。包内是一只电击枪，美国 XADS 公司研制的，有效射程 50 米。它是用强大的紫外线激光脉冲将空气离子化，产生长长的、闪闪发光的等离子体丝，电流再通过这一通路击向目标。为了将人击晕而又不造成致命伤害，所用的电脉冲必须极强，但持续时间又极短，每次只有 0.4 皮秒（一皮秒等于一万亿分之一秒），这相当于瞬间作用能量达到一万兆千瓦。

这是一种非杀伤性武器，一般用于警察行动。但史林手中这个型号的震击枪强度可调，在最强档使用，可以使目标的大脑受到不可逆的损伤，变成植物人，无论是催苏醒药物还是高压氧舱都无能为力。致残效果是非常可靠的，美国 XADS 公司对其做过缜密的研究和动物实验，史林阅读过有关的实验数据。现在，这只皮包就放在他的腿上。

秘书去喊松本先生，在这段时间里史林打量着松本的办公室。原来松本很有性格，大学物理系主任的办公室应该很严肃，但这儿贴满了漫画，似乎都是从科普著作或科幻读物中摘录并由他重新绘制的，而且全都和宇宙终极定律暗暗相合。这张画上是一个麻衣跣足、长发遮面的上帝，他在向宇宙挥手下令："我要空间有褶皱，于是就有了褶皱。"那儿仍是这位上帝，右手托着下巴苦苦思索："我该不该用另外的办法来造出下一个宇宙？"后墙上的画更让他感到亲切，那是一群小人，推着小车，排成长队，向地球之外的一个桶里倾倒垃圾，而这个桶则连着绳索和种种可笑的滑轮，控制其速度后坠向下面的黑洞。这正是他向卓师母提及的那个"释放物质的终极能量"的设想啊。

他欣赏着这些漫画，从中感受到松本清智未泯的童心。然后他用手捏了捏皮包，里面硬硬的，是那件杀人武器。他不由得叹息一声。

松本先生进来了，一眼就认出了史林："是史林君？我们在以色列见过一面。你怎么这会儿来日本？"

史林立起身，恭谨地说："我已经在日本停留一年多了，战前我来日本探亲，战争爆发后我没有回去。"

松木看看他，没有说话。松本不赞成战争，但也不赞成一个年轻人逃避他对国家的责任。这两种观点是相悖的，用物理学家的直觉或形式逻辑都无法理清它。但不管怎么说，这种不明不白的感觉让他对史林心存芥蒂。不过他没有把心中的芥蒂表示出来，亲切地问：

"有什么需要我帮忙的吗？有难处尽管说，我同你的老师、师母都是很好的朋友。"

"谢谢松本先生。我没有什么难处。我来找你，是受卓君慧女士之托，想请你回答一个问题。"

松本扬扬眉毛："是吗，是受卓女士所托？请问吧。"

"请问松本先生，你会把终极能量用于这场战事吗？"

松本愣了一下，没想到史林会直率地问这个问题。一般来说，160小组的组员们都不在那间地下室之外谈论与终极定律有关的话题。他简单地说：

"不会。这是所有组员的共识。"

"但如果某个人，比如我的老师司马完，首先使用了它，从而改变了战争的均势，那时你会使用它吗？"

松本感受到这个问题的分量，认真地思考着，史林这个问题不会是随便提出的，其中必然涉及司马完的某个重要决定。在他思考时，史林目不转睛地看着他。过一会儿，松本坦率地说："如果是在那样的情势下，我会考虑的。"

史林从皮包中拿出那把电击枪，苦涩地说："松本先生，我非常抱歉。卓师母说，决不能让终极能量变成杀人武器，那对人类太危险了。为了百分之百的安全，必须事先就对你和司马完先生采取行动。我真的很抱歉，我是为你尚未犯下的罪行杀害你。但我不得不这样做。"

在松本先生吃惊的盯视中，他扣响了扳机。松本的身体猛然抽搐，脸朝后跌了下去。史林抢上一步抱住他，把他慢慢放在地上。坐在外间的女秘书透过玻璃看见屋里发生的事，尖叫一声，向外面跑去。史林没有跑，他把松本先生抱到沙发上，仔细放好，用沉重的目光端详着他。松本脸上冻结着惊讶的表情，不再对外界的刺激发生反应，他已经成为植物人了。史林对他深深鞠了一躬。

他用办公室的电话机打了两个电话，一个给那位送钥匙的信使，一个给东京警视厅。然后他就端坐在松本先生身边，等着警察到来。

在妻子扣动 XADS 电击枪扳机的那一瞬间，司马完没有恐惧而只有轻松。他马上就要动身去美国了，他要干的事是他实在不愿干的事，但又不得不干。现在，妻子把他身上这副担子卸下来了，他相信妻子随后会把这副担子背起来，肯定会背起来的。她比自己更睿智。

一道闪闪发光的细线从枪口射向他的头部，然后，强劲的电脉冲顺着这个离子通道射过来。司马完仰面倒下去，妻子抢前一步抱住他，把他小心地放在沙发上，苦涩地看着丈夫。她没有哭，只是长长地叹息着。

战争没有改变贝利茨闲逸的退休生活，他住在特拉华半岛上的奥南科克城郊，每天早上，他与老妻带着爱犬巴比步行到海滨，驾着私人游艇在海上徜徉一个上午。这天他们照旧去了，他扶着妻子上了游艇，巴比也跳上来了，他开始解缆绳。忽然海滨路上一辆警车风驰电掣般驶来，很远就听见有人在喊：

"是贝利茨先生吗？请等一等，请等一等！"

贝利茨站直了，手搭凉棚，狐疑地看着来人。一个警官下来，向他行礼："你是斯坦福大学的终身教授肯尼思·贝利茨先生吗？"

"对，我是。"

"请即刻跟我们走，总统派来的直升机在等着你。"

他十分纳闷，想不通总统突然请他干什么？但他没有犹豫，立即跳到岸上，对老妻简单地道别。他说：

"琳达，你不要出海了，你自己驾游艇我不放心。"

琳达说："你快去吧，我会照顾自己的。"

他同老妻扬手告别，坐上警车。那时他不知道，这是他同老妻最后的见面了。两个小时后，他来到白宫的总统办公室。会议室中坐着一群人，有总统、副总统、国务卿、国防部长和参谋长联席会议主席，单从这个阵势看，总统一会儿要谈的问题必定非同小可。屋里，椭圆形办公桌上插着国旗、总统旗及陆、海、空、海军陆战队四个军种的军旗，天花板上印着总统印记，灰绿色的地毯上则嵌有美国鹰徽。他进去时，总统起身迎接，握手，没有寒暄，简捷地说：

"谢谢你能及时赶来。贝利茨先生，有一位中国人，卓君慧女士，要立即同你通话。是通过元首热线打来的。你去吧。"

白宫办公室主任领他来到热线电话的保密间，总统和国务卿跟着他进来。贝利茨拿起话机，对方马上说："是老贝吗？我是卓君慧。"

"对，是我。"

"我有极紧要的情况对你通报。请把我的话传达给贵国决策者，并请充分运用你的影响力，务必使他们了解情况的严重性。因为，"她冷峭地说，"据我估计，这些政治家们的理解力不一定够用。"

"我会尽力的。请讲。"

卓君慧言简意赅地讲了事情的经过：卡斯皮的谈话，她丈夫司马完的打算，她对160小组其他六个成员意识的秘密探查——

"我很歉疚，我的秘密探问是越权的。我只能事急从权。"

"你的道歉以后再说，说主要的。"

"我确认,小组中有两人,即我的丈夫和松本清智先生,会把终极能量用于当前的战争。我随后又用其他方法,对两人的态度做了直接验证。验证后我采取了断然行动,使用美国XADS电击枪使他们变成植物人,不可能复原了。关于松本先生的情况,你们可以通过日本政府得到验证;关于我丈夫的情况,你是否需要亲自来验证一下?这一点极其重要,希望你带上一个官方代表。"

贝利茨已经猜到了卓君慧以下要谈的事。他略微犹豫,说:"不需要了,我信得过你。继续说吧。"

她加重语气说:"我们已经做出了足够的自我克制,希望这种克制能得到善意的回应。"她重复道,"希望你能把这些话传达给贵国决策者,诺亚方舟的存亡在他们的一念之间。我希望在三天内听到回音,可以吗?"

"可以,三天时间够了。再见。"

"再见。"她说了一句美国人爱说的话,"愿上帝保佑美利坚,也保佑整个诺亚方舟。"

贝利茨挂上电话,陷入沉思。总统一行人一声不响地等着他说话。等了一会儿,国务卿忍不住问:"贝利茨先生,那位中国女人所说的终极能量是怎么回事?"

贝利茨笑着说:"我是个机能主义者,我认为电子元件同样能承载一个人的智慧,说不定,那样的智慧会更纯净呢,因为人性中好多的'恶'与我们的肉体欲望有关。"

在场的几个人都不明白这番没头没脑的话,心想也许贝利茨先生老糊涂了?不过他们都礼貌地保持安静。但贝利茨显然没有糊涂,他目光灼灼地扫视着众位首脑,有条不紊地吩咐着:

"请立即给我安排一架专机,我要尽快赶到特拉维夫,在那儿查证一样东西。明天晚上我会返回白宫,那时请今天在座的人再次聚在这儿,我们再详谈吧。"

第三天上午,贝利茨和国防部副部长拉弗里来到新墨西哥州的阿拉莫戈多"三一"核试验场。这是美国进行第一次核试验的地方,以后的核试验改在内华达地下核试验场。不过,这次贝利茨要求在这儿做地上试验,他说:

"在地上做这件事更直观一些。我知道有些人的 IQ 有限,直观教具对他们更适用吧。"

前天他赶到特拉维夫,在亚伯拉罕电脑的资料库中仔细查阅了上次智力联网的记录。他十分相信卓君慧,相信她说的事实都是可靠的,但对于如此重大的事情,他当然还是要再亲自落实一下。结果正如卓君慧所说,她确实在做智力网巡回时悄悄叩问了几个人的潜意识,包括贝利茨的。她的叩问很小心,被问的六个人当时正致力于向"终极堡垒"进攻,都没有觉察,但都以潜意识的反应作出了不加粉饰的回答。有四个人坚决拒绝把终极能量用于战争,贝利茨是其中一个,他的回答是:

"在任何情况下我都不会把终极技术用于战争。"

但司马完的回答是:"除非我的国家和民族处于危亡时刻。"

松本清智的回答模糊一些:"只要别人不首先使用。"

卓君慧的思维潜入——这件事本身是不光彩的,但此刻贝利茨反而很感激她。作为 160 小组的组长,他是大大失职了,他太相信六个人的誓言,相信他们的高尚。却没考虑到,在事关国家民族生死存亡的时刻这样的誓言是不可靠的。这是因为,准备违背誓言的两个人都不是为了私利,而是为了大义,他们自认为动机是完全纯洁的,因而就具备了违背誓言的必要勇气。看来,自己太书生气了,也许——他很不愿意这样想,但此刻他无法否定这个想法——他当时提议创建这个超智力网络,发展出"500 年后"的科技,本身就欠斟酌。潘多拉魔盒不该被提前造好,因为只要它造好就有被提前打开的可能,再严密的防范也不行。

坐实了卓君慧说的事实之后,他又在这儿多停了一夜。在亚伯拉罕的帮助下,他把自己的思维全部输到电脑中去。严格说来不是全部,在输入时他设了一个严格的过滤程序,把藏在自己思维深处的肮脏东西,那些披着圣洁外衣的肮脏:对暴力的迷恋、嫉妒、自私、沙文主义、种族优越感,等等,全都仔细剔除。这个输入很费时,直到第二天上午十点才完成。他同亚伯拉罕匆匆告别，坐专机返回美国。

回到白宫之后，他对椭圆形办公桌后边的那些首脑们讲了他所知道的全部情况，客观而坦率。他讲了终极能量的可怕威力，尤其是人体自我引爆的便于实现；他说，卓女士说得很对，她及她的国家已经做出了足够的克制，现在，那两个打算把终极能量用于战争的人都被封了口，其中一个甚至是卓的丈夫，是她亲自对丈夫下的手；但世界上还有五个人会使用它，包括中国的卓，她在做出"足够的克制"后，正在等着对方"善意的回应"呢。她的等待只给了三天时间。万一终极能量被使用，万一有十个八个因绝望而愤怒的人来到华盛顿、纽约或东京引爆自身，那将是何等可怕的前景。

他说："也许你们都不相信终极能量可以轻易释放，也想象不到它的威力，所以我准备做一个公开的实验。咱们到阿拉莫戈多试验场，我削下一节六克重的指尖并把它引爆——这大约就相当于1945年在广岛扔下的那颗'小男孩'的爆炸当量，1.3万吨TNT。你们睁大眼睛看着吧。"

现在，具体操办此事的国防部副部长拉弗里带贝利茨到试验场中心。送他们来的黑鹰直升机没有熄火，时刻准备着接他俩返回。这儿非常荒凉，渺无人迹。当年第一次核试验的"大男孩"钚装药6.1千克，TNT当量2.2万吨，核爆时产生了上千万度的高温和数百亿个大气压，30米高的铁塔被瞬间气化，尸骨无存。地面上有一个巨大的弹坑，沙石被熔化成黄绿色的玻璃状物质。现在，弹坑旁新搭起一个帐篷，这是应贝利茨的要求盖的，是为了防止卫星的拍照，因为——那老家伙说，他会绝对小心，决不让人体引爆的操作方法被人窃去。他对总统斩钉截铁地说：

"在任何情况下，我都不会把可怕的终极能量用于战争。关于这一点，请不要抱任何幻想。"

他还说，只需使用能装在上衣口袋里的某种器具，就能引爆自己"削下的指尖"。现在，在他上衣口袋里确实装着一个硬硬的家伙，但扣子扣得严严实实，不知道那是什么玩意儿。拉弗里真想把那东西抢过来，然后变成美国军队的制式武器——这个前景该是何等诱人啊。当然，只能想想而已，这会儿他绝不敢得罪这个老家伙。

终极爆炸

贝利茨对周围查看一番，表示满意，用手中的手术刀指指直升机，对拉弗里说："行了，以下的操作只能我一人在场，你先乘机离开吧，把军用对讲机给我留下就行。等我该离开时，我再召唤直升机。"

拉弗里不情愿地离开了，乘机来到17千米外的地下观察所。这是当年第一次核试验时的老观察所，已经破败不堪，只是被草草打扫了一遍。十几个情报人员正在里面忙碌，布置和操作各种仪器。昨天他们已经抓紧时间在那座帐篷里布下了针孔摄像头和窃听装置。拉弗里一下直升机立即赶到屏幕前，屏幕前的情报官看见拉弗里来了，回头懊恼地说：

"副部长先生，恐怕要糟，贝利茨肯定正在找咱们的秘密摄像头。"

他没说错，从屏幕上看，贝利茨正在帐篷内仔细地检查，而且很快找到了目标。现在屏幕中现出他的笑脸，因为太近而严重变形，几乎把镜头完全遮盖了。贝利茨微笑着，在对讲机里说："拉弗里？我想这会儿你已经赶到监视屏幕前了吧。这个摄像头的效果如何？"

拉弗里只有摁下对讲机的通话键，硬着头皮回答："不错，你的面容在屏幕上很清楚。"

"那就对不起了，我在往下操作之前，首先要把这个镜头盖上。请通知总统，我不能回去了。我曾说，我会引爆我一个削下的指尖，实际上这是办不到的。指尖削下后就不是我自身了，就是普通物质了。而普通物质终极能量的释放相对要困难一些，需要若干比较复杂的设备，已经来不及了。所以我不得不留在这儿引爆自身，它大致相当于十亿吨TNT。你目前所处的观察所还太近，请立即后撤，至少到80千米以外。另外，爆炸将造成强大的电磁脉冲，请通知500千米以内的飞机停飞，以免造成意外事故。我给你三个小时做准备，请按我的吩咐做吧。"

拉弗里十分吃惊，在心里狠狠骂着这个自行其是的老家伙。这些变化太惊人，超出了上头事先拟好的应急计划，他不敢自己做主。这时总统及时地插话了，他和有关首脑一直在白宫监控着这儿的局面。他说：

"贝利茨先生，既然这样，请你改变计划，不要再引爆自身了。你的生命比什么都贵重。请立即停止，我们再从长计议。"

贝利茨讥讽地说："我的生命比战争胜利更重要吗？或者说，美国人的生命比敌国已经死去的 20 万条生命的价值高一些？谢谢你的关心，但我不打算停下来。我知道某些人，比如此时在屏幕前的拉弗里先生，不见到棺材是不会落泪的。我必须把终极能量变成他能看见的直观画面。另外我还有点私人的打算，"他微微一笑，"我想同中国老朋友司马完先生来个小小的赌赛。那家伙为了信仰不惜把自身变成一个巨火球，我想让他知道，美国人也不缺少这样的勇气。不要多说了，请开始准备吧。三个小时后，即 12 点 15 分，我将准时起爆，不再另行通知。现在，请设法接通我家的电话，我要和妻子告别。"

总统不再犹豫，命令手下立即按照贝利茨先生所说的进行准备：飞机停飞或绕道，500 千米内的交通暂时中断，医院停止手术，所有电子设备关闭，100 千米以内的人员尽量向外撤退或待在地下室里，观察所人员后撤。同时接通了贝利茨家的电话，再经过军用对讲机的中转，同贝利茨接通了。

贝利茨夫人刚刚从总统办公厅主任那儿知道了真情，被惊呆了。丈夫三天前被总统召见时，她绝对想不到会出现这样的结局！更想不到那天的匆匆告别会是夫妻的永别！她哽咽着说：

"亲爱的……"

贝利茨笑着说："不必伤心，琳达。我爱你，爱咱们的孩子们。正因为爱我才这样做。如果我的死能让人类从此远离战争，那我的 64 公斤体重可是宇宙中价值最高的物质啦！再说，世界上有哪个人能像我死得这样壮丽？在一瞬间抹平肉体的褶皱，回归平坦空间，同时放出终极能量，变成绚丽的火球。琳达，不要哭了，当命运不可避免时就要笑着迎接它。"

琳达忍住眼泪，不哭了，两人表面平静地闲聊着。这边州政府宣布了紧急状态，警察、军队和准军事力量全部动员起来，进行着紧张的撤离。这对老夫妻一直聊着。此后凡联系到的子女和孙辈也加入进来。到中午 12 点，贝利茨温和地说：

"再见琳达。再见孩子们。替我同巴比说声再见。我该去做准备了。"

琳达强忍住泪水说："你去吧，我爱你。我为你而自豪。"

终极爆炸

那边的对讲机关上了。一片寂静。安全线外，几百台摄像机从四面八方对准了爆心，记者们屏住气息等待着。这些镜头向全世界做着直播，所以，此刻至少有10亿双眼睛盯着屏幕。15分钟后，一团耀眼而恐怖的巨大光球突然蹿上天空，火球迅速扩大，把整个沙漠和丛林映照得雪亮，天空中原来那个正午的太阳被强光融化了。那景象正如印度经典《摩诃婆罗多》中所说："漫天奇光异彩，有如圣灵逞威，只有一千个太阳，才能与之争辉。"

巨火球上升时将数以万吨的沙土吸入一个橙红色的"旋柱"中。血红的火球在黑色烟云中惊心动魄地翻滚着急剧上升，形成一个巨柱托着火球直冲太空，瞬间达到12000多米的同温层，在同温层里，它的顶端迅速膨胀成蘑菇状。巨浪似的滚滚烟云继续散开成一把巨伞，四周翻滚着的红黑烟云中放射出刺目的红、白、蓝色光线，刺向空间和大地。爆心附近的土地在瞬间气化，或熔融成岩浆。更远一点的土地虽然还是固态，但在强烈震荡中也被瞬间液化，像风暴角海面一样波涛汹涌，地震波传遍全世界。远在290千米外的锡耳佛城里，藏在地下室的观察人员被地震波颠了起来，犹如铁锅上的炒豆。

爆炸点上空那汹涌翻腾、色彩混沌的烟云慢慢散开，在爆心处留下一个巨大的岩浆坑。岩浆在凝结过程中因表面张力把表面抹平，变成一个近乎抛物体的光滑镜面。

安全线外的观察人员通过护目镜看到了这一切，而通过实况转播观看的10亿人只能看到电视屏幕上剧烈扭动着的曲线。因为在那一瞬间，看不见的巨量电磁脉冲狂暴地冲击着这片空间，造成了电磁场的畸变。不过，电磁脉冲不能久留，它很快越过这儿，消失在太空深处，屏幕上的图像逐渐还原。

这次非核物质的爆炸景象和当年的第一次核爆一样，只是威力大了八万倍。这不奇怪，按照终极公式，在更深的物质层级中并没有铀、钚和碳水化合物的区别，没有所谓"核物质"和"非核物质"的区别。它们全都是因畸变而富集着能量的空间，也都能在一瞬间抹平空间的褶皱，释放出相等的终极能量。

战争很快结束了。

在贝利茨造成的这次爆炸之后，各国政府都迅速下达了"暂停军事行动"的命令。一个星期后，八国政府首脑汇集到中立国瑞典的斯德哥尔摩，开始了紧张的磋商。在激烈地、充满仇恨地争吵了两个星期后，终于达成了一个妥协方案。没有一个国家对这种妥协满意，"新海豹"中的韩国代表甚至痛哭着说，如果他不得不在这个"丧权辱国"的投降方案上签字，他将蹈北海而死，无面目见故国父老。而"老海豹"们同样不满，他们不得不吐出很多已经和即将到口的利益。

但不管怎样争吵，怎样谩骂，妥协还是达成了。因为有一件东西明明白白地摆在那儿，谁也甭想忽视它：那种可怕的终极武器。如果它被普遍使用，即使不会毁灭地球，至少也能毁灭人类文明，没人敢和它较劲。另外，人们还普遍存在着暗暗的但是非常强烈的希望：既然终极能量已经可以掌握，那能源之争就没有必要了。

于是，这场蓄势已久的战争在尚未爬到峰值时就出人意料地戛然而止。后世历史学家把它命名为第 2.5 次世界大战。以色列的卡斯皮先生在两年前就造出了这个名称，因而在媒体上大出风头。当然，他当时所持的原因并不正确，他认为双方力量的悬殊将造成一场非对称战，而不是说大战将因终极武器而半途结束，但这并不影响他拥有"第 2.5 次世界大战"的命名权。人类的历史往往就是由这样的阴差阳错所构成的。

世界在狂欢。各交战国，各非交战国。华盛顿、东京、伦敦、新德里、汉城、北京。北京是用爆竹声来庆贺的，爆竹声传到了司马完的私寓。卓君慧正在为丈夫喂饭，是用鼻饲的办法，把丈夫爱吃的食物打成糊糊，通过导管送到胃里。每天还要不停地给丈夫翻身，防止因局部受压而形成褥疮。要把他扶起来拍打胸部，防止肺部积水造成肺炎，等等。这些工作又吃力又琐碎，研究所为他聘用了三名专职护士，轮班值勤。但只要有可能，卓君慧还是亲自去做，她是想通过亲身的操劳来弥补对丈夫的歉意。

近一个月的劳累让她显得有点憔悴。狂欢声传进屋里时，她微微笑了。

这个结局是她预料到的，或者说是她努力促成的，为此她不得不做出一些违心的事，也付出了巨大的牺牲，把她丈夫还有松本先生变成植物人。还有一个重大牺牲在她的意料之外：她的朋友"老贝"也为此献出了生命。

她俯在丈夫耳边轻声说："老马，战争停止了，没有战败国。你的心愿达到了，你该高兴啊。"

丈夫木无表情，他现在连饥饱都不知道，更不说为战事停止而喜悦了。墙上是儿子的遗照，穿着戎装，英姿飒爽，从黑镜框中平静地看着她，似乎对这个结局并不吃惊。卓君慧看着儿子的眼睛，说了同样一番话。忽然，电话铃急骤地响了，她拿起话筒，液晶屏上显示的是日本的区号。电话那边史林兴奋地说：

"卓师母！战争结束了！我也可以回国了！今天上午日本警方把我释放了。"

"小史你辛苦了，快点回来吧，我和司马老师都盼着你。"

"我是否带着松本先生一块儿回来？你说过，他，还有司马老师，你都能治好，是不是？"

卓君慧笑了："当然。普通医学手段对这种植物人状态无能为力，但你不要忘了，这两个病人的大脑都有神经插头啊。通过思维联网，由其他小组成员'走进去'唤醒他们，一定能成功。小史，我已经通过外交途径和日本政府联系过，你直接去找他们，请求派一架专机将松本先生送到北京，再带上我丈夫，飞到特拉维夫。我已经通知160小组其他成员在那里集合，我们将合力对他俩进行治疗，还有亚伯拉罕的帮助呢。"

"太好了师母，能把两人治好，我才能多少弥补一点自己的负罪感。我这就去联系。"

第二天上午，一架波音787停在北京机场，一架舷梯车迅速开来，与机门对接，机门打开，满脸放光的史林在门口向下面招手。早就在机场等候的卓君慧让两个助手抬着丈夫，沿舷梯上了飞机。飞机内部进行过改造，几十张椅子被拆掉，腾出很大一个空场，在空场中摆了三张床，其中一张上睡着松本先生。护士们把司马完小心地放在另一张床上，与松本先生并肩。卓君慧走过去，端详着松本的面容，轻声问候着：

"松本你好，不要急，你马上就会醒来的。"

飞机没有耽搁，立即起飞。机舱内还有第三张床，是手术床，周围已经装好相应的照明设备、手术器械架等，这是按卓君慧的吩咐安装的。她拍拍史林的肩膀，微笑着说：

"小史，我已经口头征求了160小组其他组员的意见，他们同意你加入小组，到特拉维夫后会履行正式手续。所以，你是否愿意让我现在对你进行手术？这种激光手术的刀口复原很快，明天你就能参加到思维共同体中，和大家一起唤醒这两位沉睡者。手术的安全性你不用担心，飞机在平流层飞行时，其平稳性完全可以手术。你愿意做吗？"

史林从口袋里掏出一张纸，那是他事先已经签字的加入小组的申请："我当然愿意，这是我的书面申请。谢谢师母。"

"好的，那就开始吧。"

史林躺在手术床上，卓君慧的助手先为他剃光头发，然后进行麻醉。他还未进入深度麻醉时，手术已经开始了，由卓君慧亲自主刀。史林的头骨被钻开，一束细细的"无厚度激光"向颅腔内深入，轻轻地割开左右脑之间的胼胝体。不过史林没有感觉到疼痛，更不会感觉到激光的亮度。说来很奇怪，大脑是人体感觉中枢，所有感觉信号都在这里被最终感知，但它本身却没有痛觉和其他任何感觉。胼胝体被切开后，一个极精巧的神经接头板被准确地插入，它是双面的，左右两面互相绝缘，分别与被切开的胼胝体两个断面紧密贴合，断面上原有的两亿条神经通路各自对着一个触点。这些神经触点的材质是有机材料，与人脑神经原有很好的生物相容性，所以，当触点与某一条神经通路相接触后，会形成永久性连接。由于切口极光滑，这种连接是在分子范围内进行的，非常快速，24小时内就可以完成。手术后，左右脑半球彼此独立，分别经过胼胝体的两亿条神经通路，再经相应电路传到脑腔外的左右接口。左右接口既可以彼此对接——此时就恢复了大脑的原始状态，也可以与电脑或其他大脑相连。

卓君慧做完手术，把史林左右脑的接头对接。这样，他的感觉还像未做手术一样。

手术顺利完成了，而此时史林才逐渐进入深度麻醉。他的意识沉入非常舒适的甜梦中，听见卓师母轻声说：

"好了，让他安静地休息吧。明天他就能正常活动了。"

史林睡了一个很长的甜觉。等他醒来已经是第二天了，睁开眼，他看见了那个熟悉的地下室。听见卓师母欣喜地说："好了，醒过来了。小史，你感觉怎么样？"

史林坐起身，晃动一下脑袋，说："一切正常，就像没做手术一样。"

"那就好。这儿一切都准备好了，就等你醒来。现在开机吧。"

160小组的其他成员走过来，依次同他握手。松本和司马睡在他身边的两张床上，仍然没有知觉。随着低微的嗡嗡声，电脑屏幕亮了，亚伯拉罕的面孔像往常一样闪出来。不过今天屏幕上又出现了另一个面孔，是贝利茨先生的。电脑的相貌生成程序非常逼真，屏幕上，老人慢慢睁开眼，迷茫的目光逐渐聚焦，定到卓君慧的脸上，他高兴地说：

"哈，既然你们唤我醒来，估计战事已经结束了吧。"

卓君慧素来以安详的微笑应对一切事变，即使丈夫倒下时她也没有流泪，但这时她忍不住哽咽了："老贝你好，你说得对，各国已经达成妥协，战争结束了。"

贝利茨大笑："那么我的演技如何？我想我能赢得国会大剧院的表演奖。亲爱的卓，那会儿我决定配合你演一场逼真的戏，不过我知道，不，我确信，即使我最终未能说服我国的权势人物停战，你也不会把终极能量用于战争和杀人。我说的对吗？"

卓君慧的眼泪夺眶而出！她猛烈地啜泣着，断断续续地说："是的是的……我决不会使用……谢谢你的信任……谢谢你做的一切……"说到最后她的感情失控了，失声痛哭着，"可是我没有料到你会那样啊，你完全不必那样啊……"

贝利茨安慰她："傻女人，干吗哭啊，应该高兴。我不过是失去了肉体，对,还失去了我头脑中肮脏的东西。现在,一个良心清白的我,在智力网络中得到永生,有什么不好嘛。喂,"他把目光转到其他成员身上,"你们这些反应迟钝的男人们,快点过来,安慰安慰那个小女人啊。"

格拉祖诺夫笑着,首先过来,把卓君慧搂到怀里。在他两米高的身体旁,卓君慧真成一个小女人了。然后西尔曼和史林也来拥抱了她,吉斯特那莫提不大习惯这样的拥抱,走过来,向他合十致意。她的泪水还在淌着,不过脸上已经绽出笑容。贝利茨说:

"好了,开始正题吧,今天是什么日程?"

卓君慧说:"请你首先主持投票,决定是否接纳史林加入小组。然后大家联网,合力唤醒松本和司马完。我想唤醒是没问题的,我对此有99%的把握。"

"好的。不过按原来的小组章程进行表决会有麻烦,因为它规定新加入者必须经全票通过。这会儿松本和司马并未失去成员的身份,但又不能进行投票,只能算作弃权。这样吧,咱们先以三分之二多数票对章程进行修改,将'全部成员同意'改为'全体成员同意或不反对',再进行接纳表决。行不行?"

大家同意,于是首先对160小组章程的修正案进行表决,五票赞成,两票弃权,刚好超过三分之二票数,修正案获得通过。再对接纳史林的动议表决,仍然是相同的票数,其实相当于全票通过。贝利茨说:

"史林先生,祝贺你。你已经成为160小组的正式成员。"

史林激动地说:"谢谢大家的信任,我会努力去做。"

他随即在小组成员保密誓约上签了字。贝利茨提出第三项动议:重新选举160小组的组长。"我将永远是160小组的成员,但仍由我担任小组长就不合适了。显然,我以后出门不大方便。"他开着玩笑,"因此我建议大家新选一个组长。作为原组长,我推荐卓君慧继任,因为,经过这场惊天大事变,她的睿智、果断、虑事周详,更不用说品行的高尚,都是有目共睹的。请大家发表意见。"

四个成员都表示同意。卓君慧没有客气:"那我也投自己一票吧。谢谢大家，我会努力去做，不让老贝落个'荐人不当'的罪名。"

"我相信自己绝不会看走眼。那么，我现在正式交棒，请新组长主持以下的议程吧。"

卓君慧为其他四人连接了神经插头。当史林头上对接的插头被拨开又同大家进行联网后，他感受到了此生最奇特的经历。首先，他的自我被突然劈开，变成史林 A 和史林 B。两个独立的意识在空中飘浮着，像是由等离子体组成的两团球形闪电。然后，两"人"同时进入一个大的智力网，或者说他的大脑突然扩容，这两种说法是等效的。现在这儿包含了史林 A 和史林 B、西尔曼 A 和西尔曼 B、格拉祖诺夫 A 和格拉祖诺夫 B、吉斯特那莫提 A 和吉斯特那莫提 B、老贝利茨以及一个非常大的团聚体，那是从电脑亚伯拉罕的电子元件中抽出来的意识，它对集体智力主要提供后勤支持。这些智力场相对独立，各自有自己的边界，但同时它们又是互相"透明"的，每个个体都能在瞬间了解其他个体的思维。这些思维互相叠加，每一点神经火花的闪亮都以指数速率加强，扩展，形成强大的思维波。

史林 A 和史林 B 在第一时刻就感受到了合力思维的快乐。那简直是一种"痛彻心脾"的快乐，其奇妙无法向外人描述。

现在这个共同体开始了它的第一项工作——唤醒沉睡者。在智力网络中还有四个黑暗的聚合体，只能隐约见到它们的边界，它们沉睡着，其内部没有任何思维的火花。其他团聚体向这儿集中，向它们发出柔和的电脉冲。那是在呼唤：

"醒来吧，醒来吧，战争已经结束了。160 小组的伙伴们在等着你们，亲人在等着你们。醒来吧。"

没有回应。于是唤醒的电脉冲越来越强，像漫天飞舞的烟火。但那四个黑暗的团聚体仍执拗地保持沉睡。这时，又有两个球形亮团加入进来，是卓君慧 A 和卓君慧 B。她镇静地对大家说：

"不要急。如果一时唤不醒，就撇下他们，开始你们对终极理论的进攻吧。也许这样更容易唤醒他们，因为，对终极理论的思考已经成了他俩最本质的冲动，比生存欲望还要强劲。"

于是所有球形亮团掉转头，开始合力进行对终极理论的思考。史林 A 和史林 B 乍然参加进来，一时还不能适应。或者说，他还不能贡献出有效的思维，只能慢慢熟悉四周。他很快消除了与其他智力团聚体进行交流的障碍，建立了关于共同思维的直观图像。那是宇宙的生死图像，是空间的皱褶和抹平。几百秒的人类思维重演了几百亿年的宇宙生命。

这个"褶皱与抹平"的过程，在宇宙公式中已经得到圆满的解释，所以思维共同体没在这儿多留。它们把注意力集中在奇点内部。奇点内部没有时间也没有空间，处于绝对的高熵或者说混沌，没有任何有序结构。但超级智力仔细探索着，在极度畸变的奇点之壁上发现了一种悖论式的潜结构——它们是不存在的，绝对不会有任何信息显露于奇点之外；但它们又是潜在的，一旦奇点因量子涨落而爆炸，"下一个"宇宙仍将以同样的方式从空间中撕裂出同样的粒子。

也就是说，一个独立于宇宙之外的上帝，仍将以同样的方式创造另一个宇宙。

关于这一点也已经形成共识，所以合力思考的重点是：如何在"奇点之外"的宇宙中设法验证这种悖论式潜结构；或者说，如何在我们的宇宙之内验证宇宙之外的潜结构。按照拓扑学理论，这两种说法也是完全等效的。

思考非常艰难，即使对这样的超级智力而言仍是如此。一个想法在某个团聚体中产生，立即变成汹涌的光波漫向全域。更多的光脉冲被激发，对原来的光波进行加强，产生正反馈，使它变得极度辉煌。但这时常常有异相的光脉冲开始闪现，慢慢加强，冲销了原来光团的亮度。于是一个灵感就被集体思维所否决。然后是下一个灵感。

思维之大潮就这样轮番拍击着，在思考中史林 A 和史林 B 感受到强烈的欣快感，比任何快感都强烈，他迷醉于其中，尽情享受着思维的幸福。不过，今天的智力合击中途被截断了。因为，在周围辉煌光亮的诱惑下，那四个黑暗的团聚体中，忽然迸出一个微弱的火花。火花一闪即逝。在漫长的中断后，在另一个团聚体中再次出现。火花慢慢变多了，变得有序，自我激励着，明明暗暗，不再彻底熄灭了。忽然，哗地一下，一个团聚体整体闪亮，并且保持下去。接着是另一个，又一个，再一个，四个团聚体全部变得辉煌。

其他人一直沉醉于幸福的思考，尚未注意到四个沉睡脑半球的变化。但卓君慧A和卓君慧B一直在关注着。这时她欣喜地通知大家："喂，你们先停一停，他们醒了！"

她从智力共同体中退出，并且断开了其他人的神经连接，最后再断开那两个原植物人。在未断开前松本和司马完已经醒了，他们睁开一只眼，再睁开另一只眼，生命的灵光在半边脸上掠过，再在另外半边脸上掠过。等卓君慧把他们的左右神经接头各自对接，他们才完全恢复正常。他们艰难地仰起头，司马完微微笑着：

"是不是——战争——已经结束了？"

他的说话显得很滞涩，那是沉睡太久的缘故。松本也用滞涩的语调说："肯定——结束了，我刚才——已经感受到——共同体内的——喜悦。"

卓君慧同松本拥抱，又同丈夫拥吻："对，已经结束了，而且——没人使用终极能量，也没有战败国。"她喜悦地说，"我也没有打败仗啊，在唤醒手术中我总算成功了。松本，老马，我为当时的行为向你们道歉。"

两人都很喜悦，也有些赧然，司马完自嘲地说："应该道歉的是我。很庆幸，我的卑劣用心没有变成现实。"

松本也说："我和你彼此彼此吧。卓女士，谢谢你。"

其他成员都过来同两人拥抱。贝利茨在屏幕内说："别忘了还有我呢。你们向屏幕走过来吧，原谅我行动不便。"

两人还不知道贝利茨的死亡，疑问地看着卓君慧。卓君慧难过地说："非常不幸，老贝牺牲了，为了配合我……"

她没有往下说，因为两人已经完全理解了。他们立即向屏幕走过去。刚刚从一个月的沉睡中醒来，他们的步履显得僵硬和迟缓。两人同屏幕中的老人碰碰额头，心情既沉重，也充满敬意。贝利茨很理解他们的心情，笑道：

"我在这儿非常舒适，你们不必为我难过。司马，"他坦率地说，"多学学你的妻子，她比你更睿智。"

"我已经知道了。我会学她。"

卓君慧说："我刚才和老贝交换了看法，从某种角度上说，我们的160小组是现存世界的最大危险。我们创造了远远超过时代的科技，对于还未达到相应成熟度的人类来说，它其实是一个时刻想逃出魔瓶的撒旦。当然，我们也不能因噎废食，把小组解散，但要做更周密的防范。我想再次重申和强化小组的道德公约。第一条：160小组任何成果均属全人类，小组各成员不得以任何借口为人类中某一特殊群体服务。第二条：鉴于我们工作的危险性，小组成员主动放弃隐私权，在大脑联网时每人都有义务接受别人的探查，也可以对其他人进行探查。你们同意吗？如果同意就请起誓。"

各人依次说："我发誓。"

司马完又加了一句："我再也不会重复过去的错误。"

他们在誓约上郑重签字。

史林急急地说："我能不能提一个动议？"大家说当然可以。"我想，我们的下一步工作是把终极能量用于全世界，当然是和平目的。能源这样紧张，把这么巨量的干净能源束之高阁，那我们就太狠心了！如果这个冰窟窿不扩大，战争早晚还会被催生出来的。当然，把终极能量投入使用前，要先对人性进行彻底净化。"

大家都互相看看，没有作声。屏幕中的贝利茨叹口气："我们会向这个方向努力的。不过，你说的人性净化恐怕是另一个终极问题，现在还看不到胜利的曙光。和人打交道不是物理学家们的强项，不过，让我们尽量早日促成吧。"

侏儒英雄

拖了两个月的"环宇宙探险行动中自然人类权益案"终于要宣判了，大法官汉谟拉比先生走上法官席，原告与被告立在法庭前等候着。原告："维护自然人类尊严与权益大联盟"的代表费舍尔先生；被告：世界政府代表岗田正义先生。

他们尊敬地看着机器人大法官，他是绝对公正的，绝不会掺杂任何私人感情；他也非常博学，记忆库中装着从古巴比伦的《汉谟拉比法典》以来的、各个国家各个历史时期的法律和判例。机器人相信他，自然人类也相信他。

"在宣读判决书之前，我想先做一些解释。"方脑袋法官慈爱地说，"在即将出发的环宇探险麦哲伦号光速飞船中，究竟是否应该为自然人类留下一个座位？从纯技术角度看完全没有这个必要。自然人类要新陈代谢，因此不得不在飞船内建立一个维生系统；自然人类的身体太脆弱，不得不加上笨重的辐射保护层；也许最重要的一条是，自然人类的智力活动太慢，难以应付光速飞船所遇到的突发事件。所以，大部分科技界的人士，包括自然人和机器人，都坚持说自然人类参加环宇航行毫无意义。但是，"他环视着法庭，"不要忘了，自然人类的天性是冒险，是探索，是对未知领域的占领。我们不妨回想一下人类的几次地理大探险。300万年前，人类刚刚从猿类中脱身出来，就从非洲腹地向亚欧大陆扩散，分化出各个人种；三万年前，位于亚洲腹地的蒙古人种越过白令海峡，沿着阿留申群岛向美洲进军，形成了爱斯基摩族和印第安民族；1492年，哥伦布再次发现美洲；1522年，麦哲伦完成了环球航行。可以说，今天的高科技时代，正是自然人类这种探险天性的果实。就连这次环宇探险的动议，也是一位名不见经传的自然人提出来的。考虑到以上的历史因素，我认为自然人类有权在麦哲伦号飞船上占据一个位置。"他收起笑容，准备宣布判决结果。

原告费舍尔得意地瞟一眼被告，后者则满脸阴云。冈田正义已经估计到这个结果，作为自然人的一员，他当然不会对该判决在精神方面有什么抵触，他巴不得这样呢。问题是这么一来，这艘飞船的技术难度和建造费用就要大大增加了，而这些局外人是不会操心这一点的。大法官抑扬顿挫地宣读着：

"一、麦哲伦号飞船上必须有一名自然人类的乘员，且机器人乘员的外形必须为人形，相似度不低于99%。

"二、自然人乘员的体重不得超过45公斤，身高不得超过1.30米。"费舍尔突然瞪大眼睛，在脑子里飞速把这些数字换算成直观形象：一个可怜的侏儒。法官耐心解释道："这个限制是不得已而为之。我们认真听取了飞船设计师的意见后相信，在这个限制下，原设计的飞船在做出重大修改后尚能使用，超过这个限制，目前的技术水平就无能为力了。不要忘了，这是光速飞船，每增加一克载荷也将多耗费天文数字的能量。

"三、由机器人船长对自然人乘员定期做精神鉴定，飞船事务由两人共管，但最后决定权在机器人手中。"他解释道，"在漫长的幽闭生活中，自然人很可能患幽闭恐惧症或深度抑郁症，这是精神病专家的一致意见。

"本法庭的判决为最终判决。"

共生波三维图像瞬时传递系统迅速把判决结果传到整个地球，传到月球和火星移民区。在三维屏幕上，原告和被告很有礼貌地握手告别，胜利者的微笑中藏着尴尬，失败者的沮丧中透着调侃。

各大报纸都发表了带有倾向的专栏文章。倾向于机器人的《科学箴言报》的社论标题是："道德上的繁文缛节战胜了科学的明晰。"倾向于自然人的《大一统报》则冠以这样的标题："自然人的胜利？啼笑皆非。"唯有《我们》报对判决结果全盘肯定，刊发了热情的赞扬文章"上帝的安排"，作者多巴多夫。文章写道：

"这项公平的判决是多种利益的巧妙平衡，感谢汉谟拉比法官的睿智通达！当然，判决中的严格限制，使自然人类不得不选一个侏儒做自己的代表，这一点使许多人引以为耻，其实大可不必。请公众不要忘了，环宇宙探险——这个天才的、充满大无畏精神的动议，正是一位侏儒提出来的。不久前，笔者采访了这位葡萄牙人瓦斯科·巴尔托查，他说，如果人类遴选他作为飞船上的乘员，他将感到非常荣幸——而且，想想吧，他的体重是43公斤，身高1.27米，正好在限制之内。这简直是上帝的巧妙安排！"

巴尔托查立即成了全球新闻媒介的追逐对象。

巴尔托查，男，25岁，未婚，智商65，生父母不详。他成长于里斯本一家孤儿院，据说他是世界上现存的野生人类即不借助于人工生育技术而繁衍的自然人中最年轻的。目前他是一家汽车自动加能站的加能工，这是社会福利计划中专为残疾人设立的象征性工作。

这名蓝领工人没想到自己能一夜成名，他在聚光灯下乐得不知高低，傻笑着一遍又一遍地重复：

"全部告诉多巴多夫了，我的所有情况全都告诉多巴多夫了。他是个好人，是我最好的朋友。"

在千百记者的忌恨目光中，多巴多夫往嘴里丢着咖喱豆，不慌不忙地向外发送着他的系列专访文章。他的独家新闻是怎么买到手的？一百包咖喱豆而已。多亏他有这个爱好，才得以认识巴尔托查，使自己大大地出了一次风头。

多巴多夫的第一次专访是在法院判决前夕发表的：

多巴多夫：巴尔托查先生，你的天才建议是两年前经本报发表的，很快就为世界政府所接受，世界法院即将作出有关判决。现在，读者想了解一下，你是如何萌生这一绝妙想法的？要知道——请原谅我的坦率——你的文化水平并不高，思维也说不上敏捷。但你却提出了亿万聪明人和更聪明的机器人所想不到的东西。

巴尔托查：很偶然——三本书恰好放在一起了，是一个顾客遗忘在加能站的。坦白说我不爱看书，但闲极无聊时也会翻几页。等我把三本书翻够一遍，我忽然……

多巴多夫：是哪三本书？

巴尔托查：一本《麦哲伦环行地球1000周年》。我告诉过你吗？我是葡萄牙人，虽说现在国籍已不存在了，但我还是最爱看葡萄牙人的老故事。可惜，麦哲伦在本国不受重用——都怪那个专横昏庸的葡萄牙国王曼努埃尔——只好跑到西班牙干成一番大事业。我要是生在1000年前，一定跟麦哲伦去当水手。虽然我个子低，我爬桅杆比猴子还快哩……

多巴多夫：对，我相信。第二本书呢？

巴尔托查：是介绍新型"冲压式小型光速飞船"的小册子，是南门二航宇公司印发的。老实说，小册子的内容我看不懂，不过我多少看懂两点：第一，这种飞船所需燃料是在航行途中收集的太空氢氦粒子，所以它的航程没有限制。第二，它能产生恒定的加速度，半年之后就能接近光速。根据爱因斯坦的相对论效应——知道爱因斯坦吗？他是600年前一个很有名的科学家。不过他的相对论我从来没打算弄懂，时间怎么能变长变短呢……

多巴多夫：我知道爱因斯坦，请往下讲。

巴尔托查：虽然公式我看不懂，结论是知道的。说飞船接近光速后，飞船上的时间就会变慢，即使飞船开到100亿光年的宇宙边缘，也就是说航行100亿年之后，飞船上的时间才过了24年。等驾驶员回来，还不到退休年龄呢，还能看到他的亲人呢。

多巴多夫：他看不到，因为飞船外的时间是数百亿年，不要说他的亲人，连宇宙也不一定存在了。好，第三本书呢。

巴尔托查：第三本书更难懂了，我连书名也没记住。但我刚好看懂一点，书上说宇宙是超圆体，假如一个人的眼力能穿透几百亿光年，那么，当他从地球一直向"宇宙之外"看时，最终会通过超圆空间的扭曲，看到自己的后脑勺。这个说法太逗了！我马上想到麦哲伦的环球探险，那时有人相信地球是平的，一直向前走就会离家越来越远，甚至掉到地球之外，后来他的探险才证明地球是圆的。现在，假如一艘飞船一直向"外"飞，它会掉到宇宙之外，还是返回原处？应该像麦哲伦那样去跑一圈……后来的事情你都清楚，咱俩在公园里偶然碰见，都在吃咖喱豆，咱们开始聊天，聊起了这个想法，你就把它发表了。

多巴多夫的评论：

科学家最推崇的是科学的直觉。即使到了今天，机器人的智力已全面超过自然人，但在直觉方面自然人类仍可一拼。巴尔托查先生的这个建议就是最典型的例子。一个智商偏低的侏儒，似懂非懂地看了三本科普性的小册子，竟然提出了超越时代的战略性建议。最后由于另一位自然人的敏锐直觉——请原谅我的自我吹嘘，它终于公布于世。

这个建议最初曾遭到冷遇，它被认为是一个低智商者的梦呓。一次历时200亿年的探险！神智正常的人绝不会认真考虑它。但这个建议终于引起回波，它激发了人类血液中固有的冒险天性。支持的人逐渐增多，他们争辩说，当年亚洲人跨越白令海峡时没有顾及后果，结果他们在北极和美洲大陆上撒下人类的种子；麦哲伦开始环球航行时也没有必胜的把握，实际上他本人就死在途中了。即使环宇探险要费时200亿年，即使200亿年后宇宙要毁灭，我们又何妨放一艘飞船去寻一条生路呢。何况，谁都不能完全准确地预言未来，也许这次探险会取得意想不到的成果？

半年后，世界政府迅速批准这次行动。不过按那时的方案，飞船上只有一个机器人乘员。这又引发了第二轮的舆论热潮，并导致了这次著名的判决。

多巴多夫的第二次采访：

多巴多夫：判决已经宣布，麦哲伦号探险的最后一个障碍被消除了。你听到这个消息后高兴吗？

巴尔托查：当然高兴！我真盼着自己被选中，坐到麦哲伦号的驾驶舱里！当然我知道这是不可能的，我的智商太低。

多巴多夫：巴尔托查先生，你为什么对探险有这么浓厚的热情？要知道，这很可能是一条不归之路啊。不，不是很可能，而是完全地、绝对地肯定。

巴尔托查：我不知道，大概是天性吧。好在我没有结婚，不会有家人挂念我。

多巴多夫：你真的愿去？这是你的最后决定？

巴尔托查：当然！你忘了我曾说过，我愿意跟着麦哲伦去当一名爬桅杆的水手。

多巴多夫：那么我祝贺你已经如愿。我受世界政府的委托专程来征求你的意见。由于船员的体重和身高所受到的严格限制，政府在人选上没有多大余地。他们认为唯有你才是完美的人选。

巴尔托查：真的吗？可是我没有受过多少教育，我的脑瓜很笨，我不会驾驶飞船。

多巴多夫：没关系，自然人乘员的工作是象征性的，你完全可以胜任。

巴尔托查：真的吗？我真的能胜任？那么我答应！

世界议会以 382 票对 0 票通过决议，任命瓦斯科·巴尔托查为麦哲伦号飞船上的自然人类代表。该船的船长早已选定，是高等机器人 RT 波吉先生。目前他正在接受整容，以符合"99% 相似度"的规定。

整容手术的间隙中，RT 波吉努力熟悉着有关资料。毕竟是史无前例的远航，有那么多的知识需要记忆，即使对于他的量子脑来说也不是一件易事。有时他会抬头看看三维屏幕，看看那位志得意满的侏儒在记者的簇拥下妙语连篇，波吉不由得微微一笑。

波吉身高两米，体重 150 公斤。没有人对他的身高体重作出限制，因为他身体的每一个单元都是不可或缺的，是飞船的有效载荷。

终极爆炸

明天飞船就要升空，几十名记者死死地围着巴尔托查，对他的一言一行都做着详细报道。有位记者问他，在离开地球前的最后一天，他有什么个人愿望？巴尔托查难为情地嗫嚅良久，才红着脸说，他想得到电影明星伊芙小姐的一个香吻——请伊芙小姐一定原谅他的无礼，但这是他多年的愿望。正在夜总会唱歌赚外快的伊芙小姐知道这个消息后，激动得差点背过气。她只是一名三流演员，在现今的好莱坞，自然人演员不可能同机器人争锋。但是你看吧，有这么显赫的英雄懂得欣赏她的才华！她在冲动中宣布：

她不仅要给人类英雄一个香吻，她还决定在飞船点火前与巴尔托查举行婚礼，只要巴尔托查双脚踏在地球上，这桩婚姻都将保持有效。

著名的MS公司随即宣布，赞助1000万美元作为这次婚礼的费用。MS公司只有一个小小的要求：一旦麦哲伦号降落于某个星球，或返回地球，则请巴尔托查先生走下舷梯时带着MS公司送给他的帽子，那上面当然有公司徽标。有人向公司总裁比茨·盖尔指出，鉴于此次环宇航行的长期性，恐怕这笔赞助不会在"短期内"收到效益。盖尔先生快活地说：

"啊哈，好的企业领导应该有这样的耐性和长远的眼光。"

2523年8月7日，上午10时0分。

麦哲伦号冲压式光速飞船耸立在赤道上的库鲁航天发射场上，模样就像一个脑袋极大的手电筒。头部的大喇叭口是收集网，它能产生直径3000千米的磁力罩，星际空间中极稀薄的氢氦粒子先被飞船的辐射炮电离，再由磁力网吸进飞船，实行核聚变，为飞船提供动力。

磁力罩下是防辐射舱，舱内是一个直径300米的重水凝成的大冰球。因为对于光速飞船来说，太空中静止的稀薄粒子也构成高能辐射，强度相当于地球表面辐射的十万倍。这种辐射伤害不了波吉，但对巴尔托查来说是致命的。好在这个大冰球并非是无效载荷，它又兼充飞船的自备燃料库。因为当飞船初加速或减速时，太空粒子的收集效率就要大大降低，这时只有依赖船上的重水来提供能源。

再往下是生活舱、核融合舱和喷管。四个较小的第二级火箭支在地面上。助推火箭只负责把飞船送入太空，之后就自动脱离。

助推火箭的燃料已经装填好，各种辅助设备也撤离发射场。万事俱备，人类历史上最伟大也最悲壮的一次探险即将开始。RT 波吉同地球政府的代表握手告别，向欢送的人群挥手致意，步履沉稳地登上舷梯。少顷，他的身影出现在共生波三维图像显示器中。他表情坚毅，从容地做完起飞前的例行检查，安坐在驾驶椅上，静候巴尔托查登机。

此时巴尔托查先生和伊芙小姐正在一场狂欢游行中扮演主角。在千万人的欢呼声和缤纷花雨中，一辆彩车缓缓驶向发射场，巴尔托查挽着美貌的妻子，咧着大嘴傻笑着，简直乐痴了。他脚下加垫了半米高的脚垫，以与女方平齐。他戴着高高的礼帽，穿着燕尾服，完全是 16 世纪葡萄牙绅士的全套行头；新娘则穿着最摩登的太空式婚纱，裸着双肩，一波一波的彩晕在光纤婚装上流淌，变幻着无穷的花纹。

良辰苦短，巴尔托查真不愿这幕梦境结束。可是，发射场已经到了，欢送的人群静下来，千万双眼睛企盼着送别的一吻。巴尔托查夫人泪光潋滟，张开双臂紧紧抱住丈夫，把湿润的嘴唇紧贴在他的双唇上。

时间在热吻中停滞。

欢呼声打断巴尔托查的绮梦，他推开妻子，贪婪地看了最后一眼，把她的容颜刻在心中。然后向观众挥手致意，毅然跳下彩车。他在更衣室匆匆换了衣服，少顷，他也出现在共生波三维图像中，头上戴着 MS 公司赠与的帽子。

欢呼声再度响起，巴尔托查夫人——这会儿该称伊芙小姐了，因为飞船已经离地——一次又一次把飞吻送给那位侏儒英雄。

橘黄色的光芒照彻天地，在震耳欲聋的轰隆声中，飞船缓缓起升并加速，消失在湛蓝的天穹中。

1519 年 8 月某日，西班牙古都塞维利亚，圣玛丽亚·维多利亚大教堂。

庄严肃穆的气氛笼罩着这座宏伟的哥特式教堂，在众人的注目中，皮肤黝黑的费尔南多·麦哲伦跪在圣母像前发誓：誓死效忠西班牙国王查理五世，为国王寻找海外领地。然后他从总督手中接过国王的御旗，恭敬地展开，人群不约而同地跪拜下去。

9月20日，五艘装修一新的帆船停泊在圣卢卡尔港，他的妻子俾脱利同丈夫流泪吻别。麦哲伦亲手在特立尼达号旗舰上升起指挥旗，两岸人群欢腾起来，麦哲伦下令鸣炮启程。

人类历史上没有前例的环球探险正式开始了，这是一次命运难卜的航行。地球究竟是不是球形？即使是球形，它有没有东西连通的水路？有没有吞噬船只的巨洞，即传说中的海洋肚脐？……麦哲伦坚信自己能成功，他的自信其实是建立在一条错误的情报上。如果一开始就知道这一点，他是否还有勇气启程呢？

历史正是由许多偶然和歪打正着的失误所构成。

飞船时间2524年3月，麦哲伦号飞船。

飞船渐渐远离蓝色的地球，掠过红色的火星，向太阳系外飞去。飞船以1g的加速率均匀地增加着速度，正好在飞船内产生了类似地球的重力场。所以，连从未接受过航天训练的巴尔托查也没有丝毫的不适，他就像坐在一个匀速上升的大吊笼内，透过安装在磁力罩中央的摄像系统和四周的舷窗，兴趣盎然地观赏着四面的星空，就像一个永远抱着新奇感的大孩子。

黑暗的天幕上嵌着明亮的星星，有几颗在快速移动着，它们是太阳系的行星。

"喂，波吉，你想吃咖喱豆吗？起飞时只允许我带20包，这是最后一包了。"巴尔托查慷慨地说。

"谢谢，我已经关闭了吃饭功能。"

波吉身上装有足够使用一生的核能源。在地球上他也吃饭，那只是为了同自然人类的习惯相容。现在他可以不受束缚了，可以扔掉自然人类所有烦琐的"不良嗜好"了。

飞船船舱十分宽敞，操纵台在船舱中央，它的前方是一个巨大的三维屏幕。波吉可以在这里进行手动控制。主电脑室和机械舱设在地板下，那儿还有两间单人起居室。巴尔托查在各处悠闲地巡视一番，停在波吉的背后，看着波吉在忙碌。他突然真诚地说：

"波吉，对不起，我向你道歉。"

波吉很奇怪："为什么？"

"我知道，把我添加到飞船上为你增加了不少麻烦，其实我从来没有'人类正统'的观念，机器人也完全可以代表整个人类嘛。而且，我纯粹是个摆设，不能帮你分担飞船上的工作。"

听着这些真诚的话，波吉不由得仔细看看他。在此之前，波吉确实对这个"摆设"不屑一顾，现在他心软了，温和地劝慰道：

"其实飞船是全自动操作，我也没有多少事好干。怎么能说你是摆设呢，至少我们可以聊聊天，赶走旅途的烦闷。"

巴尔托查高兴了："机器人也会烦闷吗？"

"嗯……"波吉老实承认，"不会，至少我不会，我已经关闭了这些无用的感情程序。"

"那你当然不会厌烦同我谈话了。"

"不会。"

"那太好了，我们有这么充裕的时间，请你向我详细解释有关环宇飞行的技术问题，行吗？这些事我从来没有搞懂过——虽然是我提出了环宇探险的建议。"

波吉很喜欢他的诚实，微笑道："行啊，请你稍候，我做完今天的例检。"

正前方的一颗星星已明显变大，大小像一颗榛子。波吉告诉他，这是半人马座的南门二星，是离地球最近的恒星。飞船首先要绕过它，在它的重力场内加速，这样就能大大提高收集氢氦粒子的效率。检查完毕，他在驾驶椅上转过身：

"好了，你问吧。"

巴尔托查立即问了他最关心的问题："宇宙真的是一个超圆体吗？你只要一直往'外'走——最终将回到原处？"

"对，这种超圆体假说是爱因斯坦最先提出来的，目前已被广泛认可。你不妨想象一个克莱因瓶，假如一个二维生物沿着瓶的曲面，按任意方向一直向前走，在三维空间中，他就能从瓶里走到瓶外，再返回到瓶内的出发点。宇宙就像是个四维的克莱因瓶，一直沿三维空间的某个方向向'外'走，我们就可以通过四维时空返回原处。"他看看巴尔托查说，"当然，对于超出三维的空间结构，一般人的智力很难想象。"

巴尔托查认真想了很久，歉然说："不行，我实在想不通。不过我相信你说的话。问下一个问题吧，我们真能在几十年内周游宇宙？而这几十年就相当于飞船外的数百亿年？"

"这一点不必怀疑。我们的飞船如果一直按目前的 $1g$ 加速，那么 8300 小时后就能达到光速——当然实际是不可能的，因为飞船接近光速时，飞船质量也趋于无穷大。但无论如何，我们在若干年后就能非常接近光速。按照爱因斯坦的相对论公式，此时飞船内的时间流逝就接近于 0。"他补充道，"这个相对论公式不是假说，它早已经过无数次的考验了。所以你不必担心。"

巴尔托查听得很兴奋，在座椅上扭来扭去，又问："可是，航行中怎样辨别方向？回程时会不会错过地球又一直往前走呢？"

"无须担心。飞船主电脑内储存有宇宙的整个图像，当然是人类已知的部分。飞船在行进中，会随时把'看到'的图像与'储存'的图像相对照，如果两者相合，飞船就会自动减速，再甄别，再减速，校正方向，直到回到地球。"

巴尔托查越来越高兴了："谢谢你的讲解，我现在放心了。在我提出环宇探险的建议时，我可没想到这么多的技术细节。"

"你登机前一定非常害怕吧。"

巴尔托查老实承认："是的，我很想来探险，可是也很害怕。"

"那你为什么不拒绝世界政府的任命呢？"

他难为情地说："我没法拒绝，人们一定会笑话我：'是你提的建议，自己却不敢去，你打算让谁去送死？'所以，我就横下心答应了。"

RT 波吉怜悯地看着他，想起登机前的一幕。那时他把巴尔托查看成是一个逗人发笑的丑角，原来这个丑角心里也有恐惧和忧愁。这会儿巴尔托查显然放心了，满脸光辉，像是一个得到圣诞礼物的穷孩子。他忽然想到最后一个问题：

"那么，数百亿年后回来，地球人会变成什么样子？我们还认得他们吗？数百亿年哪，我知道地球才45亿年历史，宇宙本身也才150亿年呢。我想，至少伊芙小姐活不到那个时候。"他笑着说，但笑容下隐隐露出几丝辛酸。

波吉定睛看了他许久，决定实言相告：

"你真的没有丝毫心理准备？瓦斯科，这恰恰是最难预测的一点。科学家们普遍相信，宇宙不会有这么长的寿命。我们两个倒不必害怕，因为光速延缓了衰亡的进程，但飞船外就难说了，也许我们在航行途中，会看到窗外的宇宙一步一步走向死亡，物质都在湮灭，只余下不会衰老的光速粒子。"

巴尔托查的脸慢慢变白了，脸上仍挂着茫然的笑容。波吉怜悯地说："不要难过，也许还有什么人类尚未认识的规律，会帮助我们早日返回地球，也许太空港的欢迎人群中还有一位伊芙小姐呢。"

巴尔托查摇摇头，他不至于傻到相信这一点。他故意打岔道："喂，那是什么星？正前方的那颗。"

"那是心宿星，属天蝎星座，距地球410光年。飞船绕过南门二之后，就准备以它来作为航线的基点。"

"天蝎？它一定有很多传说，请给我讲讲，好吗？"

波吉叹口气，"好吧。"

此后，他们一直在闲聊中打发日子，他们聊各个星星的传说，聊麦哲伦的环球探险，聊着地球女人的新时尚……但有一条是绝口不提的，那就是麦哲伦号飞船的"必然"的命运。快活的巴尔托查有时会对着舷窗偶发怔忡，波吉想，他一定是在心中默祷着出现奇迹吧。

1520年8月26日，南美洲圣克鲁斯海湾。

这儿距日后的麦哲伦海峡只有三天的路程，但一向勇往直前的麦哲伦却下令船队停泊，在无所事事中整整耗了两个月。历史学家们一直在猜测他做出这个决定的原因。他是对胜利失去信心了吗？

麦哲伦的一生就是为了一个目的，为了完成"环球探险"这个天命。他出生于葡萄牙一个破落的骑士家庭，10岁送入宫中服役，16岁开始在国家航海事务厅工作，看到了很多秘密航海报告，学到了最新的地理学知识和见解。他命运多舛，被人诬告，受到葡萄牙国王的多年冷遇。但他并不气馁，终日在皇家图书馆查寻资料，埋头于他的秘密计划。

那时，不少人梦想从世界另一边，即向西航行到达富庶的东方。有人声称在南纬40度见到一个通向东方的海峡。这个消息使麦哲伦狂喜不已，因为在著名的宇宙学家马尔丁·贝格依姆绘制的一张秘密地图上，正好在南纬40度标有一个海峡！

麦哲伦满怀信心地向世人宣布，他已经知道而且唯有他知道通向东方的秘密海峡——因此，请给他一支船队吧！

历史学家们书写这段历史时，无不为麦哲伦捏把汗。他终于赢得了西班牙国王的支持，信心十足地出发了。七个月前他们就到达了南纬40度的那个秘密"海峡"，但派去探查的船只两周后回来报告说，这只是一条宽阔的淡水河。麦哲伦十分沮丧。他命令船队继续向南，到了这个圣克鲁斯海湾又突然下令抛锚，在阴郁中沉思了两个月。也许他确实失望了。再往南去就越来越冷，那是传说中的白色魔鬼（冰山）肆虐的地方。

他该如何决断？假如他至此调头而回？假如一线陆地真的延伸到南极，并不存在麦哲伦海峡和更南的德恩克海峡？

即使是这样，历史也不会停步，但麦哲伦的名字将从历史中隐去。最多有一位好心的历史学家带上一段闲笔，把他作为一个失败的典型。

1520年10月18日，麦哲伦终于走出沮丧，下令起锚。三天后，他们来到一个很深的海湾，暗黑色的海水在悬崖峭壁的夹缝中翻腾怒号，远处群山绵延，白雪皑皑。水手们望着阴森森的海峡深处，异口同声断定这不是他们要找的海路。但麦哲伦断然下令，彻底查清这片怪异的水域。

这片水域里风高浪急,探查的两只船被冲到海湾最深处,处境十分危险。但他们忽然发现,悬崖后竟有一条十分狭窄的水道!两只船惊惶不安地向前走,但水道越来越宽,潮起潮落井然有序,水质也一直是咸的。他们迅速返回,向麦哲伦报告。

麦哲伦终于看到了胜利,就像在地穴中爬了两年的人终于见到了第一束阳光,他热泪盈眶。

飞船时间2529年5月,麦哲伦号飞船。

"瓦斯科,遵照世界政府的命令,每五年对你进行一次精神鉴定,现在开始。"

"请吧。"

"你的名字。"

"瓦斯科·巴尔托查。"

"性别。"

"男。"

"年龄——当然是按飞船时间。"

"31岁。"

"家庭成员。"

"只有妻子伊芙·巴尔托查——而且是在我回到地球之后。波吉,按飞船外的时间计算,伊芙今年几岁?"

波吉看看他:"在她原来的年龄上再加100岁。地球上已过去100年了。"

巴尔托查停了一会儿幽幽叹道:"126岁,她很可能不在人世了。不过也不一定,在这100年中,科学家们一定找到了长寿的办法。"

波吉笑道:"我想精神鉴定可以结束了,你的精神完全正常——既然你还挂念着伊芙。"

飞船已达光速的99%,在船尾方向的太空是一片黑暗,船首方向是均匀的强光,强光四周,围着一圈窄窄的星环,赤橙黄绿青蓝紫依次排列,十分

终极爆炸

壮观。飞船恰恰像是向彩环中钻去，但彩虹却永远可望而不可即。巴尔托查入迷地欣赏着窗外的奇景，喃喃地惊叹着：

"真漂亮，简直是美不胜收，百看不厌。可是宇宙怎么会变成这个样子？前方和后方的恒星都跑哪儿去了？请你耐心地给我讲讲。"

"好的，我很有耐心。"

他很有耐心，他有 100 亿、200 亿年的空闲时间。飞船内的时间仍以正常的速率行进着，秒钟滴答、滴答、滴答。可是你想想吧，一声滴答中，船舱外的宇宙可能已跨越了 10 万年、100 万年。漫说短寿的地球生命了，就连寿命以数十亿年计的恒星，也在飞快地奔向自己的归宿。波吉没有配备感情程序，但就连他也能感受到一种没顶的悲凉。他抛开这些感慨，平静地说：

"你知道多普勒效应吗？救火车飞速向你开来时，警笛声会变得尖锐；救火车离你而去时，警笛声会变得沉闷。这是因为声波的波长会随着波源的速度而改变。同样，飞船以高速前进时，前方的恒星迎着我们而来，光波的波长变短，颜色偏于紫色，产生紫移；后方的恒星离我们而去，光波波长变长，产生红移。我们的飞船已接近光速，紫移和红移也趋近于极端，所以前后的恒星都在视野里消失，只剩下环绕飞船中央的这条彩色星带。"

"飞船中央？不，它是在前方。"

"对，这是因为另一个光学效应——光行差。就像你在雨中跑步时，本来垂直的雨丝就变成斜的，你不得不把雨伞向前倾斜。由于飞船的速度，本来应该在中央的星带就移向前方了。"

"为什么光环中还有均匀的强光？"

"你知道宇宙是在大爆炸中诞生的，大爆炸在太空中留下了均匀的 3K（零下 270 摄氏度）辐射。这种辐射极弱，人眼观察不到。但是对于光速飞船来说，它已经紫移到可见光的波段，在我们前方形成一团强烈的光源。"

巴尔托查艰难地消化着这些知识，迟疑地问："你是说，我们看到的是一个变形的宇宙，而且变形得很厉害？"

"没错。"

巴尔托查担心地问："可是，在这个变形宇宙里，怎样才能找到我们的家？

说不定这会儿船外的彩环星空就是银河系，但它已经扭曲了，认不出来了。"

波吉轻声问："你是否想家了？"

巴尔托查嘿嘿地狡辩道："我没有家，连伊芙也只属于我五分钟。"

"但你在想地球。"

他承认了："嗯，想起宇宙中有个熟悉的老地球，心里会觉得好受些。"

波吉点点头，接着讲解道："主电脑会把这道光环扯开、展平，恢复成正常的宇宙。它还会对存储在记忆中的星系图进行时间轴上的校正，一旦认出银河系所在的室女超星系团，它就会下令让飞船减速。"他叹道，"但愿电脑的校正足够精确。数百亿年啊，小数点以后 10 位的一点误差也会影响校正的精确。"

"谢谢你，波吉，我该到食品制造机上为自己要一份午饭了。咳，出发时为什么不多储存几种食谱呢，我已经吃腻了汉堡包、比萨饼和炸牛排。"他没头没脑地加上一句，"我相信伊芙能做出更美味的饭菜。可惜她老了，在我们谈话这会儿，她又老了 100 岁。"

1520 年 11 月，麦哲伦海峡的沙丁鱼口。

海水里尽是沙丁鱼，水手们兴奋地捕捞着。大南海已近在眼前，麦哲伦按捺住激动的心情，等着向另一个方向探路的两只船归来。六天后，康塞普逊号回来了，而圣安东尼奥号一直杳无踪影。这是船队中最大最好、储粮最多的一艘船。

麦哲伦有了不祥的预感，船上的占星家恰巧也给出了同样的占卜——圣安东尼奥号已经被叛乱者挟持回国。他们的预感和占卜不幸言中，当然那时他们无法验证。彪炳史册的麦哲伦航行并不是一直笼罩着圣洁的光环，它已经经历了船长和水手们的敌意、怠工甚至一次叛乱。虽然那次叛乱被镇压下去，叛乱首领被处死或流放，但这些手段并不能压服敌意的潜流。毕竟麦哲伦是个外国人，而且是一个可恶的葡萄牙人。

叛乱的圣安东尼奥号返回西班牙后，便恶人先告状，诬告麦哲伦欺君罔上。麦哲伦的岳父被株连，妻儿先后罹难。那时麦哲伦正在辽阔的太平洋上向西挺进，他的生命之路从此未能同妻儿交叉。1521年4月27日，在一场由他挑起的肮脏的殖民战争中，麦哲伦死于土人的乱刀之下。

飞船时间2533年2月，麦哲伦号飞船。

飞船外仍是一成不变的美景：彩色光环包围着一团强光，环外是绝对黑暗的天幕。飞船仍在加速，仍在不屈不挠地向光速逼近。它已经飞行了10年，10年的囚禁生活实在是太漫长了。35岁的巴尔托查无精打采地蹬着健身器，波吉严厉地呵斥着：

"快点！加快速度！你今天只做了600次，还差得远呢。"

巴尔托查温顺地加快速度蹬了几次，频率又慢下来。现在飞船的加速度不足$0.2g$，以后还会逐渐降低。在这样的低重力环境下长期生活会导致骨质疏松和肌肉萎缩。所以，波吉一直严厉地督促着同伴的锻炼。

"瓦斯科，快一点，再快一点！"

巴尔托查又用力蹬了十几次，幽幽地叹息道："有什么用处呢，再锻炼下去又有什么用处呢。"

波吉佯作没听见，直到他做了1000次才允许他下来。波吉曾庆幸同伴是一个智商偏低的侏儒——越是智力较高、感情丰富的人，在飞船的封闭生活中越容易精神错乱。巴尔托查一直是好样的，他总是傻哈哈地笑着，不停嘴地聊天，一遍又一遍地问着同样的问题，一顿又一顿地吃着刻板的太空饭食——但即使是他，也有了崩溃的迹象。

这些天，他绝口不提伊芙。他知道，在这10年中，飞船外的时间已飞速流淌了一万年，即使是再先进的科学，也不能让伊芙活上一万年——除非藏在冷柜中，但伊芙似乎不会为他这样做。他不再饶舌，常常茫然地盯着窗外某个地方，喊他进行体能锻炼时，他会温顺地走过来，但他的目光中仍是兔子般的忧郁。巴尔托查来到上层甲板时，波吉突兀地问：

"你后悔了？"

巴尔托查茫然地说："后悔什么？"

"你已经后悔自己当年的建议，后悔答应地球政府的任命，后悔来到这艘飞船上。"

巴尔托查嘴巴很硬地反驳："不，我不后悔，我什么时候说自己后悔了？不过，"他嗫嚅着，"假如——我只是说假如，不是当真——假如麦哲伦飞船现在调头，能不能在10年内赶回地球？"

波吉干脆地说："不可能。飞船上储存的燃料只够一次减速。如果我们现在减速转弯，就会耗尽燃料。等我们飞抵地球时就只能同它擦肩而过了，并且永远留在太空中飘荡，就像一辆在下山路上坏了刹车的汽车。"

巴尔托查苦着脸，这个无情的回答使他完全绝望了。

"如果我们一直向前呢？根据计算，24年后我们就能到达可视宇宙的最远处，此后，假如宇宙确实是超圆体，我们就会再'直线'行进数百亿光年的距离回到地球。不过你要记住，这时飞船的速度几乎等于光速了，飞船上的时间流逝也几乎为0。所以，我们可以在很短的飞船时间内———一顿午饭、一次锻炼甚至吃一颗咖喱豆的时间，就能返回太阳系。听懂我的话了吗？就是说，'一直向前'要比'回头'所需的时间还短呢。"

波吉看着可怜兮兮的巴尔托查，不忍心再哄他。不过他上面说的并不完全是谎言，是众多可能中的一个。他觉得不必把所有的可能都告诉巴尔托查，有什么必要呢，他的智力也不能全部理解。巴尔托查愣了很久，终于想通了。既然飞船不可能掉头，难过有什么用？倒不如抛却烦恼，得过且过。他快活地说：

"只是开个玩笑，我怎么会让飞船返航呢，我才不会呢。"

这次谈话后，他真的克服了心理上的极点，恢复正常的精神状态，又开始喋喋不休地说话，开着缺少新意的玩笑：

"啊哈，这么一声滴答——恐龙灭绝了；再这么一滴答——太阳变成白矮星了！"

1521年春，太平洋。

麦哲伦率领着剩余的三艘船驶离希望角，进入了浩瀚的"大南海"。船队在水波不兴的海面上行驶着，10天、50天、100天……地平线上始终是平静单调的海平面，没有丝毫接近陆地的迹象。

麦哲伦给这片水域命名为"太平洋"，但一味平静加上单调的生活不亚于酷刑。船队好像静止了，每天都是一样无云的天空，一样无浪的海面，一样刺眼的阳光，一样疲惫的面孔……粮食急剧减少，淡水早已发臭，连这种臭水每天也只能喝上一口。坏血病逐渐蔓延开来，一具具尸首被推入水中……谁知道这段航程还有多远，明天，还是10年？

胜利之神降临得十分突然。3月6日，桅杆上的瞭望员大声喊道："陆地！前边有陆地！"果然，一线陆地浮现在天际，那儿有鲜亮的绿色，十几只海鸟在天空中巡弋。濒临绝境的船员们一下子兴奋起来。

这天他们发现了第一个有人居住的海岛，20天后，他们抵达马索华岛，麦哲伦的马来人忠仆亨利被派往岛上谈判，不久亨利回来了，狂喜地喊着：

"主人，我在岛上听懂一些话，是马来语的几个词！"

麦哲伦不由感谢上帝的仁慈。他知道，欧洲人向东西方向伸展的触角，今天在这儿终于接合了。

飞船时间2549年10月，麦哲伦号飞船。

"951，952，953……"51岁的巴尔托查在健身器上用力蹬着，一边快活地数数。他的头发已略见花白，肚子有点发福，显得个子更矮了。自从16年前熬过了心理上的极点，这些年来的他的心理状况一直保持着良好的态势。他做够1000次，从健身器上走下来，擦擦脸上圆形的汗珠："波吉，今天我们干什么？"

波吉瞑目而坐，没有反应。巴尔托查把他拍醒，担心地望着他："波吉，你是不是患了抑郁症？就像我16年前那样。"

波吉睁开眼，自信地微笑道："机器人不会患抑郁症，我只是进入了正常的假寐状态。一旦闲暇无事，也就是外界刺激减弱到某个阈值时，我的身体就自动进入低能状态。"

巴尔托查一个劲摇头："不对，不对，你和最初几年不一样，现在你特别爱打瞌睡。"

波吉霍然惊醒，他想这家伙说得对。"假寐"功能本身没问题，问题是反应阈值变了，不知不觉变了，同样的外界刺激已经不能引起他的兴奋。这种功能失衡正好类似自然人类的抑郁症。他迅速对体内做了调整，衷心地说：

"谢谢，你说得对，你帮我发现了自己的病状，现在我已经痊愈了。"

他真的痊愈了，再没有像从前那样萎靡。以后的几天，他详细检查了星空图像，似乎越来越高兴，一团喜色始终在眉尖跳动。巴尔托查对此浑然未觉，他问道：

"现在离地球多远？"

"刚刚超过200亿光年。我们已越过可视宇宙的边缘，也越过施瓦兹半径。"

"什么是施瓦兹半径？"

"你已经知道什么是黑洞，施瓦兹半径就是在黑洞中引力增大到正好使光线不能逃逸的那个球面尺度。不过你可能不知道，宇宙本身也有施瓦兹半径呢。宇宙的平均密度是很小的，但即使是这样小的物质密度，当宇宙尺度达到某个值时，也会形成同样的黑洞效应。根据我们这一路对宇宙密度的最新观测值，宇宙的施瓦兹半径小于200亿光年。"

"你刚才说，我们已经越过施瓦兹半径？"

"对。"

巴尔托查难为情地说："我越听越糊涂了。你不是说，连光线也不能穿越这个半径吗？"

波吉微笑道："对。因此只有两种可能。一是宇宙无限并且均匀，施瓦兹半径内外的引力互相抵消。但这种假说有很多困难，科学界早已把它排除了。另一种可能是，"他有意停顿着，抑住嘴边的笑意，"我们已开始返航了——不，不是说飞船已经掉头，不是这样的。飞船仍沿着准确的射线方向一直在离开地球，但引力使空间扭曲并自封闭，当我们沿着这个自封闭的空间一直向'外'时，实际我们也同时在返回。"他怕巴尔托查听不懂，又耐心地解释道，"你可以拿麦哲伦的航行做类比。当他们沿地球球面向西航行、离西班牙越来越远时，他们离西班牙的东边也越来越近。"

"我懂，我懂。你是说我们正从另一面接近地球，我们正在追赶我们的后脑勺？"

波吉笑了："后脑勺只是一个形象的比喻。你看到的不是自己的后脑勺，而是自己的镜面对称体。离开的巴尔托查和返回的巴尔托查心脏不在同一边——但你们都会坚信自己的心脏是在左边。"

巴尔托查茫然地看着自己的老师。他没有听明白这些细节，但主要的结论听明白了："你是说，我们很快就会返回？"

"嗯，飞船的速度已经非常、非常接近光速，其误差在飞船的仪器上已无法测量了，所以无法精确计算飞船上的时间速率——但它一定是极小极小，也许在你眨眼的当儿，船外已过了1000万年，也许半天内我们就能返回室女超星系团、银河系和太阳系。"

巴尔托查的思乡之情开始勃勃跳动，几乎按捺不住。不过他毕竟已经51岁了，他控制住自己的情绪，叹息道："可惜船外是数百亿年，地球已经不存在了。你笑什么？"他奇怪地问，"这个结果很值得高兴吗？"

波吉笑得更欢了："不一定。"

"什么不一定？"

"船外不一定过了数百亿年。在这趟旅行中，我一直没告诉你另一种可能，我不想过早给你一个缥缈的希望。不过从目前的情况看，这种希望越来越有可能了。"

巴尔托查很高兴，孩子气地央求："什么可能？快告诉我吧。"

波吉警告："不过还没有最后证实呢。"

"说吧，说吧。"

"好，我来告诉你。你难道没注意到船外的星空？如果是300亿年之后的星空，它们早该分崩离析了。这次环宇航行之所以被批准，是因为那时的科学家已经发展了一种很有前途的理论,叫'时空连续超圆体假说'。简单地讲,这种理论认为时间和空间是不可分割的,当飞船从超圆体的宇宙中完成一个循环、形成一条闭合的空间超曲线时,时间也会精确地接合成闭合曲线——我们将在出发的那一时刻返回地球。"

巴尔托查用力眨着眼睛,难为情地说:"我听不懂,我太笨了。"

波吉安慰他:"你不必难为情,这个理论确实难以理解。你可以试着去想象一个怪异的画面:一条首尾相接的时间之河,每一处的水都是向下流,但它们又始终是平滑接合,没有扬水站和瀑布。"

巴尔托查闭上眼睛,努力想象着,但他很难拼出这样怪异的画面。波吉微笑着,没有去打扰他。突然,舱内响起震耳的警铃声,波吉猛地站起来,脱口喊道:

"到了!电脑一定是发现了熟悉的星系!"

他马上开始对主电脑进行查询,巴尔托查伏在他身后,连大气也不敢出。片刻后波吉怏怏地停止操作:"不,是航线上发现了一颗超新星,飞船修正了航线,从旁边绕了过去。"

他们感到了飞船的侧向加速度,窗外有强光一闪而过,飞船又迅速对准航向。巴尔托查笨拙地安慰着:

"不要灰心,也许下一次铃响就是到了。"

波吉露出笑意:"谢谢你的安慰,机器人是不会沮丧的。喂,刚才的解释你听懂了吗?我可以再……"

又一次震耳的铃声。两人这次都不语不动,互相呆望着,巴尔托查强自镇定着,但脸色慢慢发白。少顷,主电脑在三维屏幕上打出一行字:

"怀疑进入室女超星系团,准确率 50%。"

"确认进入室女超星系团,准确率 99.99%。"

"再次确认,准确率 99.9999%。"

"第三次确认,准确率 100%。"

"减速系统启动?"

波吉看看同伴,两人轻轻点头,波吉果断地说:"启动!"

飞船抖动一下，向前方喷出眩目的白光。经历了短暂的失重后，很快达到了反向的 10g 减速。飞船内的重力环境变了，上变成下，下变成上。两人在空中飘浮片刻后，落在天花板上。现在他们的头顶对着航线的后方，那儿仍是漆黑一片。随着船速的减慢，位于航线前方的光环极缓慢地扯开，从舷窗外悄悄向上方漫升。

巴尔托查的激动自不必说，连一向自诩为没有感情功能的波吉也开心地笑着，伸开双臂同伙伴拥抱，他干脆把这个小个子抢起来，在舱室里旋转着。

1522 年 9 月 6 日，西班牙圣卢卡尔港。

破烂不堪的维多利亚号沿着瓜达尔基维尔河缓缓驶来，停靠在码头上。18 名羸弱的水手摇摇摆摆走上码头，仆地而跪，贪婪地亲吻着祖国的土地。

一次划时代的伟大航行终于成功，可惜麦哲伦没能看到这一天。

飞船时间 2549 年 12 月，麦哲伦号飞船。

飞船经过两个月的减速，降到一半光速，舱外的星空已恢复正常，彩环消失了，星星重又撒回到天幕上。这张天体图与出发时的天体图是镜面对称的，就像是从反面看天体图的透明胶片。但除此而外，各星系的形状没有任何变化，没有一丝一毫的变化。波吉高兴地说："越来越多的证据说明，时空连续超圆体的假说是正确的。等我们把空间的行程封闭后，时间也将拨回到 0 点——只有飞船上的乘员老了 26 年。"

巴尔托查的思维太迟钝了，直到现在才认识到这一点对于他的特殊意义。他小心地问："等飞船返回地球，正好还是出发的 2523 年 8 月 7 日 10 时 0 分，是不是？"

"对。"

"那么，"他更谨慎地问，"伊芙小姐还是走前的 20 岁，并没有衰老、死亡、化为尘埃？"

"对。"

巴尔托查沉默了，很久才幸福地喃喃说："她还愿意做我的妻子吗？我是一个年迈的侏儒。"

波吉很抱歉，他的推理系统不能预测女人的感情风向，只好含糊地说："会的，我想她一定乐意。要知道，你是人类中第一个进行环宇探险的英雄啊。"

巴尔托查高兴得合不拢嘴："真的吗？我很高兴。"

飞船已进入太阳系，船速降到每秒30千米。它"慢吞吞"地掠过海王星，向地球飞去。习惯了此前的高速，习惯了弹指跨越整个星系，现在巴尔托查真是如坐针毡。"波吉，不要着急，很快就会到了。"他好心地劝慰着同伴，实际上他才着急呢，他一刻不停地趴在窥视镜上，透过反喷的火光，努力辨认着航线前方的星空。

飞船在近距离内掠过木星，这个庞大的液态行星仍以每9小时50分一周的速度飞速旋转着，把自己甩成一个扁球体，79颗卫星围着它旋转，那情景真是热闹非凡。忽然，巴尔托查像见到鬼似的尖叫起来：

"看，快看！"

波吉向窗外看去，他真的见到鬼了——一个与麦哲伦号完全一样的飞船在附近飘荡，它不遵守引力定律，在空间中倏忽来去。更奇怪的是，肉眼看得清清楚楚，但雷达系统上却毫无反应。巴尔托查奇怪地问：

"是麦哲伦号？我们与自身相遇了？"

波吉摇摇头："不，按照时空超圆体假说，在时间曲线接合之前，出发的飞船和归航的飞船是不同相的，不可能相遇，不可能互相窥见。"

但那分明是麦哲伦号，磁力罩、防辐射舱、主舱、喷射口……与"这个"麦哲伦号不同的是，它正在向后喷气推进，而不是反喷制动。"看！"波吉说，他已经看到了船身上的"麦哲伦号"一行英文字，但字体和顺序都是反的。

鬼船在他们右前方稳住了，就像是在诱惑他们。波吉皱眉思索片刻，果断地说："我要飞近去看看。这是违反逻辑的怪事，越是如此越值得考查。也许，"他开玩笑地说，"我们可以通知他们返航，不要再浪费这26年的时间，因为我们已经返航了。"

他把飞船改为手控飞行状态，开始推下操作手柄。巴尔托查忽然跳过去：

终极爆炸

"不要！不要过去！"

巴尔托查矮小的身躯像炮弹一样向波吉扑过去。波吉很容易地制止了他的胡闹，把他推离操作台。巴尔托查喘息着，目光中充满了恐慌和哀告。波吉不高兴地说："怎么啦？不要胡闹，我要抓紧时间与它联系。"

但在这片刻耽误后，鬼船已经消失，窗外是死一般安静的黑色天幕。波吉尽力用眼睛搜索着，毫无所见。它干净利索地消失了，就像出现时一样突兀。波吉恼怒地瞪着巴尔托查，那家伙知道自己做了错事，正窘迫地低着头，几乎哭出来了。波吉叹口气，没有再训斥他。

地球！亲爱的老地球已出现在视野里。但地球上没有任何活动的迹象，没有无线电波，没有导航的信号。波吉告诉同伴，此刻所见到的地球仍然是在时间陷阱里的虚像，他把操纵系统变回到自动挡，主电脑细心修正了航向，准确地降落到库鲁发射场。船体突然受到地面的冲击，就在同一时刻，飞船外的信息场突然复活了，通话器中传来地面指挥塔的喊声：

"麦哲伦号，地面呼叫麦哲伦号！"

地球时间 2523 年 8 月 7 日 10 时 0 分，库鲁航天中心。

大地震动着，麦哲伦号拔地而起，火焰造成的幻景包围了发射场。等关闭了的空间再次打开后，送行的人看到麦哲伦号安安稳稳地停在原处——但不是出发前的麦哲伦号，它失去了四个助推火箭，它的形状是原飞船的镜面对称体，包括船体上的字。

指挥大厅的科学家们用手指比着 V 形，不出声地庆贺着。他们知道这是环宇归来的麦哲伦号，这次环宇探险已经胜利了，也证明了"时空连续超圆体假说"是正确的。

伊芙的手臂还在向升空的麦哲伦号挥动，忽然她大张着嘴巴，手臂也在空中定住了。她看到了幽灵一样返回的麦哲伦号，舱门打开，一高一矮两个人影出现在舱门口。波吉没有变化，但巴尔托查明显老了，就在这几秒钟内老了，胡须花白，身形略显佝偻。在闪光灯的照耀下，他忽然缩回舱内，听见他着急地喊着：

"帽子！我的帽子在哪儿？"

两分钟后，他戴着 MS 公司赠与的帽子重新出现在门口。刚才他几乎忘了出发前的许诺，谢天谢地，他及时发现了自己的疏忽。他很远就看见了目瞪口呆的伊芙，忘形地喊起来：

"伊芙，我回来了，我们已经绕宇宙航行一周返回了！"

伊芙那边是一声尖叫。

地球科学院的所有学部委员聚集在一个高大的穹幕建筑下——当然这是由共生波形成的虚像——听取两人的探险报告。报告由波吉主讲，但兴奋过度的巴尔托查傻哈哈地笑着，不时插一些混话。科学家们宽容地看着他的饶舌。其实何止是他？平时不苟言笑的科学家们今天也都像一群兴奋的孩子。

提问中，他们尤其关注与幽灵麦哲伦号相遇的情形。波吉困惑地说：

"飞船的雷达系统没有任何记录，但我们的眼睛确实看到了！我不明白何以如此。按照时空超圆体的假说，航程封闭前的时空是不同相的，我们不应该看到自身——当然不应该，否则势必会造成违反逻辑的悖谬：假如我们看到了刚刚出发的'我'，并通知他们不必再去探险，那怎么会有探险归来的我们呢。"

科学院的首席科学家穆未平是一位个子矮小的东方人，笑容温和，留着山羊胡，他向身后的科学家们点头示意后答复说：

"关于这一点，至今尚没有完全令人满意的解释，以下我要说的是我的多数同事所认可的假说。不错，离开地球的飞船和返回的飞船是不能共相的。但是，相对于浩瀚的宇宙背景，飞船的尺度太小，因此它的行为可以符合量子的规律——而量子的不确定性是人所共知的，它可以偶然出现于按逻辑不可能出现的地方。所以离开的飞船和返回的飞船能短暂地共相，这时它们会发生湮灭，使已发生的历史事件归零——也就是说，2523 年 8 月 7 日麦哲伦号升空的事件会从这个宇宙中消失，人类的环宇探险将悄悄向后推迟。"他笑了，非常高兴地说，"这些情况虽然离奇，但仍包含在量子宇宙理论的逻辑外推中，唯一完全出乎我们预料的，是返回的飞船竟然可以有智能行为！它主动避开离开的飞船,挽救了这个历史事件。这对量子理论的深化和拓延有极其重要的意义。请你们谈一谈,你们是如何想到要躲避的?"

波吉坦白地说:"这是巴尔托查的功劳。实际上,我已经向离开的飞船靠拢,准备与它通话。"

穆未平悚然道:"那将导致两者的湮灭。"

"但巴尔托查先生非常果断地制止了我。"

"是吗?"穆未平走近波吉身边,俯下身问巴尔托查:"你怎么会有这样清醒的认识?坦率地说,我,在座的任何一位,都不可能有这样的急智。你当时是怎么想的?"

巴尔托查仰面看着他,满面通红。四周是共生波传来的目光,敬仰的,期盼的,鼓励的。他不好意思说出真情,但他知道在如此重大的问题上虚言粉饰是不道德的。嗫嚅了很久,他才老老实实地说:"我没有什么急智,当时我只是想,如果让'那个'巴尔托查和我一块儿返回地球是令人尴尬的——两个丈夫和一个妻子怎么相处?而且他还比我年轻26岁。"

穹幕下静默片刻后爆发出开心的大笑,一浪高过一浪。巴尔托查的脸更红了。穆未平摇手止住笑声,忍俊不禁地说:

"谢谢你的坦率,谢谢。"他的脸色转为郑重,"但我知道在座诸位都不会把它看成一个笑话。瓦斯科·巴尔托查先生并没有进行严谨的推理,而仅仅是根据生活常识和一些表象,就看出两艘飞船相会合的不合理、不自然之处,从而挽救了这次探险。这恰恰就是我们称之为'直觉'的宝贵才能。不要忘了,两年前或者说他本人生理年龄的28年前,他正是基于同样的直觉,提出了环宇航行的大胆建议,令所有智力超绝的内行羞愧无地。"他通过虚拟接触器同巴尔托查紧紧握手——在众人眼里,巴尔托查伸出的是左手,"衷心感谢你,我们对你的天才佩服得五体投地,相信人类今后还要受赐于它的恩惠。"

纵然巴尔托查天性谦逊,这会儿也不免十分得意,似乎连身高也增加了几厘米。但他随即想到了同伴,忙把波吉推到前边:"这次探险成功应该归功于波吉先生,他是我的老师,26年来教了我很多知识。"

波吉难为情地摆着手,退到他的身后。科学家们为两人的谦让和友善再度鼓掌。

"亲爱的,我最亲爱的瓦斯科,我再也不会让你离开我啦。"伊芙紧紧箍住他,不停地吻着,吻遍了他的额头、眉毛和眼睛。巴尔托查站在一张大理石小桌上——这样正好与伊芙等高,咧着大嘴,幸福得脑袋发晕。但他心中仍有几丝疑虑,谦卑地问:

"伊芙,你真的爱我——你不嫌我年迈?不嫌我是个侏儒?不嫌我贫穷?"

伊芙忙用热吻堵住他的嘴:"怎么会呢,怎么会呢,你永远不会年老,你永远是我心目中的英雄。"

她欢天喜地地抱来一堆衣服:"亲爱的,我为你订购了整套的巴黎时装,快把旧衣服脱下来吧。"

她没有唤机器仆人,亲手为丈夫脱衣。先取下那顶印有 MS 公司徽章的帽子,递给丈夫一支签字笔:"请为我签字,我永远是你的崇拜者。"

巴尔托查又害羞又得意地在帽子上签了字。然后伊芙为他脱下外衣,签字;衬衣,签字;外裤,签字;内衣、鞋子、袜子……最后是内裤。巴尔托查像一只被拔光羽毛的鸭子,他用手捂住下体,着急地央求道:

"请把衣服拿来,好吗?让我先穿上内裤再签字好吗?"

"别急,先在内裤上签字。"

巴尔托查急忙签上字,伊芙抱着一大堆签过名的旧衣服,欢喜地跑到客厅,交给守候在那儿的机器仆人:"即刻送往圣卢丹拍卖厅,那儿正等着它们呢。记住,每件衣服的底价不能少于 1000 万!"

"是,夫人。"

机器仆人走了,伊芙又急忙喊道:"喂,帽子的底价是 5000 万!知道吗,MS 公司会不惜一切代价把它买回去的!"

记者多巴多夫和机器人波吉走到门口时,正碰见机器仆人抱着一堆衣服上车。他们认出这是巴尔托查的衣服,因为那顶熟悉的帽子放在最上边。也许是送到洗衣房?他们按下门铃,美貌的伊芙打开房门,两人彬彬有礼地说:

"你好,巴尔托查夫人,我们想见见先生。"

伊芙冷淡地说:"请打电话给我的律师,他会为你安排时间的。"

通话器中传来巴尔托查的喊声:"是多巴多夫吗?是波吉吗?伊芙,他们是我的好朋友,快请他们进来——不,你先给我找齐衣服,我找不到内裤!"

伊芙不高兴地进去了。两人透过半开的卧室门,看见了赤身裸体的巴尔托查在小桌上团团转着,像只焦急的猴子。两人微微一笑,在沙发上坐下。少顷,衣冠不整的巴尔托查从里面跑出来,一边还在喊着:

"伊芙,快把咖喱豆端出来招待客人!"

步云履

16年前的那个暑假，我随父亲遍游新疆。起因是在文联任职的父亲去乌鲁木齐开会，新疆一位好友为他安排了这次免费旅行。那时我还是一个14岁的黄毛丫头，新疆以它的浩瀚神秘、古朴苍凉，深深镌刻在我的心里。

我们游览了戈壁瀚海，那儿黑色的石头一直铺到天际，几十只羊在石缝中艰难地寻找着草叶，听说放羊人常在这里捡到上好的蓝宝石；我们游览了火焰山，就是书中唐僧师徒牵着白马走过的那道山梁，山上一片红色，寸草不生，几位维吾尔族老乡光着膀子埋在滚烫的砂子中，据说这样可以治病；我们游览了克拉玛依沙漠和塔克拉玛干大沙漠，这里是生命的禁区，没有一株草，没有一只动物，我们只在采油工的宿舍发现了一只迷路的野鸭；我们还参观了沙漠边缘的胡杨林，这种树号称"活着一千年不死，死了一千年不倒，倒了一千年不朽"。如今由于地下水位的下降，不少胡杨林已完全干枯，虬曲的黑色树干伸向天空，形态十分狰狞。我们也品尝了吐鲁番的葡萄和杏干、库尔勒的香梨和巴旦木——一种美味的干果，购买了漂亮的维吾尔族小刀，刀把上镶着俄罗斯和吉尔吉斯的硬币。

不到新疆不知什么叫辽阔。在这儿，公路笔直笔直，一眼望不到边，路上车辆则相当稀少。当极目远眺时，由于视角的减小，远处的光线在路面上发生全反射，使人觉得远处的路面总是湿的，等汽车开近，路面却变干了。

这些经历足够我咀嚼一生了，更为难得的是在塔克拉玛干深处的一次奇遇。与以上的种种见闻相比，那次奇遇可以说接近神话了。

那次，库尔勒市文联的朋友安排爸爸参观沙漠深处的一处遗址，那时塔中公路还未完全通车，遗址离公路有近百千米路。塔里木油田的朋友很慷慨，

终极爆炸

借给我们一辆进口的尤尼莫克车,车身不长,但底盘很高,独立的螺旋弹簧悬挂,越野性能极佳。塔中公路像一把利剑劈开了沙海,公路两侧近百米的沙面上都埋着芦苇,形成一个个方格,方格田之外则是一排防风栅栏。据尤尼莫克的司机介绍,这是借鉴玉门铁路的办法,别看方法简单,但对于防止流沙掩埋路面非常有效。的确,我们一路上只发现极个别的路面上堆有流沙。

汽车下了公路后,我们才真正体会到了塔克拉玛干沙漠的凶恶。这是全世界第二大流动沙漠,风把沙面吹成一个个半月形的大沙丘,高达数百米。迎风的沙面还比较实,人可以在上面行走;但背风面的沙面很虚,踩下去可以埋住脚背。尤尼莫克在这儿真正显示了它的威风,无论在迎风面还是在背风面都如履平地。沙丘很陡,我们坐在车上,忽而仰面向上,忽而俯身向下,常常担心车辆会翻跟斗,不过它一直稳稳地行驶着。

司机是柯尔克孜族人,名字叫吐哈达洪,汉语说得很流利。不过,像所有新疆人一样,他说汉语时是大舌头,后舌音很重。凭着这种腔调,以后我可以很准确地认出新疆人和甘肃人。下午我们到达了那个遗址,不过至少对我来说,那是个很乏味的地方,与其说是城堡,不如说是农村。房屋仍然屹立着,墙壁是用芦苇编织再糊上河泥,胡杨木的粗糙桌面上放着一些粗制陶器,蜘蛛丝在微风中飘拂。据库尔勒市文联的同志说,这儿荒废已将近千年了,但由于气候干燥,遗物保存得非常完好。

下午4点钟,我们开始返回。这儿与内地有两个小时的时差,沙丘顶的太阳慢慢坠落下来,斜照着一望无际的黄色大漠,有一种苍凉古远的神韵。巨大的沙丘静静地蹲伏在四周,像一头头饱食而眠的天外巨兽。尤尼莫克开到一个沙丘顶上时,吐哈叔叔让我们下车,休息,解手。他吩咐道,解手时男的在车左边,女的在车右边,但切记不可走远。这儿曾有一位地质队员因为去沙丘后解手而迷路,就此失踪了,多天后地质队才找到他的尸体——他坐在沙丘顶上,眼睛和五脏已被鸟儿啄光。

这个故事让我对大沙漠充满了敬畏。车上就我一个女的,爸爸再三嘱咐我不要跑远,我跑到车右边解了手。抬起头来,见又大又圆的红太阳正好坠落在沙丘顶上,洒下满天的金红。在金红色的光雨中,一个身穿长袍的身影戳在邻近沙丘顶上。我想自己是看错了，在这片生命禁区里不可能有人迹，我揉揉眼睛，他仍然在那儿，一动不动，只有长袍的下摆在微风中飘动。

我踩着松软的沙面，急急跑回去告诉大人："你们看，那儿有一个人！那座沙丘顶上有一个人！"顺着我的指引，爸爸首先看到了那个身影。他疑惑地对司机说，"真的，有一个人，不知是不是活人？"吐哈叔叔惊疑地自语着："这儿怎么会有人？这儿是绝无人烟的呀。"他用手围成喇叭大声呼喊：

"喂——朋友——你从哪儿来——"

没有回音。那个身影仍一动不动地戳在那儿。司机招呼我们快上车，说咱们赶紧去接他！这儿离公路还有80多千米，迷路是很危险的。尤尼莫克掉转车头，向那座沙丘爬去，车辆开过去时，那个身影始终僵立如石像。尤尼莫克爬到沙丘顶，全车人都跳下车，把那人围住。他穿着破烂的维族长袍，里面是汉族服装，满脸络腮胡子，头发又长又乱，风尘满面，目光冷漠，两道眉毛离得很近。他打着赤脚——不，不是赤脚，他穿着鞋子，鞋子的质料又薄又柔，紧紧箍出足部的外形。看着我们走近，他仍一动不动，连眼珠都不转动。不过从他湛然有神的瞳仁看，他显然是一个活人。

吐哈叔叔用汉语问他："你从哪儿来？是什么地方的？是不是迷路了？请跟我们一块儿回去吧，在这儿迷路是非常危险的。"那人凝望着远处，只是微微摇头。吐哈叔叔又用维语和柯尔克孜语问了一遍，仍无反应。司机困惑地转头看着爸爸，说："他为什么不回答？他的摇头是表示听不懂，听不见，还是不跟我们走？"爸爸也走上前，柔声细语地劝他："跟我们走吧，出了沙漠再找你的家。"但对方一直不言不语。

不知为什么，一见到这个人，我就有很深的好感。我猜想他一定是个道德高洁的隐士，隐居在大漠深处的某个绿洲里。我走上前，拉着他的手，好声好语地劝他："大胡子爷爷，一个人在这儿是很危险的，前不久一个地质队员迷路，饿死在沙丘上，五脏六腑都让飞鸟掏光啦。大胡子爷爷，跟我们走吧，要不，你说出你住哪儿，让吐哈叔叔送你回去？"

这人仍不言不语，但他的目光总算从远处收回来，看着我，再次微微摇头。所有人都来劝他，都引不起任何反应。我们口干舌燥地劝了半天，只好认输，摇头叹气地回到车上，准备离开。

尤尼莫克已经松了手刹，我扭头看看那个木立在夕阳中的身影，只觉胸中酸苦，像是塞了一团柔韧的东西。这个人是不是聋子？精神病？反正我知道，我们一走，他很可能饿死渴死，让飞鸟啄去眼睛。我忽然拉开车门跳下去，带着哭声喊：

"大胡子爷爷，快跟我们走吧，要不你会死的！"

大胡子被我的情意感动，向我俯下身。他忽然开口讲话了，是标准的北京口音，声音很轻，说得也很慢：

"谢谢你，小姑娘。不要为我担心。"他的嘴角甚至绽出一丝微笑："我不坐车。它太慢。"

原来他既不是聋子，也不是哑巴。他慈爱地看着我，挥手示意我回到车上。我不懂得他说"汽车太慢"是什么意思，劝不动他，只好一步三回头地回到车上。爸爸立即拉住我问：

"他是不是在同你说话？他说了什么？"

我困惑地说："他说不让我为他担心，他说他不坐汽车，因为汽车太慢。"

"他……是个精神病人？"

"不，不像。"

车上的人都十分困惑。当然，尤尼莫克在如此崎岖的沙山上行驶，速度不是太快，但无论如何要远远超过人的步行速度啊。何况，这个男人显然是汉族人，不是土生土长的维吾尔族人，他怎么会一个人到沙漠中去？

在纷纷议论声中，汽车开行了，我趴在窗玻璃上，死死地盯着那个身影。尤尼莫克爬过一道沙岭，那个身影消失了。不过我仍忍不住向侧后方观看。又爬过一道沙岭，忽然那个身影又出现在侧后方的沙丘上！我喊："爸爸，你看那人还跟在后边！"爸爸看到了，很纳闷地问："司机同志，咱们没有绕圈圈吧，怎么还能看到那人？"

司机也懵然不明所以。车辆又走了七八千米，爬过一道道沙丘，那个身影总是在消失片刻后又出现在邻近的沙丘顶上。这可是个稀罕事儿！司机脸白了，他知道在沙漠里很容易迷路，迷路的人，会一连数天绕着某一个中心转圈，不过这儿的路他很熟悉，怎么可能迷路呢？

暮色渐渐加重，但那个身影就像幽灵附身一样，不即不离地一直跟在身后。司机十分惊惧，不再说话，聚精会神地辨认方向。又走了十几千米，那个身影仍钉在后边。尤尼莫克爬上一个高大的沙丘，前边忽然出现了沙漠公路上的车辆灯光。司机长呼一口气，大声说：

"没有迷路嘛，已经交上公路了。我说咋能迷路呢，这趟路我走过十几个来回啦！"

可是，怎么解释那个身影一直钉在身后呢？一个在浮沙中艰难跋涉的人，绝对赶不上越野性能世界一流的尤尼莫克！我们不约而同向侧后方望去，那个身影已消失在夜色中。他的消失似乎解除了某种魔咒，车内的压抑气氛一扫而光，大家纷纷议论着，做着种种猜测。

很快就要上公路了。我仍呆呆地盯着窗外，期待那个身影重新出现，也对这位大胡子爷爷的身份做着最离奇的猜想。我想他可能是一位轻功超绝、游戏人生的大侠，就像盗帅楚留香或飞天蜘蛛一类的人物，他躲在大漠深处是为了练功，或是远离江湖恩怨，这都是武侠小说中常有的情节。听见爸爸笑道：

"云儿，有一点你肯定看错了，那人不是大胡子爷爷，连伯伯也不够格。别看胡子长，他其实很年轻，二十六七岁吧。"

这时我忽然惊呆了：我在窗外的黑暗中又看到了那个身影！他正从沙丘上纵跃下来，一个纵跃就是百十米路程，很快纵落在车辆右侧。我听见一声轻笑，随之他又如飞向前掠去，长袍飘拂如大鸟的双翼，随后那个身影一闪而没。

我回过头呆望着爸爸："爸爸，我又看见他了，他刚从汽车边掠过，飞到前边了！"

爸爸笑着看我，没有说话，他分明不相信我的话，把这看成一个小姑娘的幻想。但吐哈叔叔回头望望我，困惑地说：

"我也似乎看到一个身影从车灯的光柱中闪过！"随后他自嘲地说，"肯定是看花眼了，没人能跑那么快，比黄羊还快呢。"

终极爆炸

我固执地说:"爸爸,我没看错!我真的没看错!"一车人都笑我,爸爸也笑。他的笑是宽容的,分明是说:"小丫头,在你这个年纪,常常把幻想和现实混淆起来呀。"我生气了,扭转头不再理他们。我看着窗外,希望还能看到那个身影,但它自此消失了。

汽车上了公路,吐哈叔叔笑嘻嘻地说:"也许小云丫头没看错,也许那家伙是个外星人哩。"

爸爸笑道:"怎么又扯到外星人身上啦?"

"这倒不是我杜撰。这儿有一个传说,说几十年前有一艘外星飞船迫降在沙漠里,边防军以为是外国特务,派了两架直升机来搜捕。据说他们曾看见一个活着的外星人,长得很像地球人,在沙丘上纵跳如飞。但外星人随即被另一种外星寄生生命吞食掉了,边防军为了根除后患,就用火焰喷射器把寄生生物烧成了灰。这则消息是绝对保密的,一直到几十年后才慢慢传开。所以,"他开玩笑地说,"小云丫头见到的那个轻功大侠,说不定是外星人的后裔。"

"不会的,他说中国话!"我大声说。

一车人哄地笑了,爸爸也笑得前仰后合。邻座的杜伯伯逗我:"外星人也可以学中国话嘛,何况他在这儿住了二十多年啦!"

我对大人这种态度非常生气。其实我只是词不达意罢了,我想说的是,他身上有纯粹的中国人的味儿,所以不是外星人。而大人们从不费心揣摩小孩子的话,反而轻易地把它化成玩笑。我恼怒地反驳:

"就算这次我看错了,那刚才呢?汽车走了二十多千米,那个身影却一直钉在后边,这是大家都看见的。这又该怎么说?"

我的诘问把大伙儿问哑了。一直到回到基地,这件事仍是一桩无头公案。而且,一直到十几年后,它还是我和爸爸经常争论的问题。

从那以后,16年过去了。时间是最强大的神灵,它可以违背你的意愿,随意删改你自己。少女时代的绯红色消退了。大学毕业后,我在家乡S市当了一名记者。这个职业倒符合我少年时的理想,但我学会了在某些时刻以沉默来面对人世的丑恶。还有，少女心目中的白马王子没有出现，相反，经历了一场失败的恋爱之后，我用厚厚的茧壳把自己包裹了起来。

16年前那次令人难忘的游历仍保存在我的记忆中，尤其是在大漠中与那位奇人的相遇。我曾多次向同学朋友们讲述这次奇遇，并同怀疑者争得面红耳赤。可恨的是，怀疑者总是占绝大多数。不过，随着年龄渐增，当我知道"大侠""轻功"都是作家的杜撰之后，我慢慢地开始自我怀疑——也许我当时看到的并不是真的？也许是我把少女的幻想与现实混在一块儿了？

我没想到造化之神对我如此垂青，很快她就给我一个罕见的机会，让我确证那件事的真伪。

周末，爸爸打电话让我回家，我迟疑着没有答应。我怕爸妈又唠叨我的婚事，在他们看来，三十岁未嫁的姑娘是随时会爆炸的炸弹。爸爸知道我迟疑的原因，笑着说：

"不是为你的婚事，回来吧，我有一件大事同你商量。"

晚上，我买了爸妈爱吃的几样小菜，开上我的"都市贝贝"，赶到爸妈住的公寓，乘电梯上到23层。进屋之后我就感到一种奇特的气氛：困惑，稍许的不安，掺杂着默默的喜悦。爸妈手指相扣，并坐在沙发上，茶几上堆着厚厚一沓人民币，有七八万吧。我惊奇地说："怎么啦？提前给我分遗产啦？"爸妈不安地微笑着，从茶几上拿起一张白纸，默默地递给我。白纸上用洒脱的字迹写着两行字。我扫了一眼，血液立即冲上头顶，因为信的内容太匪夷所思了！

秋水白先生：

你是我在S市光顾的第九家官员，也是其中最清贫的官员之一。

我在这儿留下一点钱，不敢说是奖赏，只能说是飞贼的一点敬意。

务请把这些钱用于你的晚年，不要辜负我的心意。

步云飞敬上

我震惊地瞪着父母，从他们的表情看出这不是玩笑。"是真的？这位侠盗是什么时候来的？"

"就是昨天晚上，从客厅这扇窗户里进来的。我们都睡熟了，一点儿动静也没听到。他在这儿搜查得非常彻底，你看，把我们的存折都扒出来啦。"

一份存折也在桌子上，躺在那沓人民币的旁边。那是爸妈一生的积蓄，他们看得很重，为了防止丢失，常把存折藏在壁灯的灯罩里，想不到这么巧妙的藏物地点也被发现了。我走近窗户，探头向外看，23层楼的高度使人头晕目眩，墙壁笔直光滑，连耗子也无处立足。这名飞贼竟然从这儿爬上来，真是不可思议。

我处于震惊之中，很长时间不能平静。作为记者，我已经看尽世间百态，在拜金主义泛滥的社会，很难想象还有这么一位疾恶如仇的侠盗。我不由地对他产生深深的感激——想来父母也是如此吧。父亲是S市文联主席，职务不低，但实权不多。不过尽管这儿属于清水衙门，凭他的资历和交游，满可以替自己谋些好处的，但父亲不屑为此，一生两袖清风，仅有的积蓄是为母亲攒的几个药钱，她没有加入医保。在当今世上，廉正常常成了无能的代名词，没想到，父亲做人的价值在他即将退休时以这么一种形式得到肯定。

我问父亲："这笔钱你想怎么处理？"

"我唤你来，就是要商量这件事。"

"你当然不会花这笔钱。"

"当然不会。不过……"

妈妈插进来解释："你爸爸多少有点犹豫，他怕处理不当会伤了那名侠盗的心。这种心理很好笑，是不是？不过这确实是他的担心，再者，他也不想给人造成沽名钓誉的印象。"

爸爸一挥手："这些比较迂曲的心思就不说了。我只是不知道这些钱按程序该交给谁，是反贪局还是公安局，因为它既不是贿赂又不算贼赃。"

我笑道："你是第九名被盗者，是最清贫者之一。那么，其他八名呢？其他那些不清贫者呢？"

"不知道，不过听说最近反贪局立案审查了几名处级以上官员，不知与此有没有关系。"

"偷得好，最好偷它个天翻地覆！那些用正常法律手段治不住的贪官，就该有一位侠盗去整一整！"我解气地说，"至于这笔钱如何处理，"我沉吟着，"不妨请教一下冀大头，你们还记得他吗？我的高中同学，现在是一级警司，市公安局刑侦大队队长。"实际他的头并不大，但中学生起绰号是不讲道理的。

我拨通冀大头的电话，老同学不必客套，我直接问他这会儿有没有空，若有空速来我爸这儿，有事相商。冀大头说："秋天云小姐难得央我，还不屁颠屁颠地跑去？等着，我马上就到。"

很快，从高楼上遥望到警用摩托的灯光，五分钟后，冀大头敲门进来。他第一眼也是看到了茶几上的现金，大惊小怪地说：

"伯父伯母给小云准备的嫁妆？早知道我就不结婚啦！"

我立时沉下脸，这玩笑对一位老姑娘太刺耳了！冀大头也意识到了这一点，嘿嘿地干笑着，用闲话掩饰过去。然后我们开始正题，听了爸爸的介绍，冀大头沉吟着，到窗边看看外面的环境，回头说：

"这个飞贼真厉害！"他迟疑片刻，"在老同学这儿，我就犯点纪律吧。你们是否听说S市最近出了一个飞贼？"

我们都摇摇头。

"你们的消息太闭塞啦，这名飞贼的'事迹'已经慢慢传开了。他确实在本市偷了八家官员，因为每次盗窃后他就给公安局寄来一份清单，开列了他所盗窃的现金、存折、珠宝的价值，并且声言，只要被盗者能说明这些钱财的出处，他马上投案自首。"

我冷笑道："不用说，那些人是说不清的。"

"何止说不清！不少失主矢口否认家中被盗，声言家中从来没有这些钱财。也有忸忸怩怩承认的，你真该去看看他们当时的丑态！这飞贼寄来的材料我们全都转给反贪局了。"

爸爸笑问："有没有像我这样受到奖赏的？"

"有。有时这位大盗会给公安局送来一封短柬，说今日光顾某某官员家，未发现有超出其工资收入的钱财，谨表示钦敬。随后被光顾者会通知公安局或反贪局,说有人在他家留下奖金,就像你一样。"

"飞贼偷走的钱财呢?"

"他在信中声言,要将其用到正当的目的。也确实发现一些山村小学、下岗工人收到匿名的馈赠,但这些是不是赃款的全部——不知道。"

我笑嘻嘻地说:"我怎么觉得,这位飞贼蛮可爱呢。"

"这位大盗行窃有一个特点:最爱光顾高层住宅,至少也是五层以上的住宅。据少数目击者说,他身轻如燕,向高层楼房攀登时,只用按一下窗台,身体就能上升几十米。简直神了!"

爸爸笑着摇头:"一定是民间传说中善意的夸大吧。"

不知怎的,我忽然想起16年前在大漠深处的奇遇,想起尤尼莫克甩不掉的那个身影,想起夕阳中的纵跃如飞……冀大头显然也回忆到同样的内容,笑嘻嘻地对爸爸说:

"上中学时,天云常常吹嘘她在沙漠中遇到的奇人,大伙儿笑她是白日做梦。不过,也许这是真的?也许天云见过的那位大侠就是今天这位侠盗?"

爸爸问他,这笔"奖金"如何处理,冀大头说:"交反贪局吧,交他们比较对路。其实干吗交呢?"他开玩笑,"你一生廉洁,这是你应得的奖赏啊!"

爸爸黯然摇头:"其实我不配,我虽然从未贪污受贿,但我酷爱旅游,都是朋友免费为我安排的。严格说来,这也是贪污。"也许他感到自己的话太沉重,便转了话头:"这位飞贼作了八次案,公安局没采取什么措施吗?"

"当然采取了,不过,在老同学家里我不说假话,"他狡黠地笑着,"其实公安们一直在磨洋工。有些贪官隐藏得很深,用正常的法律手段难以揪出来,有这么一位侠盗帮忙,未尝不是好事。当然,这种话是上不得台面的,不管怎么说,他也是一名盗贼,触犯了刑律,早晚要把他逮住。"

他俩在闲聊时,我一直在紧张地动着心思。这时我说:"冀大头,再求你一件事,你可一定要答应。"

"说吧,只要不让我犯法。"

"你刚才说已对这名飞贼采取了措施,对不?我想参加你们的破案,做一名'战地'记者,进行同步采访。我想这桩案子一旦告破,肯定是非常轰动的。我一定用我的生花妙笔把你塑造成智勇双全的英雄。"

"得了吧，恐怕你对那位侠盗最感兴趣，你的妙笔是想在他身上生花，对吧？"

我笑着承认了："当然，那是个很大的新闻点，但你也会因他而扬名的，不是有一句老话嘛：秃子跟着月亮走——沾光。"

"好嘛，冀大头又变成冀秃子啦。"

"别抠字眼儿。用词不当，但用心绝对好。怎么样，你答应吗？"

"我给领导汇报后再说吧。秋伯伯，"他转向我爸爸，"说实话，我心里很矛盾。从心底讲，我不愿去逮捕这名侠盗；但他接连作案九起，搅得S市人心惶惶，不把他缉拿归案，当警察的脸上无光啊。"

爸爸也无法帮他做出判断，只是再三告诫："抓捕时可不要伤了他啊！"冀大头说："放心吧，我们宁可让他逃走也不会开枪伤他的。"

几天后冀大头告诉我，公安局领导同意我做同步采访，条件是所有文章在发表前要经公安局批准，我爽快地答应了。他们还让冀大头详细询问了我在塔克拉玛干沙漠的奇遇，让我尽量回忆那个奇人的情况。这是第一次有人认真地对待我的那段经历，也许，公安局领导们开始相信轻功啦？

报社主编慷慨地给了我三个月的时间，说："只要你拿回来一篇独家的新闻报道！"自那以后，我常常与公安们泡在一起。这桩案子的侦破相当困难，虽然作案达九起，但那名飞贼没有留下任何脚印、指纹，没人见过他的面貌。冀大头只能在全市多撒一些便衣，并在官员比较集中的高层住宅楼房布下监视点，配备了望远镜、夜视镜和录像机。

我在其中一个小组内蹲点，成员有老齐、小黑、小刘和小王。他们对我倒是蛮欢迎的，在枯燥的守候中，在四个男人的世界中，增加一位女性无疑是一种调剂。我常常帮他们做一些杂务，像打扫卫生啦，买早点啦，洗衣服啦，没多久，这四个人都成了我的铁哥们儿。

时间一天天过去了，这天我回报社述职，忽然接到小黑的电话："秋姐，飞贼现身了！"

终极爆炸

"真的？在哪儿？"我声音发颤地问。

"真的是飞贼！轻功极佳！他在攀登18层楼房时我们都看呆了！"小黑的语气中透出激动，"我们录下了他向楼上飞升的镜头，公安局正在观看，冀队长让你快去。"

我迅速赶到公安局会议室。屋内拉着厚厚的窗帘，正在播放飞贼的镜头，看来是刚开始。冀大头示意我在他身旁坐下。前边，公安局的四五个头头都聚精会神地盯着投影屏幕。录像不太连续，飞贼的身影突然之间出现在银幕上，是在一幢高层住宅的底部，这时，镜头有些摇动，聚焦也不太清晰，估计监视组的人此时正手忙脚乱地调整望远镜头。随之影像清晰了，飞贼也开始飞升，那是真正的飞升，他用手在窗台上轻轻一按，身影就嗖地窜出了摄像机的视野。镜头迅速向上拉，又捕捉到他的身影，他再度用手轻轻一按，身体又"嗖"地飞升。短短几十秒钟，已飞升到18层楼房。他贴在窗户上略略鼓捣一下，便拉开窗户闪身进去了。

会议室里寂无声息，人们都看呆了。如果不是亲眼所见，没人相信世上竟有这样的轻功！局长让把影片慢速重播，反复地重播。飞贼身材中等偏高，蒙着面，看不出面容和年龄，给人的感觉是一个中年男子。他的动作轻盈妙曼，潇洒灵动，比宇航员在月球上的纵跳还要轻灵。老公安们低声议论着："不可思议！真神了！"

仔细看着录像，我总有一种似曾相识的感觉。也许是那轻盈的身姿使我瞬时上溯16年，想到了大漠中的奇遇。我对冀大头说：请他们把录像中的足部放大。足部放大了，似乎是赤脚，但仔细看穿着鞋子，鞋很薄很柔，紧紧箍出脚的外形。我低声告诉冀大头："我在沙漠中遇到的那个奇人就穿这种鞋子！"大头悄声问："你能记得准？"这一问反倒让我犹豫了，我迟疑地说："我想我记得准，但……毕竟是16年前的事了。"

局长的耳朵很尖，听到了几排座位之外的低语，回头对我们说："秋记者有什么见解？大声说嘛。"

我脸红了，不好意思站起来回答，毕竟我的揣测太近神话。冀大头站起来，笑道："秋记者说，16年前她在沙漠中遇到的那个奇人就是穿的这种鞋子，不过她拿不准。"

局长沉吟一会儿，半开玩笑地询问："也许奥妙在鞋上？喂，如今科学这样发达，能不能造出这样的飞行鞋？"

片刻沉静之后，一个戴眼镜的男人说："绝不可能。从飞行原理上说，摆脱地球重力无非两个途径：一、用机翼或翅膀在空气中产生升力；二、反向喷射以造成反冲力。这种小小的鞋子哪一条也达不到。"

冀大头悄悄告诉我，发言的是技术室的苏博士。局长微带嘲弄地说："我的博士先生呦，你这是逼我相信轻功？因为这名飞贼飞升的镜头明摆着嘛！这可不是电影特技，没有细钢索在上面拉他。"他沉下脸说，"一定是某种未知的科学手段！那两个途径说不通，你给我找出第三种解释！"

有人走进来，递给局长一封信，局长草草浏览后脱口骂道："混蛋！"他恨恨地说，"是飞贼的信，寄来了焦秘书长昨晚失窃财产的清单。有多少？咱们不吃不喝，十辈子也攒不到！"进来的那个人轻声问了句什么，局长怒声说："立即转反贪局，所有人一视同仁！"

会议室静默着，但人们都在目光中交换着笑容。局长察觉到了："你们都很钦佩这名飞贼，巴不得他多偷几家，是不是？"人们笑着，没吭声，冀大头大声说：

"是！"

人们轰地笑了，局长也笑了，但旋即认真地说："不过飞贼还是要抓的，别忘了咱是公安。让他在S市为所欲为，当公安的也太没面子啦。"

散会后，冀大头拉我坐上他的警用三轮摩托："例行程序，对失主调查取证。你也去吧，看看秘书长大人的嘴脸。"他幸灾乐祸地说。

焦秘书长在办公室里接见了我俩。一张巨大的台湾红木办公桌，桌上放着文件夹、白铜镇纸、白铜笔筒和两面夹叉的小红旗。我们坐在沙发里，等秘书长处理完政务。一个个工作人员聆听指示后悄悄退出去。秘书长戴着金边眼镜，衣着得体，不苟言笑，不过他的目光深处分明有一丝恐慌。最后一名工作人员退出后，秘书长转向我们，亲切地说：

"二位有什么事要我做？"

冀大头毫不客气地掏出一只小录音机，摁下录音键，放在办公桌上："我可以录音吗？"秘书长显然一愣，旋即神态恢复正常，点点头。冀大头开门见山地问：

"听说昨晚秘书长府上失窃了，丢失了很多贵重东西。是吧？"

"没有啊。"秘书长笑道，"再说，我家没有什么贵重东西。"

"是——吗？"冀大头拉长声音说，"那么这名飞贼寄来的清单肯定是无中生有了。我想也是嘛，秘书长一向清廉，怎么会有那么多金项链、金戒指、名烟、名酒和存款呢？"

秘书长目光中闪过一丝怒气，是恐惧夹着愤怒。无疑他感到恐慌，因为飞贼捅出的这个娄子看来难以捂住，但他还是不能忍受一个小警察对他的不敬。冀大头仍不放松他：

"按惯例，我们应到失主家现场勘察。请问可以吗？"

秘书长生硬地说："谢谢，但我家没有失窃，不用劳烦你们了。"

"好，那就免了。不过，我会派两名手下保护秘书长的住宅，直到反贪局接手。反贪局当然不会听任一个盗贼污蔑秘书长，他们一定会加快调查，还你清白的。再见。"

他伸手拿过录音机，转身走出秘书长的办公室。我傍着他下楼，一直似笑非笑地看着他。他奇怪地问："你贼兮兮地笑什么？"

"我高兴啊，10年前那个疾恶如仇的冀大头还没有变。"

"当然不会变。你们这些记者老戴着眼罩看人，实际上这个世界上好人总是占大多数。"他显然想到了焦秘书长，粗鲁地骂道："这个王八蛋！大伙早就知道他不是东西，反贪局的老吕私下告诉我，他们早盯上他啦。"

傍晚，我开着"都市贝贝"离开监视点。这个监视点后天就要撤销了，因为飞贼来过一次后不大可能再来光顾。不过这不是撤退，是凯旋，因为他们已经取得重要的录像资料，老齐、小黑他们都乐得不知高低。

我在便宜坊停下车，这是一家低档饭店，不是北京的便宜坊烤鸭店。店里的家常饭很有特色,像羊肉汤面、八宝粥、刀削面,味道都不错,也很实惠。我是一个人独自生活,常在这儿打发晚饭。

我要了一杯饮料、两碟小菜、一碗羊肉刀削面,坐在角落里吃着,一边打量着店内的食客,这种打量是下意识的,是一个记者的职业习惯。店内熙熙攘攘,座位很挤,服务员在人和椅子的缝隙中穿行。顾客大都是平头百姓,是拉板车的、小商小贩、工人和出租车司机,他们大都要的是大碗的面,稀里呼噜吃完,吃得喜气洋洋的。作为一名记者,我参加过不少盛宴,领教过山珍海味、羊鞭牛冲、蝎子王八……但只有在这儿,我才发现了吃饭的真谛,吃饭的乐趣。

我讥讽地想,那位有83条项链、54只戒指的焦秘书长,今晚怕不会吃得这么舒心吧。

就在这时我无意中看到了"那个"人,一个四十一二岁的男人,衣着普通,脸颊上满是青色的胡茬,两道眉毛离得很近。他面前是一碗大号的羊肉泡馍,已经快吃完了。一看见他,我的意识便猛然抖动一下。后来我才知道,这种抖动是因为他唤醒了我的潜记忆:16年前大漠中的奇人,两道离得很近的眉毛,大胡子,公安局录像带上那张蒙着面纱的侧影……

当时我并没有意识到这些,只是感到莫名其妙的亢奋,有一种掉入时间隧道的感觉,有一种久违的酸酸的熟悉感。那人虽然处于市井之中,但身上有种无形的冷峻气质,把他从凡俗的背景中凸现出来,隔离开来。我紧紧盯住他。他吃完了,起身往外走,两个冒失的中学生匆忙跑进来,一个男孩在椅子上绊了一下,撞到他身上,那个男子伸手扶住了男孩,自己的身体则瞬间横移两尺,没有与男孩撞在一起。

男孩嘿嘿笑着,说了一声"对不起",跑去买饭了,那个男人走出门。店里的食客似乎都没注意到那人异常的敏捷,埋头忙于吃饭。但我的目光再也无法从那人身上移开,我丢下桌上的饭菜,悄悄跟了出去。

在傍晚的街道上,那人落寞地走着,步幅不大,但步态极为放松。我有一个强烈的感觉,他就像一只捕食前的猎豹,有意放慢步伐,但只要愿意,他能在半秒钟之内恢复他惊人的速度。

终极爆炸

16年前的那次奇遇慢慢浮出记忆的水面,我越看越觉得他像那位胡须满面、眉毛很近的奇人。我不相信有这么巧的事,也许是这几天我对破案过于投入,把自己的脑袋搅糊涂了?

我悄悄跟在后边,走过一条街。忽然有人惊呼,十几步外,一家商店的匾额正向下跌落,霓虹灯光碰碎了,爆出一串火花。下面有一对恋人,正偎依着观看橱窗,没注意到头顶的危险。行人的惊呼还没落,我前面的那个男人一纵而至,用手挡开下落的匾额,顺手扯断了匾额上挂着的电线,一言不发,转身离去。那对恋人还没弄清是怎么回事,傻傻地愣着。刚才惊呼的路人看到那人的身手,惊得大张着嘴巴。男人已走远了,我紧追几步截住他。他的脸上被划了一道小口子,袖子上落了一些灰尘,我惊问:"你受伤了?"那人摸摸脸颊,冷漠地摇摇头,立即越过我走了。

我盯着他的背影,只有到这时,我才把刚才的情况在脑海中拼出来。匾额落下时,那个男人还在10米之外,他确实是一步跨越了10米。我仔细回忆着,确认自己当时没看错。

看来,上天真的把难得的机遇给了我:我前面这个男人,很可能就是飞天大盗步云飞,也很可能就是16年前我在大漠深处遇到的奇人。

可惜刚才我忘了观察他的鞋子。我紧追两步,但那人已拐进一幢高楼。我追过去,那人没乘电梯,打开人行梯的房门进去了。等我跟进去时,楼梯上已空无一人。我急急追了一层,仍然没有那人的踪影。

我立即退出大楼,飞跑到街对面,向上仰望着。依我的直觉,这名飞天侠盗如果住在这幢高楼里,一定会选择高层的楼房,那样比较安全。果然,片刻之后,很高的楼层上亮起一扇窗户,一个人影在窗帘处晃了一下。那是从上数的第二层,我数了数,自下而上是第18层。

那晚剩下的时间里,我努力查明了,刚才亮灯的单元是1817号,又从楼房管理员那儿摸到一些情况。这是一幢商住楼,七层以下是写字间出租,七层以上是单元房。1817房住了一个单身男人,刚租房屋才半个月,租期半年。那人叫卜明,42岁,登记册上写的是从新疆来。

我没有惊动他,在1817号房门前踟蹰片刻,悄然离去。从那以后,这儿成了我的常来之地。我常在楼下仰望1817号的灯光,有时也上到18楼,悄悄打量着那扇永远关着的房门——房门后关着多少神奇啊。这一切我做得很小心,从没惊动这位奇人。而且,我对铁哥们儿冀大头也牢牢把守着这个秘密。

两天后的一个晚上,冀大头来我家闲聊。他说焦秘书长已经"进去"了,反贪局落实他贪了一千多万,这个数目够他吃一颗枪子了。又说,对大盗步云飞的追捕之网正在拉紧,四面八方的压力太大,再不把他缉拿归案,公安局没办法交代。

我佯作无意地问他:"侠盗步云飞的隐身之处找到了吗?"他说:"还没有,不过警方又设了几处监视点,还备了直升机,准备在作案现场逮住他。"我忙说:

"可不能开枪!不能打伤他。"

"放心吧,公安们心中都有杆秤。"

他的手机忽然响了,一个沙哑的嗓音喜不自禁地喊着:"冀队长,我把他打伤了!我把飞贼打伤了!这会儿他掉到窗户外了,快让你的人抓住他!"

冀大头迟疑地问:"你是谁?"

"听不出来?"对方恶意地嘲弄,"老别,别主任。你派的人正在我家对面的楼上蹲坑嘛。妈的,自从老焦出事后,我找人在家埋伏了十几天才打到他!"

冀大头沉着脸问:"你哪来的枪支?你有持枪许可证吗?"

对方哑声笑起来:"冀大头,我有枪没枪关你屁事!"他狂妄地说,"有本事你随后到法院告我吧。闲话少说,快让你的人抓住飞贼,否则我告你内外勾结!"

对方挂了电话,冀大头没有耽误,随即拨通了监视点的电话。老齐愧然说,飞贼确实现身了,不过在现身时他们没发现,后来听到了枪声,又见一个人影飘飘摇摇地从10楼上掉下来,这会儿小黑他们三人已去搜捕。冀大头断然命令:

"不许朝他开枪,听见了吗?宁可让他跑掉也不准开枪。还有,若发现他受伤迅速送医院抢救。"

"知道,你放心吧!"

冀大头匆匆告辞,开上警用摩托走了。我没有跟他走,这回我另有打算。我开上都市贝贝,迅速赶往步云飞的隐身之处,把车停在街上的黑影里,一眼不眨地盯着1817号单元。屋里没开灯。少顷,一个身影忽然从空中出现,贴上1817号的窗户,很快闪进屋内,窗帘合上了,屋内亮起微弱的灯光。

我没有耽搁,立即进了大楼,乘电梯来到1817号房门前,轻轻地敲门:"步云飞先生,步大侠!"

没人应声,我坚决地敲下去,"步先生,我是来帮你的,我知道你受伤了,刚从窗户里进来。我是16年前在塔克拉玛干沙漠中与你邂逅的那个小女孩,你还记得我吗?"

也许是最后一句话打动了他,门开了。他没穿上衣,胸前血迹斑斑,桌上扔着纱布、绷带和药品。他神色疲惫,但目光仍十分锐利,冷静地盯着我,似在辨认我是不是16年前那个小女孩。我心疼地看着他的伤口,低声说:

"我来帮你包扎。"

我把他扶在椅子上。伤口不大,但位置十分凶险,就在左心室的上方,只要子弹往下几个毫米,也许他就没命了。我仔细检查,发现伤口是前后贯通的,子弹肯定没留在体内,这使我松了口气。我迅速止了血,撒上消炎粉,包扎好,又喂他吃了抗生素。在我干这些事时,步云飞一直不声不响地打量着我,这时他说:

"16年前……"

我嫣然一笑:"16年前,塔克拉玛干沙漠一个沙丘顶上,我喊你大胡子爷爷,劝你上车。你告诉我别担心,又说汽车走得太慢。后来,你在车后跟了二十多千米,对吗……两天前,你从便宜坊饭店出来,伸手挡住一块落下的匾额,那时我就认出你了。"

他点点头,冷峻的面容上绽出一丝微笑。我扶他上床,脱下鞋子,柔声说:"你休息吧,我守着你。你放心,这个地方警察不知道。"

步云飞放心地闭上眼,他失血过多,精力损耗过甚,很快入睡。我坐在床头，带着柔情，看他连在一起的眉毛，刀劈斧削般的面庞，青色的络腮胡子，宽宽的肩膀和强壮的肌肉。我心情怡然，思维空空的只有一个感觉，那就是，能照顾他、保护他是极大的幸福。

我忽然瞥见他的袜子——不是袜子，是鞋子。刚才我已为他脱了鞋子，但这是第二层鞋子，质地又薄又柔，紧紧箍在脚上，就像是质地稍厚的弹力丝袜，只有鞋底较厚。这就是我16年前看到的那双鞋，是我在公安局录像带上看到的那双鞋。

镇静剂起作用了，步云飞睡得很熟。我站在他的脚头，内心紧张地斗争着。我已猜到，步云飞身轻如燕的奥妙就在这双鞋上——我回忆起刚才扶他走路时，他似乎没一点重量——我想把鞋子脱下，看看它到底是什么神奇玩意儿。但我知道这是步云飞的不传之秘，我的鲁莽也许会惹他翻脸。

终于，可恶的好奇心占了上风。我悄悄脱下他的一只鞋子，放在桌上，再脱下另一只。转过头，我愣住了，我放在桌上的那只鞋子在半空中飘浮，稳稳地定在那里。我把第二只鞋子托在手上，轻轻抽回手，那只鞋子也稳稳停在那里。我轻轻按按它，鞋子下降到新的位置又稳住了。

两双鞋子在我眼前飘浮，完全违背了物理规律。太神奇了，我就像在梦中。我忽然蹲下，脱下自己的女式皮鞋，穿上这两只魔鞋。鞋子里还带着那个男人的体温，鞋的弹性很好，紧紧箍住我的纤足。我试探着站起身，立即觉得自己失去了重量，走一步，轻飘飘的。我试着跳了一次，嗖的一声，我的身体像火箭一样上升，嘭地撞到天花板上。我惊叫一声，身子倾斜了。这时，失去的重量似乎又回来了，至少是部分回来了，我从天花板那儿摔下去，跌得七荤八素。

我狼狈地坐起来，思索着刚才的经历。无疑，这是一双极为神奇的魔鞋，它能隔断地球的引力，不过只是在你身体直立时。如果身体倾斜，重力仍能部分作用到你的身上。

我小心地站起身，在地上行走和纵跃。这回我拿得很准，没让身体倾斜。我轻盈地升空，摸到天花板，又轻轻地落下来。很快我就掌握了魔鞋的诀窍，可以行走自如了。我走到窗前，按捺不住自己的愿望，真想跳到18层楼的空中去试一试。不过我毕竟还缺乏这样的胆量,再说,屋内还有一个伤员需要我照顾呢。

我脱下魔鞋,又轻轻地为他穿上。因为我知道,这个男人一定很看重这个秘密,如果醒来后发觉失去了魔鞋,他一定会发怒的。鞋子穿好了,他还没有醒来。我坐在床边,出神地端详着他。现在他的神奇已经部分褪色——他也是一个凡人啊,只不过有一双神奇的魔履而已——但我仍对他充满了景仰。他从哪儿得到的魔鞋?为什么偏偏是他有了这个不世奇遇?他在大漠深处的生活是怎么度过的?他为什么告别隐居生活?是仁者之爱使他愤然出世,行侠仗义除恶扬善吗?

我浮想联翩,几乎是下意识地俯下身去,吻在他的热唇上。

身下有动静把我惊醒,我发觉自己伏在步云飞的胸膛上。我睡眼惺忪地抬起头,见步云飞正冷静地看着我。天光已经大亮。我脸红了,难为情地咕哝道:"昨晚我也太乏了,步先生,我为你准备早点吧。"

步云飞安静地看着我,忽然说:"为什么不喊我大胡子爷爷呢?"

我红着脸没有答话,但心中甜甜的,这句话把两人之间的关系一下子拉近了。16年的缘分啊!我到厨房去做了早点,喊他吃饭时,很自然地改了称呼:

"云飞大哥,吃饭吧——不,你不要下床,就在床上吃。"

我说,"吃完饭我就为你找医生,我知道你不会去医院,我要找一个能保密的熟医生。"云飞大哥摇摇头说:"用不着,这点小伤我会抗过去的,你看我今天精神好多了。"我再三劝他,他一直不松口,我只好勉强顺从他,打算一会儿出去为他求药。

步云飞在床上吃完早饭,我一直坐在旁边,痴痴地看着他,他忽然说:"昨晚你曾脱下我的鞋子?"

我再度脸红,心想那时他原来没睡着啊,我十分狼狈,因为昨晚我的行为确实不像一个淑女。不过,看来云飞大哥并没有发怒,对我昨晚的小鬼祟很宽容。云飞大哥猜到我的心思,说:"昨晚,我确实睡熟了,可能你喂我吃的药中有镇静剂。不过,这双鞋已成我身体的一部分,熟睡中我也能随时感觉到它。"

我无法按捺自己的好奇心:"这双神奇的魔鞋……你从哪儿得到的?如果不方便说——你不要勉强。"

云飞大哥凝望着远处,很久才回答:"偶然的机会罢了。20年前我遭遇过人生的最大挫折,我那时年轻冲动,一怒之下,决定到沙漠中找一个绿洲终生隐居。我进了塔克拉玛干沙漠,遭遇到一场沙暴,几乎送了命。沙暴过后,就在我藏身的沙丘底部,有一双亮光闪闪的鞋子半埋在沙土中。它们是鞋底朝上埋着,等我把它拽出来,惊奇地发现它们能随意悬浮在空中……后来的事就不必细说了。我穿着这件绝世奇宝,在沙漠里游荡了十几年,后来我想,总该拿它为世人干点事情吧,于是我就离开了沙漠,在各个城市飘荡。"

"太不值得了!"我脱口而出。

云飞大哥扬起眉毛:"你说什么?"

虽然从没想到我竟会批评自己极端景仰的大侠,但我仍说下去:"太不值得了!你用这件奇宝去惩治贪官,那就像是用干将莫邪宝剑剁猪草。"我诚恳地说:"当然你干的是好事,但那群蛆虫的存在是一种社会现象,不是一夜之间就能消除的,更不是一个人就能消除的。也不必对他们过于耿耿于怀,这些蛆虫绝不会长命的,很快,社会正义就会惩治他们。但你知道你所持有的是什么样的宝贝吗?"

云飞没答话,安静地等我说下去,我说:

"很显然,这双魔鞋能隔绝引力。要知道,引力是宇宙中最奇特的力,现代科学已把电磁力、强力、弱力都统一在一个公式中,唯独引力不肯就范。引力很微弱,只有电磁力的十亿分之一,但它是长程的,任何东西都不能隔断它,它会一点一滴累积起来,成为宇宙中最强大的力。它能造成空间畸变,甚至物质坍缩,那时连光线都逃不过它的吸引。"我再次强调:"没有物质能隔断引力!世上有电的绝缘体、热的绝缘体,但没有任何东西能隔断引力。"

云飞平静地说:"有——就是它。"

我喊道:"所以它才越发珍贵嘛,它可能来源于一种全新的理论,可能来源于比我们先进十万年的科技社会。顺便问一句，你知道这双鞋的来历吗？你听没听过外星人来过沙漠的传说？"

云飞摇摇头，于是我向他转述了吐哈讲的传说，讲了那个纵跳如飞的外星人，他死于一种外星寄生生命，而这些寄生生命又被边防军烧死。"我本来并不相信这个传说，但看到这双魔鞋后，我想也许这是真的，也许那个外星人死后留下了他的'无重力飞行器'。"

"无重力飞行器？"他沉吟着，"你的猜测也许是对的。"

"你想想，如果地球科学家能得到这个样品，他们会多高兴，也许这件宝贝会使地球科学一下子飞跃一万年！飞机啦、火箭啦都会成为过时的废物，星际航行会变得比骑自行车还容易！"

显然我的话打动了他，但同样明显的是，他不会轻易放弃他的宝贝。他没再说话，疲倦地闭上了眼睛。

像所有单身男人一样，云飞大哥显然不善于照顾自己，冰箱里空空如也，厨房里只有一些方便食品。上午我出去采买，开门前我还在忖度，该如何向邻居解释自己的身份？但很快发现自己的担心是多余的。正所谓"小隐隐于山，大隐隐于市"，云飞大哥把隐身之地选在这儿太聪明了。这儿的住户都是短期的，个个忙于商务。在楼道和电梯中无论碰见哪个人，都礼貌地点头招呼，但没有人做进一步的交谈。

我在步云飞的公寓里待了几天，白天照顾他，晚上蜷在沙发中睡觉。云飞话语极少，这肯定是多年独居养成的习惯。他与外界没任何交往，案头上放的电话机上积满灰尘，显然从未使用过。他常常眉峰微蹙，望着远处，目光的冷漠中透着几分孤凄，这份孤凄让人心疼。显然，我是多年来第一个走进他生活圈子的人。由于 16 年前那点特殊的缘分，他已建立起对我的完全信任——我偷偷脱掉他的魔鞋，他也没对我生疑。每当我在屋内忙碌时，他常常默默地注视着我，目光跟着我游动。

他的伤口恢复很快，最后一次换药时，我开始为将来考虑了。他已经不需要我的照顾，那么——我该怎么办？我会回报社上班，然后常来探望他。

我将保留他的钥匙。可能某天开门进来时，会发现屋内空无一人，茶几上留着一个纸条："天云小姐，我已经走了，天涯萍踪，永世无缘再见……"

想到这儿，我脱口喊出："不！"我不能失去他！可是，我真的已下定决心跟他在一起了吗？我甚至连他的真实姓名还不知道呢。步云飞听见我的低呼，扭回头，疑惑地看着我。我的脸唰地红了，笨口拙舌地解释："没什么，我走神了。"步云飞安静地扭回头。

我告诉自己，不要犹豫了，实际上我已经不可能离开这个男人了，我想他也会喜悦地接纳我。现在只剩下一个问题，是我把他拴住——让他回到人类社会中过正常人的生活，还是他把我拴走——跟着他浪迹天涯？

几天没同冀大头通话，我想该给他打个电话了。我的手机早已没电，为了保密，我没有用屋内电话，走到街头打了电话。冀大头在那头大呼小叫地喊：

"我的大小姐，这两天你躲哪儿去了？你爸妈都快急死了，说你手机不接，家里电话不接，报社也不知道你的行踪。我还以为你被飞贼绑架走了，或者已经牺牲了呢。"

我知道自己这几天的行为反常，只好骗他："不是，有人介绍了一个朋友，谈得比较对路。"

"进展神速，对不？"冀大头在电话那头坏笑着，"什么时候发喜糖？"

我没心去解释，忙问："那边怎么样了？"

可能因为是在电话中交谈，冀大头含糊地说："没进展。那人失踪了，他肯定受了伤，在现场发现大量血迹，也可能他已经不在人世了。"

他的声音很沉闷，我只能轻描淡写地劝慰："不会的，他不会这么容易就送命的。那个姓别的什么主任呢？"

冀大头恼火地说："那个坏蛋！他确实能量很大，对他的非法持枪我只能短期拘留，现在已放了。切，他还是狂得很，到处吹嘘他打伤飞贼的功劳，好像成了除暴安良的英雄！"

"好啦，我还有事，下次再聊吧。"

冀大头奇怪地说:"怎么,你对采访不感兴趣啦?"

"哪能呢?忙过这两天我会去找你的。再见。"

回到1817号房,打开门,见云飞自己下床了,独坐在窗前。我说:"云飞大哥,你的身体还很弱,怎么起床了呢?"他说:"不要紧。我已经基本恢复了。我想洗澡。"我迟疑片刻,说:"好吧,伤口已经结痂了。"我到卫生间为他调好热水,准备好毛巾、沐浴液,出来又为他找了换洗的衣服。我说:"让我照顾你洗吧——你可以把我看成你的护士。"

"不,谢谢,我能行。"

我没有勉强他,说:"那好,你把外衣脱在外边。"

我服侍他脱下外衣,脱下魔鞋,送他进卫生间。水声在屋内哗哗地响着,我捧着那双魔鞋出神地端详。它的质地像是皮革,但显然又是金属,手感柔润,锃光明亮。当我把魔鞋倒放时,它显出相当的分量,至少有七八双皮鞋那么重,但平放后重量在刹那间消失。我再度在心中赞叹,这双魔鞋太神了!真该把它交给科学家啊。

卫生间门开了!步云飞裹着浴巾走出来,浑身热气腾腾的。我帮他穿好衣服。洗澡洗去了他的病相,他显得轩昂深沉、英姿飞扬。他忽然捉住我的手——这是几天来他第一次主动的接触——低声说:

"天云,请坐下,我有话对你说。"

我顺从地坐下,心头怦怦地跳着。

"天云,我的伤好了,我该走了。"

我幽幽地说:"我知道,我猜出你要同我告别。但是,你不能留下吗?为我留下?"

他歉然说:"老树不能移栽。我已习惯了漂泊生活,让我扎下根一辈子不挪窝,我会闷坏的。"

"那么,我跟你走,跟你到天涯海角!"

他定定地看着我,轻轻摇头:"不行,你不会习惯这种生活,很快你就会厌倦的,再说也太危险。还是让我们告别吧,以后,有机会我会来看你的。"

我凄然说:"不必安慰我,我知道你一走就不会回头了。不必多说,让我陪你这最后一夜吧。"

我安顿他睡下，又把沙发上的枕头和毛巾被搬到他的床上。

一夜缱绻，我在他的怀中入睡了。凌晨醒来，看见他在醒着，目光如冬夜中的火炭。我吻吻他，柔声问："你在想什么？"

云飞没有回答我，只是胳膊加大了力度，紧紧拥住我。良久，他忽然问道："真像你说的，魔鞋对科学家很重要吗？"

"当然！它一定会帮助科学家打开重重铁门，我想它的重要性不亚于普罗米修斯为人类盗来的天火。"

他歉然说："它已成了我身体的一部分，我离不开它。"

我柔声说："我知道，我不会勉强你。"

他低头吻吻我："睡吧，天还早，睡吧。"

我真的睡了。这一觉一直睡得天光大亮，是云飞把我推醒的。他斜倚在床背上，用手指轻抚着我的脸，看他的表情，显然已做出了重大决定。他说："云，我已经决定了，我在S市再多待一天，你带着这双鞋子去找一位顶尖科学家，问问他的意见。以后究竟怎么办——再说吧。"

我乐坏了："真的？你太慷慨了！我知道这个决定对你是多么不容易。20年来，你恐怕从未和魔鞋分开过吧。云飞，你放心，我一定会在晚上6点之前赶回来，原物璧还。你真的相信我吗？"

我高兴得说话颠三倒四，云飞笑微微地看着我，忽然冒出一句："可惜只有一双魔鞋。"

我知道他的意思，他是想和我一块儿行走江湖，双飞双栖呀。我把他的脑袋搂到胸前，泪珠痛痛快快地滚下来。

我没有耽搁，立即开上我的"都市贝贝"赶往西京大学，那儿有一位全国闻名的材料专家苏教授，我采访过他，是一位正直睿智、脾气稍稍古怪的老人。苏教授在他的实验室里，还没开始工作。我闯进去，关上房门，直截了当地说：

终极爆炸

"苏教授,我给你带来一件宝贝,你见到它一定会喜出望外。不过我有三个条件:第一,今天让所有工作人员放假,只允许你一人研究它;第二,绝不许损坏原件;第三,今天5点之前一定还给我,并终生保守秘密。你答应吗?"

他狐疑地看着我,也许他认为这个年轻女记者有点疯癫,但他终于做出决断,断然说:

"我答应。"

"你要起誓!"

老头勃然作色:"我的答话就是誓言!"

这句话反倒让我对他完全信服了。我说:"好吧,现在请你清场吧。"苏教授喊来助手,宣布放假一天,让人员赶快离开实验室。助手狐疑地打量着老头,打量着我,不过仍然执行了他的命令。一阵忙乱之后,偌大实验室里只剩下我们俩,我从贴身衣服里掏出那双魔鞋,玩了两个简单的戏法:先让鞋子在空中飘浮,又穿上鞋子纵身摸摸天花板。苏教授是行家里手,自然是一点就破,他死死盯着魔鞋——真该让云飞大哥来看看他的馋相!——喃喃地自问自答:

"它能隔断重力?不可能!不可能!"

我笑嘻嘻地说:"当然是可能的,因为它正在你眼前飘浮。"

"当然!当然!"他一把抢过魔鞋,"我要抓紧时间研究它,你请自便吧。"

他一头扎进仪器堆中,对鞋子做X光衍射、透视、金相观察以及种种我不大懂得的检查。有些机器难于一人操作,他只好请我做助手,但又忍不住厉颜厉色地训斥我,嫌我手脚太笨。一直到中午时,他才不再折腾我,一个人在显微镜前聚精会神地观察。我已经饥肠辘辘了,但估计这个主人不会为我准备午饭,就快步到街上买些小吃,又快步赶回来。我喊:"苏教授,吃过饭再工作吧。"苏教授不耐烦地喝道:"你自己吃吧,不要来打扰我!"

我不再打扰他,坐在角落里想自己的心思。我想,我和云飞之间的缘分真的就此割断?我不愿成为他的累赘,他的那句话已说得够清楚了:如果有两双魔鞋该多好!那样就会有一对轻功超绝的夫妻大侠并肩浪迹江湖,升天入地。可惜——只有一双。我知道他是野惯了的人，不愿勉强他为我剪去翅膀。

那么，我就揣好这份爱，守在 S 市耐心等他吧，也许当年纪老迈、白发苍苍时他想落叶归根，那时我将成为他的根……苏教授把我从冥冥中推醒，他满面疲色，表情严肃。我小心地问：

"怎么样？"

他摇着白发苍苍的头说："毫无眉目！我只是弄清了，对引力起隔断作用的是鞋底夹层里一层五毫米的物质，但它不是人类所了解的任何物质，不是合金，不是有机物，不是纳米和微米材料……其实这个结果我早料到了，你一拿来我就料到了。"

"它——对科学有用吗？"

"当然有用！它是万年难逢的至宝。我不知道它的出处，但我相信它只能是高度发达的外星文明遗留在地球上的。不过——可能短期内无用，几百年几千年无用。你可以想象，如果把航天飞机交给鲁班，把电脑交给祖冲之，他们能从中得到什么裨益？科技水平的差异太大了！"

我失望地说："那么……"

他热切地说："也不能灰心！也许精诚所至，金石为开。能把它留下吗？你应该把它留下，我会邀请全中国、全世界水平最高的专家来研究它，一代一代地研究它，相信总有一天，人类会破译它的奥秘。"

我歉然说："我知道你说得对，但我不能对它的主人失信。"我补充道，"不过我会再劝他公开这件宝物，我一定尽力劝他。"

已经快 5 点钟了，苏教授恋恋不舍地交还魔鞋，我真不忍心看他怅然若丧的样子。不过，为了对云飞守信，我还是离开了实验室。

把"都市贝贝"开到云飞住的大街，眼前的景象使我忽然一阵晕眩。五辆警车停在大楼下，一百多名武警虎视眈眈地守候着。天上传来隆隆声，一架直升机刚刚赶来，在街区上空盘旋。我的心掉进冰窖里，云飞已陷入重重包围，这都是因为我，他是为我晚走了一天，而且——他此时没穿魔鞋！我把"都市贝贝"停在警戒圈外，把魔鞋揣进内衣里，用力往里挤。警卫拦住我，但这当儿我看到了冀大头，便大声喊起来，冀大头走过来，把我拉进警戒圈内。

看来这是武警和公安的联合行动，冀大头显然是现场指挥。但指挥车旁有一位公鸭嗓在喊叫，而冀大头目光阴沉，怒气冲冲地瞪着那人。那人的嗓音很熟悉，我想起来，是那位自称别主任的狂妄家伙，他正在向战士鼓动：

"他一露头就开枪，不要犹豫！这是一名作案累累、恶贯满盈的飞贼，一定不能让他逃跑。听着，谁打死飞贼，我姓别的自掏腰包奖励10万元！谁要是徇情卖放，我一定让他蹲大狱！"

最后一句话显然是对冀大头说的。冀大头眼中冒火，却无可奈何，毕竟那人说步云飞是作案累累的飞贼，这一点没有说错。对步云飞的敬重和徇情是上不得台面的。场面闹哄哄的，看来进攻马上就要开始，我急急拉上冀大头向楼内跑：

"快让我进去，我去劝他出来投降！"

冀大头欣喜地说："好，这是唯一可走的路！"

急迫间，我没有想到冀大头为什么会相信我能劝降。后来我才知道，正是我暴露了步云飞的行踪。我忽然匿踪七八天，引起冀大头的怀疑，因为他知道我不是做事虎头蛇尾的人，更不会为一个新结识的男朋友就把步云飞一案扔到脑后。唯一可能的是——那名男友就是步云飞本人。于是他查出我打电话的公用电话点，以此为突破，抽紧对步云飞的追捕之网。他没想到的是在逮捕行动中插进来姓别的这个家伙，看来这位别主任是决心把步云飞置于死地了。

大楼内各个楼层间都有战士在警戒，七楼以下的公司职员和七楼之上的住户都好奇地从门缝里观看。我们乘电梯赶到18层，这儿的战士和武警更多。冀大头喊："让开，让开，让这位秋记者进去，她是同飞贼谈判的！"他拨开警卫，我掏出钥匙，哆哆嗦嗦地打开房门，飞快地闪身进屋，随手关上大门，上了锁。

云飞正叉着手在窗前观看，赤着脚。他回过头看着我——我真不敢直视他的眼神！那是无奈，是一头被困在铁笼的猎豹的无奈；也是苦楚，因为他信任的女人骗走他的宝鞋，又引来抓捕的警察。我一边从贴身衣服里掏出魔鞋，一边向他走去：

"云飞，不要用这样的目光看我。"我苦声说，泪珠淌满脸庞，"我不是那样的女人，我没有骗你。这是你的魔鞋，你快穿上它逃走吧。我为你挡住警察。"

步云飞脸膛一下子亮了！也许"我是清白的"这件事比他的生死更重要。他没有多说话，接过鞋子，迅速穿上。我焦灼地说：

"但你能跑掉吗？那么多支枪在下边瞄准着，还有直升机！"

我清楚魔鞋的法力是有限的，它只能隔断重力，并不能提供飞升的动力。穿上它只能"纵跳如飞"，而不能真正飞翔。它怎么可能帮云飞逃脱铁桶般的包围呢？云飞没有丝毫惊慌，低头在鞋上摆弄片刻，抬头深情地说：

"秋天云，我永远记住你！"

他纵身跃上窗台，下边立即传来公鸭嗓的声音："他已经出来啦！开枪！快开枪！"

步云飞长笑一声，双臂一振，像火箭一样倏然射进夜空！他飞得极快，直升机根本来不及做出反应。在飞升途中，他还好整以暇地拨了一下直升机的尾部，直升机在天上滴溜溜转起来，好久才重新控制好平衡。这时，步云飞已在夜空中彻底消失了。

楼下很静，没有枪声，没有喧嚣，人们可能都看呆了，我的惊疑也不在他们之下。显然，我对这双魔鞋的了解还远远不够，它的法力并不仅仅是"隔断重力"，必要时它还能提供惊人的动力。对了，它一定能制造反重力，正是反重力助他快速升空的。

在这一刹那，我对步云飞的身份发生了怀疑，他是偶然拾到魔鞋吗？那他怎么可能知道魔鞋的第二层法力？也许他是一个取地球人形貌的外星人？不过我不大相信这一点，因为步云飞身上浸透地球人的爱憎。

不管怎样，他已经安全了。我打开房门，把冀大头放进来，一身轻松地说：

"跑了，步云飞真的飞上天啦！你看！"

我得意地指着窗外的夜空。冀大头一步蹿过来,仰头看看夜空,对着步话机大声喊:

"飞贼已经逃入天空!谈判代表很安全,请直升机赶快搜索!"

步话机里传来直升机驾驶员气急败坏的声音:"到哪儿搜索去!他飞得比炮弹还快,差点把我的尾翼撞掉!"

冀大头沉吟片刻,又同上层交换了意见,无奈地下令道:"撤退!哼,今天的行动彻底失败了!"

不过,从他的脸上,并看不出什么失败的沮丧。

步云飞就这样失踪了。警方照例要开一个总结会,由于我是官方批准的现场记者,总结会也让我参加了。会上,冀大头做了检查,局长轻描淡写地批评了几句。倒是那位别主任不依不饶,跑到公安局来吵闹,说一定要揪出与步云飞内外勾结的人。局长把他软软地顶回去了。局长说,"这次抓捕失败,我们有责任,但确实有客观原因。我们只知道这个飞贼有轻功或者有一双魔鞋,谁料到他能像导弹一样升空?早知这样,我们就会通过外交部把美国的 NMD 导弹防御系统借来啦。不错,当时冀大头确实让一位秋记者越过封锁线去和飞贼谈判,这是我批准过的。为什么?因为这名飞贼是很特别的人物,他只偷贪官不偷百姓!当然,偷窃这件事仍是犯法的,但我们要尽量不伤及他的生命,因为反贪局需要他做证人啊。你想想,什么人才盼着他死呢?"

别主任怒冲冲地走了。我看着他的背影,忍不住笑。这家伙恰恰不知道一个最关键的细节,否则他真能把我关进监狱里。这个细节就是:在包围圈形成时,步云飞并没有魔鞋,是我越过封锁及时把魔鞋送还给他。知道这一点的只有三个人:步云飞、我和苏教授,我相信苏教授绝不会告发我。冀大头狐疑地问:

"天云,你贼兮兮地笑什么?"

我忍着笑低声说:"你甭问——我是为你好。知情不报是包庇罪,所以你还是不知道为好。"

冀大头真的不问了。

不过，这位别主任从此没再来闹腾。原因很简单：他"进去"了。说来也是该着出事，别主任的司机是公安上挂着号的人，经常闹点小娄子。这一回他竟然胆大包天，开着公家车辆在火车站骗了一个外地姑娘，拉到偏僻处强奸了。姑娘呼救，他情急中想杀人灭口，被巡警逮住了。过去这个司机进"局子"后，仗着自己后台硬，牛气得很。但这次他知道犯的是重罪，为了立功赎罪，立马把他知道的别主任的黑事倒了个一干二净。第二天，别主任就被"双规"了。

星期天回到家，爸妈还常提起那名飞贼。爸爸对他很感激，因为自己一辈子做人的价值在飞贼这儿得到了肯定。他也很内疚，说他不配步云飞的尊敬，他要把这些年公费旅游的花费算一算，折成钱，捐给希望小学。我虽然觉得他太迂腐了点，但不想违逆老人的心，就没有说三道四。妈妈也说，遂老头的愿吧。

爸妈从此不再提我的婚事，也许，他们看出了女儿对步云飞的心意？

主编很恼火，因为我没有写出那篇"独家报道"。我不想写，不想把那些只能放在心龛里的神圣之物抖给别人看。那次主编又来催逼我，我同他做了一番推心置腹的谈话。我毫不隐讳地谈了自己对步云飞的感情，甚至公开了我和他的私情。痛定才能思痛，对云飞的思恋日日加深。我哭得泪流满面，主编叹口气，从此不再逼我了。

苏教授经常同我通电话，他不提魔鞋，也不提步云飞，只是同我闲聊一阵。但我知道，在他内心深处，他对魔鞋的重新出现还抱着一线希望，或者说，他不愿放弃最后一线希望。当他第七次同我通话时，我内疚地说：

"苏教授，很抱歉我没能履行对你的许诺。看来步云飞和魔鞋都不会再出现了。"

老头沉默良久，动情地说："天云姑娘，不能再见到那件天下至宝，我真是死不瞑目啊！"

我也脱口喊出："苏伯伯，不能再见到步云飞，我也是死不瞑目啊！"

两人在电话中相对唏嘘。

终极爆炸

晚上睡在床上,我常陷于追忆中。云飞的一个个镜头,如真实,如梦幻,在我眼前荡过:沙丘顶上那位须发纷乱的"大胡子爷爷";从沙丘上如大鹏展翅般向下纵跃;轻盈地向高楼飞升;两人的欢爱……严格来说,我对他还缺乏了解——我连他的真名实姓还不知道呢。唯一有把握的,是"大概"可以肯定他是地球人而不是外星人。虽然我们只有五天的相处,但我们相见如故,难道他能忘记S城一位叫秋天云的女人吗?可是,日子一天天过去了,他为什么连个电话也不给我打呢?

在焦渴的思念中,一年过去了。秋天的一个晚上,我又梦见步云飞。他从沙丘顶上纵跃而下,长袍在身后扑飞如翅。他悬停在我的床头,默默打量着我。我喊他,喊不出声音;伸手拉,但指尖总是差一点儿触不到他的手。我苦苦挣扎着,想摆脱梦魇……我醒了,看见一个男人的身影正向窗外飞出。我失口喊:"云飞!"赤足跳下床,从窗户向外看。外面风清如水,月白如银,一幢幢楼房没有一丝灯光,沉浸在夜的静谧中,哪儿有云飞的身影?我想自己是把梦境和真实混淆了,快快地回到床前。忽然,我的眼睛睁大了,床头柜上放着一双鞋!一双精致的、柔软的、亮光闪闪的魔鞋!而且毫无疑问它是真的,因为它并没有实打实地放在柜上,而是在距柜顶两寸的地方悬空而停,停得十分稳,我扑过去时,带动的风使它微微晃动。我轻轻捉住它,捧在手里,不敢确认自己是否在梦中。随之我不再犹豫,匆匆穿上魔鞋——即使这是梦境,我也要抓紧机会见见我的云飞——纵身向窗外跳出。如果在平时,我绝不敢这样做,因为我对魔鞋的性能并不深知,在我试穿的那一次,还从天花板上跌落下来呢。但此时半梦半真的感觉给了我勇气,根本没考虑危险,从五楼上纵身飞下。

魔鞋确实法力无比,我轻盈地纵下五楼,在地上轻轻一弹,又飞回到四五层楼的高度,我在纵跳中大声喊:"云飞!云飞!你在哪儿?"没有回音,秋夜沉沉,万籁无声,月亮和星星冷静地俯视着尘世。

我在这一带漫无目的地纵跳着,嘶声喊着。纵跳中我逐渐掌握了魔鞋的性能,越纵越高。飞升中在楼房上稍一借力,就能做大角度的转向。我搜遍半个城市，见不到步云飞的踪影，只好快快地返回，仍从窗户纵入房中。周围的住户大概听到动静，几扇窗户亮了，有人探头向外查看。我倚在窗前，泪水无声地淌下来。现在，我已确认这不是梦境，但是——这是为什么？为什么云飞不愿见我？他给我留下了一双魔鞋，可他仍能从五楼纵下，瞬息而逝，这是否说明他另有一双魔鞋？

我的心阵阵作疼，我想起我们两人曾说过，如果有两双魔鞋该多好，那时我们就并肩行走江湖，双飞双栖，做一对神仙伴侣。现在——如果他真的有两双魔鞋，那他为什么躲避我？

百思无解啊。

我沉重地叹息一声，不再折磨自己了，云飞这样做总有他的道理，也许他本身是外星人，不能在地球长住；也许他另有难解的情孽……我只用记着我们之间的恩情就行了，毕竟他在离别前还专意来探望我，又为我留下这件天下至宝。

我擦干泪水，拨通了苏教授的电话。半夜接到我的电话，苏教授一定猜到了什么，他激动得语不成声：

"天云，你……有什么消息吗？"

"苏伯伯，步云飞来了，刚刚来过。他留下那双魔鞋，可他为什么不和我见面呢？"

我哭得噎住了，泪水汹涌。苏教授笨拙地安慰道："天云，不要难过，他这样做一定有自己的原因。"他难为情地又迫不及待地说："那双魔鞋真的在你手里？能交给我研究吗？"

"当然，这是我的心愿，我想也是步云飞的心愿。"

"那好，我现在就去你家——你一定能理解我的急迫吧？"

"我能理解，不过你不用来，我穿着魔鞋，很快就会到你家，你住在八楼，对吧？你只用打开窗户，打开电灯就行了。"

我纵出窗外，在附近最后搜索一遍，仍没有云飞的身影，便向苏教授住宅的方向纵飞而去。我掠过平房，穿过楼群，劈开月光，追赶着秋风。脱离重力的自由感觉实在美妙，很快，纵飞的快乐赶走了我的郁悒。也许，云飞正在云层中悄悄地、欣慰地看着我?

　　我到了苏教授的住宅楼,八楼有三个窗户大开着,往外泻着雪亮的灯光,一个白发苍苍的头颅映在灯光里,正焦灼地探头观看。我轻盈地飞进去,脱下魔鞋,赤足立在冰凉的大理石地面上,捧着魔鞋递过去。老教授用颤抖的双手接过去,呆呆地看着它,忽然动情地哭了。

科学狂人之死

在庆祝我获得 2100 年龚古尔文学奖的酒会上，我意外地看到大学时代的恋人。

祝贺的人流退潮后，露出了一块粗犷的礁石。他仍是那样不修边幅，一头乱发桀骜不驯，端着高脚酒杯倚在柜台上，漠然看着众人。与我的目光交遇时，他咧嘴一笑，朝我举一举酒杯。

一霎时万千思绪涌上心头……我走过去低声说："是你。"

他又咧嘴一笑，把杯中酒一饮而尽。

我微笑道："谢谢你能来。"

十年未见，他的前额已刻上皱纹，头发也开始过早的谢顶，不过目光之聪睿丝毫未减当年。他说："我早料到这一天了。你有足够的才华，又有足够的虚荣心，逃不脱世俗虚名的诱惑。"

这就是他的见面辞。我冷冷地说："谢谢。这是我今晚听到的最好的贺词。"

他浑似未闻，心不在焉地扫视众人。酒会的客人俱是社会名流、各界精英，他们正冷淡地注视着这位显然不属于他们圈子的陌生人。他则乜斜着眼睛，报以居高临下的冷笑。良久他才回头，淡然笑道：

"我其实是在嘲笑我自己，你知道我为什么来这儿？并不是为了你的劳什子文学奖。十年来我呕心沥血，总算搞出一样小东西。这就迫不及待，想在旧情人面前炫耀一番。"

我瞪着他。他笑着，平静而懒散。这正是他的习惯，在每个重大发现之前，他都会目光迷乱，如痴如狂，灵魂游荡在躯体之外，直到取得大突破才复归平静，我略为沉吟，问道："那东西在哪儿？"

"在我山中寓所里，三小时的飞机路程。"

我断然道："好，我们现在就去。"

我向众人匆匆告别，随他走出酒店，把众人的惊愕和不满抛在身后。

他叫胡狼，一个怪极了的名字。正像我叫白王雷，丝毫不带淑女的雅趣。在大学我们几乎成为夫妻，那是生物和文学的联姻。事后回想起来，也许我在学生时代还不能区别崇拜和爱情吧。

他是一个绝顶聪明的世纪性的天才，光芒四射，足以使一个自诩为才女的人也倾慕不已。但不幸的是天才总有一些怪癖，他常常随口甩出几句无君无父的怪论，其尖刻令人心悸。比如他说过：

"靓女俊男与脓血枯骨的区别，只是原子堆砌的外部形态不同。"

以后每当对镜欣赏自己的如花娇颜时，我都会想起这句该死的话。他又说：

"人类对残疾人和老人讲人道，只是因为有多余的社会财富可以养活一些废品。如果万一人类又回到茹毛饮血的时代，那么第一批敢把'人道'抛弃的人才能生存。"

我难以驳倒他。也许他的话代表着残忍的自然法则，但这种残忍使我心头滴血。

我们最终分手了，因为类似的原因。

好像是一个周末的晚上，我在他的博士宿舍里，一阵耳鬓厮磨后陷入情热中。两人拥抱接吻、浑身战栗、上下俯仰……忽然他推开我，点上一根烟，冷淡地说：

"这一大堆可笑的忙乱动作，都是他妈的荷尔蒙在作怪。"

……

很久我才捂住滴血的伤口。我扣好衣服，理理头发，冷冷地反讥："你的深刻思想，实际不过是神经活性物质的电化学反应，与狗见盘子流口水的过程并无本质区别。胡狼，我想咱们可以说再见了。"

在那以后我就离开学校,从此两人没有再见面,但我却难以忘怀他。我把初恋交给了这么一个怪才,他的才华像岩浆一样狂暴,一旦喷发,极有可能摧毁自己,又摧毁世界。

十年来我一直孤身一人,带着几许恐惧,默然等待着天边的惊雷,直到今天。

他的住室在山中,十分简朴,似乎不属于 21 世纪。屋中冷落萧条,处处留着单身汉的痕迹。只有两只雪白的一模一样的波斯猫在我们身边撒欢,为这间僧舍增添了一份生趣。我一左一右抱起小猫逗弄着,不动声色地问:

"你是没结婚,还是妻子不愿住在这儿受苦?"

"婚姻是男人的地狱。"他随口念道,目光犀利地看着我,"我还未下地狱,因此你还有机会掳获一个战利品。"

我冷冷地反唇相讥:"蒙你的教诲,我已完全摆脱那可恶的荷尔蒙了。再说我今天来这儿也不是想谈婚论嫁。言归正传吧,你的机器在哪儿?"

他领我走进屋后的一个岩洞内。洞内光怪陆离,银光闪烁,像是走进科幻世界。那件"小东西"蹲伏在深处,像一头天外巨兽,各种气液电管路和仿生物构件密密麻麻,令人眩晕。控制板倒十分简洁,一块高清晰度大屏幕,一个按钮,一排红绿指示灯。控制板旁是一个类似太空舱的密封门。胡狼看着它,目光中又渐露狂热。

"就是这个小东西,至于它的原理和功能……你知道我不大相信女人的智力,即使是女人中的佼佼者,"他可憎地讪笑着,"所以,我还是从 ABC 的启蒙教育开始。"

他取出一张宣纸,塞进电脑的扫描器中。

"这是二百年前齐白石先生的名画,你暂时不要知道它的内容。我把它扫描进计算机,投射进方格坐标中,再逐步放大,你看。"

屏幕异常清晰,逐渐闪出一排排方格。直到方格中添有黑色时,胡狼使画面暂停,他递过来一张桌面大的方格坐标纸,一支毛笔,说道:"请你照屏幕中方格坐标的样子,把纸上相应的方格涂黑。"

虽然莫名其妙，我还是照吩咐做了。这项工作很简单，因为屏幕上和纸上的方格都有一一对应的数字。每涂完一行，胡狼就把纸卷起，不让我得窥全貌。

涂完后他问我："你知道你画的是什么吗？"

我摇摇头。胡狼说："这一点很重要，请你记住：你摹画了一件东西，但并不知道画的是什么，对不对？"

"没错。"

随即他把我的作品扫描进电脑，又缩为明信片大小，在屏幕上显示出来。我惊愕地看到，我描出一只生动的虾子，虾须灵活，虾趣盎然，似乎可以看到水中由虾须搅起的涟漪。

他笑道："一幅杰作，丝毫不亚于齐白石老人。"他抽出齐白石的原作给我，二者确实毫无差别。"但是，齐白石是艺术创造，你的画只是简单的复制。"他两眼炯炯发光，停顿片刻。"下面的过程我想你的智力已经能够理解了。人们可以用一维的扫描复制二维的画面，自然可以用二维扫描复制三维的物体。假如能更进一步做到以下两点：

一、有一个精确的粒子级的扫描器，可以精确探知某物体是由哪些原子及其他微粒堆砌而成；

二、一个使用毫微技术的装置，可以按照前者的指令准确地逐个原子去复制原件。

那么我们就可以复制任何物体，任何植物动物——包括人。"

他有意静默片刻，不无得意地观察我的表情。我确实被惊呆了，对这个骇人的发明，心中本能地震荡着一种深沉的恐惧。

胡狼笑道："很简单，是吗？其实任何法则和原理都是简单的。我只不过是一个工匠，摸索出一套高效的工艺而已。这套工艺的关键是多切面同步堆砌毫微技术。要知道，从二十世纪末，毫微技术就已经起步，那时的科学家们已经能用扫描隧道显微镜去推动原子，堆砌成英文字母——当然比起我的机器来，那些成绩不值一哂。毫微技术发展到2100年，已有了长足的进展，在我手里又跨了一大步，超前时代一二百年。它的水平已足以胜任这项工作了。"

我从震惊中复苏，问道："它也能复制生物？"

胡狼大笑道："难道你没有看到两只小猫吗？丽丝过来！"

两只波斯猫应声跑来，跳上跳下地撒欢。的确，它们长得一模一样！

我迷茫地重复发问："你能复制人？"

胡狼很为我的低能摇头："当然能！只需走进机器的密封门，半小时后就会走出两个完全相同的人。"

"你能复制他的思想？你已经了解智力活动的全部奥秘？"

胡狼讪笑道："看来我对你的智力并未低估。我不是已经告诉你了吗，我并不需要知道我在画什么，只需保证我的复制不失真。要知道，任何思维活动都有相应的物质变化。二十世纪的科学家就已经知道，把识路蜜蜂脑中的蘑菇体取出，注入不识路蜜蜂的脑血淋巴中，后者也能识路。这表明，记忆在蜜蜂的神经系统中有相应的物质体现。这是十分奥妙的东西，也许人类十万年后才能掌握。幸好我不需要了解详细过程，只需要精确的复制，仅此而已。一旦复制完成，复制人自然而然就具有原件在那一瞬间的全部思想和知识。"

这些劈头盖脸而来的新概念使我头晕目眩，胡狼尽可能耐心地讲下去："还有一条完全不同的路，你知道人类已经用基因工程复制了不少生物，至于复制人只是时间问题。这是一种生物方法，自然便捷得多容易得多。而我用的可以说是机械方法，自然要笨拙得多。但前者只能重复一个生命过程，比如说它复制的爱因斯坦也得重复从小到大的成长过程。由于后天的差异，等爱因斯坦第二成人时，他已与爱因斯坦第一大相径庭了。而我却能复制一个完全不失真的成熟的天才。你可以想象一下，如果世上有一千个爱因斯坦或胡狼，世界该是什么景象！"

他的表情狂热。而我则恐惧地注视着机器的入口，似乎它是天外怪兽的血口利齿。我悲哀地问："你知道你在干什么吗？你在毁灭人类，你把神圣的人类变成一个个工件，你会完全毁掉人类的伦理道德，毁掉初恋的神秘，毁掉对死亡的恐惧，毁掉一切美好的感情。"

他不耐烦地说:"文人的多愁善感!即使没有我,迟早也会有人把这个玩意儿搞出来,不过推迟一二百年。如果它会毁灭人类,那只能由此推断出一点——人类在发展过程中本来就会走向死亡。"

我驳不倒他,我在他犀利的思想面前无能为力。我痛恨地说:"你是否能费心考虑一件微不足道的小事?假如一个傻女人始终摆脱不了荷尔蒙的控制,十年来仍在痴恋一个疯子,可是突然间她面前冒出一千个胡狼,她该怎么办?"

胡狼稍一愣,随即笑道:"很好解决嘛,再复制九百九十九个白王雷就行了,连她们的爱情也会复制得一模一样。"

我绝望地叹息一声,知道这个疯子已不可理喻。我掉头出洞,径直走向我的直升机,决绝地离开这里。回到京城我就紧急约见总统,我不能让这个科学狂人毁灭人类,毁灭造物主亿万年的杰作。我毫不怀疑我能说服总统采取紧急行动。总统已执政八年,精明干练,深孚众望,已经有报纸把他称为"百年一遇的天才"。我想他不会喜欢这么难得的天才在三十分钟内孵出一群吧。

总统在书房里会见了我,微笑着寒暄:"记得哪位哲人说过,美貌和天才不能并存。看到你,我才意识到这句话的荒谬。"

我疲倦地说:"关于我的美貌等闲暇时再谈吧,现在我要谈一件关乎人类存亡的大事。"我简洁地叙述了事情的经过。虽然这不啻是天方夜谭,总统还是敏锐地意识到危险。他没有犹豫,立即唤来国务秘书吩咐道:

"即刻提请议院召开一次非常会议,议题是增加一项法律条文:任何复制人的活动均为重罪,对犯罪者不得不恢复死刑。"

我低声请求:"请给我一天时间好吗?我想尽力说服他。"

总统同情地看着我:"好吧,反正法律生效肯定在一天之后。"

"这一天之内请不要打搅他,好吗?"

总统爽快地答应:"好吧,一天内不采取任何行动,但一天后你必须离开那儿。"

等我匆匆赶到,那里已经人去室空,桌上留有一封信:

白王雷女士：

　　我知道你匆匆离开这儿要干什么。没人比我更了解你那可笑的历史使命感。新增的那条法律条文已被我截获，我不会去和法律硬碰，但任何人也不能让我服输。

　　请转告总统阁下，即使我要复制天才，他也排在500名之后，大可不必着急。

　　顺便说一声，我似乎还爱着你，那可恶而顽固的荷尔蒙！

胡狼匆草

胡狼就这样消失了，像滴在火炉上的一滴水。

总统又约见我，我气急败坏地对他大叫大嚷：

"你为什么违背诺言？为什么在我到达之前就派人监视他？要不是你们惊动他，也许他不会逃走！"

总统冷冷地说："这样一件关乎人类存亡的大事，你想我会为一个傻女人的爱情去冒险吗？"

我反唇相讥："你不愿冒险，他却从你们眼皮下溜走了，从十几台仪器的监视下消失了！"

总统沉默了，半晌他由衷地承认："我不知道他是如何逃走的，真是一个鬼才。我们在全世界彻底搜索过，也毫无线索。你大概是他同人类社会之间的唯一纽带了，我想他很可能会与你恢复联系。为了人类，我恳求你及时通知我。"

我喃喃地说："通知你们逮捕他，绞死他？"

总统的目光毫不退缩，答道："是。"

我以手扶额，半晌才疲倦地答应："好吧，我知道自己的责任。"

两年过去了，胡狼杳如黄鹤。

两只波斯猫已经长大，每日绕膝撒欢，它们仍极为相像，但我已能分辨"丽丝A"和"丽丝B"了，我想是两年的后天环境使它们产生了差异。

夜深人静，我会抚摩着自己仍然光滑如缎的皮肤和依然紧挺的乳胸，痴痴地冥想：那个男人现在在哪儿？他会不会走到与人类为敌的地步？

在我心目中，他几乎已是个疯子，但奇怪的是，这个疯子仍有强大的磁力，使我一直不能忘怀。直到某一天我接到一个电话。

听到电话中熟悉的声音，我立即屏住气息。是他！他的语调仍然懒散、冷嘲，带着男性的磁力。

"白女士，听出我的声音了吗？我是教你画虾戏图的人。这会儿我在……"

这当口儿我完全忘了对总统的承诺，急急打断他："不要说出你的地址，有监听！"

对方竟哈哈大笑："多谢白女士关心。不过我说过我不会同法律作对，我不用怕任何人。请你来吧，我还要让你看一样新玩意儿，丝毫不违犯法律的东西。"

他详细地讲述了地址，我没有耽搁一秒钟，立即跨进我的专机。

胡狼手持一束洁白的素馨花在门口迎接，竟然颇有绅士风度。在他身后，仍然蹲伏着那个庞然大物，红绿灯狡猾地眨着眼睛。我的喜悦立即被愤恨取代，这个偏执狂，难道他真要毁掉自己、毁掉世界才甘心吗？

胡狼笑嘻嘻地看着我："我说过我不会服输的。"他不无得意地炫耀："我也说过我不会违犯法律，请看这台新玩意吧。"

他领着我介绍："这个机器几乎同原来完全相同，只是多了个出口，喏，就在隔壁。当然，出口也可放在万里之外，甚至位于太空。任何一件物体，当然包括人，只要走进入口，经过几分钟的扫描后，原件就会气化消失。在出口处，在同一时刻，会推出一个完全雷同的复制品。"他笑道："你看，这不是人体复制机，而是物质传真机，它对开发太空有着无比的重要性。我想为了这项发明，总统肯定会赏我一枚一吨重的勋章。"

我心中的石头落了地，但旋即担心地问："可靠吗？是否万无一失？"

胡狼微微一笑，似乎不屑置辩。"当场实验。"他说，然后打开入口坦然走进去，回头交代道："十分钟后到出口等我。"然后他轻轻拉上门。

一道门把我们隔绝成两个世界，我急忙跑到隔壁，那儿是一道同样的密封门。我看着屏幕旁的红绿灯闪烁不停,紧张得喘不过气来。

这十分钟对我真是世上最漫长的苦刑。他会不会在传送过程中消失,一去不回?会不会在传真过程中失真,变成四个脑袋八只蹄子的怪物?……红绿灯的闪烁逐渐减慢,变得井然有序,终于全部熄灭。密封门缓缓打开,那个熟悉的胡狼从门里笑着走出来。

我扑过去,倒在他怀里啜泣。他用手轻轻捋着我的柔发。我抬起泪眼看,他脸上难得地不再有冷嘲,甚至低下头轻轻送我一吻。我浑身发软,闭上眼睛。

忽然身后有开门声,我睁开眼睛,看见隔壁走过来一个人。

又一个胡狼!

我目瞪口呆。从这一刹那起,我就被悲哀和恐惧吞没,也预见到我和胡狼的悲剧。第一个胡狼——胡狼B对我笑道:"忘了告诉你,入口处有一个秘密按钮,只要启动它,原件就不再气化掉,这是为保存特别珍贵的真迹时才用的,我之错就错在像其他庸人一样未能免俗,对自己的肉体过分钟爱——毕竟是一个百年难遇的奇才啊。所以,在我被传真过来时,原件也没舍得毁掉。"

第二个胡狼——胡狼A也笑道:"他说得对。我在被传真过去时,舍不得毁掉自己,鬼使神差地按了按钮,其实当时设计这项功能,恐怕在下意识中就有这个打算,只是没有明朗化罢了。"

二人并肩而立,一模一样,连额边的皱纹、衣裳的摆角、头发的长短都完全相同。两张脸上也都挂着同样玩世不恭的、没心没肝的微笑。我沉痛地盯着他俩,想痛骂,喉咙却哽住了。

未等我做出反应,外面忽然传来麦克风的呼喊:"白女士,我们已包围了这个房间,请劝说胡狼先生赶快投降,否则我们马上开始攻击!"

竟然是总统的声音!我发疯般跑出来,嘶声喊道:"总统阁下,请给我30分钟!我一定劝他投降!"

总统沉默片刻,冷淡地说:"好吧,只给30分钟。请你劝他不要妄想逃走了,我已经用最先进的仪器和武器把这儿完全封闭。30分钟后请你一定离开房间,我不愿因多杀死一个女人而内疚。"

两个胡狼仍是平静而略带嘲讽地看着我,倒颇有些视死如归的气概。看着他们,我忽然泪如泉涌!

"胡狼,你不是说你不会违犯法律吗?现在你已是罪犯了,你复制了自己,等着你的是绞刑架。你,或者说你们想怎么办?"

两个胡狼苦笑一声,不无懊悔地说:"只怪我没有在月球或火星上预设一个逃逸出口,否则任何仪器也奈何不了我。"

我忽然想起一个念头,急急说道:"有办法了,你们两个一个是罪犯,一个是受害者。我要做你们的律师,无论如何要救出一个。"

胡狼A笑道:"自然我是罪犯,是我按下按钮,把原件保存下来。"

胡狼B说道:"我是罪犯,按照传真前的约定,从出口里出来的才是胡狼。我只是在入口处保存了原件。"

我被当头一棍击晕了。他们的话不错,恐怕大法官也难以判断谁是罪犯谁是受害者。唯一可靠的解决办法是:统统绞死。

我泪眼四顾,绝望中一把撕开上衣,露出肩头。我用力过猛,连乳胸也露出来。我切齿道:"看看吧,这皮肤依然光滑细腻,乳房依然坚挺,我永远不想知道它的组成是什么元素,什么DNA结构,什么荷尔蒙。造物主既然造出我,我就按造物主的意愿去活,去爱。我渴望一个男人的爱抚,渴望生它几个娇憨的小宝宝,吊在我的奶头上吮吸。可这一切被你破坏了!你的科学狂想毁灭了一切美好的东西!"我一屁股坐下,伤心欲绝。"好吧,让我们死在一块儿吧。"

两个胡狼忽然都向我走过来,甚至想伸手抚摸我裸露的肩头。但两人又对望一眼,不好意思地缩回手,大概他们不想当着外人干那些"可笑的忙乱动作"。

胡狼A迟疑地说:"其实办法不是没有。"

胡狼B几乎同时说:"有一个办法可以走出困境。"

我抬起泪眼看着他们,并不抱什么希望。

胡狼A笑道:"办法很简单,十分钟就能实现。"

胡狼B也笑道:"只需对机器做一个小改动,十分钟就够了。"

我急急地问:"是什么办法?"

胡狼A和胡狼B已开始动手,边干边说:"只需对程序稍加调整,入口处就能对两个人同步扫描,对两个相同的人。扫描过后,在出口处依然传真出一个人,相当于我们合二为一了。"

我跳起来,急急地问:"办法可靠吗?如果你俩不完全相同呢?"

两个胡狼傲然道:"你大可相信我的技术。在刚才,传真刚刚完成的瞬间,两人肯定是完全相同的。现在最多不过某些原子有了一些动态变化,这些细微差别机器会自动处理的。"

调整工作很快完成了,忽然二人同时把目光盯向那束素馨花,他们一定是想捧着一束鲜花走出出口,可惜它只有一束。两人也同时想出办法,他们先把花束送进入口,启动传真机,几分钟后,出口送出一束复制的花。在这当口儿他们竟有闲心干这些不急之务,我急死了,连声催他们赶快进去。二人手捧花束笑着与我告别,我坚决地说:

"进去先把那个可恶的按钮拆除。我可不想看见三个胡狼。"

两个胡狼笑道:"刚才已经拆除啦。不过你得答应,等一个胡狼从出口走出来时,你要应允他的求婚——看来我到底摆脱不了可恶的荷尔蒙。"他们自嘲地说。

我含泪笑了:"我答应,即使结婚对于女人来说也是地狱。"

密封门无声无息地关闭,把两人隔绝在门内。

我走到出口坐等,心中既有初恋少女般的焦灼,又有不能排解的恐惧。

但愿我的真情能感化这个科学狂人。

我沉浸在冥想中,忘了时间,下意识中忽然感到红绿灯的闪烁带着几丝诡秘和阴险。我定睛看去,红绿灯越闪越快,渐趋疯狂。忽然一道闪电击中我的意识,我大叫一声,发疯似的奔到隔壁,用力拉开入口处的密封门。那里空空荡荡,只有那个男人熟悉的气味。

我被恐惧摧垮了,发疯般跑回出口,拉开密封门,门内同样空空荡荡,只有一束素馨花摆在地板上。

终极爆炸

然后是一声巨响,机器内白光一闪,我失去了知觉。

等我醒来已是三天之后了,我躺在床上,桌上摆着总统送的一束鲜艳的玫瑰花。

我心如死灰。在爆炸前我就悟到了悲剧的原因,但我为什么不早一点想到?

传真机没有问题,合二为一的传真功能也没有问题——两束花被合为一束传送过来就是明证。传真机失败的原因,是两个胡狼已经不是一个人了。从他们说过的几句话,我推断出他们的人格已经异化。

胡狼 B 说:"我被传真过来……"他是把出口出来的胡狼认作自身,认作正统。胡狼 A 说:"我被传真过去……"他是把入口处保存下来的胡狼认作自身,认作正统。

他们的人格既然异化,自然要在物质形态上有所体现,尽管我不知道体现在物质结构上的差异究竟是什么。传真机的电脑无法把这样深刻的差异合而为一,于是引发了机器的自我毁灭。

一代英才一代狂人连同他的发明就这样烟消云散了。他被科学泯灭了人性,死得原也不亏,但为什么偏偏在他刚被爱情和人性唤醒时,才发生这样的悲剧呢。

我被内疚折磨,痛不欲生。是我害了他,如果不是我强迫他拆除那个秘密按钮,入口处的两个原件还能保存下来——但那究竟是祸是福,又有谁能说清呢。

胡狼的遗体已荡然无存,我把那束枯萎的素馨花埋在衣冠冢里。每到清明,我把一束鲜艳的素馨花摆在他的墓碑前。墓碑背后铭义是我撰写的:

  超越时代的天才是悲剧的导演和主角。
  但愿胡狼和他的发明在人类足够成熟时再得复生。

三色世界

楔 子

卡尔·伊斯曼把微量的环腺苷单磷酸滴入玻璃皿中，说：

"看，黏菌社会马上就要建立了。"

这是在纽约沃森智能研究所的实验室里。伊斯曼是一位高个子的白人青年，30岁左右，金发，肩膀宽阔，表情生动。他身后有两个女同事，25岁的松本好子身材稍显矮胖，有一双老派日本人特有的短腿。江志丽——英文名字是凯伦·江大约32岁，是一个典型的中国南方女子，细腰，瓜子脸，一头乌黑的柔发盘在头上。

他们用肉眼观察着玻璃皿中微小的黏菌，旁边的大屏幕上则是放大后的图像。黏菌是一种奇怪的生物，是一个超有机体，或者简直是人类社会在毫米尺度上的演习。它们在湿地上游来游去，各自专心致志地吞食着细菌食物，互不关心，是一群冷漠孤独的流浪者，以直接分裂的方式各自繁殖后代。但一旦食物耗尽，就会有某一个细胞有节奏地发出环腺苷单磷酸，这只先知先觉的细胞就成了黏菌社会的领袖。

不过今天的环腺苷单磷酸是黏菌社会之外的神灵滴入的，那只黏菌"领袖"只是偶然受到命运垂青的傀儡。但其他的黏菌并不知道真情，它们仍按照冥冥中的本能朝那只细胞聚集，同时释放环腺苷单磷酸，形成正反馈，唤醒更多的黏菌来集合。无数黏菌的运动组合成了清晰的螺旋波。

数小时之后，这些黏菌集合成了一个发亮的长着尖头的有机体，有一二毫米长。它们在尖头的带领下开始缓缓爬行，找光，找水，找食物。之后连它们的生殖方式也会改变，它的尖头处将会产生孢子，孢子飞散后产生一群新个体。

终极爆炸

江志丽已是第五次观察这个神秘的过程,但她仍有一种喘不过气的敬畏感。在这种原始的生物中,群体和个体的界限被泯灭了。她记得第一次观察时,导师乔·索雷尔曾对新弟子们有一次讲话,讲话中既有哲人的睿智,也有年轻人才有的汹涌激情——要知道他已经 55 岁了——志丽几乎在听完这段讲话后立刻就爱上他了。教授那天说:

"请你们用仰视的目光来看这些小小的黏菌。这是宇宙奥秘和生命奥秘的交汇。这种在远离平衡态的混沌中所产生的自组织过程,是宇宙及生命得以诞生的最根本的机制。黏菌螺旋波和宇宙混沌中产生的漩涡星云的本质是相同的,只是尺度不同而已。同时,这又是原始智力的自组织过程。单个黏菌谈不上什么智力,它们也确实太简单了,甚至没有神经系统。但只要它们的数量达到某一临界值,形成一个'社会'或者叫'大个体',它就能趋光、趋水,做最简单的但是有预定目的的运动,并启用新的繁殖方式。无数微不足道的个体形成了高一级的智力,动物社会、人类社会也都是如此。"

伊斯曼插话:"教授,这就是你常说的智力的'外结构'。"

"对。还有一个典型的例子是白蚁。它们的个体也十分简单,不过是几条神经纤维连着几个神经节而已。几只白蚁在一块儿搞不出什么名堂,它们只会把土粒搬来搬去。但只要白蚁的数量超过临界值,信息素就把它们组织在一起,它们就能同心协力,令行禁止,建造连人类也为之咋舌的复杂建筑。人们常认为智力是生物体内的、脑神经节内的玩意儿,是单独的有封闭边界的东西,这是一个错误。实际上,在任何一种生物社会中,智力都是开放的,个体智力通过种种外结构比如信息素、声音媒介等构成一个大整体。"

江志丽记得自己当时说:"人类智力的外结构主要是语言。"

"对。遗憾的是,人们通常只把它看成是一种交流方式,而不是智力结构的有机部分。人类已经把语言发展得尽善尽美,并为此志得意满。实际上这种满足是十分浅薄的。这种智能连接方式十分低效,你不妨随便去观察一个面孔,再试着向别人描述。在这个过程中,首先那个面孔通过光媒介进入你的眼睛,转变成电信号。这一步过程的效率倒是很高的,你头脑中会即时形成一个十分清晰完整的图像。但你怎么能把这个图像完整地搬到另一个人的头脑中？无论你的语言表达能力多么强，也是绝对不可能的事。所以我们应当在黏菌和白蚁这儿受到启发，开发一种新的高效的外结构。"

当时江志丽笑道："总不成也用信息素？据我所知人类在进化中已淘汰了大部分外激素，只保留了少量的性激素，它可以使异性情绪稳定，工作效率提高，美国宇航局已注意到在男宇航员中增加女性的比例。"

那天教授兴致很高，笑道："所以我选择研究生时很注意招收几个漂亮的女士。"他收起笑容说："不，不是信息素，我想这种化学结构难以胜任。为了非常高效快速地在众多人脑中交换信息，恐怕更可能入选的是电磁结构，也可能是量子力学预言的那种'幽灵式的超距作用'。我们只有摸索着去寻找它。"他又说："据我所知，斯坦福研究所在中情局的资助下一直在研究超能力，如果它确实存在，那将是很理想的方式——可惜，直到今天还没有确证。"

教授一向偏爱这个试验，他说这个过程能以"固有的神秘唤起科学家的灵感和冲动"，所以今天他让弟子们又重复了一次。这次他本人没有参加。这会儿，那个黏菌大个体已爬行到了食物充足的地方，它的尖头发出号令，无数黏菌细胞立即分散，四处游荡，寻找食物，开始了新一轮生命循环。这时已到下班时间，伊斯曼宣布：

"黏菌聚餐会结束，女士们，收拾东西吧。"

他们正要离开实验室时，电话铃响了，松本好子拿起听筒问了一声，便默默递给江志丽。

是索雷尔教授，他邀请江志丽共进晚餐，志丽愉快地答应了。她没注意到好子的目光中流露出一丝嫉恨，她比江志丽早来一年，曾经做过教授的情人。

一

江志丽回到自己的单人公寓里，仔细地挑选衣服，最后她决定穿那件湖绿色的高领旗袍，到美国后她还没有穿过一次。她站在镜前略施淡妆。现在镜子里是一个娇小典雅的东方女子，皮肤很白，近似西方人的肤色，又远比西方女子的皮肤细腻。黑色长发蓬松飘逸，散落在浑圆的肩头，一双倩雅的丹凤眼，剪裁合体的旗袍更衬出身段的婀娜。她对自己满意地笑笑，拎上女用挂包出门。

教授的黄色人都会型凯迪拉克轿车已经在门外等着。教授仔细打量着她，微笑着说："凯伦，你真漂亮。"

"谢谢。"

"今天晚上去哪儿？找一个中餐馆？"

"不，不，干吗吃中餐呢，我已经吃了30年了。如果回国的话还要继续吃下去，为什么不趁现在多尝尝异乡美味呢。"

"好，今天去一家意大利餐馆。"

教授打开车门，请江志丽上车。他启动汽车后轻笑了一声，江志丽奇怪地问：

"你笑什么？"

汽车迅速冲出林荫道。索雷尔先用电话向卡勒莫餐厅预定了座位，然后笑着说：

"我刚才想到一位中国朋友，他是北京人，一个很成功的中间商，家产已经逾亿，移民美国也有15年了。现在，他仍然吃不惯西餐，只要儿孙没有在家，'逮着机会就吃北京炸酱面'。亲爱的江，炸酱面真的有那么美味吗？"他夸张地惊叹着，江志丽也笑了。

他们来到卡勒莫饭店的平台餐厅，穿过衣帽间，侍者领班在门口迎候着，教授说：

"预定的两人桌。"

领班殷勤地把他们领到栏杆旁的一张桌子上，楼下是碧波荡漾的室内游泳池。教授为女伴斟了一杯矿泉水，问："还喝点什么？咖啡？威士忌？"

江志丽为自己要了一杯加冰威士忌。侍者送来菜单时，江志丽没有客气，很快点了意大利小牛肉，咖喱鸡块，意大利实心面。吃饭时教授笑道：

"我记得你到美国不足四年吧，你已经非常成功地西方化了。有没有打算留下来？"

江志丽爽快地说:"的确有这个打算。一踏入美国这个移民社会,我就觉得,似乎我天生该在这儿生活。我会努力融入这个社会的,也希望得到你的帮助。"

"我会尽力的。"教授吃着小牛肉,沉思一会儿,小心翼翼地问:"听说你与中国的丈夫已经离婚?"

江志丽抬起头很快看他一眼。教授的头发和胡子微见花白,但身体十分健壮,肩头的三角肌饱满坚硬,胸膛宽厚。几次床笫之欢后,她对这个强壮的美国男人已经十分依恋。她突然冲动地说:

"对,我对中国的男人已经丧失兴趣了。他们戴着高度近视镜,精胳膊瘦腿;他们在'单位'里谨小慎微,话到口边留三分;他们住在简陋的楼房,睡的是做工粗糙的木板床,连做爱时都提心吊胆,生怕床板的响声惊动楼下的邻居。这种环境能使人的天性慢慢枯萎。我一直盼着有一个地方能自由自在地宣泄我的天性,现在总算找到了!"

在冲动中说了这些话,她多少有些后悔,低下头默默地吃饭。眼前晃动着那个中国男人的影子,还有三岁的女儿小格格,她对那个男人已经没有留恋了,不过想起女儿天真无邪的目光,仍觉得内疚。

五年前,她以优异的成绩考上公派留学生,但在办护照前却被告知,这个名额已改派他人了。她出身寒微,没有什么背景,在那张无所不在又毫无踪迹的关系网中挣扎、窒息。她到系主任、外事处长、校长那儿大吵大闹,结果到处都撞在冷淡的礼貌上。同在这所大学的丈夫劝阻不住,负气道:

"你是不是想把人得罪完?你不留后路,总该为我留条后路吧!"

那时她不由得打一个寒战。也就是从那时起,她萌生了离婚的念头。后来她凭自己的本事考上自费留学,临走时她斩钉截铁地公开宣布:"我再也不会回来了!"

她走时,丈夫甚至没有去送她。所以,在成为索雷尔的情人时,她没有丝毫内疚。

索雷尔教授用刀叉切着牛排,斜睨着女伴,小心地说:"你知道,我有一个很好的妻子,我们已经共同生活了三十年……"

江志丽猛然抬头,恼怒地打断他的话:"不必说了,我绝不会妨碍你的家庭!"教授的话严重挫伤了她的自尊心,她冷冷地说:"我做你的情人,是因为我喜欢你,仰慕你的智慧,并不是想做索雷尔夫人。我们随时可以说再见。"

教授很尴尬,沉默片刻后,他诚恳地解释道:"请原谅,我绝不是想冒犯你。但我知道中国女子对男女关系看得比较重,她们的观念比较守旧,我不想让你有一个虚假的希望……"

江志丽已经恢复好心境,知道教授的用意是真诚的,便嫣然一笑:"行了,亲爱的乔,不必解释了,从现在起,请你把我当成一个彻头彻尾西方化的女人。我在你这儿得到许多快乐,即使分手后我也会记住它的。"她调皮地低声说:"我们为什么还在这儿浪费时间呢?"

教授愉快地笑起来,他们匆匆吃完,唤侍者结了账,便乘车去教授的寓所。

教授的寓所在寂静的长岛富人区,窗户俯瞰着浩渺的太平洋,两人浴罢上床,教授抚摸着她奶油般的皮肤,赞扬道:"凯伦,你真漂亮!"

江志丽莞尔一笑:"再次谢谢你的夸奖。"

她突然想起,去年回国时,三岁的女儿小格格突然说:"妈妈,你最漂亮,我最喜欢妈妈!"

那时她正在同丈夫协商离婚,这句话几乎使她丧失勇气。即使现在想起来,仍觉心中刺痛。为了摆脱这种思绪,她狂热地吻着情人,两人很快陷入情热中。忽然电话铃响了,索雷尔在接电话前有刹那的犹豫,江志丽轻声揶揄道:"是夫人的电话?你尽管接吧。"

教授拿起听筒,随手摁下免提键:"我是索雷尔,请问是哪一位?"

电话中是一个男人略带沙哑的声音:"请问,你是沃森智能研究所的乔·索雷尔先生吗?"

"对,我能为你做些什么?"

"请原谅我打扰你,我向《纽约时报》查询一个大脑或智能专家,他们推荐了你。我和儿子之间出了一点奇怪的事情……"

他带着浓重的西部口音,说话不太连贯,索雷尔和江志丽努力听着。那人说:"我有一个五岁的儿子,他的母亲早就去世了。两个月前,我偶然发现儿子能读出我的思想……"

索雷尔急急打断他的话:"你说什么?他能读出你的思想?"

"对,特别是我比较专注地看一幅画面或照片时,他会漫不经心地说,'爸爸,你在看妈妈的照片,对吧?'但这时他在低着头玩,并没有看到我手里的东西。发现这一点后,我有意做了多次试验,结果证明他的确能读出我脑中的东西!"

索雷尔看看江志丽,她仰着头,似笑非笑地听着。那人激动地说:"这个游戏我们已经进行了几十次,绝大部分都成功。更奇怪的是,从前天开始,我也能读出儿子的思想了!我正在厨房做饭,忽然头脑中出现一只沙皮狗,几乎碰到我的鼻子,非常逼真。我急忙跑到客厅,见儿子正盯着邻居家的海豚出神——'海豚'是那只沙皮狗的名字,它是偶然闯进我家的。这以后我又试验了几次,证明我确实已经有了儿子那种能力。不过,到目前为止,我们好像只能传递画面之类的东西。"

索雷尔教授听得十分专注,他问:"你可以确认吗?不是错觉或是幻觉?"

"我想可以确认,索雷尔先生,我没上过大学,没有什么知识,不过我的神经很健全,不是一个妄想狂患者。"

索雷尔蹙着眉头,与江志丽交换着目光。这个消息太出人意料,他一时还难以接受。他有意放慢节奏,缓缓地问:"我还不知道你的姓名和职业呢。"

对方笑了:"噢,是我忘了介绍。我叫马高,儿子叫山提,你大概知道这是印第安人的名字,对,我是一个印第安人,在亚利桑那州派克县印第安人之家当管理员。"

索雷尔沉思着。他觉得对方文化素质不高,说话不太连贯,但条理分明,显然不是一个精神病人。略为思忖后他说:"谢谢你打来的电话。你能不能来这儿一趟?路费由我支付……噢,不,不,"他忽然改变主意,"还是我们去吧,我想尽量保持你所处的环境条件,也许你们的特异能力与环境有关。明天我将派一个助手去核实，如果确实的话，我本人随后也去。请告诉我你的电话号码和详细地址。"

江志丽递过记事本和圆珠笔，他匆匆记下后说："行，就这样决定，我们明天去人，再次谢谢你的电话。"

挂上电话，他枕着双臂出神，江志丽伏在他多毛的胸膛上，轻声笑着说："明天让我去吧，我在盛行特异功能的国家长大，对这种鬼话早就有免疫力了。"

索雷尔皱着眉头，生气地说："如果这样，就不能派你去。"

"为什么？"

"从事科学研究的人不应有任何框框，而只能相信自己的眼睛。当然，我此刻也不相信他说的，但在用足够的观测去否定它之前，我们不能事先认定它是谎言。法律上的无罪推定同样适用于科学。"

江志丽也严肃起来："我会记住你的话，但还是让我去吧。"她开玩笑地说，"我去有一个有利条件，中国人和印第安人同属蒙古人种，也许我们之间会有天然的亲近感。"

索雷尔微笑着说："美国是一个成功的民族熔炉，我想，马高先生不会赞同这种带有种族主义色彩的感情。"

他的笑容温文尔雅，但话语深处却分明带有逼人的寒意。江志丽想不到一句玩笑招来这样的反应，沉默一会儿，觉得就此哑口未免堵得慌，便佯作无意地说：

"听说美国的感恩节与印第安人有关？1607年，印第安一个酋长的女儿波卡洪塔斯救助了濒临绝境的英国移民，教他们种烟草、土豆和玉米。1621年11月的第四个星期四，英国移民以感恩节感谢印第安人的帮助。1836年，羽翼丰满的白人把印第安人赶出平原，他们大半死在西部荒凉的山路上，这就是有名的'眼泪之路'。美国社会的基石下埋着110万印第安人的尸骨，占当时北美印第安人总数的80%。当然比起西班牙人，美国人还是很文明的。西班牙在中南美屠杀了1200万印第安人。我知道，还有几十万华人劳工同样埋在美国文明的基石下。我想，至少在那儿，他们应当有一些天然的亲近感。"

索雷尔沉默一会儿，诚恳地说："亲爱的江，如果我刚才的话无意间冲撞了你，请你原谅。你说的那种劣行是资本积累初期的罪恶，它再也不会在美国出现了。"

教授的诚恳使她很感动，她笑着钻入情人的怀中，表示把那一页掀过去了。教授接着刚才被打断的话题说：

"我有一个挚友在斯坦福研究所，所以我有可靠的消息来源。他们在中央情报局资助下研究超能力，已经整20年了，据说成功率较低，所以中情局在征求了俄勒冈大学著名的心理学家海曼之后，中止了这项研究。"他看看江志丽，说，"不过我的看法不同，我认为成功率是一个不值得注意的数据。20年中哪怕只有一个确凿的事例，也值得继续干下去。据那位朋友说，他们的确有过成功的事例。有一次，一个超能力者凭空画出了弗吉尼亚州一个中情局绝密设施的地图，甚至还猜出当天的通行口令。按他们那种严格的测试环境，这绝不可能是偶合或是捣鬼。可惜，这种能力的可重复性太差。"他郑重地叮咛，"所以，最重要的是可重复性！只要有一个可重复的例证，就是重要的突破！"

江志丽再次保证："我一定努力去做。"

二

第二天早上，她在纽约机场坐上德尔他航空公司的麦道飞机。不久她就看到连绵不断的落基山脉和著名的科罗拉多大峡谷，峡谷两侧，红黄两色的山崖壁立千尺。空中小姐热情地介绍亚利桑那州的旅游名胜，除了大峡谷外，还有著名的索诺兰彩色沙漠和几百万年前留下的化石林。

飞机在亚利桑那首府菲尼克斯降落。江志丽租了一辆银云牌轿车，驱车向派克县开去。

下午她找到那个印第安人之家，它类似一个小型的自然保护区，坐落在一个山弯里。满坡是翠绿的黄松和长叶松，北美红雀和野云雀在林中鸣叫。路口立着一根两米高的木质图腾柱，上面刻着怪异的面孔，不知是印第安人的祖先还是一位神祇,但雕刻精美,显然是后人的仿造而不是真品。图腾旁还有一块低矮的铜制铭牌,简单地记述着印第安摩其部族的历史,及建立印第安人之家以保存印第安人文化的意义。江志丽取出理光相机照了两张。

落日的余晖照着图腾柱上的面孔,志丽似乎感受到那双目光穿越时空的沧桑。她知道印第安人同中国人一样,同属蒙古人种。他们的语言也属于孤立语。他们和亚洲人一样,尿中含有 β-氨基异丁酸。据说,他们是在两万五千年前从亚洲出发,踏着串珠般的阿留申群岛和白令海峡的浮冰来到北美的。时间似乎已经淹没了一切痕迹,但生物学家从印第安人的线粒体 DNA 中,挖掘出他们从北美的西部逐渐向东向南扩散直到南美洲的踪迹。北美印第安人在极盛时达到150万人,但白人殖民者的到来中断了这个过程。

碑文中没有记下这段血迹斑斑的历史。江志丽想,即使在以自由、平等、客观、公正著称的美国,历史的真实也是有限度的。不过她并不想批评美国,毕竟,"为尊者讳"的传统在亚洲要更为浓厚一些。

在山间公路上绕行十分钟,她看见山脚下有一幢小小的二层楼房,这肯定就是马高先生所说的那个印第安民俗博物馆了。一个三十多岁的男人在门口迎候。他穿着印第安人服装,但那显然是向游人展示的道具,就像中国的宋城饭店让女招待穿上簇新的宋朝服饰一样。从外表上看,他已失去祖先的强悍粗犷,只有他黄色的皮肤、黑油油的直发才显示出印第安人的特性。

马高先生热情地迎过来,为江志丽打开车门。他说:"按我的估计你快来了,所以我一直在这儿等候。"他领客人进屋,说:"我的住室就在楼上,你的住室也安排在楼上。现在请你更衣休息——或者我先领你参观一下印第安人之家的展品?"

却不过主人的盛情,江志丽浏览了馆内陈设的展品:羽毛头饰,石斧石锄,鹿骨鱼钩和面具,参观了叫作普布韦洛的印第安人村居复制品。这些展品干干净净,井井有条,显然受到精心的管理,与国内那些泅在水中的魏碑、蒙尘多年的汉画石相比,江志丽不免滋生出一些感慨。

这间小小的博物馆干净、雅致,就像……公园里精致的熊舍。江志丽不知怎的冒出这个近乎刻薄的想法。她十分羡慕白人,他们是上帝的宠儿,他们凭来复枪和圣经征服了印第安民族，现在可以居高临下地施舍仁慈了。

她发现一根图腾柱旁站着一个小印第安人，也是全副印第安行头，甚至还带着小小的鹰羽头饰，目光怯怯地看着她，十分文静，完全不像平素看到的感情外露的小"扬基"。马高笑着把他搂到怀里，说："这是我的儿子，是个怕羞的小家伙。"这个黑头发黑眼珠的小不点赢得了江志丽的喜爱，她把提包递给马高，笑着把孩子抱起来。山提也立刻喜欢上了漂亮的凯伦姑姑，用双臂亲热地挽住她的脖颈。

晚饭时山提一直坐在江志丽的旁边，他问："凯伦姑姑，你是中国人吗？我知道中国有长城、瓷器和龙。"

"对，我的小同族，你知道吗？我们都属于蒙古人种。两万年前，你们的祖先同我们的祖先'拜拜'后就往东北走，走哇，走哇，走过荒凉的西伯利亚，跨过白令海峡，一直来到美洲。"她告诉马高先生，不久前她在美国国家地理杂志上看到一篇报道，纽约州的印第安易洛魁部族还保留着两张完整的彩色鹿皮画，一张是《轩辕酋长礼天祈年图》，一张是《蚩尤风后归墟扶桑值夜图》，"你知道轩辕黄帝和蚩尤吗？"

她尽力向他们讲解了这两个汉族传说中的人物，父子两人听得十分认真。但她不久就意识到，父亲是出于礼貌，儿子则是懵懂，这则两族同源的故事并没有引起他们感情上的共鸣。江志丽笑笑，放弃了和他们套近乎的努力。本来，那条消息太过玄虚，连她自己也不相信。

饭后马高先生问她："凯伦小姐是否先休息一个晚上，明天我们再试验？"

"请问，你们父子之间的这种感应能力什么时候最强？"

"一般在晚上八点之后，不过并不严格。"

"那好，今晚我们就开始吧，我迫不及待地想目睹这个神奇现象。山提，你能为姑姑成功地表演一次吗？"

山提说当然能，他很热心地从椅子上跳下，来到客厅，摆出一副接受考试的架势。

虽然有教授的预防针，江志丽在内心深处还是把立足点放在"怀疑"上。

她想这种心灵感应无非是江湖上的障眼法，来前她已详细考虑了测试办法，要保证自己不受障眼法的蒙蔽。现在她把那对父子安排在客厅的对角，相距大约20米。她问："在这个距离上能否传送？"

马高笑道："没问题，我们试过比这更远的距离。"

"那好，请你们背向而坐，可以吗？我只是想尽量排除一些可能导致错误结果的因素……"

马高先生打断她的解释，爽快地说："可以。"

江志丽拿出两套明信片，交给父亲一套，在儿子面前放一套。她随意抽出一张，举到父亲面前："现在开始试验，请你把这个图像传递给山提。"

马高用力盯着画片看了几分钟，然后闭上眼睛，蹙起眉头。江志丽觉得，他的全部意志力都集中到额头上了。她收起画片，快步来到山提身边，那个小家伙正闭着眼，龇牙咧嘴的，模样十分滑稽。突然他睁开眼，在明信片中匆匆翻检一阵，抽出一张长城风景明信片问：

"凯伦小姐，是这张吗？"

刚才江志丽没有看自己抽出的画片，她怕自己一旦知道，会不自觉地在表情上做出暗示，现在她从口袋里掏出那张明信片看看，果然不错！

她惊奇得缓不过劲来，山提担心地问："凯伦姑姑，我认错了吗？"

江志丽这才浮出笑容，夸奖道："对，完全正确，你真是个聪明的孩子！我们再试一次好吗？"

"好的！"山提一副跃跃欲试的样子。

他们连着试了20多次，全部正确，在这些试验中，江志丽一直紧紧地盯着他们，看有没有暗示、暗号或其他猫腻。但她没有发现任何不正常之处。实际上，单从五岁的山提那种天真无邪的神态，她也不相信这对父子是在合谋欺骗她。

不过她也不会轻易下结论。她轻声软语地商量："小山提，下一次试验，姑姑把你的眼睛先蒙上，好吗？"

"好的，你蒙吧。"

江志丽小心地蒙上他的眼睛，然后来到马高先生面前，掏出几十张汉字卡片，这些汉字对印第安人来说无异于天书，这样能更有效地防止暗地传递信息。她抽出一张放到马高先生面前，他奇怪地问："是中国文字？"

"对。你能传递这些象形文字吗？"

"我试试吧。"

几分钟后，江志丽解开小家伙的蒙眼布。山提不知道眼前这些方框框是什么东西，但他仍低下头努力寻找，他终于找到了："是这一张，对吗？"

江志丽翻开自己的卡片，两张都是中文的"天"字。在这一刹那，她几乎抑制不住自己的狂喜。她已经开始相信了。如果这种脑波传输确实是真的，而且还能传输文字的话，那就意味着不仅可以进行直观的图像传输，还能进行抽象的思想传输了！山提仰着脸好奇地问：

"凯伦小姐，这是中国文字吗？这个字是什么意思？"

江志丽耐心地讲解了，然后笑嘻嘻地问："小山提，你能不能读出我脑中的东西？我们来试一试，好吗？"

山提迟疑地说："好吧。"

江志丽转过身问："马高先生，你们是如何进行思维发射的，请教教我。"

马高为难地说："恐怕我当不了一个好教师，我自己也弄不清到底是怎么做的。你就盯着画片努力看，然后再把脑中的东西努力移向额头，试着来吧。"

在其后的一个小时中，江志丽盯着一张张画片，努力想象着把脑中图像变成"场"，再发射出去。小山提也在真诚地努力着，不过他们终于失望了。

"不行，看来不是人人都能有这种特异功能的。"江志丽苦笑道，"时候不早了，让小山提休息吧。"

马高笑道："不要紧，他经常到 11 点才睡觉呢，山提，向凯伦小姐道个晚安，出去玩吧。"

山提在她额头亲了一下，高高兴兴地跑了。马高说："你今天旅途劳累，早点休息吧。"

江志丽洗了热水澡就上床了，不过久久不能入睡。今天她看到的东西实在出乎她的意料。当然她不会轻易下结论,她还需要从各个角度来检查,看其间有没有什么门道。不过直觉告诉她,很可能她正面对人类发展史上一个极重要的里程碑,一个上帝偶然掉落到人间的至宝。

她掏出笔记本,详细追记了晚上的测试情况。她想拿起电话向教授通报她的所见所闻,但她按捺了这个愿望,不想给教授留下办事草率的印象。

一张照片从笔记本里滑落,是小格格的。大脑门,一只朝天辫,黑油油的眼睛认真地盯着她。她心中的刺痛感又苏醒了。她已与丈夫商定,离婚后女儿暂归男方,因为她还要在美国奋斗数年,等功成名就后再把女儿接来美国读书。这么着,很可能七八年中她都见不到女儿了。她叹口气,把女儿的面容印入脑海。

忽然她的房门被推开了,探进来一个小脑袋:"凯伦姑姑,你在看画片吗?"

江志丽愣了有十几秒钟,突然从床上跳下来,急迫地问:"山提,你读出我的思维了,是吗?"

她听见自己的声音都发直了,这种音调让山提有点吃惊,他怯怯地问:"我觉得你在看画片,是一个中国小妹妹,脖子里带着一个小狗,对吗?"

他说的完全对,小格格是属狗的,照片中她的脖子上确实挂着一个玉石雕刻的小狗。但在一刹那的电光石火中,她决定再来一次试验。她盯着小山提,努力把他的形貌印在自己的额头,微笑着问:

"不,你再仔细看看,那个小孩是什么模样。"

山提闭上眼,片刻后眉开眼笑了:"凯伦姑姑,是我看错了,原来你在看我的照片!"

江志丽猛然抱住他,热泪直流。在这一刻,她已经完全相信了,因为任何魔术或江湖手法也不可能让一个五岁孩子在刹那间作出正确反应。这一对父子的确具备思维传输能力,这一点已经确定无疑。他们很可能认识不到这种能力的意义,但江志丽已经清楚地看到,它将成为人类智力发展的里程碑。

她想,现在可以向教授交答卷了。

松本好子浴罢，从浴室里探出头，难为情地说："乔，请你把灯熄掉。"

索雷尔教授笑着熄了床头灯，好子这才从浴室里出来，扔掉浴巾上床。她的皮肤凉森森的，光滑细腻，索雷尔称赞道："好子，你的皮肤就像中国丝绸一样柔软。"

好子没有说话，把脑袋埋在她的腋下。索雷尔早就知道好子在做爱时一定要熄灯的习惯，他原以为这是东方女子特有的羞涩，后来才知道是缘于好子的自卑——她认为同白人相比，黄种人的皮肤太丑陋了。索雷尔对此颇有感慨。好像在一篇50年代的日本小说里看到这种自卑感，想不到在40年后，在日本的经济力量已经赶上美国时，好子还保留着这种根深蒂固的自卑！为了慰解她，他再次夸奖道：

"好子，你真漂亮。"

好子抬起头说："凯伦·江呢，她已经去了三天了吧。"

"对，估计很快会来电话的。"

像是为他的话作证，电话铃急骤地响了。索雷尔拿起电话，电话中是一个急迫的声音：

"教授，马高父子的脑波传输功能已经完全证实了！而且，你知道吗？在小山提的启发下，我本人也具备了这种功能！我已经可以向外发射或接收图像，甚至汉字！所以，这种现象已经不需要再做什么验证了！"

她的兴奋从电话中向外流淌，教授也十分激动，没想到会有如此飞速的进展。他摁下免提键，和好子一块注意地听着。江志丽说：

"教授，我认为这是人类智力发展史上一个极重要的里程碑。它将建立人类开放的整体智力，建立大一统的人类思维场！你说对吗？"

教授能触摸到对方的激情，也暗暗称赞凯伦在思想上的敏锐。很有可能，这会儿凯伦无意中说出的两个词：开放式思维、思维场，在十年后会成为使用频度极高的标准词语，就像人们现在说电场、电脑那样。他沉思片刻后说：

"凯伦，据你的初步印象，这种思维传输是什么机制？是电磁波吗？"

"似乎不像。我曾做了一些简单的试验，比如用金属丝网罩住脑袋，发现传输并不受影响。我也用磁强仪等仪器对环境的电场、磁场做了测试，没有发现异常。教授，我觉得，这一点可暂时不去追究，应该把重点放在这种传输功能的开发和应用上。你说对吗？"

"完全正确。谢谢你的工作。"

"那么，下一步我该如何工作？是带上马高父子返回沃森，还是在这里继续验证？"

"不，你仍留在那儿。我会停下这边的工作，带上所有的助手一块去。我们不知道这种能力是否和特定环境有关，所以为保险起见，仍在那儿验证吧。如果再有两三个人获得这种能力，那就确信无疑了，就可以向世界宣布了。对这个发现，无论怎样评价都不为过，所以，再次谢谢你的工作。"

江志丽挂断电话前，听见电话中一个女子轻声问："我也去吗？"她听出是松本好子的声音。看来，索雷尔教授真不虚度时光。不过她马上就释然了。她想自己的醋意是没有道理的，毕竟她又不是索雷尔夫人，毕竟松本好子作为情人还在她之前。而且说到底，她喜欢这个美国男人的原因之一，不正是他作为男人的强大吗？

三

第二天傍晚，索雷尔带着五个助手赶到派克县，除了伊斯曼、松本好子外，还有黎元德，面目黝黑的越南青年；吉贝尔，个子高大、满头金发的挪威人；斯捷潘诺夫，浓眉毛的俄国人。马高腾出全部卧室，又腾出一间办公室，才把他们安顿下来。

"我们的传输能力又进步了！"江志丽喜滋滋地告诉教授。五岁的小山提偎在她身边，像是一对亲热的母子。她抚摸着山提的脑袋说："小山提，你和我现在就为教授表演，好吗？"

小山提兴冲冲地答应了。他们来到客厅，一张长桌中间隔着黑色的帷幕，两人在帷幕两边坐好，江志丽把一副扑克递给教授，笑嘻嘻地对帷幕对面的小山提说："注意，现在就开始。"

她让教授随意抽出一张扑克交给小山提，山提认真看一眼，点点头。教授再递过去第二张。一分钟后，教授手里有了 12 张扑克。帷幕这边，江志丽按接收到的脑波信息也排出12张扑克,交给教授。两套牌的花色次序完全一样!

江志丽得意地说:"我们还能传输文字呢。我发现用汉字传输最为有效,因为拼音文字可以说是一维的,汉字却是二维的,比较直观,包含的信息量大。这两天我教山提学会了几个汉字,你看。"

她在帷幕这边挑出几张汉字卡片,那边的小山提很快也捡出几张:"阿牛是个好孩了",他得意扬扬地问:"凯伦小姐,我挑对了吗?"

江志丽走过去看看,笑着把"了"字挑出来,换上"子"字,她说:"阿牛是我给他起的中国名字。"

这一连串表演令几个后来者眼花缭乱。他们目不转睛地看着,觉得在几天之间,江志丽已经跨进科幻时代。他们的目光中有强烈的失落感。江志丽安慰他们:

"思维传输能力的激发是很容易的,我只用了半天时间,我想你们也不会费时太久的。教授,直到现在我还不敢相信这是真的,人类苦苦盼望的超感觉能力就这么轻易地得到了?它是怎么突然出现的?是马高父子的基因突变?"

索雷尔说:"基因突变也罢,上帝恩赐也罢,如果我们能把少数人具有的这种能力扩充到全人类,那我们就打开了阿里巴巴的宝库,打开一个新时代的大门。它会使过去那种分散的孤立的智力变得微不足道。凯伦,世界科学史上将用金字镌刻上马高父子和你的名字。"

第二天,索雷尔教授和他的所有助手都盘脚坐在客厅,按马高先生和江志丽的要求去开发思维传输功能。"我们成了一群气功师或瑜伽大师了。"伊斯曼自嘲地说。到下午两点,松本好子尖叫道:

"我看到了!我看到了,是富士山的图片!"

江志丽的确正在传输这张图片。她高兴得忘乎所以,与好子搂抱在一起,在镶木地板上又蹦又跳,放声大笑。好子的成功激起了其他人的信心,晚上黎元德也激动地宣布,他看到了山提传递的一张非洲猎豹照片。最令人兴奋的是，这种能力一经获得，便百试百灵，甚至超过索雷尔对可重复性最严格的要求。

但自此后幸运女神就不再光顾。三天之后，索雷尔教授和其他人仍然毫无进展。教授神色仍很平静，但平静的下面有掩饰不住的疲惫和焦灼，好子、黎元德不断地报告着自己的进展，这更使几个"圈外人"感到焦急。

晚上，江志丽走进教授的住室，他正站在窗口沉思，侧面射来的灯光使他的面庞显得像一副石刻。江志丽能理解教授的心情。他们眼睁睁看着其他人跨上新时代的科学之车，这辆车正与他们擦肩而过，却苦于无法追赶。这种无能为力的感觉是很折磨人的。江志丽轻声唤道："教授……"

教授回过头来，表情明朗，笑道："我正要唤你来。我想，这几个人恐怕暂时激发不出传输能力了。不过不要紧，有了你们五个人的成功例证，这个项目可以说已有了肯定的结论。以后的研究我想这样安排：你和好子、黎元德留在此地，尽力把已经获得的能力巩固和深化，这是十分难得的机遇，不能因为环境变化等偶然因素影响它的准确性。我带上山提和其他人回到沃森研究中心，我想挑一些四五岁的小孩来做激发试验，也要用沃森中心的现代化仪器对这种'超能力'做出分析。你有什么意见吗？"

"没有，我听从你的安排。"

教授略为犹豫一会儿，说："在沃森中心那边的研究得出明确结论之前，希望你对此事严格保密，事体重大，我们要格外谨慎，不可草率宣布。"

"好的，我听你的。"

教授揽住她的肩膀："谢谢你的工作，不论何时公布，你都作为第一发现人。"江志丽抬起头想要推辞，教授一挥手，不容置疑地说："不必说了，这是你应得的荣誉。"

江志丽看着这个既是长者又是情人的男人，心头涌过一股热流。她抬起头说："教授，不知你是否注意到，激发出传输能力的五个人正巧都是蒙古人种。"她不平地说，"难道上帝的自然法则也有种族主义的？"

教授放声大笑："绝无可能，绝无可能。"他开玩笑地说："如果严格按种族划分，那么无论耶稣、穆罕默德还是释迦牟尼都是高加索人种。他们难道会偏袒异族人吗？"

江志丽也笑起来，同教授吻别，回到自己住室。

四

教授带上小山提走了。生性内向的山提不愿离开父亲，但"凯伦姑姑"终于说服了他，并答应"凯伦姑姑一星期后就回纽约陪你"，山提恋恋不舍地同她吻别。

之后江志丽他们夜以继日地投入工作。他们已不再要求马高先生参加，因为他的文化素质已不能理解一些微妙之处。三名研究者几乎已达到心意相通的地步。有时他们会做一个接力游戏：江志丽先在脑中形成一个图像，比如沙滩风光，发送出去；松本好子加上一轮圆月后送给黎元德，黎元德加上一朵浮云或雁阵再返回给江志丽。几次循环后他们的脑中都有了这幅复杂的图像，于是爆发出一阵大笑。

他们仍然只能传递图像而不能传送抽象的概念。不过在这上边也取得了一些进展，除了用传送文字的办法来传输思维外，还形成了一些约定俗成的符号，比如：头脑中画出一个感叹号表示赞成，问号表示反对，横置的下括弧表示高兴，上括弧表示生气……这些符号日渐丰富，以至于他们能开一场简单的讨论会了。

晚上，高强度的脑力活动使三人都精疲力尽，但他们仍不愿结束。黎元德说："等到这种能力在全人类普及，你们想，那时人类会有什么感想？"

"什么感想？"

"他们一定会非常可怜过去那些只会用语言传输思维的人类，就像我们可怜那些只会哼哼的猪猡。"

几个人都笑了。江志丽欣慰地说："对，这个发现肯定能改变世界。下一个时代将从我们的发现开始。"

回到住室，江志丽草草浴罢，躺在那张简陋的床上。她想这几天过于劳累，没有同教授联系，估计那儿仍未取得进展，否则教授会打来电话的。她朦胧梦见自己已来到了未来，几个人在合力思考一个数学难题，就像旧人类在合力抬一根木头。碰到一个更难的题目,那就再唤来几十个人。这种"无损耗"的智力合作真是奇妙无比,她作为其中的一员,觉得十分愉快和兴奋。忽然她看见自己正处在一个铁笼中,金属板条中有紫色的电弧在飞舞、爆裂,像一群狂暴的蛇,炫目的光芒使她难以睁开眼睛。这一圈光网囚禁着她,包围着她,抬着她逐渐飘离暗淡的背景。这一切都是那样真切,她在梦中也大声告诉自己,这绝不是梦境!

忽然一阵猛烈的抖动!眼前的景象在刹那间消失得干干净净,归于绝对的黑暗和死寂。好像有人在她的脑颅内猛击一锤,她猛然翻身坐起,冷汗涔涔。梦中带出的寒意仍紧紧箍住她,使她难以喘气。

虽然没有任何逻辑证据,但她分明感到了这一片死寂意味着什么。

死亡。

但究竟是谁的死亡?是死亡的预兆还是死亡的回声?夜阑人静,满屋浸泡着死亡的不祥。她呆呆地坐在床上,直到凌晨才入睡。

第二天,他们仍然兴致勃勃地跃入那片透明的思维之海,尽情享受开放式思维的乐趣。天朗气清,让人觉得昨晚的恐惧是何等可笑。工作之余,江志丽笑着谈了昨晚的噩梦。松本好子笑着说:

"你为什么不把这个梦境发送给黎元德和我?"

黎元德说:"我可不欢迎这样的内容。"他的思维很敏锐,立即就这个问题做了延伸,"对了,我想在将来的社会中一定有严格的法律来禁止'思维窃听'和'思维擅入',就像现在禁止对公民进行电话窃听一样。"

忽然江志丽看到立在门边的马高,他显然听到屋内的谈话,面色苍白。江志丽奇怪地问:"马高先生,你怎么了,不舒服吗?"

马高低声说:"凯伦小姐,昨晚我和你有同样的梦境。"

这句话使得那种死亡的寒意又渐次升起。江志丽愣了很久,忽然恍然大悟:"一定是我把梦境发送给你了,要不就是你害了我。我们正在谈这一点呢——凡事有一利必有一弊,具有思维传输能力的人恐怕不得不应付这些骚扰了!"

几个人都笑起来。

上午九点，江志丽正在努力接收松本好子发送的一首唐诗，电话铃响了。江志丽拿起听筒高兴地说："是教授？我们一直在盼着你的电话，我知道只要你打来电话，就表明有了进展。我没猜错吧？"

教授的洋洋喜气甚至从电话里都触摸到了："对，已有了很大进展，我们正在路上，20分钟后就到达你们那儿，见面再谈吧。"

江志丽放下电话兴奋地宣布："教授马上就要到了，他说有重大的进展！"

20分钟后，门外响起汽车喇叭声。少顷，教授风风火火地闯进屋内，三个人立即迎过去："教授，有什么好消息？"

教授脱下风衣，欣喜地说："那儿的试验已得出明确的结果。被测试的20名小孩有50%被激发出这种能力。我们几个人都成功了，伊斯曼、斯捷潘诺夫、吉贝尔……我仍然是最糟糕的一位学生，但也基本掌握了。你看。"

他随手从口袋里掏出一副牌，仔细洗了几次，然后把牌的背面对着自己，随意抽出一张问："这是什么牌？"

江志丽不解地说："是方块K。"

索雷尔笑了："不，不要用语言告诉我，你用脑波发送。"他又随意抽出一张，"发送这一张，好，我收到了，是草花3，对吧。再来一张，是草花J，对吗？哈哈！"

他大笑着把志丽拥入怀中，告诉三人："已经决定明天在沃森研究中心召开记者招待会，宣布这一个历史性的发现。我特意前来迎接马高先生，你们当然也要返回。"

当他把这个消息告诉马高时，那个印第安人显得十分犹豫："不，这几天我不想去。"

索雷尔不解地问："为什么？你是这个重大科学发现的功臣，明天你会成为《华盛顿邮报》或《纽约时报》的头版人物。你怎么能不去呢？"

黑瘦的黎元德说："他昨晚做了一个噩梦，一定是因此不愿出门。"他讲了昨晚两人的相同梦境，教授的目光中掠过一波阴暗，旋即笑道：

"忘了那个不祥的梦境吧。马高先生，你一定要去，否则记者们会杀了我。

你们稍微准备一下，立即出发，到菲尼克斯换乘飞机，机票已经预定了。"

马高仍在犹豫，江志丽过去挽着他的胳臂笑道："马高先生，不必犹豫了，小山提还在那儿等着你呢。"

提到儿子，马高不再拒绝，他默认了。教授催他们快做准备，不要误了下午的飞机。江志丽问："教授，就你一个人来吗？"

"不，伊斯曼也来了。他正在检查那辆大道吉呢，点火系统有点毛病。"

15分钟后，一行五人带上简单的盥洗用具下楼，两位兴奋的女士跑在前边。伊斯曼正靠在道吉的车门上，看见她们下来，微微一笑，打开车门，但他的笑容中分明有些勉强，江志丽关心地问："伊斯曼，不舒服吗？"

教授看了伊斯曼一眼，解释道："他太累了，为了赶时间，从菲尼克斯到这儿的480千米路，只走了两个多小时。"

松本好子笑嘻嘻地说："伊斯曼，听教授说你的传输能力比他强，愿意和我比一比吗？现在我要向你发送一个复杂图形……"

伊斯曼慌张地看看教授，教授皱着眉头说："好了，不要玩闹了，他今天太累。喂，这样安排，我和伊斯曼坐马高先生的小丰田，我开车，让伊斯曼休息一下。你们四人坐大道吉，由马高先生开。"

他们按教授的安排上车。马高坐到驾驶位，黎元德打开道吉的车门，请女士上车。好子上车后伸出头喊："凯伦，快上车呀。"

江志丽显然犹豫着，片刻后她说："我坐丰田吧，我有些事想问教授。"她没等教授同意，自己拉开车门上了车。好子目光中掠过一丝鄙夷，这个中国女人为什么不听教授的安排？她想显示自己与教授的特殊关系吗？那未免太卑琐了。索雷尔显然有些不快，但没再说什么。伊斯曼仍坐在司机位，江志丽问：

"伊斯曼，不是说让你休息吗？我来开车吧。"

伊斯曼没有回头，说了一句："不，还是我来开。"

丰田追着道吉穿过印第安人保留区，经过那根用作路标的图腾柱，上了公路。江志丽问教授："小山提还好吧，他觉得孤单吗？"

教授摇摇头说："他很好。"之后就保持沉默，显然他不愿谈这个话题。

很长时间之后索雷尔才说:"凯伦,你刚才说要问什么事?"

江志丽软弱地说:"下车再说吧,今天怎么搞的,我有点晕车。"

她偎在教授身边,教授轻轻揽住他,也不再说话。

汽车开得很快,巨大肥厚的萨瓜罗仙人掌孤独地立在荒漠中,一种叫仙人掌鹟鹟的漂亮小鸟在仙人掌上飞翔。沙漠景色很快被甩到身后,前边是山区,公路在山中蜿蜒隐现,汽车爬升越来越高,很快那些沙漠成了脚下的盆景,科罗拉多河在深深的峡谷中奔腾。伊斯曼一言不发,紧紧盯着前边的道吉,把方向盘左打右拐,就像是惊险电影中的追车镜头。索雷尔感到江志丽身上有轻微的战栗,低头问:

"你怎么样?"

江志丽勉强一笑:"没什么,山路太险了。"

道吉又拐过一个陡弯,这一段路没有其他车辆,伊斯曼回头看看教授,目光极度紧张,教授点点头,向他要过移动电话:"我让道吉等一会儿。"他对江志丽解释说。

他按了几个数字,忽然一声巨响,前边的道吉冒出一团火光,失控的汽车撞过护栏,一头栽向深渊,就像是电影中拉得很长的慢镜头,从车内依稀传出好子凄惨的尖叫。几分钟后又是一声巨响,接着便归于沉寂。

在那一声巨响之后,江志丽尖叫一声,抱紧脑袋,就像是千把钢针同时扎进她的大脑沟回,疼痛使她几乎休克。她知道这是三名死者在临死一刻的思维发射,是最逼真的死亡恐怖。伊斯曼的后背也掠过一波战栗。丰田迅速刹车,停在路边。车还未停稳,江志丽就推开车门跳下来,她在汽车的冲力下踉跄几步,跑到路边向下看。汽车的残骸在深谷里燃烧,因为距离太远,只是一团小小的火光。江志丽转过身盯着教授,绝望而愤怒,山风拂乱她的长发。她声音沙哑地问:

"是你杀了他们?"

伊斯曼手里拎着一只0.38英寸口径罗姆特种左轮手枪,教授看着她,目光中有怜悯也有惊讶。江志丽又问:"你们已经杀了小山提?我和马高先生的噩梦是真的?"

教授苍凉地说:"凯伦,我十分抱歉,我们不得不这样做……"

江志丽打断了他的话,愤恨地问:"你们这样做,是因为那个'种族主义'的自然法则?"

索雷尔和伊斯曼互相望了一眼,他们没有料到江志丽这么快就猜到真相。不过,这对事情的结局没有什么影响。教授心头作疼,他痛苦地说:"江,我真的十分抱歉,我并不愿意有这样的结局。"

江志丽悲哀地拢拢头发,说:"你们准备把我怎样处理,也扔到这深谷里吗?为什么还不动手,伊斯曼,开枪啊!"

伊斯曼几乎不敢正视她的眼睛,但在教授的目光催逼下,慢慢扳开罗姆手枪的机头。

五

七天前,教授、伊斯曼等人带着小山提回到沃森中心,教授立即招聘了20个五岁以下的孩子,让他们接受小山提的激发。教授当时要求,这20名孩子中,蒙古人种要占一半,后来伊斯曼才知道这个要求的含义。

几天之内,有将近一半的孩子被激发出了思维传输能力——全是华人、印第安人、韩国人、日本人。伊斯曼把这个结果送给教授时,惶惑地说:"教授,你是否事先估计到这种结果?"

教授声音低沉地说:"对,尽管我不愿相信,但我们确实发现一条带种族偏见的自然法则,而且是偏袒黄种人的。"

"教授,这是为什么?"

"不知道。这种传输机制很可能不是电磁波,而是现代科学尚未揭示的一种场。我对20个孩子都做了基因检查。你知道人类十万个基因中有许多不带编码意义的废基因,是进化过程中积累的废物。但我发现,某些人在体细胞一条废基因上有一个叫作 nARD 的特殊结构,凡是有此结构的人都被激发出思维传输能力,反之则不行。"

伊斯曼苦笑道:"对于惯于享受上帝宠爱的白人来说,这可不是一个好消息。下一步我们该怎么办?"

教授沉思片刻说:"把这20个孩子送走吧,今晚我要对小山提单独做一个屏蔽试验,看看这是不是电磁波。"

晚上,在沃森中心的高压实验室里,小山提被关在一个金属笼子里,教授和颜悦色地对他说:

"小山提,我们要试验你的脑波能不能传到铁笼子之外,一会儿铁笼子上要通高压电,但里面不会有电的。你不要怕,我想你不会害怕,山提是个勇敢的好孩子,是吗?"

小山提一个人被关在笼子里,显然有些紧张,但他勇敢地说:"教授爷爷,我不怕,我知道一百多年前,法拉第先生就做过这个实验,对吗?"

教授勉强笑笑:"对,聪明的孩子,现在我们要开始了,你尽量向我们传送脑子里的图形,好吗?"

伊斯曼皱着眉头,不解地望着教授。他和教授一直没能获得这种能力,即使没有金属屏蔽,他们也不能接受山提的脑波啊,那么,这个实验能试出什么东西呢?但他不相信教授会犯这样简单的逻辑错误,他一定另有深意,所以他没有说出自己的疑问,默默地帮教授做准备工作。

教授缓缓调着电压调整旋钮,慢慢地,金属格条中间出现细小的火蛇,有轻微的爆鸣声,开始闻到臭氧的新鲜味儿。电压逐渐升高,千万条紫色的火舌在笼壁间飞舞。小山提已经不害怕了,专注好奇地盯着这些火蛇,倒是教授的脸色越来越凝重,他的目光中甚至有难言的悲凉。忽然小山提奇怪地喊:

"索雷尔爷爷,你的头上有一个黑色的洞洞!"

伊斯曼看看教授,他头上没有任何异常,倒是他的表情有些奇怪。伊斯曼笑着问:"小山提,什么黑洞?"

就在这时,笼内的小山提一声惨叫,他的身体一阵痉挛后便僵住了,接着一缕轻烟从他身上升起。伊斯曼惊叫一声:"快拉闸!"

教授已经关闭电闸,跌坐在椅子上,伊斯曼冲进已经断电的笼内,小山提身体僵硬,两眼圆睁,恐怖凝固在他的脸上。伊斯曼把他抱在怀里,无意中发现座椅上有一根电线通向外面,他随即明白了一切。他扭回头痛苦地问:

"教授,你为什么这样干?"

教授手里已经有了一把罗姆左轮,他命令道:"放下山提的尸体,出来跟我走。"

他们走进一间密室,教授关紧门,示意伊斯曼坐下,他的脸肌抽搐着,努力平静自己的激动,说:"伊斯曼,我十分抱歉,但我不得不这样做。我想你肯定已经知道我这样做的原因。"

伊斯曼冷淡地说:"你是因为那个种族主义的自然法则。"

教授点点头。实际上,他比江志丽更早觉察到那个巧合:五个被激发的被试者全是蒙古人种,他敏锐地看出这一点的含义,所以他才暂时稳住江志丽,把小山提带回去做进一步研究。伊斯曼问:"因为这一点,值得这样干吗?他只是一个五岁的孩子啊。"

教授苦笑道:"值得吗?伊斯曼,你当然清楚,一旦这种开放式智力真的出现,并且只限于黄种人的话,那会带来什么。那意味着,白人,当然还有黑人,在智力上会变成动物园的猴子,至多是智力实验室里最聪明的猩猩。那些人会教我们说几句英文单词,学会用木棍敲下树上的栗子,然后很仁慈地夸奖几句。你愿意落到这一地步吗?"

伊斯曼冷冷地说:"教授,据我所知,你从来没有什么种族主义偏见。"他讽刺地说,"似乎你对黄种女子更偏爱呢。我根本想不到,你会捡起希特勒的衣钵。"

教授很恼怒,刻薄地说:"年轻人,不要尽说这些空话,这种博爱精神是胜利者才配有的奢侈。想想吧,你是否愿意白人被印第安人杀死十分之九,剩下的待在最荒凉的白人保留区,愚昧、贫穷,等着印第安人来怜悯?你能接受这种前景甚至比这更为严重的前景吗?"

伊斯曼不再冷笑了,他是一个激进的青年,从未有过任何种族主义的偏见,他认为那都是已被时间埋葬的罪恶了。但是……也许这种博爱精神恰恰植根于白人的自信和优越感。如果二百年前的历史被翻过来,是白人被火枪驱赶着死在眼泪之路上?如果白人成了弱智民族,在其他种族的呵护下苟延残喘?……

教授看出他的犹豫，命令道："你必须立即决定，是跟我干，还是和山提一块儿去死。"

伊斯曼痛心地问："你要把江志丽他们全杀死吗？"

教授冷厉地说："我没有别的选择。"

伊斯曼犹豫良久，勉强说："我跟你干。"

教授收起手枪，开始安排，他让伊斯曼把山提的尸体先藏起来，日后再做处理。他们要立即赶往亚利桑那州，在那儿制造一场车祸，从而把这个发现永远埋葬。伊斯曼抱起山提，他不敢正视这小小的枯焦的尸体，把尸体藏在冷藏室里，加上锁。他问教授，已激发出传输能力的那10名小孩怎么办。教授说：

"不必管他们，召集他们时我已经有准备，没有向他们的父母讲清原因。这些小孩分散后，很快就会失去这种功能，即使有人回忆起在这儿的试验，也不会有家长相信的。"他苦笑道："伊斯曼，我并不是一个嗜杀狂。"

六

江志丽站在山崖边，讥讽地说："开枪吧，伊斯曼，我愿意看着一个信仰上帝的同事把子弹射入我的眉心。怎么不开枪？良心上有重负吗？"

伊斯曼手中的罗姆枪重如千斤。他艰难地把枪举起，对准江志丽的眉心。不过，当他与江志丽的目光——那里包含着如此深重的悲凉、痛苦和愤怒——相撞时，他的精神支柱便崩溃了。他垂下手枪，低下头说：

"教授，我干不了。"

教授苦笑一声，声音低沉地说："凯伦，我真的非常抱歉，但我没有别的选择。"他边说边去掏枪，但他的手忽然停住了，那一瞬间的惊慌冻结在脸上。因为那只小巧的0.22英寸口径鲁格枪在江志丽的手里，黑森森的枪口正对着他。

伊斯曼大吃一惊，下意识地想抬起枪口，江志丽立即把枪口转向他："把枪扔掉！伊斯曼，你不要逼我开枪。"

伊斯曼看看教授，爽快地扔下手枪，又遵从江志丽的命令把手枪踢过去。

终极爆炸

江志丽一脚把它踢下山崖,冷笑着说:

"没想到吧,教授。我在车上就偷了你的手枪。因为我忘不了那场噩梦,我偶然想起,那个图像很可能是山提临死前的心灵感受,隔着几千千米传给我了。你们突然到来,我在伊斯曼的表情中看到负罪感。当然,教授你没有什么内疚,你从容自若,谈笑自如。为了你的种族,几个人的死算不了什么,哪怕是五岁的孩子,或者是你的情人。可惜,你的行为露出了破绽,你在假装显示你的思维传输能力时,不该那样仔细地洗牌。结果是你欲盖弥彰。因为我恰巧知道,按照数学规律,一副牌在绝对均匀地洗过几次后,又会恢复原来的次序,所以你的表演只是魔术。后来,我在你的头脑里感受到异常:混沌中一个深不可测的黑洞,黑气氤氲,使人毛骨悚然。我想这个不可知的黑洞只能解释为你的杀机。"她的目光中有深深的悲伤,"可惜我太傻,我努力说服自己不要相信这个结论,我不相信自己深爱的索雷尔先生会是这样一个冷酷的凶手。否则,我本来能把好子、黎元德他们从死亡中救出来的。"

伊斯曼羞愧地低着头,教授平静地说:"凯伦,我真的很抱歉,但是……"

江志丽怒喝道:"住嘴,我不愿再听这一套假仁假义的话了!"她咬牙切齿地说,"为了小山提,为了马高先生,为了好子他们,我真想宰了你这个畜生!可惜……"

她咬着牙,照索雷尔腿上开了一枪,索雷尔痛苦地呻吟一声,身体慢慢倾倒下去。伊斯曼急忙扶住他,抬头看着江志丽,他想第二颗子弹就要向他射过来了。

江志丽不再打眼瞧他们,扭身走向丰田。丰田在公路上疾速打个弯,向菲尼克斯方向开去。

伊斯曼急忙撕开教授的裤子,匆匆止住血。很长时间他一直不愿意正视教授的眼睛,他不知道该如何看待这个凶手,还有自己这个帮凶。江志丽义正词严地责骂他们时,他感到无地自容。但教授并不是一般意义上的杀人犯,他的确是为了一个至少在白人看来崇高的目标啊。前边有一辆黑色的福特车开过来,看见他们,立即降低车速,靠在路旁。一个黑人妇女走下车,惊慌地问:"你们……"

教授简短地说:"车祸。请把我们带到附近的居民区。"

黑人妇女和伊斯曼一道搀着他,安放在后排。汽车启动后,教授说:"我用一下你的电话,可以吗?"

他忍着腿上的剧痛,皱着眉头拨了一个号码。

在华盛顿市十号大街拐角那幢天井型的联邦调查局大楼里,接线小姐把电话转到副局长刘易斯的办公室。刘易斯拿起电话:"我是刘易斯。索雷尔?你这个老家伙,有什么事吗?"

电话中简洁地说:"刘易斯,我正在寻找一个叫江志丽的中国女子。这是一件非常、非常重要的案子。"他极为简略地介绍了案情,"时间紧迫,希望能通过你的力量,尽快地、尽可能秘密地处理这件事。"

刘易斯知道老朋友的为人,既然他亲自向老朋友求助,必然十分紧迫。他立即答道:"好,我亲自去,五分钟后乘飞机出发。你现在在哪儿?还有什么需要我事先准备的吗?"

索雷尔说了自己所处的位置,还有江志丽乘坐的汽车牌号、颜色、大致方位。他苦笑道:"如果短时间内抓不到她,恐怕就要在全州大搜捕了。请你做好必要的准备。"

刘易斯痛快地说:"没有问题,我有这个权力。见面再谈吧。"

"见面再谈。"

索雷尔放回电话,靠在座椅上,闭上眼睛。开车的妇女听见了他的谈话,惊奇地扭头看看他。伊斯曼也不由得打量着他。他佩服教授的坚忍或者是残忍。他知道,对江志丽的追捕将同时是对教授良心的锯割,尤其是在江志丽大度地饶恕他们之后。但教授显然不打算退却。

而且——他不是为了一己之私利。

七

丰田车陡然下了公路,冲进一条山区便道,尖啸着左拐右转,石子在后轮处四散飞射。江志丽两眼发直,双手紧握方向盘。她并没有一定的行驶目的，她是想用飞车的刺激麻醉自己的思维。

她的视野中不是公路，而是一幅一幅的画面。一个紫色火蛇缠绕的金属笼子，然后是突然的、绝对的停顿；一辆正向深渊坠落的大道吉，它随后变成一团火球；索雷尔教授捂住伤腿慢慢倾颓，但他的表情仍然带着令人愤恨的优越。

她不由得又踩足油门，汽车呼啸着在山路上颠簸跳荡。偶然遇上的逆行车辆惊恐地躲到一边。20分钟后，她才放松踏板，开始梳理自己的思路。

现在她该怎么办？该住哪儿去？

她恍然悟到，刚才一直啮咬心房的羞辱、绝望、愤恨，原来正基于这种"无家可归"的感觉。三年前负气离开祖国时，她已经对那个死水一潭的环境彻底厌倦了。她破釜沉舟，亲手斩断所有退路，尤其是感情上的退路。在短短的三年里她已经从心理上真正融入美国社会——可惜，看来她是一厢情愿，美国并未接纳她。

她曾经真心爱着索雷尔，这个父亲般的情人。甚至在思维传输取得突破时，她首先想到的是为教授挣得荣誉，而不是对自己母族的潜在益处。而教授呢……看来，她的思维层次确实比不上教授，差得太远了。

她想起不久前看到的一篇《纽约时报》社论。社论鼓吹要遏制日本，因为尽管日本已经极度西方化，但是一旦欧美的西方文明和亚洲文明爆发冲突，日本最终还是要回到亚洲文明的家庭中去的。

记得那时她曾为日本人悲哀。她接触到不少日本人，能感受到他们对西方文明的极度依赖，对其他黄种人潜意识的疏远。不知道这些对白人有恋母癖的日本人，看到这篇社论会做何感想。她也十分畏惧这些深不可测的美国人，他们在日常交往中爽朗、坦荡，像一群永远学不会世故的大孩子。他们真诚地向世人——包括印第安人、日本人、黑人——撒播友谊，但这并不妨碍他们冷静地计划着遏制日本、遏制中国……一句话，他们知道必须保持自己的绝对优势，可以向别人普洒仁慈的优势，而绝不能落到依赖别人仁慈的软弱地位。他们真是天生的世界领导人。

索雷尔正是这样一个代表。

想起她与索雷尔的恩仇，心中又涌起刀砍锯割的感觉。半个小时后，她的心境才逐渐平静。路况也变好了，一辆辆载重车辆和小轿车迎面驶来。她已决定该怎么办，她想把这个礼物送给自己的母族，但她不知道自己是否还有脸回到母族的怀抱。

她踩足油门，拐过一个急弯。忽然看到公路上有一个红色的停车标志，有一对男女在那儿修车。由于心绪纷乱，等她意识到需要躲避时已经迟了。她急打方向，丰田撞到了路边的山坡又反弹回来，脑袋撞到风挡玻璃上，一阵晕眩。她总算控制住汽车，刹在路边。她看见那个刚修完车的黑人男子和他的白人妻子——他们可真肥！——急忙走过来，关切地看着她。但她只能看到对方的嘴唇在翕动，听不见声音。她喃喃地说："我不要紧，我不要紧。"她看见黑人男子把她扶到后座，他自己艰难地挤进丰田车的座椅中，开上受了伤的丰田。那个胖女人则驾着自己的福特车跟在后边。这一切都像是一场模糊的无声电影。她缩在汽车后排座椅中，不久就丧失了意识。

八

挂上电话，刘易斯就按电钮唤来秘书维多利亚小姐，让她通知联邦局的专机天使长号立即准备起飞，并通知拉姆齐、迪茨、米泽纳跟他一块儿去。维多利亚走到门口时，他又把她喊回来，说：

"拉姆齐不要通知了，只通知迪茨和米泽纳吧。"

他想起来了，拉姆齐是印第安人。在索雷尔教授所说的"种族主义自然法则"中，印第安人成了上帝的宠儿！这真是不可思议。尽管拉姆齐精明干练，是他的得力手下，但要突然间承认他是优等种族，而刘易斯却成了弱智者，他无论如何也难以接受。

刘易斯局长不是科学上的外行，尽管索雷尔语焉不详，但他已经彻底领悟到这个发现的重要性。在等机的片刻，他又给菲尼克斯警局局长戴维·汤姆逊打了电话，他告诉这位黑人局长——谢天谢地，他是黑人而不是印第安人——说：

"我大约两个半小时后赶到，在这之前，请你挑选几十名干练的警察在佐治县附近寻找这辆黄色丰田轿车，车牌号FK14538。开车的是一名年轻的中国女子。你部署完毕大约需要多少时间？"

"一个小时之内。"

"好，再加上在这之前耽误的半个小时，疑犯应在方圆240千米之内。你要在这个范围内布上检查哨，务必抓到她！她身上带有武器，你们要小心，另外，不允许惊动新闻界。"

汤姆逊很想问问这个中国女人犯了什么案子，值得局长亲自出马，又不许惊动新闻界。不过，他不会这么不识趣的。他立即对下边做了详细的部署，不到十分钟，各路人马已经出发。

两个小时后，他赶到沃尼军用机场去迎接局长。看到那架银灰色的波音757穿过云层时，他还在想，这个中国女子是否牵涉进某位要人的桃色事件中了？

刘易斯走下飞机后听到了他不愿听到的消息："到目前为止，那辆车仍未找到。我们布置了两道封锁线，估计她肯定没有跑出警戒圈，可能是丢弃车辆藏匿起来了。现在我们正用三架直升机寻找这辆车。"

刘易斯阴郁地沉默了片刻，决然道："发通缉令吧，这件事太重大了，我们失败不起。索雷尔教授呢？"

"已经到了菲尼克斯警察局。通缉令上如何措辞？"

"就说她是贩毒集团一个职业杀手，是极其危险的人物。警察和民众务必小心，必要时可以将其击毙。"

"新闻界……"

"不要管它，等抓到或击毙她之后，由我来应付新闻界。"

江志丽从昏迷中醒过来，已是两个小时之后。在这一段时间里，她的头脑始终处在一种奇怪的临界状态。她似乎一直清醒着，能隐约听见这对夫妇开车、停车、抬她进屋。她顽固地拒绝一切意识和思维，知道那里面有尖锐的痛苦和恐怖。但缠着紫色光蛇的笼子，着火的汽车，鲜血淋漓的面孔，仍然不时硬闯进来。她慢慢睁开眼睛，看见一间普通的房舍，一个妇人欣喜地说：

"好了，你总算醒了。"

她的视野捕捉到了那个极胖的白人妇女——白人！她猛然想坐起来，妇人慈爱地把她按下去："不要起来，再休息一会儿。你的伤不要紧。刚才你是想到哪儿去？"

江志丽在毛巾被下摸了摸，手枪还在，这使她放心一些。她小心翼翼地说："我要到菲尼克斯。"

胖女人奇怪地问："到菲尼克斯？你从哪儿来？这儿很偏僻，去菲尼克斯不该路过这儿。"

"这儿是什么地方？"

"是我家的小农场，离你刚才撞车的地方有 30 千米。"

江志丽虚弱地说："谢谢你们，我的车呢，还能行驶吗？"

"没问题。只有燃油管有点漏油，我丈夫——他叫保罗·巴巴斯——正在修理。但你不要着急，晚上就在我家休息，明天再走，现在已经是下午 4 点了。"

"谢谢你，巴巴斯夫人。但我有急事。"

"那好吧，你喝完这杯咖啡，起来走一走，我看看你的伤势。"

她端来一杯热咖啡，江志丽贪婪地喝完，问："我可以用你的电话吗？"

"请吧，就在你的右边。"

江志丽拨通问号台："请你查一查中国驻美大使馆的电话，我是一名中国访问学者，有急事，谢谢。"

正在这时，巴巴斯先生闯进来。这个黑人和妻子一样肥胖，他手里端着双筒猎枪，枪口指着江志丽的胸膛，厉声喝道："不许动，放下电话！"

巴巴斯夫人惊愕地站起来："保罗，怎么了？"

巴巴斯一边对江志丽严阵以待，一边对妻子说："你去打开电视。"

巴巴斯夫人打开电视，上面正播放着江志丽的头像，男播音员用急迫的语调说：

"这名女子是贩毒集团的一名职业杀手，残忍嗜杀，极其危险。再重复一遍，如果发现此人立即报警，必要时可以不经警告将其击毙。"

巴巴斯夫人紧张地盯着她，江志丽惨笑着，目光倒是十分平静，她缓缓地说："想知道这个职业杀手的来历吗？只用五分钟时间。"她扼要回顾了七天来的枝枝叶叶。"……我们发现的就是这样一种带有种族主义偏见的自然法则，而且，白人第一次没有成为上帝的宠儿。所以我就成了万恶之徒，可以不经警告就击毙。"

巴巴斯不敢相信："你是说只有蒙古人种才能激发出这种能力？"

"到目前为止是这样。还有，索雷尔的担心很可能是真的，不能具备这种能力的种族有可能落后于时代。所以，如果你也是索雷尔那样的种族卫士，那就请开枪吧。"

巴巴斯对这一番话将信将疑，他妻子低声说："她刚才在向中国大使馆打电话。"

那枝猎枪仍严密地监视着床上的人，巴巴斯犹豫良久，问道："你说你偷走了索雷尔教授的手枪？"

"对。"

"在哪儿？"

"我感觉还在我的裤袋里。"

巴巴斯先生口气和缓地命令道："请掀掉毛巾被，把枪扔出来。"

江志丽突然发作道："我为什么要扔掉它？我还准备用这支小小的手枪刺杀总统，或用它击落空军一号呢。巴巴斯先生，你为什么不开枪？开呀，否则我就要拔出自己的手枪了！"

巴巴斯先生犹豫一会儿，果断地扔掉猎枪，微笑道："我宁可上一次当，也不愿违背自己的直觉。江小姐，我相信你的话，我们两个站在你这边。"

这下轮到江志丽犹豫不决了。经历了几天的背叛和阴谋后，她不相信能遇到好人。她迟疑地说："那么，你作为一个非蒙古人种的黑人……"

魁伟的巴巴斯先生挥挥手，笑道："不，我不相信有种族主义的自然法则，线粒体DNA的研究证明，人类全部都是三百万年前一个雌性猿人的后代，怎么可能有这么大的基因差异？蒙古人种能做到的，白人和黑人也能做到，最多晚几天而已。"

"可是……"

巴巴斯挥手打断了她的话："即使人类中真的只有一部分才有这种潜能，那也是全人类的财富。你知道非洲的行军蚁吗？它们成千上万地迁移，中午在烈日下，它们就抱成一个大球，外面的蚂蚁晒焦了，但保护了里面的蚁群。等到天气凉爽，它们再散开，继续行军。我想，如果需要我去当外围的牺牲者，我绝不会犹豫，更不会同内部的蚁群互相残杀。"

江志丽悲喜交加，她没有想到险遭暗杀之后，却在一个小农场里遇上这样一位胸怀宽广的哲人。片刻后她忽然大悟："我知道了，你是著名作家保罗·巴巴斯！我读过你的不少作品，没想到能在这儿碰到你。"

巴巴斯夫妇相视而笑，男主人说："对，有人称我是作家，不过按我自己的评价，我首先是一个好农夫，我培育的土豆和西红柿比我的文学作品更好。闲暇时我会领你参观我的农场，看看我自己培育的微型马。不过现在不行，刚才，我进屋之前已经通知了警察，估计他们很快就要赶到，我们该如何应付这个场面？"

江志丽说："我想向中国大使馆打一个电话。"

巴巴斯不快地说："请你相信美国社会的良知，我们能自己处理这件事。像索雷尔那样的偏执狂毕竟是少数。"

江志丽苦笑道："那你怎样评价刚播发的通缉令？这似乎不是一个人能做到的。"

"我会想办法对付的。这样吧，我马上给一位老朋友打电话，他是《纽约时报》的副主编，是新闻界的一颗重磅炮弹。这两天他正在父母家休假，离这儿只有10分钟的路程。我要让他亲眼看见你被警察逮捕，这样你的安全就有了绝对保证。"

他立即拨通电话："哈喽，我是巴巴斯，谢天谢地，这会儿你正好在家，请快点到我这儿来，一分钟也不要耽误，这儿有一条上报纸头条的新闻。"

他挂上电话笑道："他已经出发了，我知道只要抛下这副诱饵，他会不顾性命地吞钩。现在，"他微笑着，但口气很坚决，"是否请你把武器交出来？如果你信任我的话。"

江志丽略为犹豫，从腰中掏出手枪扔过来："好吧，我也宁可再上一次当,这个世界上总得有几个可以信赖的人吧。"

她挣扎着下床,巴巴斯夫人慈爱地扶住她,问她是否需要梳妆一番,吃点东西。"请放心,保罗一定会为你的安全负责的。"

电话铃急骤地响了,巴巴斯拿起电话:"是德莱尼?"

"我正在路上,离你还有七分钟的路程,我看见几十辆警车正在向你家的方向开去,有几百名防暴警察,甚至还有一架OH-6印第安人小种马式直升机。是怎么回事,你是否窝藏了哥伦比亚的大毒枭?"

巴巴斯笑道:"我没有夸大其词吧,这条新闻我准备收费100万元呢。"他简略地谈了江志丽的科学发现和索雷尔教授制造的凶杀。对方吃惊地说:"慢着,你说的是真的,不是科幻小说里的情节?"

"是真是假,你就看看那些警车吧。德莱尼,我希望你运用自己的影响制止这种卑鄙勾当,保障江小姐的人身安全。对联邦调查局或中央情报局那些盖世太保杂种我是很清楚的,他们在实现'崇高'的目的时,从来不计较手段的卑鄙。他们敢暗杀卡斯特罗、卢蒙巴、卡扎菲、吴庭艳……想来也不在乎在这个名单上再添一个普通人。你能保证江小姐从现在起到开庭审讯时的安全吗?我要听到你的明确保证。"

那边沉默了一会儿。"老朋友,我还不知道这件事的深浅,但我保证将尽自己最大的努力。"

直升机的轰鸣声已经到头顶。几个人都跑到阳台上,看到一架深绿色的OH-6在头顶盘旋,直升机舱门里的枪口都看得清清楚楚,圈里的微型马惊得乱窜乱跳。巴巴斯让妻子和凯伦小姐回屋内。两分钟后,几十辆警车飞速驰来,训练有素的防暴警察迅速散开,严密地包围了这幢小楼。十几个狙击手立即找到自己的位置,把FN-30狙击步枪瞄准屋内。一辆指挥车随后开来,停在50米外,联邦调查局副局长刘易斯从车上下来。巴巴斯拿起猎枪返回凉台,对天开了两枪:

"喂,我是巴巴斯,是我报的案。现在请你们的头头讲话。"

刘易斯用扩音器喊道:"巴巴斯先生,我是刘易斯,罪犯仍在你家中吗?你家人的生命是否受到了威胁?"

巴巴斯笑道:"对,她仍在我的屋里,我们已经控制了她。你看,这是她的武器。"他掏出那把玩具似的0.22英寸口径的鲁格手枪。刘易斯松口气,说:"太好了,谢谢你。请把她交给我们吧。"

巴巴斯摆摆手说:"不,先不要急。我是一个轻信的人,在这10分钟内已被她说服,相信她是一个科学家,不幸发现一条种族主义的自然法则,于是有些人就处心积虑地想杀死她。刘易斯先生,请问这是真的吗?"

刘易斯沉默了两秒钟,回答道:"巴巴斯先生,我们会认真甄别的,请把她交出来吧。"

巴巴斯干脆地说:"不,我非常担心她在押运途中出一点意外:枪支走火?直升机坠落?那时你们一定会在江小姐的尸体前面疚悔不已。我真不忍心看到这种情景。"

刘易斯冷冷地说:"你想怎么办?"

"请你耐心等两分钟,《纽约时报》的德莱尼先生很快就要到达。他将陪着江小姐回去,直到法院作出判决为止。"

就在这时,德莱尼的凯迪拉克一路鸣笛冲过来。他跳下车,同巴巴斯远远打了招呼,便径直走向指挥车。巴巴斯远远看见他和刘易斯在激烈地交谈,还有小小的争吵。但看来他们很快达成一致意见,他们又平静地交谈一会儿,德莱尼走过来,喊道:"喂,胖水牛,让江小姐出来吧,我护送她上路。"

巴巴斯笑容满面地回屋内:"走吧,已经安排好了。"

但江志丽显然在犹豫,她迟疑地问:"德莱尼先生是《纽约时报》的副总编?巴巴斯先生,不久前我看到该报有一篇社论,鼓吹遏制日本,因为两个文明在将来发生冲突时,日本很可能归属于亚洲文明……"

巴巴斯有些不耐烦:"不要太多疑,那只是一种政治观点,它和德莱尼先生的人品没有任何关系。他是我的老朋友,有诺必信,请你相信他。"

江志丽勉强地说:"好吧。"

巴巴斯夫人与她吻别,然后巴巴斯挽着她的胳臂走出门口,他轻松地微笑着,同几米外的老友德莱尼挥挥手。但就在这一瞬间,肥胖的巴巴斯像猎豹一样敏捷地疾速转身,猛力推倒江志丽,并扑过去,把她掩在身下,他嘶哑地喊:"快回去!"两人顺着地板爬回去,倚在窗户下,巴巴斯夫人也急忙伏在地上,惊慌地问:"怎么了?"

巴巴斯掏出江志丽的那只鲁格枪,打开机头,艰难地喘息着说:"我偶然瞥见了瞄准镜的闪光,看见那个狙击手正在开枪。这些盖世太保杂种!"

鲜血慢慢地从他胸前渗出来,江志丽惊慌地说:"你受伤了!"

巴巴斯缓缓地倒下去,他妻子惊惶地喊着他的名字,迅速爬过来,把丈夫抱在怀里。外面,德莱尼焦急地喊:"保罗,你受伤了?"巴巴斯低声咒骂着,艰难地举起手枪,从窗户向外开了一枪,外面的喊声停息了。巴巴斯转向江志丽,面色苍白,目光悲凉,声音微弱地说:

"江小姐,看来我不能保护你了。德莱尼一定是站在他们一边了,估计警方很可能奉有最高层的命令。我真的很后悔,是我的报警害了你。"

他把手枪慢慢递过来,江志丽接过枪,悲伤地看着这个肥胖的山姆大叔,他们三人都很清楚,在这立体式的包围中,她已经绝对无路可走,既然如此,那么她不能连累这对善良的夫妇。即使她死了,巴巴斯夫妇的善良也会给她的心灵留下一丝亮色,让她感到世界并不是那么丑恶。她冷静地说:

"巴巴斯夫人,你的电脑在哪儿?"

"在那儿,书房里。"

"巴巴斯夫人,请你搀着丈夫出去吧,他们要杀的目标是我,不会与你们为难的。我在死前还有一件小事要做。"

她帮助巴巴斯夫人把伤者扶到门口,然后抽身回来,关上门。透过窗帷,她看见德莱尼先生急忙趋步上前,扶住伤员,但巴巴斯愤怒地推开他。几个警察过来抬起他上了救护车。江志丽没有耽误,迅速到书房打开电脑,接通互联网络。她庆幸警方未想到切断这儿的通讯,这只能解释为是他们的习惯性思维:尽管他们干的是龌龊勾当,但他们并不惧怕别人,他们是一群明火执仗的强盗。

江志丽在密密麻麻的电脑管理树中找到了公共留言板,迅速敲击着键盘,把一腔积愫书写在上面:

我在这儿呼唤全世界的朋友，不管是白人、黑人还是黄人。我呼唤人类的良知，请他们注视光天化日下发生的罪恶。两星期前，我受导师索雷尔的派遣来到亚利桑那州派克县，验证一个印第安家庭中发现的思维传输现象……

我不相信这种能力为蒙古人种所独有，因为不管是蒙古人种，还是欧罗巴人种、尼格罗人种，都是一母同源的血亲。我相信随着研究的深入，白人或黑人迟早也会获得这种能力。即使不幸未能如此，蒙古人种所特有的这种能力也是全人类的财富，是这个三色世界的财富，就像黑人特有的体育能力、犹太人特有的理财能力、澳洲土人特有的追踪能力一样。

可惜，白人社会中的一些精英们并不这样想，我一向爱戴的教授在一夜间变成杀人凶手，小山提死了，留下一块绝对的黑暗；马高先生、松本好子和黎元德都死了，化成一团烈火；五分钟前，在这儿，在亚利桑那州佐治县安托斯农场，善良的巴巴斯先生为救我身受重伤。几分钟后，我也会死于几颗准确的狙击步枪子弹。

现在，我愿在死亡来临前把这个发现告知全人类。我希望白人、黑人和黄人都能获得这种能力，使人类互相沟通，互相理解。如果这个发现带给人类的只是凶杀和欺诈，那就请你们忘了它，把它深深埋葬。

请向我的家人、我的同胞转达我的祝愿，我爱他们。

江志丽
9 月 12 日

她站起来，听见外面用喇叭喊话，命令她立即放下武器，否则警察要开始进攻。她揶揄地想，恐怕警方没有马上进攻，是对这个"残忍果决、本领高强"的职业杀手还心存疑惧吧。她知道自己只要一露面，立刻就会吃上一排子弹，从他们的行事来看，今天根本没打算留活口。但待在屋里已经没有什么意义了，于是她略作整装，步履从容地走过去，拉开大门。她正好看见一辆黑色的福特车闯进包围圈，伊斯曼先下车，又扶着索雷尔教授急急下车，瘸拐着向指挥车走过去。江志丽向他们投过去仇恨的目光，看来索雷尔先生非常尽职尽责，他急急赶过来，一定是想目睹罪犯被击毙的场面吧。

刘易斯看见了老朋友，急忙迎过来，相距还有20多米，索雷尔就急迫地喊："不要开枪！不要杀她！"

刘易斯走近后疑惑地低声问："为什么？"

索雷尔兴奋地说："已经不用再杀死她了！已经不用了！"他解释道："怪我太迟钝了，我早该想到，江志丽在车上偷我的手枪时，肯定已经'窥见'我的思维，她曾说过，她在我的头脑中看到一个黑气氤氲的黑洞，那是我的'杀气'，可惜我当时忽略了。但一个小时前我忽然想到，小山提在临死前也在说什么'黑色的洞洞'。看来，他们确实都能看到一个人心中的杀机——而且是一个白人的杀机，这说明在白人和蒙古人种间并不是不能进行思维传输，尽管目前只是单向的。"他苦笑道，"我对这个发现非常庆幸，因为我不必在良心上自责了，既然不存在什么'种族主义的自然法则'，就没有必要杀死江小姐，相反，应该留下她做进一步的研究。"

刘易斯和德莱尼先生认真听着，德莱尼也如释重负地说："太好了，能有这样圆满的结局实在太好了。"

刚才他应巴巴斯的请求来保障江志丽的安全，但刘易斯一见到他，就坦率地说明了真实情况，问他："你是否愿意白人成为弱智民族，被那些不相信上帝的黄种人奴役，被驱赶着走上'眼泪之路'，关在贫瘠的'白人保留区'？"

作为一名敏锐的新闻界资深人士，他立刻领会到这个发现意味着什么，刘易斯描绘的图景使他不寒而栗。他不愿意做杀害一个女子的帮凶，同样也不愿意看到刘易斯描绘的情景。他目光阴沉地问："你说该怎么办？"

刘易斯冷酷地说："杀死所有当事人，把这个秘密埋在少数人心里。"他看看德莱尼，说："我没把真情告诉手下的任何人，但我压根就没有打算瞒你。因为我认为你是能够保守秘密的少数人之一，你不是巴巴斯那样的傻瓜。现在，你说该怎么办吧。"

两人很快达成谅解，德莱尼将默认警方在正当防卫的借口下击毙罪犯，并运用自己的影响在新闻界封杀有关的消息报道，还要说服巴巴斯先生保守秘密。不过他没有想到挚友巴巴斯为此负了重伤——而且，如果巴巴斯执意向外披露真相，甚至有可能被杀死灭口！这使德莱尼先生在良心上难以安宁。所以，他很欢迎索雷尔带来的消息。

刘易斯声色不动，沉思着，他问："你确信白人也能获得这种能力吗？"

"目前说确信还言之过早，但既然小山提和江志丽都能'窥见'我的思维，那么这个结论应该是顺理成章的事。"

刘易斯忽然问道："会不会只能激发出单向能力？也就是说，白人只能被别人读出自己的思维，反之则不行？"

索雷尔稍愣，苦笑道："我绝不相信上帝会这样捉弄我们，但我不能肯定地排除这种可能性。"

刘易斯强抑住怒气，鄙夷地说："教授先生，那你慌慌张张地跑来干什么？你给了我一个不确定的可能，甚至又给了一个更为危险的可能，然后叫我放走这个中国女人，从而把白人置于危险的境地。而这一切，又都是因为你的什么'良心'！教授先生，讲'良心'也得有实力，如果200年前的白人移民者都是你这样迂腐的家伙，我们就不会拥有美国。"他冷淡地说："好了，请两位离开吧，我也要按自己的良心行事了。"

索雷尔和德莱尼面面相觑，他们都是自视甚高的，想不到一个联邦调查局的官僚竟驳得他们哑口无言。在尴尬的短时沉默中，一直扶着索雷尔的伊斯曼小心地把教授推给德莱尼，平静地说：

"局长先生，如果你执意要打死她，就先向我开枪吧。"

他随即跨步走上台阶，江志丽已经回屋了，他敲敲门，低声说："凯伦小姐，请开门，我是伊斯曼。"

他觉得十分内疚和悲哀。几天前，甚至在教授杀死小山提时，他还保持着对他的信仰，心甘情愿地做帮凶。但现在，听着教授"善良"地分析不要杀死江志丽的理由时，他却止不住作呕。屋里没有动静，他再次敲敲门，疚悔地说："凯伦小姐，请开门，我是来向你忏悔的。"

门开了，江志丽立在门口，脸上带着两块青伤，头发散乱，目光中有那么多的沧桑！伊斯曼低下目光，说："凯伦小姐……"

江志丽打断了他的话，苍凉地说："伊斯曼，不用说了，我已经看出了你的真诚。"

她已经感受到了伊斯曼的思维，原来那个黑气氤氲的小洞已变成柔和的金黄色，那是像朝霞一样缓缓流动的无定形的混沌。在这个瞬间她忽然想到，如果人类能够思维连通，能够永远沐浴在这金黄色的温暖中，该有多好啊。

但她很快回到现实中，她知道，外面并没有什么金黄色的朝霞，而是几十个黑森森的枪口在等着她。她说："伊斯曼，谢谢你，你让我在迎接死亡时，对人类多少有一点信心。请你离开吧，我要出去了。"

"不，我要陪着你，我不能救你，但可以陪着你一块儿去死。"他伤感地笑笑，说："这倒让我可以说出自己的感情了，凯伦，我一直在暗恋着你。不过，我是一个帮凶，是一个不值得爱的男人。"

江志丽低声说："我也是一个刻薄寡恩的、不值得爱的女人。"她知道伊斯曼的决定已不可更改，便凄然一笑，挽着他的胳膊走向屋门。打开门，院里的人们都愣住了，江志丽目光灼灼地盯着教授和德莱尼，与其说是愤怒，不如说是鄙夷。伊斯曼警惕地护着她，扫视着各个枪手的动静。

刘易斯面色阴沉，举起通话器欲下命令，索雷尔劈手夺过通话器，激烈地同他低声争辩着，争吵持续了很长时间，刘易斯怒不可遏，猛力推开索雷尔，拔出手枪向几米外的江志丽开火，伊斯曼疾速转过身，把她掩在身后。刘易斯身边的德莱尼以超出年龄的敏捷扑过去，把手枪推向天空，一串未经消音的清脆枪声惊散了鸽楼上的鸽群，它们咕咕惊叫着飞散，在蔚蓝的天幕上撒下一片白羽。

刘易斯喝令手下将索雷尔和德莱尼拉开，夺过送话器。狙击手们又端平步枪。就在这时，一串车队忽然在公路拐弯处出现，以惊人的速度开过来，一辆福特XLD轻型货车打头，后边有三辆大客车，很远就听见一片嘈杂的乐声，有爵士鼓、长号，起劲地奏着《星条旗永不落》。车队稍近，听见车内用扩音器喊：

"不许杀人！盖世太保杂种们，不许在自由女神像下杀人！"

防暴警察阻挡不住，车队涌进农庄。那几辆客车上画着光怪陆离的宣传画，有骷髅头像，猩红的女人嘴唇，丰腴的大腿，车侧写着"红狼爵士乐队"。车未停稳，几十个青年嬉皮士从车门一拥而下，他们大都装束奇特，头发染成火红色、金黄色甚至鲜绿色。他们旁若无人地冲进警察队伍，嬉笑着，怒骂着，转眼就把警戒线冲得七零八落。

江志丽惊喜地看着这一幕荒诞剧。轻型货车下来的两名少年挤过人群，跑到她的身边。一个是白人，一个显然是华裔。华裔少年神情亢奋地说：

"江小姐，我在BBS上看到你的信件，马上向所有网友发了呼吁，又拉上戴维开车来这儿。路上正好碰见这支乐队，我们一喊，他们就爽快地跟着来了。你看，他们的这次冲锋干得多漂亮！还有，我猜想这会儿一定有十万个抗议电话打到联邦调查局，那儿一定热闹极了！"

他咯咯地笑起来。同来的戴维是个文静的小孩，这在美国的小"扬基"中是不多见的。他微笑着，简单地说："我站在你这一边。"

看着这个文静的小孩，她不由想起怕羞的小山提，想起他在死亡前发送过来的"突然的停顿"。她把戴维搂到怀里，眼泪唰唰地流下来。

刘易斯脸色铁青，怒气难抑，这群不可救药的蠢货！他们傻哈哈地来到这儿串演一出平等博爱的闹剧，却不知道这是在自掘坟墓。但他知道对这些弱智者是不能以理喻之的，自己的使命已经无可挽回地失败了，在盛怒中他真想让手下把这些蠢货全杀死。

当然，他不至于这么冲动。正在这时指挥车内的电话响了，是局里打来的。已经有几千个抗议电话、传真和电子邮件打到胡佛大楼，那些爱赶风头的新闻界已经蜂拥而动，两份电子报纸《号角》和《科学箴言》已抢先发了专题报道。局里并未责备他，但命令他立即撤退。刘易斯低声咒骂着，下了撤退令，他自己率先钻进指挥车开走了，身后留下一片哄笑和口哨声。

这边，索雷尔忽然一个跟跄，跌倒在地。伊斯曼跳下台阶，和德莱尼先生一块扶起教授。原来，刚才德莱尼与刘易斯争夺手枪时，一颗飞弹穿透教授的肩胛，现在左肩上鲜血淋漓。江志丽急忙进屋找出药箱，撕开教授的衣服为他包扎。教授依在伊斯曼怀里，面色惨白，精神颓唐，默默俯看着江志丽，低声说：

"凯伦，你能原谅我吗？"

江志丽正在包扎着的双手显然有一个停顿，但她没有抬头与教授的目光相接，默默包扎完毕，起身站在一旁，看着德莱尼和伊斯曼把教授抬上救护车。上车时，教授还回头苦笑着看看江志丽，但那个女子的目光中显然没有一丝涟漪。

九

索雷尔被送走后，爵士乐队的大客车也开走了，熙攘的小农场恢复了平静。白鸽盘旋着又回到鸽楼，小巧可爱的微型马在圈中安静地吃草。伊斯曼留下来陪伴江志丽，夕阳的余晖下，江志丽的目光里仍弥漫着迷茫，她还未从这两天的剧变中完全清醒过来。伊斯曼说：

"教授走时很颓丧，你没有原谅他。"

江志丽冷冷地说："我个人可以原谅他。但马高父子、松本好子和黎元德能原谅他吗？"

她的声音中透出十分的疲惫和冷漠。伊斯曼对这个孤身闯世界的娇小女子很怜悯。他轻轻地揽住志丽瘦削的肩膀，江志丽没有动，但他透过江志丽单薄的衣服分明感到她的拒绝。他尴尬地松开手，低声说："凯伦，我希望能有机会帮助你。"

江志丽勉强笑道："谢谢你，伊斯曼。很遗憾，我不能接受你的感情，经历了这场坎坷后，我想回国去。"

伊斯曼沉默片刻后，真诚地说："祝你在那儿找到自己的位置，回国后多联系。"

"谢谢。"

那晚，两人就留在巴巴斯先生的小农场里，江志丽张罗着做了一顿中国式的晚饭，饭后两人互道晚安，各自回到卧室。夜里，江志丽迟迟不能入睡，她强烈思念着女儿小格格，甚至想到她的前夫，那个她已经从记忆中剔除的男人。她不知道自己的思念之波能否透过两万千米的距离送入女儿的脑中。

天河相会

在耶路撒冷的巴比酒吧，侍者琼斯看到一个穿黑色衣裙的中年女人走向酒吧，她在门口似乎犹豫了一下。这里离米希里姆城区不远，那儿是哈西迪教派的聚居地，所以穿黑衣的犹太人很多。那女人四十六七岁，一头金发，明眸皓齿，不过她的美貌已经开始凋零了，有一点过气明星的味道，面容冷漠，似乎有心事。

琼斯拉开玻璃门迎候，女人进去后，略向屋内扫了一眼，指着靠窗的桌子说："我要那张桌子。"

这天是犹太人最热闹的逾越节，酒吧内顾客很多，仅剩下那张靠窗的桌子，桌上放着一瓶白色的茉莉，窗户上嵌着耶路撒冷灯火辉煌的夜景，琼斯抱歉地说：

"非常抱歉，那张桌子已经被预订了。"他见女人没有走，便解释道，"是一位先生预订的。每年逾越节晚上，他都要预订这张桌子和一束茉莉，似乎在等待一位女士。已经 25 年了，他的爱情就像我们对主的信仰一样虔诚。"

女人微微一笑，径直走过去："也许他等的就是我？"

她的这一举动出人意料，弄得琼斯很尴尬。他不敢否定女人的话——如果她的美貌尚未凋零，她确实是一位值得男人等候 25 年的女子。但他也不敢贸然同意她占用这张桌子。谁知道预订桌子的先生会不会认可她的爱情宣告呢。

他尴尬地跟在女人后边，委婉地劝阻："女士，你……"

女人已经入座，平淡地说："好啦，不必担心。订桌子的先生个子比较高，50 岁左右，但看上去要年轻一些。亚麻色头发，要的饮料是马提尼酒和加冰的可乐。我没说错吧。"她揶揄地看着琼斯，补充道："我不知道他订桌时用的姓名,但我知道,如果我说出他的真实姓名,你会把托盘都惊掉的。行啦,照老样子上饮料吧。"

琼斯疑惑地送上饮料。那女士啜着饮料,略带伤感地自顾看着窗外,陷入沉思。琼斯心中忐忑不安,在各个桌子中间忙碌时,不时偷眼打量着这儿。九点整,那位预订席位的阿拉姆·亚伦先生准时来到。他看到桌边的女人,略为迟滞后径直走过来,与那女人对面而坐。很长时间两人默默对视着。后来亚伦向她举起酒杯,低声说:

"阿莉亚,已经25年没有见面了。"

"对,自从在这儿分手后。"

"这25年你过得还好吧。"

"不好。"阿莉亚直视着对方,苦笑道:"20年前你开创了智能爆炸时代,我这么一个智力平庸的女人是很难适应的。而且我想,被你的时代之潮甩到岸上的可怜的小鱼,绝不止我一个。还不仅如此,"她抑制着怒气,"在那之前,至少我相信自己是个不太差劲的女人,自信我对男人的吸引力。可是——自从我挚爱的男人突然冷冰冰地离我而去,我连这点自信也丧失了。"

亚伦内疚地看着她。她又说:"后来我匆匆嫁了一个男人,他又匆匆死去,连个孩子也没有留下。喏,我的半生就这么一点内容。"

亚伦还在默默看着她,女人说:"后来我在这儿偶然碰到你,是七年前吧。我打听到你一直没有结婚,每年的逾越节,就是我们分手的日子,你来这儿同梦中的爱人晤面。老实告诉你,只是从那时起我这颗被仇恨煎熬的心才开始降温,我才能克制住自己,坐到你的面前。"

"可是你七年中一直没有露面。"

"我必须积蓄力量克服自卑感哪,伟大的亚伦先生!"她冷笑道。"而且,我想以你的地位,要想找到我绝不困难。你既然一直不愿找我,我又何苦现眼呢?"

亚伦已喝完马提尼酒,在手里玩着酒杯。琼斯轻轻走过来,问他还要点什么。他摇摇手,琼斯很知趣地退下去。

"阿莉亚,这儿太乱,我们换个地方好好谈一谈,好吗?"

阿莉亚抬起目光看看他，坦率地说："我们早已不是少男少女了，不必玩你追我躲的爱情游戏。我既然下决心来找你，就是想偿还30年的感情宿债，所以，"她苦涩地说，"如果伟大的亚伦先生不嫌弃我年老色衰的话，我很乐意同你干任何事，包括上床。"

亚伦感动地握住她的手："我们到哪儿？到我城外的别墅，还是在智能中枢的住宅？"

"别墅太远，就在智能中枢吧。如果能在世界最重要的大厦里度过一宿，我会很荣幸的。"她冷笑着，她的怨詈之情不时地形之于色。"我早就想见识见识这座魔宫，据说这里面的人靠吸食别人的脑浆来强化自己的智力。"

亚伦微微一笑："好，我们就去智能中枢，你可以尽情参观。"他扶阿莉亚起身，挽起她的臂膀，给琼斯留下一笔可观的小费。琼斯拉开弹簧门，毕恭毕敬地送客人出门。

这位客人是这里的常客，但琼斯从没有打听过他的真实姓名。现在他认出来，客人是开创了智能爆炸时代的大名鼎鼎的亚伦教授，他是犹太人的骄傲，是这个世界的精神领袖。

智能中枢是一座名副其实的通天塔。两座主楼呈不规则的半球形，高耸在云层之外，中间有拱桥相连。这显然是模拟自然界最伟大的建筑——人脑，拱桥就像左右脑中间的胼胝体。塔体通身洁白，呈半透明状，在夜色中显得玲珑剔透。夜风中大楼微微波动，像一个巨大的软体动物。

他们的直升机落在顶层，阿莉亚贪婪地看着大楼的内部建筑。"太漂亮了，"她由衷地赞叹，"过去我只能在米希里姆城区的四方水泥棺材里仰视它，就像复活节岛上的土人仰视外星飞船。我没想到能来这儿一游。"

停停她又说："我也没想到进来这么容易。作为世界政府的智能中枢，作为哈西迪教派的眼中钉，我原想这儿一定戒备森严。"

现在是下班时间，大楼里没有人。亚伦领着她在蜗壳状的楼梯里往下走，听到这句话，亚伦微微一笑，顺手打开一个开关。面前的墙壁立刻变成一个大屏幕，屏幕上显示两个人影，骨骼和身上的钢笔、皮带扣等清晰可辨。亚伦简单地告诉她：

"这个透视仪只是最简单的防范措施，如果必要，我们甚至可以对来访者进行思想过滤。你可以转告哈西迪教派，不必在这儿打主意。"

他们来到亚伦的卧室，调整好变色窗帘。阿莉亚洗过热水澡，两人迫不及待地相拥上床，把积聚多年的激情倾泻出来。他们忘了自己的年龄，似乎又回到激情如火的青年时代。

事毕，阿莉亚半仰起身，痴痴地望着情人。亚伦的身体仍然很强壮，褐色的眼睛透着聪睿，亚麻色头发中微见几根银丝。他笑着把阿莉亚揽到怀里：

"阿莉亚，你仍然像25年前一样迷人。"

阿莉亚的泪水忽然汹汹地流出来，她和着泪水狠狠咬着亚伦的肩头："亚伦，亚伦，我真不知道是该杀死你，还是为你去死。"

亚伦忍住疼笑道："我个人认为，这两个都不是好的选择。"

米希里姆城区俯伏在智能大楼的脚下，是21世纪的贫民窟。城中仍是上个世纪的混凝土建筑，已经破败不堪。与云层中那座闪闪发光的球形建筑相比，这些老式建筑确实像低矮丑陋的水泥棺材。

这里是哈西迪教派的聚居地。智能爆炸时代开始后，以极端保守著称的哈西迪教派反而日渐壮大。因为时代之车开得太快，转弯太急，不少人被甩下车来，他们到这儿来寻找信仰的支撑点，其中甚至有不少非犹太人，米希里姆城区也更加拥挤不堪。

清晨，太阳刚刚升起的时候，身着黑袍的哈西迪教派信徒鱼贯来到犹太教堂做早祷。他们捧着犹太法典，聆听教长的布道：

"上帝必将惩罚那些亵渎神灵的魔鬼，他们把婴儿变成试管中的产品，剥夺了女人的生育权利，剥夺了她们应分的苦楚和欢乐。他们把上帝创造的人体与兽类和机械杂交。他们肆无忌惮地扯碎上帝赋予众生的和谐和安宁……万能的弥赛亚即将降临人世，以他的雷霆和怒火荡涤污秽，杀死异教徒，恢复上帝的尊荣。"

无数条喉咙虔诚地吟哦着弥赛亚的名字。

教长回到密室时,一个教士贴近他,轻声说:

"那对情侣已经进入邪教巢穴,此后我们就无法监控了。你知道,那儿为邪教的魔力笼罩,同外界隔绝。"

教长声音低沉地说:"让我们为她祈祷,她遵上帝的道,舍身行义,必得上帝的眷顾。"

彻夜的激情之后,阿莉亚睡得很香,无数个梦扑着翅膀飞来。她梦见自己和亚伦在伊甸园中玩耍,她为自己的裸体娇羞,于是鸽子衔来青色的无花果枝为她遮掩;她忽然回到了少年时代,陪亚伦到医院看他的父亲,他因患严重的癫痫做了裂脑手术……但在脑海深处,有一个顽强的意念一直在困扰着他,那是她不愿做却必须做的,是教长舅舅托付给她的重任。她打算用"有限的坦率"先赢得亚伦的信任,进入智能大楼,再见机行事。这个计划进展顺利。

但她同亚伦的欢情并不仅是实现阴谋的手段,毕竟,这个可恶的家伙是她少女时的恋人……她在强光中眨眨眼醒了,惊奇地发现自己在一座空旷的大厅,阳光透过半透明的墙壁,散射成浑白均匀的天光。她躺在手术台上,一床洁白的单子盖住身体。亚伦和一个女助手穿着白褂站在床前,神情冷静。头顶上方,一架机器无声无息地向她逼近,贴到她的脑门上。她想躲避,却发现自己的四肢不能动弹。她吃力地仰起头,惊恐地问:

"亚伦,这是怎么回事?"

亚伦微笑地说:"放心睡吧,我知道你头脑里有魔鬼,我要把它驱走。"

阿莉亚绝望地闭上眼,知道自己失算了,旋即瞪大眼睛,仇恨地骂道:"你这个丧失人性的魔鬼,畜生,畜生!"

亚伦和女助手对她的诅咒无动于衷。骂声渐渐低下去,她的眼睛也慢慢合上。女助手丽拉说:

"已进入深度麻醉,可以手术了。"

亚伦点点头:"开始吧。"

终极爆炸

一束激光轻易地在她头顶开了一个拇指粗的圆洞，接着激光束向里延伸，割断了左右脑之间的胼胝体连接。激光手术刀退回，一支机械臂移过来，在割断的胼胝体之间插了两束人造神经，每束神经里有两亿条神经纤维，与原胼胝体里的神经一一对应，然后在头骨处用生物材料封住圆洞，留下两个神经插头。

两个小时后，人造神经与原胼胝体的创口已经快速愈合，亚伦教授说："开始下一步吧。"

丽拉皱着眉头说："教授，我再次劝告你，不要亲自做这个试验。哈西迪教派的教徒们虽然智能低下，也可能想出出人意料的诡计，比如，可能在阿莉亚的脑中注入毒素，我们不能让你冒这个险。"

亚伦微笑道："丽拉，谢谢你的关心。不必犹豫，开始吧。"

丽拉凄然一笑："她在你心目中的地位一定非同寻常。她一定是我在你脑中多次邂逅到的白衣女郎，对吧。"

亚伦没有否认，躺到另一张床上。丽拉默默地移过来一根银色的导管，把导管两端分别插到两人的神经双插头上，两人的大脑被联在一起。

我慢慢睁开眼睛。

周围是天蓝色的虚空，浑浑茫茫，无边无际，万籁无声，只有自己咚咚的心跳。即使这唯一的声音也旋即被浑茫吞没，就像一豆灯光推不开浓重的黑暗。脚下是两道并行的银白色的天河，由无数微细的光点和光束组成，它们笔直向前，与一条同样笔直但宽阔千百倍的主河道交汇。我似乎在主河道上滑行，又似乎在光点中浮动。我知道这些光点能够支撑我的身体，因为我的身体已经非物质化了。

主河道对侧是对称的另外两条支流，也有一个人在慢慢地滑过来，我能分辨出那是亚伦。他的身形跳荡不定，就像一张薄薄的透明外壳中约束着一团球形闪电。我低头看看自己，也是一样的形状。

两个身影平稳地滑动着靠近，马上就要交汇在一起。这个前景使我恐惧，但不知怎的，对我又是强烈的诱惑。我闭上眼，等待命运的安排。忽然我想到，正是这个人刚刚劈开了我的头骨。

"你这个畜生！吸食脑浆的恶魔！"我切齿道。亚伦靠近我，我怛惕不安地团起身子，把他推开，"不要碰我！我知道你想控制我，你这个可恶的撒旦！"

亚伦平静地说："不必躲闪了。阿莉亚，我们的思维已彼此连通，你就是我，我就是你，不信，你可以通过我的眼睛看看你自己。"

于是我通过亚伦的眼睛看到了自己，躺在手术台上，头顶插着一根导管。一个人能清楚看到自己的头顶，真是不可思议。"这根管子是干什么的？你真是吸食脑浆的恶魔？"亚伦没回答，示意我顺着那根导管看。它延伸到另一张手术台上，通到我的头上——不是我的头，应该是亚伦的脑袋。我们两人的眼睛已经被共用了，我一时难以适应这种视觉上的怪异。

"现在，阿莉亚，可以告诉我你来这儿的目的了。我知道是你教长舅舅派你来的。你不必隐瞒躲避，那毫无用处。"

我坐在舅舅对面，他捧着一本犹太法典，那是他须臾不离手的圣物。戴无檐帽，穿黑色长袍，表情阴郁，眉头紧锁。

很小的时候，我就知道舅舅是犹太教哈西迪教派的狂热教徒。他每天生活在犹太教法典和祈祷中，过着苦行僧的生活，拒绝任何世俗的诱惑，企盼着弥塞亚拯救犹太民族。

在一个小女孩的眼中，他是一个只会在耶路撒冷哭墙前哭泣的老怪物。但我没想到他的虔诚已经潜移默化地影响了我。后来，当亚伦的突然离去打得我头晕目眩时，我不由自主地皈依了哈西迪教派，在诵经声中寻求安宁。

舅舅拉开窗帘，仰视窗外银光闪闪的建筑。他声音悲凉，透出内心的痛苦：

"阿莉亚，我唤你来行这件事，我信赖你。你看那压在我们头上的智能中枢，那是撒旦的化身。他们不光夺去了人们对主的信仰，连人类的身体也被异化，与魔鬼合体。主在为他的子民哭泣。阿莉亚，哈西迪教派的教义拒绝任何世俗的反抗，虔诚地等待弥塞亚降临。但是现在，我们已无法安坐着等待了。如果我们再不行动，二十年后将找不到一个可以拯救的灵魂。阿莉亚，你知道智能中枢是谁开创的吗？"

我低下头，没有回答。我心如刀割。

"是他，犹太人中的魔鬼，人类的叛逆。我们要杀死他！"

我吃惊地看着舅舅："不，我不能。"我痛苦地说。

教长看着我，缓慢地重复："诱惑他，杀死他，炸毁智能中枢。烈火将净化他的灵魂，变成你曾挚爱过的青年亚伦。"

他站起来，紧紧盯着我的眼睛，双手在我面前缓慢地做着手势，我抵抗不了他目光中的魔力，渐渐陷入混沌状态，只能听到舅舅低沉遥远的声音，固执地缓慢地重复着：

"杀死他，杀死他……"

我不知道这种梦魇状态持续了多久。等我睁开眼时，窗外已是繁星满天。舅舅坐在阴影里，目光灼灼地看着我。他的指令已经留在我的大脑里了，我无法违抗。

好吧，我去。我将怀揣利刃，扮演一个思春的荡妇。如果他必须死，我不愿他死在别人手里。

或许，我在挽救他灵魂的同时，也可以设法挽救他的性命？

我打了一个寒战，赶紧收起这个思绪。我怕舅舅锋利的目光看穿我的心思。

亚伦抬起身子，歉疚地看着我，目光温和，略带忧郁。

"对不起，阿莉亚，我很抱歉，我原以为你已经是哈西迪教派的狂热分子，可以毫不怜惜地向我和智能中枢下手。没想到你……"他在斟酌着词句，"还未忘旧情。"

我冷笑着，想到那根插在我头上的管子，它强奸了我的意愿，正阴险地把我变为异类。我的透明外壳被怒气鼓胀成圆形。我一字一顿地说：

"亚伦先生，你知道我现在最后悔的是什么？我后悔刚才为什么不立刻掐死你，你这个邪教徒，吸血魔鬼。你闯入我的脑子，究竟要干什么？"

亚伦平和地说："亲爱的阿莉亚，不要怨气冲天，我并没有占你的便宜。我们是完全对等的，你也可以随心所欲地检查我的思维。"

"你？"我冷笑道，"不，我对你丝毫不感兴趣。"

"真的吗？"他笑着说，"如果你真的毫无兴趣，我就让丽拉小姐断开神经通道，断开之后你就可以回去了。"

"你必须把那根可恶的管子给我去掉。"

"自然，我会把你复原。"

但我忽然犹豫起来。停了一会儿，我不情愿地更正："我进去看一看也未尝不可。不过我只想看看你的童年，不愿看你肮脏的成人思维。"

他笑着把我拥入怀中："来吧，请进入我的思维。"我不太坚决地抗拒着，感到两团人形闪电逐渐融合，放出噼噼啪啪的静电声。

于是我面前出现了童年的米希里姆城区，我现在认为是水泥棺材的建筑，在我童年的心目中竟是如此巍峨。我急于找到我印象最深的画面，便命令回忆加速。这些画面像激光影碟机的快进一样唰啦啦地翻过去。然后我说："就在这儿停住吧。"

现在七岁的我和十岁的亚伦趴在医院试验室的观察窗上，等着他们把亚伦父亲带来。他是一个重度癫痫病人，做了裂脑手术。这是手术后第一次准许亚伦来看他。小亚伦脸庞煞白，眼神像只惊惧的兔子，强撑着外表的镇静。这副小大人的模样在我记忆中十分鲜明。

那时亚伦的妈妈已经去世，爸爸又病成这样，他实际上已是一个孤儿了。按照犹太人的传统，邻居们轮流照料着他，包括我的舅妈。舅妈玛丽亚是这所医院的医学博士，一位满头金发的法国美人，舍弃故乡的灯红酒绿，万里迢迢，嫁给比她大 20 岁的冷漠的教士。天知道她为什么被舅舅迷惑，她从来不是虔诚的教徒啊。所以她并不是拜服于舅舅的信仰，而是感化于舅舅对信仰的坚定。

她怜悯地看着亚伦："可怜的孩子，别担心，手术后你爸爸的病状轻多了。他不会大发作，不会再殴打你。"

亚伦猛然回头，恼怒地说："我爸爸从没打过我！"

舅妈摇摇头："可怜的亚伦，真是个好孩子。"

我知道亚伦在说谎。我亲眼见过他父亲犯病，全身强直、抽搐，口吐血沫，模样十分恐怖。亚伦哭着来喊上我父亲，把病人平放到床上。我也见到他爸爸每次发病后的一段时间，精神失控，暴躁乖张，常把无辜的亚伦揍得鼻青脸肿。亚伦总是噙着眼泪，一如既往地照顾着父亲。可他从不承认父亲打过他。可怜的亚伦啊。我问舅妈：

"亚伦爹爹为什么得癫痫？"

舅妈告诉我："癫痫是一种常发病，在人群中有 3%～5% 的发病率。病人大脑一侧半球上产生病变，发作时通过胼胝体传到另一侧脑半球。对于原发性癫痫，至今尚不知道确切的病因，也无法根治，发病可以用苯巴比妥、氯硝安定等药物来控制，更严重的病人只有把左右脑半球的联系割开，割开后，不发病的脑半球不再受影响，可以减轻发作程度。"

亚伦不回头，但他肯定在听着。我以七岁的天真喋喋不休地问下去："人为什么要长两个脑子啊？"

舅妈耐心地解释了很久。舅妈说，人的左脑主管语言、意识、分析计算以及右侧躯体，右脑则主管整体感知、空间想象力、音乐绘画以及左侧躯体，两个半球通过胼胝体来联系。

我问："什么是胼胝体？"

舅妈把她医学博士的知识耐心地灌输给我们。她说："人的大脑皮层由灰质组成，胼胝体由脑白质组成，它相当于一束两亿多条单线的电缆，沟通左右半球的信息。不要以为两亿条是十分庞大的数字，要知道，单个脑神经束每秒最多传递 500 个冲动，所以相对于大脑的巨大能力来说，两亿条线路能传递的信息是十分有限的。我说过，我不知道上帝为什么在人脑中间设计这么一个狭窄的山口。也许上帝是故意设置障碍，免得迅速强大的人类觊觎他的宝座。"

在这儿，我的回忆跳过了一些场景。现在亚伦的父亲已端坐在试验室里，神情木然。一个笑容满面的小个子教授在为他做试验。他是米基先生，快乐的小个子米基。米基用一块黑色纸板把亚伦父亲的左右眼隔开,使左眼(右脑)只能感知左屏幕上的东西,右眼(左脑)只能感知右屏幕上的东西。亚伦哥哥紧攥拳头,目不转睛地看着父亲。

左屏幕上打出"螺母"这个词,米基教授和蔼地请病人用左手摸出这件东西。亚伦父亲用左手在桌上一堆东西中摸了一会儿,很快找到了。米基先生问:

"你摸到的是什么东西?请回答。"

沉默。我能感到亚伦父亲在非常努力地思索。他眉峰紧蹙,表情痛苦。但他的嘴巴却像一把铅汁灌死的锁。那种无能为力的巨大痛苦对我有极强的感染力,我着急地低声喊:

"是螺母!你说呀,快说出来!"

米基低头看看我,抚摸着我的头,低声说:

"傻姑娘,他根本不能回答。他右眼什么也没看见,因此与右眼相通的左脑没有接收到任何信息。接收到信息的右脑又没有语言功能。要记住,他的胼胝体已经切断了啊。"

米基教授把亚伦父亲的右眼遮住,拿出一沓照片,让他用左眼观看。舅妈告诉我们,教授现在要试验右脑是否有独立意识。科学家曾认为,只有左脑才具备自我意识和社会意识。米基向亚伦父亲交代,在他看到喜欢和讨厌的人物时,分别用拇指朝上和朝下来表示自己的判断。因为与左眼相连的右脑没有语言功能,不能用语言表达感受。

屏幕上映出希特勒的小胡子照片。亚伦父亲立即把拇指朝下,表情也显出极端的憎厌。这并不奇怪,对希特勒的憎恨已经刻印到每一个犹太人的内心深处。下一幅是拉宾总理的遗照,那时,这位犹太人心目中的英雄、著名的和平斗士刚被犹太人的败类暗杀。亚伦父亲迅速把拇指朝上。舅妈说:

"看来,右脑对他人的判断还是清晰的。"

屏幕上打出亚伦父亲自己的照片。很长时间的停顿。亚伦十分紧张,连呼吸都屏住了。亚伦父亲在努力思索,在正常人看来,这种辨认和判决自我的努力十分可笑可怜——他竟然不认得自己!很长时间后,亚伦父亲才迟迟疑疑地把拇指朝下。

亚伦的眼泪唰唰地流下来。舅妈叹息着说，看来右脑只能正确判断他人而不能判断自我。这个试验做过多次，他的反应完全雷同。他一直没能辨认出照片中的自己，因此，他的举动表示了在潜意识中对自我的厌恶，多半是反省到自己对儿子的折磨。

现在屏幕上是亚伦四岁时的照片，胖乎乎的小男孩，笑容很甜。这次，他父亲的反应异常快速和明断。照片刚一打出，他立即把拇指向上高高举起，脸上洋溢着欢乐的光辉。

亚伦终于克制不住自己的感情，脸上挂满泪珠，高亢地哭喊一声：

"爸爸！"

亚伦父亲也听到了，他站起来，扯掉右眼眼罩，急不可耐地四处寻找。

接下来是一阵凶猛的感情之波——是我的，也是亚伦的，一排排波涛使画面变得摇曳模糊。我和他的脸上满是泪水，

待思维澄清后，我们已坐上舅妈的汽车回家。刚强的小男子汉一直脸朝车外，不愿让别人看到他哭红的眼睛。我问舅妈，"胼胝体割断后，一辈子也不能长好吗？裂脑人多痛苦啊。"

舅妈说："是的，人的神经组织再生能力极差，不会再长好了。所以不到万不得已是不用裂脑术的。"

我忽然想到一个主意，它太奇妙了，医生们竟然想不到这个主意，实在笨得不可思议。我得意地大声宣布：

"我有办法了！在胼胝体上安一个开关，发病时断开，病好就合上，不就解决问题了？"

舅妈一愣，接着爆发出一阵大笑，直笑得前仰后合，上气不接下气，连汽车也驾不稳了。"傻孩子，真是傻孩子。你以为神经网络就像自来水管，可以随随便便装一个闸阀呀。"

舅妈的笑大大挫折了我的自尊心。我生气地撅起嘴，扭过身子不理她。亚伦没有笑，轻轻握住我的手，表示感激。

我睁开眼睛，看到丽拉小姐正关切地盯着我——不是盯着我，应该是盯着亚伦。我们现在共用两副眼睛或耳朵，我总是不能适应这个变化。亚伦表情祥和，我自己也十分平静——我能看见自己的表情！我心中原先的敌意和戾气已经淡化、消失。

浑茫深处忽然闪出舅舅严厉的目光。我乍然一惊，努力团起思维，就像一只遇敌的刺猬。亚伦是我的敌人啊！我可不愿这样轻易地受他摆布。

我们再度分开，在天河的交汇处对面而立，周围仍是无边无际的天蓝色的虚空。

亚伦微笑着看我，似乎没感到我的敌意又开始复燃。他说："女士请吧，请继续你探幽析微的旅程。你的下一站？"

我的下一站？

其实我很想立刻回到17岁，去看看20岁的亚伦为什么突然离我而去。我知道，在这之前他肯定有过激烈的心灵搏斗。因为有一两年时间，他变得阴郁易怒，常用一层厚甲壳把自己包裹起来。

不过，还是把聆听判决的时间再拖一会儿吧。我要先回到15岁，那时我们相处得十分融洽，这是一段绯红色的记忆。

特拉维夫体育馆。

入场口的巨型电子屏幕上打着："世纪之战！Deep系列电脑再次向国际象棋冠军卡斯帕罗夫挑战！"

十万人的体育馆内悄无声息。卡斯帕罗夫和深红电脑的赛场就摆在运动场中央，恰似一场拳击比赛。巨大的电子屏幕高悬在他们头上，向各个方向展示赛盘上每一个棋步。比赛组织者是米基，他别出心裁，没有像往常一样把赛场设在静室，他认为这样更能调动观众的情绪。

这局棋卡斯帕罗夫执白，仍采用他惯用的古印度防御。兵d4，深红电脑稍作思考，马走f6。两方都走得十分谨慎。

亚伦告诉我，Deep 系列电脑（深思、深蓝、深绿）向卡斯帕罗夫的挑战已进行了八届，前几届中这位人类代表稍占上风。这次的深红电脑是 40 个电脑并联，并联后它的记忆能力和运算能力大大地扩充了。目前电脑在综合分析上还赶不上人脑，它们实际上是用"穷尽法"同人类选手对抗，每个电脑组元只负责棋盘的一格，就像小老鼠钻迷宫，瞬间就能试完亿万种棋步，再挑选出最佳的。

但由于电脑强大的计算能力，这种最笨的办法又是最可怕的，卡斯帕罗夫很可能在劫难逃。"至少在这个专有领域，人类要向电脑递降表了。"亚伦很"哲理"地说。

我对枯燥的象棋比赛不感兴趣，我来这里只是为了陪亚伦。亚伦用望远镜聚精会神地观看比赛，他前额光滑，眉峰微蹙。不知不觉，他已从一个单薄的小男孩长成了健壮的男人。那时，我已经能感受到异性的磁力。我喜欢悄悄地端详他亚麻色的头发，宽阔的肩头，肌肉凸起的臂胸和柔韧的腰部。

我没意识到自己痴迷的目光逐渐剥掉了他的衣服，直到完全裸体。他浑然不知。在挨肩擦背的盛装观众中出现一个赤身裸体的男子，这可太出格了，这儿可不是地中海的裸泳海滨！我脸庞羞红，着急地拉拉他：

"喂，你！"

亚伦低头看看自己，惊慌地说："快，是你的意识作用！"

我恍然醒悟，赶紧在意识上为他穿衣服。好，他现在已经衣冠楚楚了。他似笑非笑地看着我，我羞怯地低下头，忽然觉得肩背上凉飕飕的，衣服正自上而下消失，很快退过胸部，就像迅速退潮的海水，我又急又恼，低声怒喝道：

"你的意识，你！"

他豁然惊醒，眨眨眼，我的衣裙也完好如初了。

这段小插曲弄得我心烦意乱，面庞灼热。他平和地说："阿莉亚，不必懊恼。15 岁少男少女的性心理已经苏醒，他们的爱情中也迟早会加进去肉欲的成分。"

我恶狠狠地说："不许用你的成人意识来干扰我的回忆！"我很懊恼，我知道 47 岁的阿莉亚已丧失了少女的纯真和祥和，那是永世不能复得的。现在，一位人生不顺遂的半老徐娘正怆然地看着少女时的场景。等我把思绪收拢，棋局已快结束了，卡斯帕罗夫采用弃后战术，后 xf 7+，车 xf 7；车 xf 7，马 f 2++；王 g1，一连串眼花缭乱的变换，终于将黑方的王逼入绝境。深红思考几秒钟，推盘认输。他没有感情功能，所以它的金属嗓音平静如常。体育场内爆发出雷鸣般的欢呼声。卡斯帕罗夫最终以 2 胜 1 负 3 和的成绩险胜深红电脑。诙谐的米基教授像拳击裁判一样，兴高采烈地举起卡斯帕罗夫的右手，向全场致意。

卡斯帕罗夫获胜后心境很轻松，笑着发表了简短的致词：

"谢谢大家。这次比赛有世界上最聪明的犹太人做观众，我的胆气壮了许多，因而为人类再争回一次面子。不过，恐怕这是最后一次了。因为我们的对手，Deep 系列电脑的脑容量是可以无限扩大的，而我们呢，即使有 100 个卡斯帕罗夫，也无法把他们的大脑并联起来。因此，当我在这场众寡悬殊的战斗中英勇地失败时，希望大家不以成败论英雄，不要向我吐口水。"他笑着挥挥手，走下赛台。

亚伦拉着我的手，急急走到米基教授身旁。米基教授是有名的智能科学家，曾多次到各大学中学做科普报告，在为亚伦父亲治病时，亚伦就认识他了。我们随他到了休息室，那儿已挤着 100 多名青年。米基先生侃侃而谈：

"我组织这场比赛的目的，是让人们充分认识到人脑的潜力。现在，还没有一种电脑在诸如空间概念、面孔识别、综合分析、直觉灵感这类功能上超过人脑。你们可以回忆一下这一局比赛。当卡斯帕罗夫致力于每一步的计算时，就被深红杀得一败涂地。但他在后几盘吸取教训，改为在整体布局上下功夫，甚至靠直觉走步，电脑就显得无所适从。人脑有 140 亿个神经细胞，每个细胞有 600 个联结，所以人脑可容信息度为 140 亿乘 2^{600} 比特，只需充分发挥人脑的潜力，至少在最近的将来可以与电脑抗衡。"

亚伦拉着我挤到教授身边。我至今能清楚地记得，亚伦是如何虔诚地仰视米基那双聪睿的灰眼睛。实际上，亚伦那时肯定比小个子米基魁梧，所以我记忆中的"仰视"肯定带着主观色彩。

终极爆炸

米基教授再往下讲时，语调就多少显得无奈：

"不过，自然人脑的能力毕竟是有限的。以现在信息爆炸的速率计算，至多再过100年，人脑就会用到极限。那时，人们在学会最起码的知识后就已经衰老，无力进行再创造。也许那一天，人类不得不退休。这可不是一个光明的结局。"

周围的青年们刚刚还在为人类的胜利趾高气扬，这时都不免黯然神伤。米基笑着说："怎么办？我寄希望于你们，聪明的犹太青年。希望你们中有人为人类解开这个死局。"

亚伦忽然大声说："米基教授，我有一个非常幼稚的想法，可以谈谈吗？"

米基俯下身，慈祥地说："说吧孩子。科学界从不嘲笑幼稚。"

亚伦讲述了他爸爸的裂脑手术，讲了一个七岁女孩要在胼胝体上安开关的奇想。我面红耳赤，偷眼打量四周，米基教授和大家都没笑，我也就心安了。亚伦说：

"当时，她舅妈笑得前仰后合，说神经网络可不是普通的自来水管哪，米基教授，你对此有何看法？"

快活的米基两眼眯成一条线，笑问："首先问问，那个聪明的小女孩是不是你身边这位漂亮姑娘？"

我用力拉拉他的胳膊，亚伦笑着为我掩盖："不，那一位是我的表妹，她今天没来。"

米基先生肯定看到了我的小动作，不过没有揭穿，笑着说："那么，请向你的表妹转达我的敬意。"米基教授按按双手，让室内的熙攘声静下来，他的目光炯炯有神。"人的神经网络为什么不能同自来水管相比？它同样是物质嘛，只是较复杂而已。几千年来人类文明的巨大成就培育了浓厚的人类沙文主义，他们总想用种种方法证明自己高于物质世界。但科学的发展已经逐步瓦解了这种信念。1828年，德国化学家维勒合成了尿素，证明有机物可以用无机方法合成。1897年，德国化学家布希纳证实了活酵母与无活性酵母提取液的功能相同，宣告了活力论的破产。现在，人类沙文主义已经被迫撤退到最后一块阵地——人脑，他们宣称唯有人脑不是普通的物质。不，我要告诉你们，"米基加重语气说道，"大脑仍然是普通的物质。迄今为止，科学家没有在大脑中发现任何超越物质的神秘力。既然如此，我们为什么不能在胼胝体中安一个物质开关呢？"

那时我就发现了亚伦的亢奋。不过我的思维太迟钝，从未预料到它对世界的影响。米基先生继续说：

"当然，这是一种复杂的开关。不过首先要肯定，它绝不是不可实现，相反，相对于复现人脑来说，这是很容易实现的。据估计，人造神经将在五年内研制成功。而且很幸运，人脑是一块免疫学的福地，那儿基本不存在异体排斥的问题。所以，在胼胝体的切口处安上开关，只是一个实用技术问题。"

亚伦高声说："那时，100个卡斯帕罗夫就可以并联成人脑网络，同电脑一决雌雄了！"

这句话使米基浑身一震。他仔细打量着亚伦，兴奋地说："小伙子，你知道这个想法的真正价值吗？这是引导人类智力走出死胡同的最简便易行的办法。感谢上帝在人脑中留下这个山口，它虽然狭窄，但很容易变成对外的门户，使大脑联网得以实现。我们可以把千千万万个各行各业专家的大脑合并起来，把个人的智力之泉汇成大海，用人脑网络同电脑网络抗衡。"

一个长发披肩的小伙子耸耸肩："那样一个多头怪物还能称作'人'吗？"

大家都笑起来，米基也笑道："可能是另一种意义上的人吧。至少，如果下个世纪的主人要在多头怪和冷冰冰的电脑中选取的话，你肯定选前者吧。"

十点钟，我们簇拥着把米基先生送走。他意犹未尽，在大门的台阶上停住，补充道："有远见的科学家早就预言，21世纪将是生物科学尤其是脑科学的世纪。科技进步单靠软件的进步已经不行了，必须对硬件——人脑做一番改进。我是个乐观主义者，我相信一句中国哲理诗：山重水复疑无路，柳暗花明又一村。当人类智力快走入死胡同时，也预示着它的革命。"

他同亚伦拥别："孩子，多灾多难的犹太民族能够生存到现在，就是靠我们不同寻常的大脑。占人类不足0.5%的犹太人，在诺贝尔奖获得者中竟占了20%，我希望脑科学的突破也在犹太民族中完成。小伙子，快点长大吧。"

我的思绪又回到那个特写的场景：笔直的天河闪着银光，四周是天蓝色的虚空。我穿一件洁白的无袖连衣裙，开领很低，天风中衣裙飘飘，吸引着亚伦的视线。我们沉浸在米基教授所激起的深沉感情中，寂静中只听见清浊有别、快慢不同的两个心跳。但我慢慢从这团混合思维中抽出我的根须，团成一团。我想起"黑色"的舅舅，他恨恨地说："他们把上帝创造的人类与撒旦杂交，背弃了与上帝的立约。"我忆起穿黑衣的阿莉亚在诅咒亚伦："你的发明毁掉了人的独立人格，剥夺了人的隐私权，我恨你。"

我又渐渐滋生出对亚伦的敌意。

亚伦当然能读出这种敌意，但他不加理会。他说："很抱歉，我在为你做裂脑术前未征得你的同意。从某种意义上说，你和我一样，是人脑网络的创始人。如果创始者本人不愿享受这个发明的神奇，未免太令人扼腕了。阿莉亚，随我来吧，我向你展示一个全新的世界。如果这趟旅行之后，你还执意回到冥顽不化的哈西迪教派，我会为你做复原手术。"

未等我同意，他已带我踏上天河的河面。我们浸在银光中，随河水飞速向前。河道两旁有无数银色的支流，密如蛛网，每道支流都是一个幽邃博大的世界。

亚伦说："20年来，我们已建立了完整的人脑网络。阿莉亚，回过头看看原人类的分散型智力，实在太可怜了。即使是最杰出的科学家，穷其一生，也只能看到脚下的方寸之地，他们怎么可能建立起辽阔的科学体系呢？现在不同了，我们可以随意撷取任一个专家的知识，合并起来，培育出对宇宙的通感通觉。"他笑道，"你想猎取什么？是想学会最深奥的中国围棋，是想吸取人类所有的数学知识，还是想学会近代古典音乐家的所有乐曲？我都可以为你办到。"

这真是一种奇怪的感觉。我在银河上随意翱翔，知道自己已具备了那种通感通觉。我能体会到宇宙的博大，欣赏着宇宙秩序的完美和谐——这在过去，对我的平庸智力来说是根本不能想象的。但另一方面，我又顽固地抱着敌意，知道这些东西都是亚伦强加给我的。我尽力抵制着他的诱惑，冷淡地说：

"不，我不会和魔鬼同流合污。"

亚伦对我的顽固十分恼怒，冷笑一声："既然你的信仰这样虔诚，那我至少让你看一样东西。"他拉着我拐入一道支流，"这是生物学家钱德尔的大脑子网络。他致力于开发猩猩的智力，已取得不少进展。我想，看看猩猩的思想，对你会有所帮助。"

我们置身于非洲，密林中有一群猩猩，其中一只雄猩猩仇恨地盯着摄像镜头。亚伦用力把我向前推去：

"进入它的意识吧。"

我经历了一个奇妙的过程。几乎像是灵魂投生一样，我进入了雄猩猩阿诺的身体，与它合而为一，与此同时，阿莉亚的意识还在高高飘浮，好奇地评论着阿诺可笑的心理活动。我（阿诺）的意识是杂乱的，断续的，那些白皮肤的异类教我识数，我知道一串24只的香蕉，吃去18只后还余6只。白皮肤的异类带给我很多从没吃过的好东西，教我不用害怕能烧痛脚爪的火。但我仇恨他们，因为小猩猩一天天在变化，它们在学习新东西时把父母远远抛在后面，这使我嗅到一种说不清的危险。我的怒火越来越旺，狂怒地拍打着地面，咆哮着冲过去，把摄像镜头摔碎。

"杀死他，杀死他！"猩猩阿诺用英语啦啦地诅咒。

我打了一个寒战。这些诅咒似乎打开我脑海最深处的一个秘密开关，舅舅冷漠的训诫从冥冥中飘出来。我茫然回顾。听见亚伦冷冷地说：

"看了猩猩的顽固后，是否对你有一点触动？"

"杀死他，杀死他。"我闭着眼睛，处于被催眠的状态。舅舅在我耳边反复念诵着，他的声音是黑色的，稠浓的黑色。

"杀死他，阿莉亚。你进入魔穴后，他一定会把他和你的大脑联结，向你灌输邪教的思想。不要受他蛊惑，你要趁机用意志迫使他沉入死亡之海。"

我喃喃道："我能做到吗？"

"你能，一定能。一个一心要死去的人，一定能迫使灵魂脱离躯体，你只用紧紧抓住他，不让他逃走。"

我凄然道："你要我和他同归于尽？"

舅舅沉痛地说："我的好孩子，勇敢地去吧。你舍身行义，主会把恩宠施于你的灵魂。"

我和亚伦在天河中遨游，河水澄碧得似乎不存在，透过它能清楚地看到亚伦强健的裸体。我对他凄然一笑：

"亚伦，我再也不放你离开了。"

我猛地扑过去，像八爪章鱼那样紧紧箍着他，用力夹着他的腿脚。亚伦吃惊地喊："阿莉亚，你疯了？快放开我！"

我们疾速向水下沉去，冰凉的水压迫着我们，把我们的生命力一点点往外挤。我的意识逐渐丧失，半昏迷中，我能感到他的体温，感到口唇相接的快感，这使我有一种奇怪的安心和喜悦，我喃喃道：

"亚伦，我不放开你，这样很好。"

亚伦的挣扎已逐渐软弱，两人飘飘荡荡地向深渊跌落。忽然脑后重重的一击，我痛苦地喊一声，放松了四肢。接着有人扯住我的头发疾速向上游去。等我清醒时，丽拉正在对我施行人工呼吸，筋疲力尽的亚伦也在帮她。我哇的一声，吐出一摊苦水，丽拉仇恨地骂道：

"你这个妖妇，心肠太毒了，竟然拉亚伦一块儿去死！幸亏我一直在监视着你们。"

她穿着黄色的比基尼泳装，肌肤光滑润泽，胸脯饱满，浑身散射着青年女子的生机。她扭头看亚伦时，目光脉脉含情。我的思想已完全麻木了。我不知道这是如何发生的，很久，意识深处才浮出舅舅荧荧的目光。像一只黑色的蜘蛛，盘踞在我的意识中央。我悲哀地叹口气。亚伦疲乏地说：

"不要埋怨她了，是她舅舅的巫力在控制着她。丽拉，谢谢你，请你回去吧，我还要和她待一会儿。"

丽拉怨恨地看他一眼，默默地起身离去，苗条的胴体摇曳着，渐渐消失在白色的沙滩中。

很久很久，我木然看着亚伦，不知自己是该悲哀，还是惭愧。亚伦喘息稍定，苦笑着说："阿莉亚，我已尽力了，也许我们的缘分只能到此了，我不怪你。我们在这儿告别吧。"

我犹豫着，下了决心："不，分手前我只有一点要求：想知道 25 年前你为什么离开我。"

亚伦苦笑道："这太容易了。这么长时间你为什么不查看呢。不要忘了，我的意识已完全向你敞开。"

我倔强地说："不，在没有征得你的同意之前，我决不窥探你的隐私。"

亚伦定定地看着我，像是怜悯，又像是感动。未了，他沉重地说："请吧，我同意。"

那天是逾越节。我要随父母郊游，突然接到亚伦的约会电话。我略为犹豫后答应了，亚伦一年来心情很坏，我猜不出其中的缘故，百般劝解也不能把他从自我囚禁中拉出来，我很为他担心。

巴比酒吧里顾客很多。人们饮着美酒，吃着无酵饼，醉醺醺地同陌生人拥抱，我看见亚伦独自坐在靠窗的一张桌上，桌上摆着一枝花瓶，插着白色的茉莉，他的沉闷阴郁与周围的节日气氛很不协调。

他啜着马提尼酒，为我要了一杯加冰的可乐。我问亚伦，"你有心事？你约我来干什么？"亚伦阴沉地注视着那束茉莉，冷淡地说：

"没什么，我只是想把咱俩的关系画一个句号。"

"为什么？"我吃惊地问。

亚伦简单地说："我们彼此不合适。"

我抑制住气怒，尽力平静地说："亚伦，我知道你最近心情烦躁。你不要这样，我们两人好好谈一谈再做决定，好吗？"

他决绝地说："不必了，我主意已定。我马上就要离开此地，再不会与你见面了。"

我勃然大怒："你以为我是谁，是终日头戴面纱、对男人唯命是从的伊朗女人吗？好，让我们互道永别吧！"

我怒气冲冲地站起来。在拉开玻璃门时，我又闪出一丝犹豫。亚伦的乖张决定一定有什么异常原因吧，但一个少女的自尊使我无法回头，我摔门而去——不，我不能一走了之。既然亚伦给了我窥探隐私的权利，我一定要查个水落石出。

我看见亚伦父亲尖叫一声，丧失了意识。仰面跌倒在地上。他口唇青紫，身体强烈地抽搐着，嘴中扑扑地吐着血沫。八岁的亚伦回家来正好撞见这一幕，吓呆了，很久才清醒过来。他哭着学妈妈过去做的那样，把父亲的身体放平，头向一侧偏卧，解开他的领扣，又掏出手帕用力塞到父亲的牙关里。

一个人尖叫着跌倒的镜头反复地慢速播放，我忽然发现跌倒者的年纪变了，变成十八九岁的青年。我旋即看清，那正是亚伦自己。一片沉重的预感漫过我的脖颈，我佯笑着说："亚伦，你弄错了，你怎么把自己摆进父亲犯病的镜头中去了？你弄错了，肯定弄错了。"

亚伦苦笑着说："不，我没有弄错，你也没有看错。镜头中不是我父亲，正是我自己。我在19岁时第一次癫痫发作，并且来势凶猛。上帝太狠心，竟让我走上父亲的老路。从八九岁起，我就一直有驱之不去的恐惧——预感父亲的病会遗传给我，尽管那时医生说癫痫一般不会遗传。后来科学家才发现，进行性痉挛癫痫与一种基因缺损有关，可以遗传。"

从第一次发病后，在长达一年的时间中，他顽固地对我保持沉默。他悄悄去查医学书籍，为自己做诊断，偷偷购买药物。此后又是几次发作，而且越来越严重，他不得不痛苦地作出抉择。他说：

"从那以后我就投到米基教授门下，致力于裂脑术和人脑网络的研究，因为我后退无路。不久，我就成了切开胼胝体以建立人脑网络的第一个试验者。幸运的是，人脑网络技术很快成功，由它引发了人类的智能爆炸，癫痫病也就迎刃而解了。"

悲哀像海啸一样把我淹没。等悲哀退潮后，我又被呼啸而来的愤怒压得难以喘息。如果在 25 年前就知道他的病情，我会守着他，与他相濡以沫。但一切都晚了，人生已经像沙漏一样，漏掉了 25 年。所以我的愤怒是绝望的愤怒。

"很好，亚伦。"我冰冷地说，"你不愿连累心爱的姑娘，勇敢地做出了自我牺牲，宁可自己孤苦一世。你的行为真像一个完美的绅士。但是——你给我带来幸福了吗？"

亚伦低声说："对不起，阿莉亚。如果我能补偿万一的话……"

"不必了。"我像他 25 年前那样冰冷地说，"我们缘分已尽，可以互道永别了。请你把我们之间那根锁链断开吧。"

亚伦看了我很久，最后叹口气，睁开眼睛，唤一声丽拉。丽拉手脚麻利地为我们断开神经通道。

五分钟后，阿莉亚坐在镜前。丽拉在为她梳头，用头发细心地遮住头顶那个神经插口。阿莉亚让亚伦保留了这个插口。也许……有一天要用到它。

丽拉微笑着，在镜中偷偷瞄着她，两人之间的敌意已经冰释了。阿莉亚笑着说：

"丽拉小姐，你今年 34 岁，未婚，你很爱亚伦，已经为他生了一个女儿，是用试管授精、体外子宫的办法，对吧。这些资料都是我在他头脑里浏览到的。在那里我不止一次见到你。我想他也很爱你，对吗？"

丽拉苦笑一声："我想他是爱我的，但他一直不同我结婚。看来我永远代替不了他脑中的白衣少女。阿莉亚姐姐，我在他思维中也多次邂逅你。虽然我们头次见面，但我对你已经很熟悉了。"

阿莉亚站起来，搂住丽拉的肩头："谢谢你救了他，使我免做罪人。丽拉，放心地去爱他吧。我不阻拦你。你要知道，那一段爱情只属于 20 岁的亚伦和 17 岁的阿莉亚。它早已死亡了。再见。"

这期间亚伦一直没露面。丽拉开直升机送阿莉亚回家，当直升机掠过楼顶时，阿莉亚回头张望，见亚伦在顶楼栏杆处默然站立，目送直升机远去。

"舅舅，我辜负了你的信任。我失败了。"阿莉亚说，但声音里并没有内疚。穿着黑袍的舅舅仍坐在阴影里，声音低沉地说：

"孩子，不要灰心。只要不懈地行这件事，主会眷顾你的。"

阿莉亚苦笑道："不，我想仁慈的主不会再眷顾我了。是我自己不愿杀死亚伦，你看，他们在我头上也装了这个异教徒的玩意儿，而且我也没让他们去掉。"她拨开头发，让舅舅看那个神经插口。

虽然哈西迪教派一直在诅咒亚伦他们"吸食脑浆"，但真正的神经插口他还是第一次看到。他对此束手无策。"可怜的孩子，魔鬼会通过它控制你，向你灌输异教的邪说。"舅舅惊慌地说。

阿莉亚冷淡地看着舅舅，好像一夜之间，舅舅的训导再也不能激起她的激情。她的想象中顽固地闪出这个画面：舅舅似乎成了一只表情冷漠、长着尾巴的黑毛驴。她不知道这是不是亚伦遗忘在她脑海里的意识。

不过，也可能是她头脑里对舅舅固有的敌意？这种反抗一直存在于潜意识中，与亚伦意识交融后才明朗化。阿莉亚客气地说：

"谢谢舅舅对我的关心。邪恶的亚伦控制人类，万能的上帝想控制你，你也曾控制了我。至于谁是谁非，我已经丧失判断力了。舅舅，在你用巫力向我下达潜意识的指令、让我与亚伦同归于尽时，你是否想到过先征求我的意见？当然，我知道你的苦心。你事先不告诉我，是怕我在亚伦的思想过滤中露出马脚。但无论如何，你做得太专横了吧。"

舅舅凄苦地说："孩子……"

"不必解释了。"她冷冷地看舅舅一眼，径自离去，把绝望的舅舅留在屋里。出门后仰视夜空，那座巨大的通天塔像是一团透明的白光，白光中隐隐有亚伦的呼唤。但她知道自己已不可能属于那个世界——也不可能再属于舅舅的世界。

她不知道自己的归宿。她苦笑着走入夜色。

斯芬克斯之谜

这一切都是从那个下午开始的。在青岛海滨,当那个两岁的小男孩扑到邱风怀里时。

邱风已同萧水寒结婚六年了,按照婚前的约定,他们将终生不要孩子,所以两个已婚的单身贵族过得十分潇洒。休假期间,他们满世界去快乐。不过,时间长了,邱风体内的黄体酮开始作怪,女人与生俱来的母性开始哭泣。她常常把朋友的孩子借回家,把母爱痛快淋漓地倾泻那么一天,临送走时还恋恋不舍。这时她会哀怨地看看丈夫,她希望丈夫的决定能松动一下。不过丈夫总是毫无觉察,至少从表面上如此,他微笑着把孩子送走,关上房门。

偶尔她会在心里怨恨丈夫,怨恨他用什么"前生"的誓言来毁坏今生的乐趣。不过一般说来,她能克制自己做母亲的愿望,来信守对丈夫的承诺。

那年夏天,他们乘飞机到青岛避暑。下午,海浪轻轻拍打着岸边多孔的礁石,白色的游船从地平线上探出头,随海风送来时有时无的音乐。邱风穿着一件红色比基尼泳衣,快乐地趴在沙窝里,两只腿踢腾着,浅黑色的裸背上沾满白色的沙子。丈夫则抱膝坐在沙滩上,眯着眼睛眺望海天连接处,微带伤感,久久沉思不语。这是他在野外游玩时常有的表情,他与大自然常有某种默契。这时,一个两岁的孩子摇摇晃晃地闯入他们的圈子,男孩子虎头虎脑,胳膊像藕节一样白嫩,一脸甜笑,毫不认生。邱风很喜欢他,抱起来逗他玩,两人嘎天嘎地地乐一阵子,在沙窝里翻滚厮闹,男孩的父母则远远地笑看这一幕。忽然那件事就发生了。男孩无意中把她的乳罩拉脱,露出洁白坚挺的乳房,小家伙立时两眼发亮,扑过去两手紧紧攥住,喃喃地说:

"奶奶,吃奶奶。"

一种极度的快感之波从她的乳头神经向体内进射,她抬头看着丈夫,毫无先兆地,她的泪水唰唰地流下来,来势十分凶猛。她就这么泪眼模糊地看着丈夫,一言不发,倒把孩子吓哭了。

萧水寒不动声色地抱起孩子,送回他的父母,回来后细心地把妻子的乳罩系好。他搂着妻子的肩膀,慢慢把话题扯开。

此后的半个月丈夫闭口不谈此事,邱风也慢慢抚平心头的伤口。五个月后的一个晚上,邱风浴罢上床,笑嘻嘻地钻进丈夫的怀里,丈夫忽然平静地说:

"我改变主意了,我们要个孩子。"

邱风被惊呆,赤身坐起来,两眼直直地望着丈夫,不敢相信自己的耳朵。丈夫微笑点头。

等邱风对此确认无疑时,大滴的泪珠从眼角溢出来,她钻进丈夫的怀里,哽声道:

"水寒,你不必为我毁誓,我那是一时的软弱,现在已经想开了。再说,我们可以抱养一个。"

丈夫爽朗地笑了:"不,是我自己改变了主意,我何必用前生的什么誓言来囚禁自己呢。"

他告诉妻子,为了开始新的生活,也为了忘掉那个梦魂不散的前生,他已决定放弃天元生物工程公司,同妻子去澳大利亚某个岛屿定居。他问妻子是否同意。邱风这才知道,丈夫为此下了如何的决断,做了多大的牺牲。她满脸是笑,满脸是泪,说不出话,只是一个劲地点头。

那天晚上他们做爱十分投入,十分激情,邱风从丈夫那儿庄重地接下生命的种子。事毕,她钻进丈夫宽阔的怀里,用手指轻轻地数着他的肋骨和脊柱的骨节,时不时抬起头再来一个长吻。慢慢地她疲乏了,昵语中渐带睡意。后来她伏在丈夫的胸膛上睡着了,睡得十分安心。

萧水寒从妻子颈下悄悄抽出手臂,轻轻披衣下床,走到凉台上,他们的别墅建在半山腰,凉台极为宽阔,夜风无拘无束地在凉台上玩闹,鼓胀着他的睡衣。向下望去,错综交叉的公路灯光像无声抖动的光绳,远处的霓虹灯光缩成模糊的光团。夏夜的天空深邃幽蓝,弦月如钩,繁星如豆。他想,这些星星有的距地球数十亿光年之遥，当它们离开自己的星球开始这趟远足时，地球的生命可能刚刚诞生。所以，星光实际是亿万岁老人的叹息。比起浩渺的宇宙，人生何等短暂。

他破例点着一支香烟，烟头在夜风中明灭不定，映着他阴郁的面孔。那件事他还瞒着少不更事的妻子，可是，他还能瞒多久呢。

邱风是一个娇小漂亮的姑娘，皮肤白皙细腻，翘鼻头，短发，一副洋娃娃面孔。七年前，19岁的邱风进天元公司当打字员。不久她就发疯般地爱上了45岁的老板萧水寒。这倒是不必害羞的，这位董事长兼总经理简直是一个理想的白马王子。他未婚，容貌虽不漂亮，倒是十分的"男人"，脸上棱角分明，宽下巴，浓眉，身材颀长，肩膀很阔，从身材看远比45岁年轻。他谦逊和蔼，一派长者之风，又很幽默风趣，闲暇时常随口抖几个机智的笑话，令人喷饭。至于他的才识就更不用说了，他白手创建的天元生物工程公司简直是传奇性的，产品使人眼花缭乱。比如按生物基因生产的生物工程材料，它们能根据改编过的指令自动成材，比如长成十米长的象牙圆柱。还有模仿恒温动物的生物空调等等，而且很多产品的主设计师正是这位董事长本人。

邱风知道自己的爱情是无望的。萧水寒有不少追求者，其中不乏国色天香的美人，她们的美貌冷艳使自我感觉尚佳的邱风十分泄气。也有不少才女，邱风常在电视上和电脑网络上看到她们的名字。萧水寒偶尔会同其中一位共度周末。

不过娇小的邱风照样勇敢地把爱情之箭射出去，虽然这里面含着只问奋斗不问结果的悲壮。萧博士对她很大度，很亲切，从来不让小姑娘在他面前自惭形秽，但也从未使她对成功抱什么奢望。他似乎是奥林匹斯山上走下来的神祇，不会和任何一位凡间女子缔结此生之盟。

如果不是那么一次机遇。

一个夏天的傍晚，阵雨刚过，邱风下班回家时发现汽车打不着火——她对机械上的事向来是糊里糊涂的——便站在公司门口等出租车。一辆长车身的黑色H300氢动力汽车无声无息地滑到她身后停下，萧水寒降下车窗，微笑着说：

"上车吧，我送你回家。"

他走出汽车，为邱风打开右边的车门，又问清她的地址，便驾车驶上高速公路。邱风很庆幸自己的好运，她痴痴地悄悄地观察着萧水寒的侧影，看着他坚毅的面部线条。她平时的伶牙俐齿今天竟然变成拙口笨舌，连一句感谢都说不出口。倒是萧水寒随便闲聊着，把她从窘迫中解救出来。

雨后的空气十分清新，风中夹着细蒙蒙的雨丝。汽车驶上长江大桥时，邱风忽然尖叫一声：

"停车，快停车！"

萧水寒迅速踩下刹车，高速行驶的汽车吱吱嘎嘎地刹住，在地上拖出一长串胎痕。邱风的脑袋撞在挡风玻璃上，她顾不上疼痛，拉开车门跳下车，兴奋地尖叫着：

"彩虹！"

一道半圆形的彩虹悬在天际，那是阿波罗的神弓，赤橙黄绿青蓝紫依次排列，彩虹的边沿与同样晶莹的蔚蓝天空混在一起，下端隐没在苍山之后。邱风兴高采烈地拍着手，靠在栏杆上，痴迷地看着它。萧水寒也走下汽车，静静地微笑着。

来往车辆中的乘客也都注意到彩虹，他们大都放慢车速，在车内指点着，疾驶而过。

背后的太阳渐渐沉落，彩虹慢慢消失，萧水寒一直耐心地等着。等汽车重新开动后，邱风才觉得不安，她不该让老板为她耽误这么久，而且，自己的举止太幼稚，太不成熟，他会笑话自己的。

"对不起，耽误你这么久。"她不安地说，"可是我真的太喜欢彩虹了。我从生下来到今天只见过两次，太美啦！"她眉开眼笑地说。

萧水寒侧脸看看忘形的邱风，笑着说："我也很喜欢，尤其是小时候。有一次，放学时看见彩虹，我想弄明白彩虹的下半个圆究竟有多大，就猛劲儿往山上爬，爬到山顶也没看到下半个彩虹，倒把书包弄丢了，回家还挨了一顿揍——那好像是百年以前的事了。"他喟然叹道。

邱风看看他，咯咯地笑道："哟，听你口气像是活了一二百岁似的，其实你没比我大多少，真的，你最多像 35 岁的人。"她使劲地强调道。

萧水寒摇摇头，顺着自己的思路说下去：

"那时我和你一样喜欢大自然，我喜欢绯红的晚霞，淡紫色的远山，鹅黄色的小草，火红的榴花，还有洁白的雪，金色的麦浪，深蓝的大海。后来，我第一次读到苏东坡的名句：'惟江上之清风，与山间之明月，耳得之而为声，目遇之而成色，取之无禁，用之不竭，是造物者之无尽藏也。'那时我一下子领会了文章的意境，不禁手舞足蹈，就像你刚才一样忘形。"

邱风脸庞红红地笑了。

"可是不久我就从物理课上学到，这一切神奇绚烂的色彩，其本质不过是光波的不同频率，毫无神奇可言。告诉你，我那时非常失望。我宁愿生活在苏东坡的时代，用自己的眼睛去感受七彩世界，也不愿用逻辑思维把它裂解成冰冷的物理定律。"

他轻轻地笑起来，接着说道："不过我最终还是牺牲了激情，走上科学研究之路。记得二十世纪末的一位科幻作家阿瑟·克拉克提出过一条定律：任何充分发展的技术无疑是魔术。其实我更喜欢它的逆定律：上帝的任何神奇魔法，说穿了，不过是一种充分发展的技术，人们终将掌握它。我不该对你说这些乏味的话，"他开玩笑地说，"少女的绚烂激情是最宝贵的，我不该泼冷水。"

邱风生气地说："我不是少女，我已经是女人了！"

萧水寒哈哈笑着，在邱风家门口停下车，打开车门，扶邱风出来。然后把邱风的小手长久地握在手里：

"今天我很高兴，谢谢你拉我回到那种透明的心境，又领略到大自然的美丽。真的谢谢你。"他诚恳地说。停一会儿，他轻声问道：

"明天晚上，能否与我共进晚餐？"

邱风不想假装矜持，痛快答道："我非常乐意！"

萧水寒爽朗地笑了，动作轻捷地钻进汽车。

第二天是周末,晚上,萧水寒带她来到龙凤大厦的顶楼花园。夜色深沉,透明的凉棚上方繁星如豆,凉棚四周垂挂的人工雨帘密密细细,乐声轻柔似有似无。今晚除了他们之外没有其他顾客,邱风不知道这是萧水寒特意安排的,只是好奇地打量着四周豪华的装饰。

侍者端来饮料后便远远避开,垂手而立。萧水寒隔着茶几把邱风的柔荑握在手中,含笑凝视着她,看得她脸庞发烧。然后,他轻声说出了一个令邱风吃惊的决定:

"今晚我想向你求婚,你能答应吗?"

邱风惊喜交加,这是她朝思暮想的事。但胜利来得太轻易,以致她不敢相信。惊魂稍定后,她忘形地喊道:"你怎么选中我呢?"她不平地说:"在你身边的天鹅群中,我只是一只土黄色的小麻雀呀。"

萧水寒笑了:"我喜欢小麻雀。"

"可是我没有多少知识,我只是一个打字员,你和我会没有共同语言的。"

萧水寒又笑了,但眼神中有几丝忧伤:"我在科学迷宫里的探索太辛苦了,希望有一个不懂科学的女人使我轻松。"

"那……"邱风还在寻找不同意的理由,萧水寒笑道:

"如果邱小姐不愿屈就,就不要寻找理由了,我收回我的求婚。"

邱风干脆地说:"那可不行!我好不容易才抓获的战利品,哪能让给别人?"

萧水寒快意地笑了,他收起笑容,郑重地说:"那么,如果邱小姐不介意我年迈——我的年龄已完全可以做你的长辈了——希望你能答应我的求婚。"

"我当然答应!我才不嫌你年迈呢。告诉你一个秘密,我的父亲去世很早,所以我的恋父情结一直没有寄主,如果找个丈夫又捎带个爸爸,那才叫便宜呢。"她眉开眼笑地说。

萧水寒又是一阵朗声大笑,笑声散入夜空。邱风认真地说:

"不过你根本不像45岁的人。你的身体只像30岁的青年,真的。"

"谢谢你的夸奖。"萧水寒微笑着,渐渐转入沉思,他的目光稍显迷茫和忧伤。此后,在婚后的共同生活中,邱风发现,丈夫常常周期性地出现这种

忧伤,他似乎有一个驱之不去的梦魇。萧水寒说:

"不过,在你决定进入我的生活之前,我必须认真地明明白白地告诉你一件事:我的妻子不得不作出一种牺牲。"

"我答应!"

萧水寒伤感地笑了:"我还没把话说完呢。告诉你,我是一个不祥的人,也许我是一个妄想狂患者,有时,我会不自主地回忆起我的前生,甚至前生的前生,对前生的回忆是我驱之不去的梦魇。梦境很逼真,而且……某些梦境太符合真实了,以至于我,一个生物学家真的相信它。"

邱风听得瞪圆眼睛,她觉得身上有了寒意。

"所以,我知道自己的行为透着古怪,平时,我把它严严地伪装了,你们看到的只是一个带着光环的虚像。不过,当我合上家庭的帷幕,取下假面后,这些古怪可能就要显露。若想成为我的妻子,应对此有所准备,应学会对它视而不见,不要刨根问底。"

邱风心疼地看着他沉重的目光,她这才知道,原来女人心目中的至神至圣也会有沉重的忧思。她决心像小母亲一样爱抚他,温暖他的心。

"还有,与我结婚的人,终生不得生育……"

邱风急急地打断他:"为什么?"

他苦笑道:"这正是我的前生遗留给此生的,是一个重誓:我的亲生子女将使我遭受天谴,我将自此结束自己的生命。至于为什么,我不知道,但这绝不是虚幻的,不是可以一笑置之的,我无时无刻不感受到它的巫力,也决定要恪守它。因此,"他沉重地说,"你能否为我牺牲做母亲的权利?"

邱风内心翻江倒海,沉思很久,才含泪说道:

"记得我读过一本小说,说母爱没有什么神秘,那是黄体酮在作怪,人身上有了那玩意儿,就会做出种种慈眉善目的怪样子。看后我气极了,奇怪怎么有人能想出这种混账话。很可能,我身上的黄体酮就特别多,月经初潮那年,我就萌生了做母亲的隐秘愿望,我老是想入非非,幻想有一个白胖小孩伏在我怀里吮吸。这些话我从来不敢对女伴讲,怕她们嘲笑我。你是我倾诉内心世界的第一人。"她目光楚楚地沉默良久,然后断然说道:

"不过，我愿意为你作出这种牺牲！"

萧水寒感动地把她搂入怀中。那晚他们没有再说话，他们相偎相依，听着雨帘叮咚，《春江花月夜》的古琴声如水波荡漾，月华泻地。他们在静默中缔结了此生之盟。

婚后生活十分美满。萧水寒真的既像慈祥的爸爸，又像热烈的情人。婚前提及的前生之梦并没有影响他们的生活，邱风仅觉察到丈夫偶尔会陷入伤感，此时，他会一动不动地背手而立，凝视客厅中的一张古槐图。他曾透露过一句，说这株古槐便是前生的一个象征。

邱风遵守婚前的约定，对此装作视而不见。不过，每到这些天里，她就从一个淘气的女娃娃变成慈爱的小母亲，把丈夫放进爱的摇篮里，为他唱着遥远的催眠曲。

邱风腹中的婴儿有五个月时，萧水寒向董事会宣布，他决定退隐林下，把自己的一半股权转给妻子，但妻子终生不在董事会中任职，一半股权按照贡献大小，分给那些与他共同创业的生物学家。这个决定显然是晴天霹雳，董事会十分震惊，一片反对声浪。但萧水寒的态度十分坚决。几天以后，他们被迫接受这个决定，并推选出新的董事长何一兵。

何一兵是15年前加入天元的青年生物学家，也是他的好友。会后，董事们陆续散去，何一兵留下来，闷坐着，以手扶额，心情沉重。萧水寒走过去拍拍他的肩膀，何一兵抬起头，闷声说：

"我真不理解你的古怪决定，你一定是疯了。"

萧水寒平静地微笑道："万物都遵循新陈代谢的规律，人脑在30岁达到生理巅峰，以后每天要死掉十万个脑细胞，人体细胞在分裂约50代后，就会遵循造物主的密令自动停止分裂，走向衰亡。你是否需要我帮你复习这些知识？"

何一兵气恼地骂道："见你的鬼！你才50岁出头，正是智力的成熟巅峰。再看看你的身体，陌生人绝不会认为你超过35岁！"他哀求道："为了天元，是否再考虑你的决定？老实说，我们几个自认算不上弱者，但像你这样的全才，既有渊博的知识，又有灵动的才情，世上不容易找到。行不行？"

萧水寒目中掠过一丝伤感："我老啦，已经没有灵动的才情啦。"

何一兵烦躁地骂道："真不知道你是什么鬼迷了心！"他心情郁闷，总觉得萧水寒这种毫无理由的突然退隐有什么沉重的隐情，他心中隐隐有不祥之兆。最后，他站起身苦笑道："看来你是劝不回来了。祝你旅途顺风。万一有什么三长两短，你应该记住，我的友情是值得信赖的。"

萧水寒笑着，同何一兵拥抱告别，嘱咐他把自己赠给公司同仁的雕像抓紧安装好，走前他要去看看。

几天后的拂晓，何一兵等七八个密友在斯芬克斯雕像前为他送行，萧氏夫妇准备在国内游览几个地方后再出国。

人头狮身的斯芬克斯雕像坐落在公司大楼下，通体四米有余，晶莹洁白，光滑柔润。它的材料是天元公司生产的，是象牙生长基因按人工编写的造型密码"天然"生成的，全身天衣无缝。狮身造型未取明清以来那种凝重的风格，而是师法汉朝的辟邪、天禄石刻，腰身如非洲猎豹一样细长，体态矫健飘逸。女人头像部分写意简练，一头长发向后飘拂，散落在狮身上，她口角微挑，笑容带着蒙娜丽莎的神秘。从看她的第一眼，邱风就被迷住了，她绕着狮身，从头到尾轻轻抚摸着，啧啧惊叹着，眼神如天光一样流盼不定。

"太美啦！"她由衷地说。

萧水寒很高兴，笑问邱风："还记得斯芬克斯之谜吗？"

"当然。这是一个希腊神话。狮身人面怪斯芬克斯向每一个行人提出同一个谜语，凡是猜不到的就被他吃掉。后来一个勇敢聪明的青年俄狄蒲斯猜到了，怪物羞愧自杀。这个谜语是：早上走路四条腿，中午走路两条腿，晚上走路三条腿。谜底是人。"

萧水寒叹道："我很佩服古希腊人的思辨，科学家们常从希腊神话中得到哲学的启迪。这个斯芬克斯之谜正是永久的宇宙之谜，是人生的朝去暮来，生死交替。"他对何一兵说，"请费心照料好这座雕像，也许我的人生之谜就在此中。"

何一兵疑惑地看着他，沉重地点头。秋风萧瑟，梧桐叶在地上打旋，空中一声雁唳，十几只大雁正奋力鼓翅，按照迁徙兴奋期中造物主的指引向南飞去。萧水寒同朋友们一一拥别，然后他小心搀扶着怀孕的妻子，坐进 H300 汽车。斯芬克斯昂首远眺，目送汽车在地平线处消失。

邓飞从早上就坐在这棵柳树下钓鱼，直到中午还毫无收获。他瞑目靠在树干上，柳丝轻拂着他的睡意。他梦见年轻的爸爸领着五岁的自己去钓鱼，归途中他困了，伏在爸爸背上睡得又香又甜，梦中印象最深的是爸爸宽厚的脊背和坚硬的肌腱。父辈的强大使"那个"小孩睡得十分安心……梦中倏然换一个场景，衰老的父亲躺在白瓷浴盆里，忧伤深情地看着他，他正替父亲洗澡，父亲瘦骨嶙峋，皮肤枯黄松弛，眼白浑浊，一蓬黑阜中的生命之根无力地仰在水面上。那是邓家生命之溪的源头啊，他至今记得父亲松弛的皮肤在自己手下滑动的感觉，和自己的无奈和悲哀。

手机的铃声把他唤回现实，不过一时还走不出梦境的怅然。人生如梦，转眼间自己也是 66 岁的老人了。

去年他从公安局局长的位子上退休，感觉自己在一天之内就衰老了，健忘，爱回忆往事。妻子早就为他的退休做了准备，买了昂贵的碳纤维杆配凝胶纺丝的鱼竿，现在他把大部分时间都化在垂钓上。不过说实话，他至今没有学会把目光盯在鱼浮子上，他只是想有一片清净去梳理自己的一生。

是现任局长龙波清的电话。他问老局长退休后过得可安逸，垂钓技术如何，还嬉笑着问老局长，用不用到市场上买几斤鱼去充自己的战果。邓飞不耐烦地说：

"少扯淡，有正经事快说，别惊了我的鱼。"

龙局长笑道："为了充实老局长的退休生活，使你继续发挥余热，我为你揽了一件任务，我想你一定感兴趣。"他的声音变得严肃起来，"告诉你，咱们设的那根'海竿'的浮子已经动啦。晚上我到你家里谈吧。"

挂了电话，邓飞发现水面上的浮子在轻轻抽动，他忙小心地拉紧钓丝，觉得手上分量不轻。水中鱼儿开始挣扎逃走,他赶紧放线,大概经过半个小时的溜鱼,他总算把一条三四斤重的鲤鱼拉上岸。看着鱼在草地上弹动,他笑着说,看来这是一个好兆头。

那根"海竿"已经设置27年了,邓飞那时39岁,是刑侦处一名科长。有一天他接待一个远道而来的客人,他叫刘诗云,复旦大学生物系的权威,七十多岁,银发银须,身体十分衰弱,走路颤颤巍巍。他是专程来武汉的。

"来不来这儿我犹豫很久,我不愿因自己的判断错误影响一个极富天分的年轻人。我的根据太不充分。"刘老沉重地说,递过来一本生物学报,让他看首篇文章。标题是量子力学的不确定性原理与DNA信息的传递,作者萧水寒。邓飞看过文章的第一印象是,世上竟有人能写出、能看懂如此佶屈的文章,实在令人赞叹。直到现在,尽管自那根海竿设置之后,他也曾努力博取生物学知识,算得上半个专家了,但那篇文章对他仍相当艰深。当时刘老告诉了文章的大义,说是论述DNA微观构造的精确稳固的信息传递,向量子力学的不确定性原理提出了挑战。

"这是一篇深刻的论文,如果它确实出自二十岁青年之手,那他无疑才华横溢,是生物学界的未来。但我有一点驱之不去的怀疑。"

刘老沉默了一会儿,继续往下说:

"我曾有一个学生孙思远,生前是蓬莱生命研究所所长。实际上,我们的师生关系是挂名的,他的学术成就早就超过我,生物学界认为他是李元龙——生物学界的教父——的隔世传人。不幸的是,五年前他去阿根廷探亲时,竟然离奇地失踪,那年他刚刚50岁。一个杰出科学家的失踪曾惊动了国内、国际警方,但调查迄今毫无结果。"

邓飞也回忆起这桩案子,但不知道它与手头这篇文章有什么关系。刘老说:

"孙思远生前曾和我有一次闲聊,可以说,这篇文章的轮廓,在那次闲聊中已经勾画出来了,两者完全吻合。当然,单是这种吻合说明不了什么问题,科学史上有不少事例,不同科学家同时取得某一突破,像焦耳和楞次,达尔文和华莱士等。但有一件事使我很不放心。"

他看着邓飞，加重语气说道：

"我与孙思远共事多年，对他的行文风格已经十分谙熟，他的思维极其简捷明快，行文冷静简约，与李元龙的文风很相似，其内在力量是别人无法模仿的。奇怪的是，青年萧水寒的文风却与他十分相似。"

那天晚上，邓飞向刘老要了几篇孙思远的文章，强迫自己看下去。第二天会面时，他小心地告诉刘老，他看不出刘老所描绘的绝对的一致性。刘老苦笑着说：

"我绝不是贬低你，你在自己的专业中一定是出类拔萃的专家，但在判断论文风格时，请你相信一个老教授的结论，这一点不必怀疑。"

邓飞问道："那么，按你的推断，是萧水寒剽窃孙思远的成果？——而且恐怕不仅仅是剽窃，很可能他与孙思远的离奇失踪有某些关联？"

刘老点点头，阴郁地说："我多少做了一些调查，萧水寒是三年前从国外回来的，独力创办了天元生物工程公司。在此之前，他在生物学界籍籍无名，也没有任何学历。你看，简直是天上掉下来的生物学家，这不合常情。"

但除此之外，刘教授不能提供任何有价值的线索。临走时，老人再次谆谆告诫：

"我知道自己的怀疑太无根据，我是思想斗争很久才下决心来这儿的，希望此事能水落石出，使我的灵魂能安心去见孙思远先生。他的过早去世是生物学界多么沉重的损失啊。如果他是被害的，我们绝不能让凶手逍遥法外。不过你们一定要慎重，不能因为我的判断错误影响一个青年天才的一生。"

他的话透露出他的矛盾心境。邓飞也被他的沉重感染，笑道："这点你尽可放心。"

刘老对故友的责任感使邓飞很感动。但一开始，邓飞并不打算采取什么行动，单凭一篇文章的相似风格就去怀疑一个科学家，未免太草率了。那天邓飞没有听出老人话中的不祥之音，回上海后不久，老人就去世了，他为了故人情意，临终前还抱病远行，这使邓飞觉得欠了一笔良心债。于是，他不顾别人的反对，在此后的 27 年中，对萧水寒做了不动声色的耐心的监控。不过调查结果基本上否定了刘老的怀疑。

在对监控材料作出推断时，邓飞常想起文学界的一桩疑案：有人怀疑肖洛霍夫的名著《静静的顿河》是剽窃他人。这种怀疑之所以有市场，是因为肖洛霍夫自此后确实未写出任何一部有分量的作品。但萧水寒则不同，此后的 27 岁中，他确实没再写过有分量的作品，但他在生物工程技术中有卓越的建树，他的学术功底是无可置疑的，在国际生物学界也不是无名之辈。在这种情况下，谁还会怀疑萧水寒的处女作是剽窃他人呢。

实际上，随着时间的推移，邓飞觉得自己几乎成了萧水寒的崇拜者。他常羡慕萧先生活得如此潇洒，他多才多艺，能歌善文，既有显赫的名声，又有滚滚的财源。他品行高洁，待人宽厚，在研究所和生物学界有极高的声望。邓飞曾疑惑萧水寒为什么一直不结婚，不过几年前他终于有了一个美满的婚姻，他的妻子是一个水晶般纯洁的女人。

但是，在一片灿烂中，邓飞总觉得有那么一丝阴影：萧水寒的来历总是罩着一层薄雾。尽管在电脑资料中，他在国外的履历写得瓜清水白，但由于种种原因，邓飞一直没有找到一个"活"的见证人。而且，他太完美，太成熟——要知道，当他被置于观察镜下时，只是一个 20 岁的毛头小伙，在这个年龄阶段，因为幼稚冲动犯错误，连上帝也会原谅的——但萧水寒却是超凡入圣，他似乎是与生俱来的圣人和楷模。

对萧水寒的调查从未正式立案。这是一个马蜂窝，鉴于他的名声，稍有不慎，就会引起轩然大波。但为了刘老生前的嘱托，邓飞一直在谨慎地观察着。他退休后由龙波清接下这项工作。

晚饭时，龙波清对女主人的烹调赞不绝口，尤其那条脆皮鱼使他大快朵颐。夸了女主人，又夸邓飞的好运气，因为竟有这样的傻鱼咬邓飞的钩。酒足饭饱后，他们来到书房，女主人泡了几杯君山银毫后便退出去。龙波清这才开始正题。

"银行的马路消息，"他拿着一把水果刀轻轻敲打着茶几，看着茶叶在杯中升降，富有深意地瞟着邓飞。邓飞知道这句话的含义。他们曾通过非正式的途径，对萧水寒夫妇的财政情况建立了监控。严格说来，这是滥用职权的犯罪行为，所以他们做得十分谨慎。"萧水寒夫妇最近取出自己户头上的全部存款，又把别墅和一艘豪华游艇低价售出，这些总计不下一亿二千万元，全部转入一家瑞士银行。听说他们已提出辞职，说他们工作太累了，想到世界各地游览一番。经查，他们购买了五万元的国内旅支，两万英镑的国外旅支。"

邓飞品着热茶，把这些介绍一字不漏地记在心里。老龙说："按说，现在不是他旅游的日子。他结婚六年，妻子第一次怀孕，如今已五个月了。"

邓飞点点头说："在对他监控时，我发现邱风对小孩子有极强烈的母爱，这个得之不易的孩子，她一定会加倍珍惜的。再说，萧水寒的事业正处于鼎盛期，这时退隐很不正常。"

"是的，不过证据太不充分，根本无法正式立案，最好有人以私人身份追查这件事。"他狡猾地笑着，"我知道一抛出这个诱饵，准有人迫不及待地吞下去，是不？"

邓飞笑笑，默认了。听到这个消息，他身上那根职业性的弓弦已经绷紧，想起 27 年前刘老的沉重告诫。龙波清说：

"如果你决定去，局里会尽量给你提供方便，包括必要的侦察手段和经费。不过我再说一句，你是以私人身份进行调查，如果捅出什么娄子，龙局长概不负责。这是几句公事公办的扯淡话，我知道你老邓的身手。还有，龙局长不管，龙波清会不管吗？哈哈。"

豪华的 H300 氢动力汽车一路向西北奔去。邱风知道他们的第一站是西北某山区的槐垣村。这是萧水寒"前生的前生"灵魂留恋之处，家中的古槐图，据说就是此处的写照。遵从过去的惯例，邱风把自己的好奇藏在心底，对此不闻不问。

一路上萧水寒对邱风照顾得无微不至，车子开得十分平稳。邱风有时在后排斜倚着休息，不厌其烦地用手指同胎儿对话。偶尔感到胎动，她就欣喜地喊：

"水寒，他又动了，用小腿在踢呢，这小东西，真不安分！"

萧水寒扭头斜瞟一眼，微笑道："是哪个他？他还是她？"

"你呢？想要个儿子还是女儿？"

"随你。"

"不，我要听听你的意见。"

"你猜呢？"

"我猜你准是要个男孩，好延续萧家的生命之树啊。"

"好吧，你就努力给我生个儿子。"

邱风咯咯地笑起来，说："好吧，我努力给你生个儿子。不过先生男先生女都不要紧，我会努力再生，生它七男八女的。"后来她让丈夫停车，换到前边右侧座位。她发现丈夫很长时间没有说话，不知道从什么时候起，他又陷入那种周期性的抑郁。邱风在心中叹道：

一定是前生的梦魇又来了。

她不再说话，怜悯地看着丈夫，别看她是一个头脑简单的女人，她可不相信什么前生前世的话，她猜想这里一定有什么潜意识的情结，可能是童年的某种经历造成的，心灵受了伤又没有长平，结了一个硬疤——可是据他说，他在 20 岁以前在澳洲悉尼的一个华人区长大，怎么可能把梦中场景选在中国西北呢？

她叹口气，不愿再绞脑汁了，把烦恼留给明天是她的人生诀窍。等赶到槐垣村再说吧，也许这次经历会医治他的妄想症。

第二天，他们下了公路，又在急陡的黄土便道上晃悠了一天。萧水寒不时侧脸看看妻子，多少后悔未乘直升机来这儿，他总觉得乘飞机缺乏应有的虔诚。

这片过于偏远的黄土地没有沐浴到 21 世纪的春风。当汽车盘旋在坡顶时，眼底尽是绵亘起伏的干燥的黄土岭。自然，土黄的底色中不乏绿意，但即使是绿色也显得衰弱和枯涩，缺乏南方草木的亮丽。

傍晚，萧水寒叫醒了在后排睡觉的妻子："已经到了。"

邱风睡眼惺忪地被扶下车，慵懒地依在丈夫怀里。忽然她眼前一亮，夕阳斜照中是一株千年古槐，枯褐干裂的树皮上刻印着岁月沧桑。树干底部很粗，约有三抱，往上渐细，直插云天。树冠相对较小，但浓绿欲滴，在四周沉闷的土黄色中，更显得生机盎然。斜阳中一群归鸟聒噪着飞向古槐，树冠太高，又映着阳光，看不清是什么鸟，不过从后掠的长腿看像水鸟，也许它们从数百里外的河流飞来。

萧水寒背手而立，默默地仰视着，邱风目光痴迷，看看丈夫，再看看槐树。它与家里的古槐图太像了！她能感到丈夫情感的升华。从这一刻起，邱风才开始认真对待丈夫的前生之梦。

大树下有几个闲人，他们还保持着山里人的纯朴好奇，笑嘻嘻地看着两位客人。一个白须飘飘的老人凑过来搭讪："年轻人，外地来的？"

邱风笑着回答："嗯，来看大槐树。"

老头高兴地夸耀："这树可有名！相传是老子西出函谷时种下的，这只是传说，没什么根据，不过地方政府做名树登记时，请专家鉴定过年轮，它已经满一千岁了。还有更奇的，这实际不是一株树，老树已经濒死了，树心都空了。正好一棵新槐从树心长出来，也有200年了。你看那树冠，实际大部分是新槐的，你再看看树根，从老树干的树洞里能看到新树的树干。"

邱风嫣然一笑："我知道。"

老人很惊奇："你来过这里？"

"没有。但我丈夫有一幅祖传的国画《树祖》，画的就是它。我丈夫常与它对话，他说的一些话我都能背出来了——尽管我不大懂。"这些话她实际是对丈夫说的，这些疑问已放在心中多年，很希望能听听丈夫的解释。

老人笑哈哈地问："这位先生祖上是此地？"

一直默然凝视的萧水寒这才回过头来，微笑答道："不，那幅画是我爷爷的太老师，一个生物学家传给他的。"

老人高兴地喊道："一定是李元龙他老人家，对吧？"

萧水寒笑着点头。老人很兴奋，面前的远客一下子变得十分亲近，他热心地介绍道："李先生是我们村出的一个大人物，他就是这株树下长大的，从小调皮胆大,曾赤手空拳爬到槐树顶。老辈说大槐树上还有大仙哩,就是他爬树以后仙家才不敢露面了。他去世前还回过家乡,捐资修建了一座中学,还到大树下来告别,把我们一群光屁股娃儿集合起来,每人发了一支钢笔,一个计算器,还讲了好多有学问的话。"

萧水寒笑问:"您老高寿?照年龄看,您好像见不到他。"

老人并不以为忤,仍笑哈哈地说下去:"我快 90 岁了,今年是李先生 170 年诞辰,他是 52 岁去世的,算来我是见不到他。也许是老辈人经常讲摆,弄得我像身临其境似的。"

邱风惊奇地问道:"您老已经 90 岁了?我还以为您才 60 多岁。"

老人得意地说:"别小看这个小地方,这儿是有名的长寿之乡,还有 120 岁的人瑞呢。《长寿》杂志经常来采访。"他忽然问:"你们想不想参观元龙中学?去的话,我给你们带路。"

萧水寒低声同妻子交谈几句,说:"那就有劳您老人家了,请吧。"

邓飞把奥迪汽车远远停在一面山坡上,用望远镜观察着树下的动静。他带有远距离激光窃听器,能根据车门玻璃的轻微震动翻译出车内或附近的谈话声。他听见邱风在低声问丈夫,李元龙是谁。邱风文化层次不高,她不知道 130 年前这位著名的生物学家。话筒中老人在喋喋不休地介绍,这儿是李先生小时上学常走的路,李先生上学时如何艰苦,要步行 30 里,18 个窝头凑咸菜就是一星期的伙食;他的成就如何伟大,是中国科学院的院士,大鼻子外国人见了他都是毕恭毕敬……看来,这位李元龙在他的偏僻故乡已经神化。

邓飞打开一罐天府可乐,一罐八宝粥,又掏出一块夹肉面包吃着,要通龙波清的电话,叫对方快把李元龙的有关资料找出来,核对一下。龙波清安排人在电脑中查询,然后问:

"怎么样,有收获吗?"

"没有,两人似乎是世界上最不该受怀疑的,举止有度不逾矩,心地坦荡,我担心要徒劳无功。"

"别灰心,不轻易咬钩的才是大鱼呢,或者,能证明他确无嫌疑,也是大功一件。喂，资料查到了，正好这些天有不少文章纪念李元龙先生170年诞辰，你要的资料应有尽有。"他告诉邓飞，李元龙的籍贯确实是该村，1978年出生，终生未婚。科学院院士，在癌症的基因疗法上取得突破，并获得世界声誉。在理论上的贡献也绝不逊色，他在宇宙生命学、生命物理学、生命场学、生物道德学中的开拓性研究，直到百年后还是科学界的圣经。他52岁自杀，原因不明，背景材料上说他的死亡比较离奇，因为一直未寻到尸首。但他写有遗书，失踪前又对手头工作和自己的财产做了清理，所以警方断定不是他杀。

"不过，萧水寒和他能有什么关系？"他在电话中笑道，"总不能插手118年前的一桩谋杀案吧。那时他还在他曾祖的大腿上转筋呢。"

邓飞迟疑着没有回答。萧水寒与李元龙当然是风马牛不相及，可是，他为什么千里迢迢赶来参拜？还有，李元龙和孙思远，两个杰出的生物学家，同是盛年离奇失踪，这难免让人不安。

他在望远镜里看到三个人已经返回，他们打开车门上车，然后那辆汽车缓缓向前开，显然已安排住处。他打开窃听器，听见三人正热烈地讨论着今晚的饭菜，萧水寒坚持一定要吃本地最大众化的饭菜。老人笑着答应了，问："枣末糊？荞麦饸饹？烤苞谷？猫耳朵？"萧水寒笑道："好！这正是我多年在梦中求之不得的家乡美味。"

邓飞听得嘴馋，丧气地把可乐罐扔到垃圾袋里。窃听器里听到前边的汽车停下了，几个人下车后关上车门，然后窸窸窣窣地进屋。他也把后椅放平，揣着话筒迷迷糊糊入睡。梦中他看到萧水寒在狼吞虎咽，一边吃一边嚷着，"好吃好吃，我已经118年没吃上它了。"

醒来后他自己也好笑，怎么有这样一个荒唐的梦。窗外微现曦光，古槐厚重的黑色逐渐变淡，然后被悄悄镶上一道金边。村庄里传来嘹亮的鸡啼。

萧水寒一行还未露面，邓飞取出早饭，一边吃一边把李元龙的有关信息再捋一遍。27年前，他为了增加生物学知识以助破案，曾请刘诗云先生为他开列一些生物学的基本教科书，其中就有已故李元龙先生的几本著作。

这些文章他不可能全看懂，但多少了解一些梗概。有时候他觉得科学家的思维与侦察人员有某些相似，他们的见解也是"出人意料"，又在"情理之中"。比如李元龙在《生物道德学》中说过：生物中双亲与儿辈之间的温情面纱掩盖了"先生"与"后生"的生死之争。从某种意义上说，所有儿辈都是逼迫父辈走向死亡的凶手，而衰老父辈对生之眷眷，乃是对后辈无望的反抗。他提到俄狄浦斯——即那位杀死斯芬克斯的英雄——无意中杀父娶母的希腊神话，说它实际是前辈后代之争的曲折反映。他又说，生物世代交替的频度是上帝决定的，有寿命长达5000年的刚棕球果松，有寿命仅个把小时的昆虫。但不同的频度都是其种族延续的最佳选择。所以，让衰朽老翁苟延残喘的人道主义，实际是剥夺后代生的权利，是对后代的残忍。人类不该追求无意义的长寿，而应追求有效寿命的延长。

读着这些近乎残忍的见解，他常有茅塞顿开之叹——不过，当他的老父在病床上苟延残喘时，他照旧求医问药，百般呵护。所以他常笑骂自己是一个两面派。

饭后老人全家为萧氏夫妇送行，熙熙攘攘地互相告别，老人的孙媳还把邱风拉到一边，低声叮咛孕妇应注意的事项。老人又拎出几包土产往车上塞，看来他们在昨晚已成了好朋友。

H300汽车开走十分钟后，邓飞才启动自己的汽车。几天前，他偷偷在萧水寒的汽车底部安装了信号发生器，可以在他车内的屏幕上随时显示萧水寒的行踪。这种追踪装置是很先进的，即使内行也难以发现。

与他的老式汽油车相比，氢动力汽车的性能要优异得多，时速常在200千米以上，让邓飞追得焦头烂额。好在萧水寒体贴怀孕的妻子，常常有意放慢速度，每顿饭后还有一段休息。邓飞这才能勉强追上。

汽车沿着陇海高速公路一路东行。按邓飞的猜想，萧水寒可能要到北京，到中国科学院去继续对李元龙先生的探索。但过了洛阳，前边的汽车便掉头向南，两个小时后到达豫西南的宝天曼国家森林公园。

邓飞尾随追来，前边是正规公路的尽头，接着是杂草丛生的碎石便道。这儿是宝天曼的边缘地带，林木葱郁，溪水清澈，空气中充满臭氧的新鲜味道。从监视屏幕上看，前边的汽车已停在离此不足10千米的地方。邓飞犹豫着，不知是否该继续追踪，他怕与萧水寒狭路相逢。

他决定先在原地等待。十几分钟后，萧水寒的汽车已掉头返回，邓飞迅速倒车，隐藏在树丛后。萧水寒的汽车缓缓开出便道，交上公路后便疾驶而去。

邓飞心中疑惑不定，萧水寒千里迢迢跑到这儿，却蜻蜓点水似的随即飞走，是一个短暂的会面，还是发觉走错了地方？从屏幕上看，萧水寒的汽车正在毫不犹豫地急速离去，看来他已完成了此行的目的。

邓飞决定进去看一看，他小心寻找着便道上的车痕，十几分钟后，前边出现一所平房。听见汽车声，一个中年男人打开房门，好奇地打量着他。邓飞走出汽车，扬起手招呼：

"嗨，你好。"

"你好。"

仓促中邓飞问道："请问是否有一对夫妇来过这儿？"

那个中年人穿着便装，头发已歇顶，胡须却分外浓密。他笑道："对，我这儿很少有客人，今天是例外。你是和他们一块儿来的？他们已离开半个小时了，按说你们应该在路上碰面的。"

"是吗？恐怕我和他们走岔路了。"

"你也是来参观那座雕像的吗？"

邓飞顺着他的话说："对呀，能否带我去看一看？"

"好，请进吧。"大胡子爽快地说。

这座外表俭朴的平房，从内部装潢看相当现代化，摆放着各种办公设备。中年人为他冲上一杯咖啡，说他姓白，是研究理论物理的，已在这个清净的地方住了十几年，信息高速公路的普及给予科学工作者更大的居住自由，住在山野与住在纽约图书馆附近同样方便。

"白先生的研究方向可否见告？我是个门外汉，但对理论物理也有兴趣。"

"很枯燥的一个问题，即引力的量子化，它将导致引力与电磁力的统一。可惜还没有取得突破。"

他简略地介绍了一些研究情况，邓飞站起身说："对不起，能否让我现在就看雕像？我还要追他们。"

大胡子领他到了后院，院里的草坪剪得整整齐齐，几只在城市已绝迹多年的长尾喜鹊在地上啄食。院子东面临着山崖，中年人走过去，拂开藤蔓：

"喏，就是它。"

邓飞忽然眼睛发亮！在山崖的整块巨石上雕着一只狮身人面像，刀法粗犷，造型飘逸灵动，表面微见剥蚀，看来已有相当年头。邓飞一眼看出，它的造型与天元公司门前的象牙雕像非常相似。邓飞问：

"真漂亮！是您的作品？"

"啊不，"大胡子笑道，"我可没有这种艺术细胞。听说是这间房子的第一个住户留下的。"

邓飞的脑子迅速转动着："能否告诉他的名字？"

中年人疑惑地看着他："刚才那对夫妇只看了雕像，什么也没问，我想他们一定认识这座雕像的作者。"

"是吗？这点他们倒没有对我讲。"

白先生忽然说："啊，等一下，我可以帮助你。"

他快步走回工作室，那儿摆着一部相当先进的电脑，他熟练地敲击着："我从林区房产部门的档案中查找一下。"几分钟后屏幕上显出：

刘世雄于2032年投资建成这处住宅，2049年迁离，并将房产捐献给林区政府。该人简历：男，2000年出生，男，自由职业者，未婚。迁离后去向不明，未留照片。

大胡子热心地说："是否需要其他资料？我帮你查找。"

邓飞沉吟道："请你查查他的经济来往账目。"

几分钟后大胡子说："档案中记载的费用大多是用来查询资料、购买光盘等，数量不少，每月上万元。看来他可能是搞科学研究的，而且有相当的经济实力。"

邓飞默默记下了有关资料。他把进屋后的见闻仔细梳理一遍。凭直觉，他认为白先生的话是真实的，白先生不是萧水寒此行的知情人——可是，萧水寒到底来干什么？

又是一次科学家的神秘失踪，这绝不再是巧合。也许，在 27 年的监控中，邓飞第一次对萧水寒真正滋生了敌意，他已肯定萧水寒的圣人外衣下必定藏着什么东西。

他向白先生道谢，然后匆匆追赶萧水寒的汽车。一路上，他一直皱着眉头苦苦思索。

两天后，萧氏夫妇来到中原某地一座工厂门前。这会儿正是上班时间，萧水寒把车停在人潮之外，耐心地等着。人潮散尽，他把车开到门口意欲登记，门卫懒洋洋地挥挥手放他们进去。萧水寒开车缓缓地在厂内游览，这个厂占地广阔，厂房高大，气势宏伟，但是死亡气息已经很明显了。厂房墙壁上积满了锈红色的灰尘，缺乏玻璃的窗户像一个个黑洞，不少厂房空闲着，路边长满了一人深的杂草。他们来到工厂后部的专用铁路线，站台上空空荡荡，铁轨轨面上生了薄锈，高大的 200 吨龙门吊如一个骨节僵化的巨人。

萧水寒告诉妻子，这已是国内硕果仅存的石油机械厂了。自 1848 年俄国工程师谢苗诺夫在里海钻探了世界第一口油井，石油工业已经走过 300 年的里程。目前国内油藏已基本枯竭，连中东的油藏也所剩无几。电动和氢动力汽车全面取代燃油汽车。

"不久你就会看到一则消息，中国最后一台油田用修井机在这儿组装出厂，此后，这项曾叱咤风云的工业将宣告死亡，就像蒸汽机车制造业的死亡一样。"他微带怆然地补充，"衰老工业的死亡并没有什么可怕，它只是为更强大的新兴工业让开地盘。当然，观察着它的死亡过程，仍然令人悲伤。"

邱风漫不经心地听着，她的心思已被腹内的胎儿所包占，没有空间去容纳这些黍离之思。她只是奇怪，丈夫为什么千里迢迢跑到这个普通的工厂游览。

H300 汽车在厂内缓缓地转了两圈，向大门驶去，不过在最后一秒钟，他停下车，略微犹豫后，把车倒回去，停在工厂行政大楼楼下。

人事部的宇文小姐正在对镜涂抹口红，她看见一对青年男女走进来。他们显然是夫妻，男的衣冠楚楚，举止潇洒稳健，女的有五六个月身孕，仍然娇小美貌。宇文小姐热情地问：

"我能为二位做些什么？"

萧水寒彬彬有礼地说："我想打听一个工厂的老人，他早已去世，可能没有人知道他。只好麻烦你查查档案，他叫库平，曾是贵厂一名工程师。"

宇文小姐迟疑地问："你们和他……"

"毫无关系。我只是受人之托，一个垂暮老人莫名其妙的怀旧之情。他想验证一个旧友的生活轨迹。如果不方便的话……"

宇文小姐嫣然一笑："没有什么不方便的，近百年来的人事档案都在电脑里存着，包括各人的相片和语音资料，几秒钟就可以查出来。不过这位先生肯定不大出名，如果在厂志里有记载的话，我会有印象的。"

十秒钟后屏幕上显示着库平的资料：

库平，男，2032年生于蒙古国，2052年进入本厂，一直在技术部门任职，终生未婚。50岁时即2082年冬离开本厂，去向不明，其档案一直保存在本厂，未能转走。

宇文小姐歉然地说："只有这么多资料了，不知能否满足你们的要求。"

"足够了，衷心感谢宇文小姐，可否把它打印出来？"

他们拿到打印卡片，同宇文小姐告别。坐上汽车，萧水寒沉思有顷，掏出打火机把纸片点着。邱风奇怪地问："你……"

"没什么，我不想交给那位多愁善感的老人了。看到一个人的一生风干成方寸大的纸片，他会难过的。好，我们继续出发。"

邱风忍住没有打听那位多愁善感的老人是谁。

宇文小姐送走客人，十分钟后，办公室的门又被推开，来人是一个六七十岁的老人，身体很健壮。来人微笑着出示了警察证件：

"请问宇文小姐，是否有一男一女来过？"

女秘书吃惊地打量着来人。她对刚才的年轻夫妇很有好感，因而对新来者多少有一点敌意。她答道："是啊，莫非他们……"

邓飞爽朗地笑了："不不，你不要乱猜，我只是恰好和他们对同一个人感兴趣。"

"库平？一个66年前失踪或死亡的人？"

"对，请把他的资料让我看看。可以吗？"

他看过电脑中储存的资料，宇文小姐问道："还有一些简短的语音资料，你想不想听？"

"当然，谢谢宇文小姐。"

语音资料只有寥寥几句："我叫库平，汉族，生于2032年……"语音有些失真，但邓飞总觉得他的语音有某种熟悉感，他沉思着问：

"与库平共事过的工厂老人是否还有健在的？"

宇文小姐略为考虑，肯定地说："有，有一名工程师叫袁世明，今年85岁，他肯定见过库平，而且很巧，他正好在技术部工作过。"

邓飞打听了袁工的地址，向秘书小姐致谢后就走了。

袁工已是风烛残年的老人，不过思维很清晰，记忆力相当不错。他坐在轮椅上，慢慢地回忆着。他说，他与库平共事不久，那时自己是实习技术员，库平是工程师，没有多少能使人留下深刻印象的事迹。关于他的失踪，袁老说那时正值石油工业第一次大衰退，很多人都被辞退或辞职，因此他很可能另谋高就了，但此后一直没有音讯，连个人档案也没有转走，又似乎不正常。在警察局的档案中他被列为失踪。

邓飞请他回忆一下，库平失踪前有没有什么异常。袁工为难地说，已经66年了，记不太清楚。邓飞再次请他认真回忆一下，比如他失踪前身体怎么样，有没有什么得病的迹象，袁工摇摇头：

"你怀疑他是急病致死？不会，他的身体一向很好，50岁的人只像三四十岁，常有人向他请教养生秘诀呢。"

"还有什么异常迹象吗？"

袁工忍不住问道："你是否对库平的失踪有怀疑？"

邓飞苦笑着说："不，我对他毫无了解，我只觉得他身上笼罩着一层迷雾。"

袁老沉思地说："说起迷雾，我倒是觉得，库平身上是有一些神秘。作为一个工程师，他的能力不错，但也不是太出色。不过，在其他领域，像哲学、生物学，常常见他有智慧的天光偶一闪现。在他50岁时，他曾郑重其事地参加了一次中学生数学奥林匹克竞赛，很多人觉得他是在发神经。竞赛题目很难，而且多是非常规思维的解法。但他的成绩不错，可以跻身前三名。他很高兴，对我说，这证明他的'本底智力'仍保持在巅峰状态。我觉得，他是在以此为自己平庸的一生辩解，所谓'天亡我，非战之罪也'。不久，他就悄悄地失踪了。我的回忆是否对你有所帮助？"

邓飞苦笑着摇头："我恐怕是越来越糊涂了。"又是一个失踪的案例，虽然这一次不是一个科学家。萧水寒为什么对失踪者情有独钟？是良心上的内疚？当然，他绝不可能参与一百多年前的一系列谋杀。或者，他是为罪孽深重的祖辈来忏悔？邓飞觉得脑袋都要胀破了。"不管怎样，衷心地感谢你。袁老再见。"

当晚，萧水寒在豫皖交界的一个偏僻小镇停车，邓飞也在邻近的旅馆里登记了住房。

这是一间单人客房，冷冷的月色把爬墙虎的藤叶投射到屋内。邓飞洗完热水澡，用毛巾被裹住身子，斜依在床背上，瞑目假寐。他想把这几天的见闻梳理一遍。笔记本和钢笔就放在手边，这是他的习惯。常常在似睡非睡之际思维最活跃，一旦迸出一个火花，他就顺手记在纸上，免得清醒后遗忘。

当然，有时也会写上一些令人哭笑不得、诸如"香蕉大，香蕉皮更大"之类的妙语。

这两天，他窃听到不少萧氏夫妇的谈话。他当然不相信什么"前世前生"的鬼话，那只能骗骗邱风那样天真的傻女孩。有一点可以肯定，从萧水寒天南地北、乡村工厂的行程来看，他此行绝不是无目的的闲逛。

那么，李元龙、刘世雄、库平，今后还要探访的某某人，以及已知的孙思远，和萧水寒之间必定有某种隐藏的关系。

这是毫无疑问的。首先刘世雄家与天元大楼下如此相像的雕像，就绝不会是巧合。还有一点是否也算得上异常？这几个失踪者都是终生未婚，连萧水寒也曾独身二十多年。一次是偶然，两次算巧合，但四五个人的经历竟然如此相像，就值得怀疑了。

但究竟有什么关系？邓飞苦恼地敲着额头。要知道，他们各自的生活轨迹几乎没有重叠。在空间上没有重叠，在时间上很少重叠，而且散布在长达170年的时间轴线上。

重叠！他突然灵光一闪，在本子上写了这两个字。

他睁大眼睛，抓住这个突破点，继续思索。如果除去上面几个人的一段"影子"生活，即有记载而无实据的生活，恐怕几个人的生存时间根本不会重叠。他在心里默默计算后肯定，这个结论是对的。

也许，正是他们互不关联的"时间"才恰恰是他们的联系。睡意一下子全跑了。他坐起身，在本子上画了几道横线：

李元龙　1978—2030

刘世雄　2032—2049

库　平　2052—2082

孙思远　2084—2116

萧水寒　2118至今

除了"影子"生活外，各人的实际生活时区确实没有重叠，而且每前后两人的时间段都有两三年的间隔。

他把钢笔重重地摔在本上，他已经全明白了。

他已经有明确的答案，虽然这答案似乎比"前生前世"的神话更荒谬。

这条时间之链已经没有缺口了，因此，他可以毫不犹豫地指出萧水寒的下一站：蓬莱生命研究所，孙思远。

他看看手表，三点半，略为犹豫后，他还是拨通了龙波清家里的电话。电话中龙波清的声音很清醒，没有丝毫睡意，这是公安局局长的基本功：

"老邓？有什么突然变化吗？"

"老龙，我想那件事已经真相大白了。"他疲乏地说。

龙波清很高兴，笑哈哈地说："还是老姜辣哟。"电话中他没有问详细情况，"你的下一步打算？"

"我不想当他俩的尾巴了，我要赶到蓬莱去守株待客。如果能等着他，我的成功就有了九成把握，否则我就要丢人了，因为我的结论太荒谬，太不可思议。"邓飞苦笑着说。

萧水寒的汽车三天后才姗姗抵达。蓬莱今年的初冬很冷，刚下过一场薄雪，树上戴着雪冠。萧水寒把汽车开到"蓬莱生命研究所"的大门口，打开右车门，小心地扶邱风下车。七个月身孕的邱风已经是步履迟慢了。

研究所是一片散落的楼房群，低矮的花篱代替了围墙，因为原所长孙思远不愿让高墙来束缚人的交流和思维的驰骋。萧水寒问传达室的姑娘，是否允许他们步行在全所游览一遍，他想探访一个前辈学者的生活踪迹。那位大眼睛姑娘笑了，热情地说：

"你是指我们的前任所长孙思远教授吧，我们都很怀念他。请进来吧。"

他们进门后走了不远，迎面过来一位挟着皮包的老人，步履稳健，鬓发苍苍。姑娘在后边大声喊："先生，夫人，请等一下！还有你，老部长，也等一下！"她追上来为萧水寒介绍，"这一位是研究所保安部的老部长邓先生，让他领你参观吧，他同孙教授很熟。"

萧水寒正想辞谢，邓飞已经热情地伸出手——当然这出戏是他导演的——说：

"乐意为二位效劳。孙教授是我最尊敬的前辈，更是我的忘年好友。"

萧水寒好笑地看着他——不，孙思远从不认识他。但萧水寒没有揭穿，淡然笑道："你和孙教授很熟吗？"

"那当然，他生前我们可以说是无话不谈，虽然他比我大上十几岁。你知道我是搞保安的，是科学的门外汉，但在孙先生的熏陶下，已经算得上半个生物学家了，我对孙先生在理论上的建树可以如数家珍。"

萧水寒微笑着听他吹牛。"能给我们介绍一下吗？"

"当然当然。来，请这边走，太太小心一点。你看，那个窗口是孙先生生前的办公室，夜里常常最后一个熄灯。这条湖边小路是孙先生早上散步时常走的，谁知道有多少灵感在这儿迸发！我告诉你，孙先生曾师从复旦大学的刘诗云教授，不过专家们评论，他更像一位伟大生物学家的隔世传人。我是指生物学界的爱因斯坦——李元龙先生。来，这边走。"

他侧过身子，朝萧水寒扫过锐利的一瞥。萧水寒扬扬眉毛，没有说话。邱风没有意识到两人的暗地交锋，她冻得满脸通红，小心地捂住肚子，一边赞叹着："这儿真美！"邓飞仍娓娓而述：

"孙先生对李前辈的理论做了全面深入的延伸研究。比如说李先生提出的生命场理论或活体约束——你了解这些概念吗？请问你的职业？"

萧水寒正小心地扶妻子走下一阶台阶。他朝妻子使个眼色：

"不，我不了解。我是搞实业的，一个在科学殿堂门外大声叫卖的铜臭熏天的商人。"

邓飞煞有介事地说："那我就继续吹牛，我怕万一碰到行家，就是班门弄斧了。活体约束是说，每个生物体在一生中，由于新陈代谢的缘故，其生物体的砖石——原子会更换几十轮，今日之我非昨日之我。但这个生物体仍能严格地保持原来的属性。这种唯有活体约束中才能存在的精确稳固的信息传递对量子力学的不确定性原理提出了挑战。"

他有意紧盯着萧水寒，但对方神色不变。

"活体约束中隐藏着上帝的密令。你知道，对于单细胞生物来说，它的分裂生殖可以无限进行，因此，仅对于细胞而言，它可以说是永生的。细胞本身也是一种活体约束，当一个细胞从属于更高级的活体约束时，它的分裂就要受到限制。比如人体中的细胞，被人体约束，只能分裂50代左右，然后就衰老死亡，这就造成了人的衰亡和生死交替。这种生物钟极其精确可靠，在人体内只有癌细胞和生殖细胞不受其约束。生殖细胞会自动把生物钟拨回零点；癌细胞可以无限增殖。具有讽刺意义的是，癌细胞正是因其长生不死，造成了机体的死亡，从而带来了自己的死亡。"

萧水寒喃喃道："上帝的意旨。"

"对，这是上帝的意旨。但孙先生常援引李元龙先生的一句话：科学家在对上帝顶礼膜拜的同时，也在努力探讨上帝意旨得以贯彻的'技术措施'。说得多好。喂，爬上前面那块高地，就能看到大海了，这是孙先生生前最爱来的地方。你们上去吗？太太怎么样？"

萧水寒轻声问妻子，邱风说："我也要上。"

现在，他们面前是无垠的大海，白色的水鸟在天上飞翔，海风带着潮湿的腥味儿，水天连接处是一艘白色的游船，隐隐能听到乐声。太远，听不清音乐的旋律，它只是像水漂一样，断断续续地从水面上浮过来。这个情景使邱风觉得似曾相识，她想起是在青岛见过。那时她发现丈夫很喜欢这种景色，又常常显出一种怅然。

邓飞赞道："多美。你看这块石头，我们常称它为孙先生的抱膝石，他在这儿常常一坐几个小时，思考宇宙和生命之大道。你喜欢这个地方吗？"

"我喜欢。"萧水寒想，"一个老人总是怀旧的，这正是我此行的目的。我想探访旧日的踪迹，也想让妻子和未出世的后代抚摸这些踪迹，永远记住它们。"

他们让邱风在抱膝石上休息，两人心照不宣地离开邱风，攀上一道高坎。邓飞深吸一口气，慨然道：

"这里是徐福东渡的地方，他要为秦始皇寻找长生不老的仙丹。当然他没有成功。后来还有不少皇帝去重复秦始皇的愚蠢。直到多少次失败后，人类才被迫认识到生死交替是无可逃避的——并把这种科学的观点演化成一种新的迷信。你说对吗？"

他们心照不宣地互相对视。忽然石坎下传来一声压抑的低呼，打断他们的谈话。

如果说邱风昧于抽象思维的话，那么她大脑额叶的"面孔认知功能"绝不弱于丈夫。从邓飞这个人一出现，她就发现这人似曾相识。在邓飞滔滔地讲着生命学的知识时，她一直在努力思索着。她终于想起来，在旅行途中，此人驾着一辆红色奥迪曾多次出现在他们附近，有时夹在熙熙攘攘的人群中，似不经意地投过来一瞥。所以，这个人的再次出现恐怕不是偶然。

对这位邓先生有了警觉后，她发现他的话似乎一直在含沙射影，两个人似乎在打哑谜。她在抱膝石上坐着，瞥见丈夫和邓先生互相使一个眼色，离开她到石坎上去。他们分明是想密谈什么。

对丈夫的关心使她坐不住了。她站起身，艰难地向石坎上攀登，忽然脚下一滑，跌倒在地上。两个人赶来时，邱风正半蹲在地上，捂着肚子。萧水寒急急地问：

"怎么啦？是不是摔着了？"

邓飞也关心地说："送太太到医院吧，医院离这儿很近。"

邱风笑着摇头："没关系，只是滑了一下。水寒，咱们离开这儿吧。"她祈求地望着丈夫，想避开这种模模糊糊的不安，萧水寒笑着答应了。邓飞略为犹豫——他不能就这样放萧水寒离去——然后热情地说：

"已经快中午了，今天我做东，请二位吃蒙古烤肉，这是孙先生生前最爱吃的，请二位务必赏光。"

邱风偷偷示意丈夫拒绝，但萧水寒似乎毫无城府地接受了邀请。成吉思汗烤肉苑在一座山坡下，隔着窗玻璃能看到熊熊的烈火，与外边的皑皑白雪恰成对比。桌面大的铁板烧成暗红，一个蒙古大汉光着膀子在铁板上翻炒着，刺刺啦啦的响声与逗人馋涎的香味弥漫于室内。

这儿是自助餐厅，邱风坐在桌边，看着两人在几十个食品盘中挑选菜肴，再排队去炒熟，两人外表悠闲地交谈着。邱风驱不走内心的不安，她嗅到了两人之中有什么隐秘。不过邱风天生是个乐天派，等到香气扑鼻的菜盘端来，她就把烦恼留给明天了。"啊呀，真香，也真漂亮！"她大声地赞叹着。邓飞高兴地说：

"我没说错吧，这是孙先生最爱来的地方。等一下还有好节目哪。"

他朝领班捻一下响指，领班点点头，接着，一个老人摸索着走到餐厅中央，穿一件镶蓝边的蒙古长袍，双目失明，脸庞上刻满岁月的风霜，如一枚风干的核桃。面部较平，鼻梁稍塌，明显带着蒙古人的特征。他在圆凳上坐下，操起马头琴，先低首沉思几分钟，似是回味人生的沧桑。邱风偷偷看看丈夫和邓飞，她发觉两人的眼中都闪着奇异的光。

邓飞低声介绍道，孙先生极爱听这位蒙古老人的歌，他在蓬莱时，每星期总要来一次，这个餐馆的兴旺多半靠他的慷慨赠与。不过他没告诉萧水寒，在孙思远失踪后，这位老人已经不再唱歌。是他打听到这些情况，特意把老人请来的。

沉思之后，老人便伴着琴声唱起一首苍凉的歌。他的汉语不太地道，邓飞低声为邱风讲解着，这是一首有名的蒙古民歌，大意是：

一个老人问南来的大雁，"你为什么不留在温暖的南方，每年春天都要急急飞回这里？"大雁说，"春天来了，草原弥漫着醉人的花香，冥冥中的召唤是不可抗拒的。"大雁问老人，"你曾是那样英俊的少年，为什么变得这样老迈？"老人长叹道，"不是我愿意老，是无情的时光催我老去呀。"

马头琴在高音区戛然收住，邱风听得泪流满面，她看看丈夫，他的眼眶也潮湿了。萧水寒掏出支票簿，写上一个数目颇大的数字，撕下来，走过去交给老人：

"谢谢你的歌声，老人家。"

蒙古老人握到熟悉的手掌，听到熟悉的话语，全身一震。他昨天已听邓飞说过这些情况，但不敢相信。他侧过耳，急迫地说：

"真的是你吗，孙先生？"

萧水寒点点头，嘎声道："对，我是孙思远，我的好兄弟。"

邓飞已悄悄地站在他身后，心情复杂地看着他朝气蓬勃的身体。当他说出自己深思熟虑的结论时，仍不免有临事而惧的踌躇：

"真的是你吗，李元龙先生？"

萧水寒回过头，他的身体生气勃勃，但目光中分明是百岁老人的睿智和沧桑，他平静地说："对，我是李元龙，也是刘世雄、库平、孙思远和萧水寒。"

邓飞低声道："李先生，你让我猜得好苦啊。"

正在这时，他们听到邱风发出一声压抑的呻吟，她捂着肚子，头上是豆大的汗珠。萧水寒急忙奔过去，邓飞在他身后喊道：

"太太恐怕是动了胎气，快送医院！"

侍应生急忙到门外喊了出租车，两人小心地搀扶着邱风上车，向妇产医院开去。

医生把邱风送入分娩室，两扇门随之关闭，不过仍不时听到邱风撕裂般的呻吟。萧水寒面色焦灼，在屋内来回踱步，步伐急迫轻灵。邓飞用过来人的口吻劝他：

"别担心，出生前的阵痛，哪个女人也得过这一关。"萧水寒感激地点点头。邓飞解嘲地说："我几乎脱口喊你是年轻人。真的，看着你的容貌和步伐，很难承认你是170岁的老人。"

萧水寒已恢复老人的平和，微笑道："实际上我自己也很难适应这个角色：身体的青春勃勃和心理上的老迈，它们常造成错位。你是怎么猜到的？"

邓飞笑道："喏，就是这张纸片。"他把笔记本上那一页递过来，"我发现与你有关的五个人，其生活区段恰恰首尾相连，中间只有两三年的空白，而这正是一次彻底的整容术所需的时间。"他端详着萧水寒的面容，"萧先生，你的整容术很成功，不过，能做这种高水平整容术的医生并不多，所以警方很容易找到他们，包括阿根廷的何塞·马蒂医生。还有，你的声音并未改变，当我听到库平的声音时就觉得似曾相识，但那段录音在电脑中有些变音，我又尽力找到李元龙先生的一些原始录音。为了百分之百的把握，我还安排了烤肉苑的相认，因为盲人的听觉是最灵敏的。"

他心情复杂地再次端详着萧水寒，他头发乌亮，皮肤光滑润泽，动作富有弹性。邓飞不满地说：

"李先生，恕我冒昧问一句——我不会不识趣地问你长生之秘，你隐名埋姓地活着，自然是为了牢牢保守这桩无价之宝的秘密。但你能否告诉我，你为什么不把它公布于众，与全人类共享呢？"

萧水寒在他面前立定，用百岁老人的目光居高临下地看他。他在40岁时发现了长生之秘，并施之于自身。为此，他数度易名，数度易容，反复扮演着20~50岁之间的人生角色。为了保密，他不得不多次斩断熟悉的人际关系。很长时间他不敢结婚，因为没有经过长生术的女人无法永远伴他同行。他独自荷受这个秘密已太久了，谁能理解他的百年孤独？他平静地问邓飞：

"年轻人，这真是一个好礼物吗？"

"那当然！"邓飞脑海中浮现出父亲缠绵床榻的痛苦晚年。"谁不愿意逃避衰老呢。而且，科学越发展，人类在学习上花费的时间越多，终有一天会达到临界平衡：人们学完最起码的知识后就得迎接死亡，那时科学就不会再发展了。所以人类的短寿已成了制约人类发展的瓶颈。"

萧水寒摇摇头："你说得很对，但你把长寿和长生混为一谈了。以后再说吧，这些情况请你暂时不要告诉我的妻子，我会慢慢告诉她。"

病房内又传出撕裂般的呻吟，这是一段平静后的又一次阵痛。一个护士匆匆走出来，惶惑地对萧水寒说："你太太是横生，医生正在努力转位。萧太太坚持要你在身边，医生也同意了，请进吧。"

邱风支着双腿，平卧在产床上，几个医生正在忙碌。长时间的阵痛后，邱风已十分虚弱，她闭着眼，头发被虚汗浸透。摸到丈夫的手，她的身体起了一波震颤，睁开眼：

"水寒，我怕……"

阵痛使她的精神变得恍惚，婚前萧水寒绝不要孩子的恶誓已在她心中悄悄扎根，邓飞今日的举止又加重了这种恐惧。她怕丈夫会抛下她和孩子而去。萧水寒敏锐地猜到她的话意，爽朗地大笑起来：

"怕什么？是不是我曾说过的誓言？告诉你吧，那是骗你的，等把孩子生下来我再慢慢告诉你。"

"真的吗？"

萧水寒笑着点头，吻她一下，邱风慢慢安静下来。

两个小时后，一个女孩呱呱坠地。邱风松了劲儿，很快呼呼入睡。护士为孩子按了指模，抱过来让萧水寒看一眼，嗨，真是个丑东西，猢狲似的小脸，皮肤皱皱巴巴，闭着眼，额头上还有皱纹呢。不过，一种与生俱来的亲切感从心中油然升起，他觉得喉咙中发哽，胸中涌出一股暖流。

看着幸福得发晕的父亲，邓飞又忘了他的年龄。他拍拍这位年轻父亲的肩膀，向他祝福。萧水寒点头致谢。

第二天，邓飞在病房外找到萧水寒：

"你的秘密恐怕难以保守了。"邓飞心情复杂地说，"我不得不向上级汇报，先跟你打个招呼。"

萧水寒微笑道："邓先生请便。实际上，从我决定要孩子的那一天起，我已决定把这一切来一个了断。"

邓飞迟疑地说："恕我冒昧，你今后的打算？如果需要我帮忙，我会尽力的。"

"衷心感谢。等内人满月后再说吧，到那时，我会把自己的决定通知你。"

晚上，邓飞在加密通讯中向龙波清通报了本案的结论。龙波清在电话中吃惊地说："什么？你不是开玩笑？"

邓飞忍不住微微一笑，他猜想这发炮弹一定把局长大人从他的转椅上轰起来了。不过，这件事的沉重分量使他无法保持幽默的心境，"不是，我既不是开玩笑，也不是说昏话。"

电话那边沉默了很久，然后果断地说："不要再说了，我马上派一架直升机接你。"

两个小时后，邓飞坐在龙局长的办公室里。黑色的丁字型办公桌把龙波清包在里面，平添一种居高临下的威严和隔膜。邓飞感慨地想，退休前他已习惯了从办公桌的堡垒中向下看人，看来视角不同，景观也大不相同。龙局长唤秘书为邓飞斟上绿茶，秘书退出后，他把沉重的办公室大门仔细关好，坐到邓飞面前。

"老邓，我自然相信你，但鉴于此事的分量，我还要再问一遍：这是真的吗？你凭什么相信它，这件看来十分荒谬的事？"

"我在逐步信服的过程中心理惯性比较小，恐怕要得益于我看过不少李元龙先生的早期著作。在那里面，生物可以长生的结论几乎呼之欲出，只是，在那层窗户纸捅破之前，我想不到这上面去。"邓飞又把思路捋一遍，说：

"李先生说，上帝是一个非常开明的统治者，完全采用无为而治，他把亿万种生物洒在世界上，任其自生自灭。靠分裂方法繁衍的单细胞生物，从细胞本身来讲，可以说是长生不老的。当它发展成多细胞生物时，如果仍保持每个细胞的无限分裂能力，并仍用分裂方法繁衍后代，才是最正常、最容易达到的路径。科学家在研究癌症时早就发现，人体细胞中有一种致癌基因——RAS基因。它在胚胎期参与组织的发育和分化，婴儿出生后即受到抑制。但在致癌物质的作用下，它会恢复功能，始终向细胞发出生长和增殖信号，这就形成癌组织。其实，这种所谓的致病基因，恰恰是生命早期的正常基因，它的被抑制才是不正常的，是活体约束的结果。癌症之所以难以攻克，正是因为要对付的恰恰是细胞无限分裂的原始本性——虽然这种本性被压抑了几十亿年，但它仍顽强地不时复活。这些内容太专业，你能听懂吗？"

龙局长苦笑道："我硬着头皮听，继续说吧。"

"所以，我们之所以觉得生物的长生不可思议，只是因为我们的思维被加上无形的枷锁，是现存生命方式数十亿年的潜移默化。还是接着刚才的说吧。我们完全可以假定那种长生的多细胞生物确实存在过，后来被大自然无情地淘汰了——很可能是因为这种生命形式不利于物种的变异进化。但是反过来讲，至少，细胞乃至生物体的长生并不是不可思议。"

龙波清听得十分专心，喃喃地说："全新的视角。"

邓飞笑道："其实，这和我们的破案很相似，有时候某个案件错综复杂，一片混沌，但只要跳出圈子，换一个视角，往往有新的发现。"他继续说道：

"刚才是从宏观上、从哲学高度讲，如果从微观、从纯技术角度来看，也是可以达到的。人类之所以会死亡，是因为人体细胞只能分裂约 50 代，就会衰老。人体中刚受精的胚细胞中，其染色体顶端有大约 1000 个无编码意义的碱基对，它们就像鞋带端头的金属箍，对染色体长链起保护作用。但在活体约束中，一种细胞凋亡酶 CPP32 向所有细胞发出密令，使它们在每次分裂时失去一些碱基对，染色体因而逐渐失去保护，细胞就开始衰老死亡。再问一次，你能听懂吗？不懂就问，不要爱面子。"邓飞开玩笑地说。

龙波清已听得入迷："请继续。"

"癌细胞与此不同，它有一种端粒酶 PARP 可以克制凋亡酶的作用。所以它是长生不死的。100 年前，李先生用克制端粒酶的办法，治疗了千百年令医学界束手的绝症，并因此扬名于世。"

他有意停顿一会儿才说：

"然后，李先生就想到事情的另一面，如果把细胞凋亡酶去除，使人体细胞都能正常分裂同时控制分裂速度，实际上也就是使 RAS 基因回复到原始生命的状态。那会是什么结果？那就是千百年来人们孜孜追求的长生不老。说起来简单，实行起来难度极大，但李先生终于成功了，并把这种手术施之于自身。于是他成了第一个长生不老者，直到现在还保持着 40 岁的身体。"

邓飞介绍完了，龙波清久久与他对视，屋里安静极了。邓飞皱着眉头说：

"老实说，过去我把萧水寒当作潜在罪犯时，我倒对他一直怀着敬意。知道了真相，我反而鄙视他可怜他。他像个土财主似的守着这个秘密，像个土拨鼠似的东躲西藏，为的什么呀？我简直怀疑他有恋宝癖。"

公安局局长似乎没有听到这段话，一直在按自己的思路思索。最后他决断地说：

"我们也暂时为他保密，你先回家见见老嫂子，我还要向上面汇报。我想，这个足以影响全人类的无价之宝，如果仍归私人收藏，恐怕不合适。太可惜，也太危险。"

邓飞走后，他沉思很久，最后直接要通总统办公厅的电话。他要求立即安排与总统的见面，有极端重要的事情汇报。

萧水寒在蓬莱海滨的高级住宅区买了一套房子，邱风出院后就搬进去了。他原准备送邱风到澳大利亚定居的，但孩子的早产打乱了他的计划。

邓飞成了他家的常客，也是唯一的客人——萧水寒没有对孙思远生命研究所的同事们泄露真情。邓飞对女主人自嘲道：

"我就像《80 天环游地球》中的侦探费克斯，满世界追踪罪犯，却发觉追的是一位绅士。"

他非常热情，替邱风请保姆，买婴儿衣服，每天跑里跑外。不久，邱风就觉得再称他邓先生未免太见外了，应该称呼邓叔叔。她没想到这把邓飞吓了一跳：

"别别，千万别这样称呼。"他看看萧水寒，"就称我邓大哥吧。"

邱风为难地看看丈夫，丈夫微笑着默认了，邱风高兴地说："那好，就依邓大哥的意。"

邱风的奶水很足。"看来我体内的黄体酮就是多，特别适合做母亲。"邱风半开玩笑半是自豪地说。每天保姆把毛毛抱过来,他把头扎在母亲怀里,咕咕嘟嘟咽着乳汁,吃饱了,自动放开奶头,依偎在妈妈怀里,漾着模模糊糊的笑容,眼珠乌溜溜地乱转。

邱风对自己的女儿简直是百看不厌,她把心思全放在女儿身上,甚至没注意到丈夫又恢复了周期性的抑郁。当母亲咿咿唔唔逗女儿说话时,萧水寒常走到凉台上,眉峰紧蹙,肃穆地遥望苍穹,去倾听星星亿万年的叹息。这时,170年的岁月就像溪水一样,静静地从他的脑海中淌过去。

还有混沌未开的毛毛,也无时无刻不笑卧在他的思绪里。他没有像邱风那样爱形于色,但他对毛毛刻骨的爱恋绝不逊色于邱风。

他曾认为,如果长生更有利于延续人类种族,那么,扼杀后代的生存权利并不是罪恶——这种观点理论上并不错,可是,在毛毛面前,你能再坚持它吗?

邱风悄悄地走过来,依偎在他的身旁。他问:"毛毛睡着了?"

"嗯,这孩子真乖。你看这孩子最像谁?"

"当然是像她妈妈啦。"

"不,我看她最像你,特别是眼睛和嘴巴。"

萧水寒笑起来:"我就是这个丑模样吗?"他收住笑声,沉沉地望着妻子:"风儿,今晚我想和你谈一件事,好吗?"

邱风忽然想起丈夫的恶誓,还有这几天的抑郁,她很内疚,只顾疼女儿,忘了关心丈夫。她忙说:"好的,你快说吧。"

"风儿,这两个月的旅途中,你是否发现过什么异常?"

"有啊,邓飞一直在偷偷监视着我们,他原以为你与几位科学家的失踪有关,后来才知道是一场误会。"邱风天真地说。

"傻姑娘啊。"萧水寒叹息着,又沉默很久,不知如何开口。"我先给你讲个故事吧。"

他扶邱风在凉台的吊椅上坐下,娓娓讲述李元龙的故事,他讲少年李元龙如何艰苦求学,一只木棍挑着一个馍馍包裹步行到校,这就是一星期的口粮;青年时代的李元龙如何才华横溢,用基因疗法征服了癌症;后来,他发现长生之秘并施之于自身,便悄然离开社会;他化名刘世雄隐居30年,彻底完善了长生医术。刘世雄消失后,库平又出现了,这次他特意选择另一种人生之路,看来是失败了。虽然库平一直保持着40岁的巅峰智力,但他作为工程师的一生显然十分平庸,因为他的思维已形成固定的河床,难以改道了。于是他不得不回到生物学领域,在这个领域他仍然如鱼得水。但可叹的是,他终于未能超越李元龙。

因为他已经没有了那种新鲜,那种青年的幼稚莽撞和胆大妄为,那种天马行空般的思想驰骋。

邱风兴奋地叫起来:"原来你一直在追寻李先生的下落啊。他真的发现了长生之秘?他现在在哪儿,你找到他了吗?"

萧水寒不易觉察地苦笑一声,发出170岁老人才会有的苍凉叹息:"傻姑娘,你不久就会知道的。"

看着邱风的天真,他实在没有勇气把真相撕破。

邓飞的秘密监视点离萧水寒的新居不远,蓬莱公安局遵照总部命令,派了精明干练的何明和马运非来监视萧水寒。这两人整天守着窃听器,或者用高倍望远镜观察那幢住宅的动静。邓飞这几天有些反常,他似乎也传染上萧水寒的低度抑郁,常常独自默默地凭窗眺望。

正在监听的何明忽然抬起头来,吃惊地问:"真的吗?这是真的?真有一个长生不老的李元龙?"

邓飞不能向他们深入介绍案情,不置可否地说:"甭管真假,继续听下去吧。"

何马二人很兴奋,绝对想不到自己参与的竟是世界级的秘密!他们聚精会神地听下去。但萧水寒已截断谈话,听见有热吻声,邱风热烈地邀丈夫今晚同床,接着,窃听器中传来窸窸窣窣的脱衣声。小马笑着说:

"两人已上床了,再听下去是不是有点儿缺德?把窃听器关了吧。"

邓飞烦闷地说:"听下去。是局长亲自下的24小时监听的死命令。"两人看到老邓的情绪不好,偷偷吐吐舌头,安静下来。

他俩和邱风一样，没有想到年轻的萧水寒就是170岁的李元龙。

凌晨，萧水寒悄悄下床穿衣。邱风睡得正香，白色毛巾被裹着她生育后丰满起来的身躯，她口唇湿润，乌发散落在雪白的被单上。萧水寒悄悄俯下身，轻轻吻她一下。他强忍心中的苦楚离开邱风，又到保姆屋里看了毛毛。毛毛也睡得十分香甜，小嘴咂咂有声。李元龙在婴儿床前久久伫立，最后俯身吻吻孩子，决然转身，脚步滞重地走出去。

他步行约十千米，东边，海天相接处开始微现曦光。他来到海边的一个小港湾，一艘游艇泊在岸边。听见脚步声，一个中年人从船舷上跳下来：

"是萧先生吗？你好，按你的吩咐，游艇已检修过，加足了柴油。"

李元龙笑着点头，掏出一张支票递过去。那人看看数字，感激地说："萧先生太慷慨了，这种柴油动力的游艇马上就要淘汰，你却付这么高的价。"

李元龙笑着挥挥手，跳上船去。中年人为他解开缆绳，交代道："萧先生，这艘船已破旧，最好不要开得太远。对了，你没有交代要干粮，我还是备了一些，就在船舱里。"

"好的，谢谢你，再见。"

游艇笔直地朝外海开去，船尾犁出一道白色的水沟。晨光熹微，浑浊的海水逐渐变成清澈的深蓝色，海鸟拍翅在船后追飞。这时一个人从船舱里钻出来，走进驾驶室。正在仪表盘旁操纵的李元龙没有露出惊异，朝邓飞点点头：

"我知道你要来。"他又回身驾驶游艇。

邓飞沉默着，很久才问："你要把生命交给大海？"

李元龙点头。

邓飞低声道："这到底是为什么呀，你肯轻易抛弃长生，却不愿把长生之秘与人类共享？"

李元龙直视着前方："年轻人，那真是一件好礼物吗？我说过，一代人的长生势必扼杀后代的生存权利，否则，地球很快就要撑破了。但我们对后代的义务已刻印在遗传密码中，我们难以逃脱冥冥中的约束。所以，当我从造物主那儿窃得长生之秘时就对造物主作出许诺：亲子出生之时，我一定结束自己的生命。现在是我履行诺言的时候了。"他看看邓飞，苦涩地说："我不忍心把真相告诉邱风，只好有劳你了，邓先生。"

邓飞犹豫着，慢慢掏出手枪："请原谅，我不能做你的信使。我不得不执行总统亲自下达的命令。"

李元龙淡淡一笑："那玩意儿对求死者无用。"

邓飞扣下扳机，一颗麻醉弹炸开，蓬起一团烟雾。李元龙的身体晃动一下，邓飞迅速抱住他，把他扶到后边的船舱。游艇掉头向大陆开回去。

邱风早上发现丈夫不在床上，她以为丈夫是去散步了，这些天丈夫常常独自散步。九点钟丈夫还不回来，她开始着急了，频频到大门观看。正在这时，门外响起汽车声，邓飞匆匆进屋。

"什么？他去大海自杀？"她吃惊地喊，确认邓大哥不是开玩笑，立即泪水汹涌。"为什么，难道他不爱我和毛毛吗？或者……"她联想到丈夫近日的抑郁，"莫非又是那个前生的恶誓？"

邓飞怜悯地看着幼稚的邱风。说出真相对他是很艰难的："难道你一点也没有觉察到？他就是长生不老的李元龙啊。"

邱风无声地张大嘴，慢慢坐到沙发上。屋中只有毛毛的咿唔声，很久，邱风从震惊中惊醒，困惑地说："不管他是谁，我都一心一意地爱他。可是，如果他能长生，为什么要抛下我们去自杀？他为什么不让毛毛和我也长生？"

邓飞暗暗叹息，明白了李元龙为什么在永别人世时竟然未向妻子透露真情，这对夫妻在思想层次上属于两个世界。他艰难地向她解释了李元龙与上帝的盟约，以及他对"地球被撑破"的担忧。邱风不解地问：

"可是这和他自杀有什么关系？他要不愿长生，至少要陪我和毛毛度过正常人的一生啊。"

邓飞摇摇头，他觉得对头脑简单的邱风，恐怕再解释也没有用。不过，反过来说，这种女人的简单思维，有时反倒是解开乱麻的快刀。他低声说：

"你去劝劝他吧。带上毛毛，我们只能靠你和毛毛拉回他的心。总统希望他能活下来，希望他把长生之秘交给国家。"

李元龙被软禁在一间心理实验室里。透过巨大的全景观察窗，可以看到室内只有一把固定在地上的椅子，墙壁上敷有泡沫塑料贴层，那是防止他自杀用的。各种仪表对他的脉搏和血压等进行着遥测。

窗外的环形座位上有十几个人，这是总统智囊团的全部成员。李元龙正平心静气地与他们对话：

"你们问我为什么不向世人公布长生之秘，很简单，我不能把一种未经考验的药品贸然推向社会。我隐姓埋名，用130年的时间对长生这种生命形态做了严格的验证。很遗憾，我发现，尽管我的体力和'本底智力'在170岁时仍能保持巅峰状态，但大脑的创造力却萎缩了，难以进行创造性思维。而创造性思维正是人类得以发展的原动力。也许，"他苦笑着说，"上帝为我们选定的生死交替仍是最佳方式。"

外面的于亚航教授已经白发苍苍，但在对"年轻的萧水寒"说话时，仍感到年龄加权威的压力，他毕恭毕敬地说：

"李前辈，恕我不能同意你的观点。长生可以无限延长人的有效寿命，对人类的继续发展至关重要。至于那些枝节问题是很容易解决的。"

李元龙微笑道："如果伟大的牛顿活到20世纪，并保持巅峰智力，那么，以他的权威，他能容许爱因斯坦的相对论吗？"

于教授迟疑地说："我们完全可以采用自愿或强制退休的办法，比如，150岁后退出科学研究。"

"既然这样，怎么'无限'延长人的有效寿命？如果具有无效寿命的'年轻人'充斥地球，怎么容纳有创造精神的后来者？不，这并不是枝节问题，是一个无法克服的固有矛盾。"他停顿一会儿，补充道："造物主选择生死交替，是因为它更有利于生物体的变异进化；我暂时冻结长生术，则是因为它不利于智力的变异进化。这个圣诞礼物还是等到圣诞节再拿出来吧。"

邓飞领着苦恼焦灼的邱风走进实验室，惊奇地发现总统竟然也在场，他与龙波清坐在后排，脸色阴沉，秘书时而与他低声交谈着什么。龙波清看见邓飞，竖起一只手指向他示意，让他带邱风上前。邱风一进屋就扑到玻璃窗上，把毛毛举过头顶，嘶声喊道：

"水寒，不要抛弃我们！难道你舍得毛毛吗？"毛毛被惊得大哭起来，小手小脚使劲舞动着。"水寒，我不求你长生，你和我度过50年人生后，我们一块儿去死，好吗？"

液晶屏上显示，李元龙心跳加快，血压升高。但不管内心如何痛苦，表面上他有效地克制了自己的激动。他平静地说："风儿，好好活下去，请你谅解我，我不得不履行对上帝的允诺。"

总统对他的固执已经忍无可忍，他要过话筒严厉地说："李先生，我是总统，请原谅我的坦率，我想你无权把人类渴盼的长生之秘带到另一个世界，那是人类的财产，并不属于你个人。我们不会让你自杀的，我们的医疗小组会使用一切手段维持你的生命。如果你一定要死，至少也要把长生之秘先交给国家。"

李元龙微微一笑："不必担心，一个人的死亡垄断不了长生之秘。"他闭上眼，一种奇怪的笑容在他的脸上漾开。他自语道："人类不需要不死的权威。"

液晶屏上显示他的血压陡降，呼吸忽然停止，心电曲线随即拉成一条直线。几名医生急急地冲进室内，围着李元龙忙乱地抢救。几分钟后，一名医生抬起头惊慌地报告：

"他已经死了！竟然坐化了！真不可思议。"

邱风的身体缓缓晃动一下，慢慢顺着玻璃滑下去。邓飞手疾眼快，一把扶住她，从她手中接过孩子，把邱风平放在地板上。回过头，他看见总统怒气冲冲地走了，随从人员也鱼贯而出。龙波清远远地向邓飞苦笑一下，耸耸肩膀，也低头走出去。

夏天的傍晚，阵雨刚过，东边天空挂着一弯绚丽的彩虹。一个老人踏着雨水来到天元生物工程公司的大楼下，默然仰视着象牙质的斯芬克斯雕像。

狮身人面像晶莹洁白，光滑圆润，造型灵动，昂首啸着如血残阳。老人沉思着，从头到尾轻轻抚摸它。

何一兵从监视屏幕上看到老人,立即下来了:"邓先生,你好。"

"你好,何董事长。"

"萧太太和孩子安排好了吗?"

"嗯,在澳大利亚的一个岛屿上,那个岛漂亮极了。"

"她的心境怎么样?"

"她当然很难过,我想——还有些怨恨。她怪李先生迟迟不告诉她真相,怪他用虚无缥缈的什么盟誓摧残此生的幸福。不过,她现在已经想通了,你不必为她担心。做了母亲的女人,心理再生能力是很强的,李先生的估计没有错。"

何一兵叹道:"我曾认为自己是萧水寒的朋友,当我知道他就是170岁的李元龙先生时,我不敢以朋友自居了。他是一个伟人,一个遗世而独立的伟人。可惜他的长生之秘未能留下。"

邓飞微笑道:"是很可惜,不过我们还是相信李先生的安排吧,我们谁都比不上他的远见卓识。"

他们寒暄后告别,并约好星期天一块去钓鱼。何一兵看着邓飞的汽车溅着水花开走了,他回到狮身人面像旁,静静伫立。

这是李先生留下的人生之谜,是人生之交替,大道之循环。他猜想到,很可能,有关长生术的高密光盘材料就藏在狮身人面像的体内,是在用基因技术造出它之前就埋下的。但他愿终其一生为李先生保存这个秘密。所以,这些日子他一直在精心守护着它,对任何来人都睁着第三只眼睛。

他不知道邓飞也猜到了这个秘密。

天　图

　　我接到林哥电话那天好像正赶上愚人节,但后来的事态发展证明,这并非愚人节的玩笑。林哥是中科院科学传播局的一位中层领导,很年轻,没比我大几岁。而我的公司有一个非常拉风的名字,叫"未来世界驻当下联络处",我自封处长,主要业务是联络科学家、科普科幻作家,组织一些公益或联谊活动。近两年的多次活动中,林哥帮了大忙,我们处得很融洽,可以拍肩头兄妹相称。林哥说:

　　"小易,林哥有一件大事要拜托处座你啦。"

　　我笑着说:"我这个假'处座'哪敢在真处座面前嘚瑟?没说的,林哥难得求我,小妹当尽洪荒之力。什么事?"

　　奇怪的是,林哥似乎有点难为情:"这件事嘛……坦率说颇有点不着调。是外地一个老人辗转找到我,给我一份'天图',说是他孙子张元一的毕生心血,属于明天的科学,请我找几个科学家鉴定……"

　　我不禁失笑:"毕生心血?他孙子高寿?"

　　林哥也笑:"他孙子高寿16岁,但这句'毕生心血'并非我的口误,而是老人的原话。小易,我本来绝不会揽下这事的,因为打眼一看,就知道这又是一个标准的民科,说不定还加上精神错乱。但我到底没忍心拒绝,知道为什么吗?"他很快自己回答,"是因为一张十年前网上流传过的照片,我先发给你。"

　　我很快在微信上收到照片,看后心中猛然揪紧,因为——照片我见过!那时我还是高中生,正是多愁善感心灵敏锐的年龄。这是一张车祸照片,地上躺着一辆严重变形的自行车,一男一女两具尸首,血迹淋漓。一个五六岁的小孩坐在血泊中,似乎没有受伤,满面血污的面孔正对着镜头。他吓傻了——不，不是傻呆，他的目光是冷静，更准确地说是冷漠。这种冷漠与惨烈的背景形成极为割裂的反差，令观者心中压上一块阴冷的巨冰。网上有知情人说，孩子患有严重的自闭症，也许并不理解父母的惨祸，这算是他的幸运吧。但正因为灾难主角不能理解悲痛，更能震动旁观者的心弦。即使时隔十年重睹这张照片，我心中仍有如遭雷殛的感觉。

我努力平静了自己，说："林哥，这张照片我见过。你往下说吧。"

电话那头的林哥肯定猜到了我的心潮激荡，知道我不会拒绝了，笑着说："刚才说了，我实在不忍心拒绝这位舐犊情深的爷爷，但以我的公家身份，肯定不适合向外推荐这份'天图'。后来一想，让小易干这件事不正合适吗？你是未来世界驻当下联络处的处长，推荐'明天的天图'本来就是分内工作。何况你又是圈内有名的美女……"

我说："打住打住。关于容貌的恭维我收下了，但对这句话中隐含的性别歧视提出严重抗议。你是不是说：漂亮等同于弱智，即使向外推荐一份神经错乱的劳什子天图，也不会有名誉损失？"

林哥大笑："哪里哪里，你完全猜错了我要说的话。我是说，像你这样有亲和力的美女托人办事，受托者肯定格外上心，这样才不会辜负那位老人的心意。"

我有点感动，痛快答应了："林哥，你是个热心肠，好心人。我嘛也自认是好心人。把那份天图给我吧。"

一个小时后林哥派人送来了那份天图，只有一页，幅面很大的绘图纸。打眼第一个印象是——神经错乱者的狂暴。纸上密密麻麻全是手写的小字，字迹扭曲变形，不分行不分段，纸的天地头和两侧都没有任何留白，给人以极为压迫的感觉。仔细看，写的似乎是阿拉伯数字、英文字母、拉丁文字母，夹着不少数学符号，但很难辨认，没有任何规律可循。老实说，我已经开始后悔对林哥做出许诺，不想把这件劳什子"天图"向外推荐。但我当然不会食言。我精心拟了一封邮件，说这份天图的作者张元一是位患严重自闭症的白痴天才，据说天图中藏着某些惊人的秘密，请专家们努力破解。然后把邮件连同天图的照片发给了我熟悉的各领域的几十位科学家。

接下来是等待。

一星期过去了，没人回复。我给几个关系最铁的科学家哥们儿打了电话，难为情地追问那份天图的事。对方都说仔细看过了，目前还没发现有什么，他们会继续努力，等等。我总觉得他们的回答只是顾全我的面子而已。又过了几天，我已经准备给林哥交差了，忽然接到沈世傲老师的电话。他是合肥中科大的教授，著名物理学家，中科院院士，很年轻，但在国际上已经享有相当的声誉。我把"天图"发给他时曾颇为犹豫，这样的国宝级科学家每一秒都很珍贵，我不该浪费他的时间。好在他为人随和，与我相处甚洽；何况他并非枯坐书斋的人，兴趣广泛，多才多艺，酷爱围棋，喜欢国学，我想，我的求助不过是为他丰富多彩的生活增添一朵浪花嘛。当时我为自己找着理由，硬着头皮把天图发去了。

电话中沈老师说："小易，我来北京出差，顺便处理一下你那件事。那份天图，原件在你手里吗？"

我的心脏突然停跳！"沈院士，沈老师，在，天图在我手里。你……发现什么秘密了？"

沈老师笑了："说发现什么为时过早，不过我觉得，值得花时间看看原件。"

这句话足以让我心潮澎湃了。半个小时后，我带着天图原件急匆匆赶到他下榻的酒店。他的助手没有耽误，立即把我带到沈老师的房间。沈院士身材不高，貌不惊人，衣着随便，单从外表看，是那种扔人堆中就找不到的平凡人，只有相处久了，才会感受到他磅礴的才华。他没怎么寒暄，接过天图就埋头观看，足足看了30分钟。他眉头微蹙，双目微眯，似在专心看这张纸，又像是透过纸面看远处。我紧张地盯着他，喘气都不敢大声。这时我才承认，其实在我内心深处非常盼望能有一个正面的结果，这对那个未曾谋面的、严重自闭的可怜孩子，也许是他人生的唯一意义……沈老师看完了，轻叹一声：

"果然是幅三维画。小易你会看三维画吗？"

原来是三维画！竟然是三维画！初中时我因偶然原因喜欢上了三维画，有一段时间甚至很痴迷，买了好几本三维画集，现在还保存着。三维画都是些复杂的平面图形，初看似乎杂乱无章，观看时必须把双目的焦点定在"似看非看"之间，放松意识同时又要凝神细看，然后平面的图形中会慢慢浮出一幅立体感很强的画面，那种"突然而至"的感觉妙不可言。我忽然悟到，刚才沈老师的"遐思"表情，其实正是看三维画的标准姿态！可惜，天图到我手中已经七八天了，我这个昔日的三维画迷竟然没有想到这一点！

我急迫地接过天图，凝神观看。多年未练习，我看三维画的技艺已经生疏了，但在努力看了十分钟后，一个模糊的立体图形开始浮现，好像是一个扭曲的细长螺号，开始较粗，逐渐变细，成螺旋状向纸面外延伸，悬浮在我的视野中。再凝神细看，螺号并非中空，而是复杂的树网状结构，它们是由数字、字母和数学符号组成，扭曲交错重叠，不好辨认，不过我还是从中认出了一些最熟悉的物理学经典公式。但三维画是不能久看的，随着眼睛的疲劳，这个三维图形慢慢消散，再度回复成一幅杂乱无章的二维图形。

我不由心绪震荡。这幅三维画并非我过去看的精美印刷品，而是一个16岁孩子用手工绘出的，但仍能表现出逼真的三维效果。也许他确实有特殊的才能？沈老师问：

"那个暗藏的图形你看到了？"

我用力点头："嗯，是一道由物理学公式组成的复杂树网，整体呈螺号状，由粗变细，从纸面上盘旋突起。我甚至辨认出几个最熟悉的公式，像牛顿定律、相对论和量子力学公式。"

沈老师也点头。"嗯，是的。科学界认为，最基础的自然科学是物理学和数学，所以上帝的天图，就其最深层面来说，是由物理学和数学语言来描绘的。而这张图中隐藏的三维螺号，就是由数学公式搭成的整个物理学的骨架，所以那位老人称它是天图也算贴切。它越来越细，象征着大自然的规律越到深层越是简约。小易，你说你看到了相对论和量子力学的公式，它们大概在这个螺号的什么位置？"

我凭着记忆，用手在纸面上也延伸到纸面外大致勾勒出那个螺号的形状，然后在后端某处点了一下。沈哥点头:"对,大致是在这个位置。它并非螺号的尽头,其后还有相当的延伸。"停停他补充道,"但我尽力看了,没有发现与弦论包括 M 理论有关的东西。"

我的反应太慢,过一会儿才意识到这句平常话中的惊人内涵。他是说:那位 16 岁的白痴天才用数学公式构建了物理学的整体骨架,包括所有已知的物理发现如相对论和量子力学,也包括这两者之后的"明天"的物理学——但不包括弦论,这暗示这个假说可能是错的,将被明天的科学所抛弃。我的心脏狂跳不已,喃喃地说:

"难道他真的……我不信,我知道世上有杰出的草根天才,像印度的数学天才拉马努金,没受过正规教育却在代数学上做出划时代的成就;世上也有患自闭症的天才,像获诺贝尔奖的美国经济学家纳什。但我不相信,一个 16 岁的自闭症患者,没上过学,竟然能够构建整个物理学的骨架,甚至包括明天的物理学!我真的不信……"

沈老师干脆地说:"我也不信。我说不信不单是针对他,针对所谓'民科',也针对所有的专业科学家,因为今天的物理学已经如此浩瀚,再杰出的天才也不能通晓全局了,再不会有伽利略和牛顿那样集大成式的科学宗师了。但不管怎样,我觉得这份天图中有一些真东西。"

"如果……他为什么要装神弄鬼,把这些内容隐藏到三维画中呢?"

沈老师摇摇头:"不知道,也许他是想对观看者设置一个小小的开门密码,也许这只是一个神经病人的信笔涂鸦……不管怎样,我想去拜访一次。"

我喜出望外:"这当然好!可是……我知道你的工作十分繁重,真不好意思再让你耽误……"

沈老师摆摆手止住我的啰唆,开始商量行程。我先向中科院的林哥要了张元一的地址,当然此刻我不会透露沈院士要亲自拜访,那样太张扬了。尽管我没有说明,但拜访本身就是一种肯定,这是不言而喻的。林哥自然高兴,但他处事很有分寸,没有过早追问具体进展。他说:

"衷心希望你这次去能有收获。对了,当时张爷爷还说过一件事,我觉得它更……"他显然是想说"更不靠谱",但把后三字咽下了,"就没有告诉你。

既然你要去,顺便把这事落实一下。"

"什么事?"

"张爷爷说去年春节期间,他孙子曾经向马斯特挑战,结果基本战平,不让子的。你肯定知道这次战例。"

"什么马斯特……噢,你是说那个叫 master 的围棋程序?天哪……"我震惊地看着沈院士,他也是满目震惊。

2016 年 3 月,一个叫阿法狗的围棋程序战胜了人类超一流棋手李世石。没有多久,又有一个叫 master 的匿名棋手在网上挑战,一月之内横扫 60 名人类超一流棋手,包括世界排名第一的 K 君。K 君当年不到 20 岁,恃才狂傲,经常在微博上傲娇"对不起,我又赢了,我还是天下第一",或者"阿法狗能战胜李世石但胜不了我"。后来人们知道——其实大部分圈内人事先都猜到了——这位 master 不是人类棋手,而是阿法狗的升级版。这是人工智能史上最炫目的一刻,或者说是人类智慧在围棋领域最屈辱的一刻。此后十年中,master 的棋力更是飞速精进,在与所有超一流选手的对弈中已经能让九子而保持全胜。从此,所有天才飞扬的人类棋手包括 K 君都屈辱地递了降表,再不企望能有翻盘的机会。中间唯有一次,就是去年春节,一位匿名棋手向 master 挑战,不要让子,最后以四分之一子落败,这几乎就是胜利了。但媒体并没有为此欢呼,因为大家早就公认了人工智能在围棋领域的绝对霸主地位,猜测"他"肯定不是人类选手,只会是另一个与 master 水平相当的围棋程序。此后,这位匿名者销声匿迹了,这更坐实了社会的猜测。

但如果他是 16 岁的张元一……我确实不相信,一万个不相信。世上没有这样的超天才,可以在数学物理学围棋领域里通吃天下。但我答应林哥会去落实这件事。沈老师也饶有兴趣,笑着说:

"看来这趟拜访更有必要啦。我因为酷爱围棋,和不少国手是好朋友,这次我要代他们去弄清这桩谜案。"

沈院士没让助手随行,安排他在北京等着。我们俩乘飞机来到张元一的家乡,一个北方地级市。把行李放到酒店,草草吃了晚饭,就匆匆赶去了。

我们没有提前通知张爷爷,虽然贸然拜访有些失礼,但我们是想观看这个家庭最"自然"的状态。这儿是典型的城中村,院落之间相距很近,临路的院墙上写着斗大的"拆"字。张家的院子很小,自建的二层楼,一层有客房主卧厨房,楼梯设在露天,楼梯间是小小的厕所,二楼只建了一间屋子,其余是空的屋顶。张爷爷白发如雪,连寿眉也是白的,身体比较衰弱,行走有些艰难,但衣服整洁,举止有礼,应该是处于社会底层的知识分子。他看到北京客人"手捧天图"来拜访,又激动又感动,几乎语无伦次,可见他一直焦灼地盼望着他那次"上访"的结果。他说孙子在楼上卧室,在领我们见孙子之前,先为我们详细介绍了张元一的情况。

张爷爷说,元一从小就患有自闭症,在经历了那场惨烈车祸后陡然加重。他的自闭已经严重到这个地步:除了下楼解手外从不出卧室门,从不与外人交流,即使与爷爷的交流也极少,以至于语言能力大大退化。他的食谱永不变化,一日三餐都是一杯牛奶加一个包子,甚至喝牛奶必须用特定的奶瓶。张爷爷特地展示了冰箱中储存的一大包奶瓶和奶嘴,说这是为孙子的一生准备的,因为他担心这种奶瓶会断货。元一只吃爷爷送来的饭,上次张爷爷去北京,来回三天,请邻居奶奶照顾元一,但他绝食了三天——奇怪的是他并不显得饥饿衰弱,三天不吃饭也若无其事,只是把邻家奶奶差点急疯。说到这儿,张爷爷热泪奔流:

"我为他到处求过医,看来治不好了。我这把年纪,还能活几年?十年是一大关。我真担心,我死后这娃儿咋活下去!"

他哽咽失语,我和沈老师也只有陪着唏嘘。

张爷爷擦擦泪水说,但元一肯定是个天才!他从小喜欢在爸爸的电脑上玩游戏,是周围孩子们公认的绝世高手;后来不玩游戏了,每天沉迷于网络中瞎鼓捣,鼓捣的东西肯定和物理数学有关,但更深的东西张爷爷看不懂。张爷爷为了满足孙子的唯一爱好,省吃俭用,为他购了最高配置的电脑,配了1G的网络。元一平素没什么喜怒哀乐,只有去年春节期间他显得沮丧,爷爷百般探问,才知道他曾在围棋上挑战马斯特,但输了。张爷爷没接触过围棋,不清楚这个姓马的什么来头。后来打听出来了,才知道孙子的"输"实际很了不起！之后孙子突然迷上绘制"天图"，没日没夜地干，绘好后交给爷爷，但什么也不说。爷爷只能猜度着孙子的心意，把它送到了中科院。张爷爷小心地问：

"那份天图……真的有价值吗？"

我看看沈院士，这个问题只能由他来回答。沈老师态度温和，谨慎地说，"眼下回答还有点儿早，只能说它里边好像藏了某些真东西，我们这次登门拜访就是想尽量找到答案。"老人感激地点头，说：

"那好，我领你们上楼吧，正好他该吃饭了。按说该叫他下来见客人的，但这孩子……还有，你们上去以后他很可能不理不睬，请二位不要见怪。"

我忙说，"哪里话，知道他有病，我们不会计较的。"张爷爷去厨房拿了一个热包子，一瓶牛奶，小心地试了牛奶温度——他说元一从不知道热凉，领我们上楼。楼梯比较陡，张爷爷腿脚又不灵便，我忙接过他手中的食物。

在进张元一卧室前，我们先通过窗户看到了他。他正在电脑前伏案工作，电脑桌面对窗户，所以他以正面对着我们。他个子瘦小，看起来比实际年龄更小一些；眉目清秀但面色苍白，这当然是常年不晒太阳的缘故。我们上楼的动静按说他会听见的，但他没有任何反应，照旧专注地看着电脑屏幕，又像是透过屏幕看着远处，目光冷静，或者说是冷漠。在这一瞬间，跨越十年的时空接合了，我分明看见那个满面血污目光冷漠的六岁孩子，心中止不住发疼。

我们进了屋，张爷爷喊："元一，北京来的叔叔和姐姐专程来看你啦。"不出所料，张元一果然"不理不睬"。张爷爷抱歉地看看我们，说："元一，该吃饭啦。"爷爷要接过我手中的食物，但我忽然有个闪念，小声说：

"张爷爷，我来试试吧。"

张爷爷微微摇头，意思是这孩子不会接受外人送的食物，但没有阻拦我。我走近孩子，用最温柔的声音说：

"元一，姐姐把牛奶和包子送来啦，快吃吧。"

我把食物递过去，元一照旧敲键盘，没有任何反应。我等了很久，有些尴尬，但没有退缩，把右手的包子也递到左手，上前一步，轻轻地拍拍他的脸颊。张爷爷吃惊地看着我，他——其实还有我——是担心这个自闭症患者会有粗暴的反应。我柔声说：

"元一，快接着，要不姐姐多没面子，姐姐会伤心的！"

在我拍他脸蛋时，我敏锐地察觉到他的肌肤有轻微的战栗。然后他抬头很快扫我一眼，漫不经心地接过牛奶和包子，低下头大口吃喝。这边，三个人的目光欣喜地互相撞击：我的冒险成功了！看来元一并没有完全自闭，要不就是和我特别投缘。

元一吃喝已毕，把奶瓶递给我，又恢复了他的"闭关"状态。我们互相使个眼色，轻手轻脚地离开。回到客厅后，张爷爷拉着我的手，感激地哽咽着。我知道他为何感激，他是在庆幸，有我这个成功先例，以后请一个保姆兴许也能做到，他不用担心自己百年后孙子会饿死了。我也很有成就感，但欣喜中夹着浓浓的酸苦。

沈老师沉吟片刻，说："张爷爷，我有一个冒昧的请求：想等元一睡着之后检查一下他的电脑，可以吗？"

张爷爷显然很犹豫："从时间上说嘛……倒没有问题，元一每天夜里12点准时睡觉，凌晨4点准时醒来，在这4个小时内放炮他都不会醒，你可以趁这个时间检查。可是，电脑他设置有密码，好像还挺复杂。"

"我试试吧，应该能解开，我会一些手法。"

"可是——你检查电脑后，他会不会觉察到？"

这显然是张爷爷最担心的事。电脑可以说是元一的一个器官，甚至是他生命的核心。如果元一觉察到外人侵入电脑，会不会有狂暴的反应？不过对这一点，沈老师显然已经考虑过了，立即回答：

"你说得对，他如果精通电脑，应该会发现我进入的痕迹。但他既然费那么大劲绘出天图，托你送给科学界，而天图中的内容肯定来自电脑，那么我想，他应该不会反感我的检查。"

张爷爷犹豫着，既怕这件事惹怒孙子，又急于知道那份天图究竟有没有价值，因为这象征着孙子人生的意义！最后他横下心，点头同意了。

他把客厅沙发收拾好，铺上干净的毛巾被，让我们先抓紧时间休息一会儿，12点前他会唤醒我们。沈老师睡长沙发，我个子小，睡那张两人沙发。

我们和衣睡下，很快进入梦乡。11点40分，张爷爷喊醒我，给我一瓶牛奶，说这是元一的夜宵，三人上楼。这次我没怎么费事就让张元一接过了牛奶。他喝完正好是12点，于是他关了电脑，走向床铺，倒头便睡，几乎是立刻就睡熟了，根本不在乎屋里的外人。

确认元一睡熟后，沈老师立即在电脑桌前坐下，开始工作。我和张爷爷则拉了两把椅子，坐在床边，挡住元一到电脑的视线方向。这是我们预先商定的预防措施，如果元一突然醒来，我们要想办法耽搁他一会儿，让沈老师有时间撤退——我们想，最好还是不要让元一当场抓一个"现行"。

不过张爷爷说这只是预防万一，因为元一睡觉时从不会中途醒来。果然，他一直睡得很熟。他表情恬然，闭上双眼后眼缝显得很长，让我没来由地联想到睡佛的面容。我定定地看着他，看着薄被下这具瘦小的身体，尖锐的疼痛感止不住地敲击心弦。我不能想象，一个灵魂被永生囚禁在这个"人形监牢"中是什么感受，尤其是，如果他真是一个白痴天才，当天才之火在"人形监牢"中狂野地燃烧时，又会带来怎样的灼痛。不过也许我猜错了，也许他并无痛苦，因为他的灵智虽然被禁锢在实体世界里，但在网络虚拟世界里可以尽情驰骋，那个世界远比人世更广阔，而我认为的"人形监牢"反倒能帮助他隔绝外来干扰……

我回头看看沈老师，从我的方向只能看到他的背影，但能够感受到他身体上的无形张力。他已经顺利地解开密码，正在电脑中紧张地浏览。时间在无声地前行。三个多小时后，沈老师轻轻地长呼一口气，把电脑恢复原状，示意我们可以离开了。

我们轻手轻脚地退出卧室，但暂不下楼，藏在外面的黑影中等候元一醒来。我们毕竟不放心，想看看他重启电脑后的反应。手机上显示凌晨四点，元一像机器人一样突然醒来，一点儿不带惺忪睡意，清醒地走向电脑桌，坐下，打开电脑。他忽然露出惊诧的表情，动作也僵住了，很长时间双手一动不动，显然觉察到了电脑的异常。外面三人提心吊胆地等着。好在十几分钟后元一的神态恢复正常，开始敲击键盘，显然是把这一页翻过去了。

我们如释重负，格外小心地下楼，回到客厅，在沙发上坐定。沈老师在沉思，我和张爷爷都紧张地盯着他，等待他的判决。沈老师走出沉思，说：

"我确认了，那次向 master 的匿名挑战，确实是元一干的。"我惊喜交加，张爷爷更是笑容灿烂，不过张爷爷还是有怀疑：

"可是，他从来没学过围棋……"

沈老师很快解释说，"不是他本人在下棋。他同样也是通过一个程序。这个程序应该很大，没有放在他的电脑里，而是放在云存储中。我找到了双方交流的痕迹，去年春节前后，这台电脑同外界有频繁的交互指令。"

张爷爷高兴得合不拢嘴，故意贬损孙子："原来只是围棋程序的功劳啊，元一咋学会了吹牛，说是他在挑战马斯特。"

我为张元一抱不平："张爷爷你就别吹毛求疵了！他能编出这样的程序就很不简单，不，太了不起了！"

沈老师说："其实张元一没吹牛，在他心目中……"

他把下边的话咽下去了，但我敏锐地意识到他在说什么。他是说，张元一并没吹牛，因为在他心目中，他已经与电脑或那个程序，在人格上合为一体了。沈老师没把这句话说完，是怕刺激张爷爷，因为这有点"元一变成了机器人"的味道。

沈老师换了话题："但据我探查，那个程序不是 master 那样功能特化的围棋程序，而只是一个通用程序。它同样有深度学习功能，但远比 master 强大，可以说它就是互联网本身，甚至称它为'智慧'更合适。它能依靠网络中近乎无限的运算能力和存储能力，近乎无限的资料，所以，'自学'围棋对它易如反掌。它首战输棋只是经验不足，估计再下几场它就能通赢了。"

我忍不住问了我最关心的问题："沈老师，那元一的天图……"

"我确实在电脑中发现了天图的原型，而且可以多方位三维展示，可以对任一处无限放大，一个体量不大的图形中包含着极为丰富的内容。只是，这个图形可以用绘图机很方便地打印出来，为什么元一却耗费几天来手绘？"

对这个疑问，张爷爷给出了最简单的回答："我家没配打印机，估计元一不愿出门去打印。"

初听这个理由似乎很儿戏，但我想也许事实真是如此。对这样严重自闭的天才来说，也许仅凭记忆画出一个复杂图形要比出一趟门容易得多。我问：

"沈老师，那就是说，元一的天图可能出自那个通用程序？"

"嗯，这是唯一合理的推测。"

但我仍有怀疑："沈老师，如此强大的程序，真是元一独自开发出来的？他会不会只是在网络上偶然发现了它？可如果是这样，它又是谁开发的？它具体存储在哪儿？"

沈老师看我一眼，对这一连串问题都没有回答，只是说："今天实在太困了，休息吧。张爷爷，我们不回酒店了，就在这儿眯一会，可以吗？这儿的事情还没办完，我想抓紧时间。"

张爷爷高兴地答应了。我们各自睡下，熄了灯。但我情绪亢奋，睡不熟，半睡半醒中那张手绘天图老在眼前浮动，然后二维的纸面上浮出一幅三维图形，先是那个树网结构的长螺号，后来变成满面血污目光冷漠的六岁孩子……轻微的脚步声惊醒了我，是沈老师出去了。我揉揉眼，起身，跟着他到院中。沈老师在仰头向上看，在这个角度他是看不到元一的，只能看到从楼上窗户里泻下的灯光，显然元一还在玩电脑。今天是无月之夜，周围的村舍都黑着灯，只有张家楼上的一孔亮光。万籁俱静，偶尔传来遥远的犬吠。沈老师轻叹一声，说：

"小易啊，那张天图……也许就是明天的物理学，甚至是物理学的终极。"

我不由大为吃惊。我素知沈老师言不轻发，但这个结论过于惊人，我不敢相信。沈老师说：

"我正在思考，元一为什么要把所有物理公式组装成一个树网结构的三维螺号。我探查它的时间太短，更有可能是我智力有限，还没能理解它。只能凭直觉猜测，他是在把物理学公理化、几何化、整体化，是在搭建物理学的DNA结构。打个比喻吧，门捷列夫之前，各种化学元素的知识是一堆散沙，但门氏提取了其中暗藏的规律，然后就能大致准确地预判：可能还有哪些元素未被发现、未知元素可能有哪些性质，等等。元一也是这样做的，他搭建了物理学的DNA框架，理出了清晰的整体脉络。然后就能大致准确地预判，还有哪些领域未被发现，那个领域大致会发现什么规律，等等。我说它的尾端部分是明天的物理学,并不是指具体的理论公式,而是指已经确定的'占位'。至于那些根本不可能嵌进框架的假说,就可以提前淘汰。"他补充一句,"据我刚才的初步察看,没有弦论和暗物质的点位。"

他的描绘耀花了我的眼睛。如果真是如此,物理学将有一个爆炸性的升空,由盲目的试错变成依照地图的登山;而张元一,这个瘦小苍白心理自闭的孩子,将成为——不,已经成为物理学的终极宗师,其历史定位远远超过伽利略、牛顿、爱因斯坦。但……沈老师作为物理学家应该欢欣鼓舞的,他为什么神态苍凉甚至暗含悲怆?过一会儿,他突然转了话题:

"我说过,我喜欢围棋,同几个国手都熟不拘礼。前不久合肥有场赛事,我做东道宴请了几位。没想到酒席上我这个东道主竟成了众矢之的,几个家伙以酒盖面,群起攻击我——当然并非针对我本人,而是把我当成替罪羊。他们说,科学家实在是一群无事生非之徒,竭尽心智弄出来个阿法狗、master,毁了所有围棋选手的人生乐趣和人生价值。围棋是中国人最伟大的发明之一,用最简洁的棋类规则造就了天下最深奥的棋类运动。1996年,当国际象棋程序深蓝战胜国际大师卡斯帕罗夫时,围棋程序的棋力还不值一提,只相当于围棋业余二段。当时有人说,围棋在棋类中非常独特,下围棋不光需要高深的算子能力,也需要直觉,甚至是对美的感觉,而电脑程序不可能具有直觉和美感,所以永远不可能战胜人类的超一流棋手。这话言犹在耳,预言家就被啪啪打脸。2016年,阿法狗和master横扫天下。到了今天,master升级版更是把人类顶尖选手当成了玩物!再没人自吹自擂什么人类独有的直觉和美感了!更令人难堪的是,到后来master赢了棋,我们复盘时尽力研究也弄不懂它的下法,显然它发现了围棋棋理中最深奥的规律,而人类在数千年的钻研中还没发现它,或者说能力有限的人脑无法理解它。小易,我告诉你,那天他们围攻我原是开玩笑打嘴仗,但说着说着,K君突然情绪失控,号啕大哭!他说:'生不逢时啊,小生我横扫天下,十几年来一直站在人类棋艺的巅峰。可是,我时刻不能忘记,头顶上还有一个高高在上的邪神,这个邪神粗暴鄙俗,完全没有什么直觉美感创造力,它从本质上说不过是0和1的复杂字符串,它的棋艺不过是使用蛮力进行试错选择,但它就是压得我抬不起头,让所有的围棋国手生不如死!'"

我与沈老师结识以来,这是他说话最多的一次。他平素闲适淡定,从没有像今天这样情绪激动,看来那天的场景一定让他感受至深。沈老师又说:

"K君接着诅咒我,说:'你们这些科学家自作自受,很快就会落得和我们一样的下场。现在,人造智能已经开始全面接管人类的工作,从汉字识别、语音识别、人脸识别,到飞机自动降落、汽车自动驾驶等等,都已经完胜人类。法律咨询系统使百万律师失业,医疗咨询系统让千万医生降级为电脑操作员,难道独独科学家们能够幸免?我知道你们是精英中的精英,天才中的天才,表面谦逊持重,内心比我们更为自傲。你们认为大自然中隐藏的简洁美妙的秩序只能由上帝赐予的天才脑瓜来破解,你们仍迷信直觉、灵感、创造力为人类独有。沈兄,别做梦了,我告诉你,围棋领域出了个马斯特,物理领域也很快会出现一个驴斯特,它同样是0和1的复杂字符串,是一个只会蛮力试错的粗暴家伙,但它很快会把所有科学天才甩几条街。甚至到某一天,它发现了宇宙最终定律你们却看不懂,就像我们看不懂master如何赢棋一样,那时你们也会像我一样生不如死!'"

沈老师重复K君的话时,我能感受到他心中深深的失落,甚至是绝望和愤懑。我笨拙地安慰:"都是些醉人疯话,你别放在心上。再说,物理是实证科学,那个'它'就是抢了杨振宁李政道的位置,人类还能做吴健雄啊。"

沈老师苦涩地摇头,没有反驳,可能他认为不值得反驳。我忽然有一个不祥的想法——当然这种想法对沈老师很是不恭。我开玩笑地说:"沈老师,你是不是像那位K君一样,对人工智能嫉妒成恨?你会不会像毕达哥拉斯那样,为了防止科学的陷落,狠心把学生希帕索斯扔到大海里?"我赶紧自己转圜,"对不起对不起,这个玩笑过头了,沈老师你宅心仁厚,绝对不会那样干。"

我紧盯着他,尽管知道这个玩笑过头但我还是说了,是想当面察看他的反应。沈老师扭头看看我,平静地说:"如果我不得不那样做,你站在哪一边?"

我毫不犹豫:"当然是站在张元一……站在希帕索斯那边!"

沈老师讥讽地说:"这会儿我才知道,原来美貌果真影响智力啊。小易,你想想有那个可能吗?不要忘了,纵然毕达哥拉斯淹死了希帕索斯,也没挡住无理数进入数学殿堂啊。不，我不会干这样的傻事。相反，我很珍惜元一这个窗口，我会努力把元一的天图尽早翻译出来，公布于众，哪怕……"他苦涩地说，"那一天是人类物理学家的末日。"

我心中涌出幸福的巨浪，但幸福的后味却是浓浓的酸苦，既为楼上的元一，也为神情苍凉的沈老师。我问：

"沈老师，还是我问过的那个问题：你说天图来源于那个强大的通用程序，这个程序是元一本人创造的吗？"

沈老师摇头："老实说，我不知道。不过，"他字斟句酌地说，"我觉得，把'那个程序'看成大写的'它'，也许更恰当一些。"

这个回答太晦涩，答非所问，我没听懂。这时屋里有动静，张爷爷出来了，说："这么早就起床了？我来为你们做早饭。"我当然不能让老人一人去干，赶忙跟到厨房帮忙。抽空看看院里，沈老师还站在原地不动，默默地向上仰望着。

早饭做好，张爷爷说："咱们先吃，吃完再给元一送饭。"吃饭时，沈老师说：

"张爷爷，我打算做一个安排，你看行不行。这份天图可能确实有价值，对它的研究恐怕需要很长时间。我想正式聘用张元一为中国科技大学的工作人员，参与这项长期研究。也聘用你为临时工作人员，专门负责照顾他。"

张爷爷非常欣喜，感激涕零，忙不迭地点头。这样一来他就完全没有了后顾之忧，即使他去世，也不必担心孙子的生计了。沈老师又说：

"至于工作地点，当然是让元一到中科大更方便。但考虑到元一的心理状态，也考虑到……我想让他暂时留在原地，可能更为保险。"我敏锐地猜到，他没说出口的第二个考虑是：想保持这个"窗口"的原始状态。他没有说出口，是因为这多少带点风水迷信的味道。"如果你老同意，我就让中科大租下或干脆买下你这套房子，作为我们的工作场所。"

张爷爷当然赞成，只是善意地提醒："可是，这儿属于拆迁范围，不定哪天就要拆了。"

沈老师不在意地说："这点你不用担心，我会解决的。即使周围拆迁，这儿也将永久保留下来。"

我马上明白了，他是想把这儿作为历史文物、作为大写的"它"初次登上历史舞台之处，永久保存。我看看他，看看张爷爷。张爷爷的表情有点怀疑，看来他不大相信一个"教书的"能比城管还有权力，只是囿于礼貌不好再追问。他笑着说：

"那敢情好，那敢情好。要是能这样安排，我哪怕今晚闭眼也能安心啦。"

我连忙说："那可不行！你得活到一百二十岁，元一还指望你照顾呢。"

"行，托你吉言，我一定活成个一百二十岁的老不死！"

我们都放声大笑。我们商定上午就回北京，沈老师会派助手来处理后续事宜，我要向科学传播局的林哥做汇报，他肯定也在牵挂着这儿的进展。

该给元一送饭了，我照例自告奋勇，那两人也跟我上楼。我把牛奶和包子递给电脑前的元一，像昨天那样站在他身后，轻轻拍拍他的脸颊，柔声说：

"元一快吃饭。吃完饭姐姐就要走了，叔叔就要走了。不过你放心，我们马上还会回来看你的，带着你的天图回来。"

我忽然觉察到，元一的手缓慢地、迟疑地向上摸索，摸到我一只手指，抓住，贴在他脸上。我感觉到一阵战栗，战栗来自两人肌肤相接处，也来自我的心弦。在这一瞬间，我做出了一个重要的人生决定，我回头对沈老师说：

"沈老师，你要是不嫌我脑瓜笨，我就做这儿的常驻工作人员，行不行？"

沈老师喜出望外，但他思虑周全，提醒我："我当然是举双手欢迎啦。只是，这么重大的决定，你再慎重考虑一下。你的公司怎么妥善处置？也要征求你男友的意见，听说他在北京工作。"

我笑嘻嘻地说："我当然会征求意见，但他肯定不会反对。至于我的公司，我想，设在这儿更方便与'未来世界'联络，沈老师你说对不对？喂，元一，姐姐留下来陪你，你欢迎不？"

元一仍旧不说话，但我感觉到他手上的握力在加重，一股暖流在两人肌肤接触处流淌。当我们告别元一下楼时，元一仍旧"不理不睬"，没有从电脑椅上起身送我们，但我分明感受到他目光中有依恋的光芒。